KNAUR

*Von Laurence Anholt ist bereits folgender Titel erschienen:*
Der achtsame Mr. Caine und die Tote im Tank

*Über den Autor:*
Laurence Anholt hat in seiner 30-jährigen Karriere als Schriftsteller und Illustrator schon mehr als 200 Bücher veröffentlicht. Er stammt aus einer niederländischen Familie mit persischen Wurzeln und hat in London Bildende Kunst studiert. Heute lebt er mit seiner Frau Catherine in Südengland in einem Öko-Cottage am Meer und interessiert sich vor allem für Bücher, Bienen und Buddhismus.

LAURENCE ANHOLT

# DER ACHTSAME MR. CAINE
## und das allerletzte Lied

KRIMINALROMAN

Aus dem Englischen von
Kristina Lake-Zapp

KNAUR

Die englische Originalausgabe erschien 2020 unter dem Titel
»Festival of Death« bei Constable / Little, Brown; London.

**Besuchen Sie uns im Internet:**
**www.knaur.de**

Aus Verantwortung für die Umwelt hat sich die Verlagsgruppe
Droemer Knaur zu einer nachhaltigen Buchproduktion verpflichtet.
Der bewusste Umgang mit unseren Ressourcen, der Schutz unseres Klimas
und der Natur gehören zu unseren obersten Unternehmenszielen.
Gemeinsam mit unseren Partnern und Lieferanten setzen wir uns
für eine klimaneutrale Buchproduktion ein, die den Erwerb von Klima-
zertifikaten zur Kompensation des $CO_2$-Ausstoßes einschließt.
Weitere Informationen finden Sie unter: www.klimaneutralerverlag.de

FSC www.fsc.org
MIX
Papier aus verantwortungsvollen Quellen
FSC® C014496

Deutsche Erstausgabe Juli 2020
Knaur Taschenbuch

Redaktion: Gisela Klemt
Covergestaltung: Alexandra Dohse / grafikkiosk.de
Coverabbildung: Artwork Alexandra Dohse unter Verwendung von Bildern
von Shutterstock Images / © IsaevaAnna, LHF Graphics, Maisei Raman,
MoreVector, tsaplia, Istry Istry, Forgem, Pare Mahakanok, lupulluss
Satz: Adobe InDesign im Verlag
Druck und Bindung: GGP Media GmbH, Pößneck
ISBN 978-3-426-52467-1

2 4 5 3 1

# Kapitel eins

## »WHILE MY GUITAR GENTLY KILLS«

In den Tagen vor Beginn des Glastonbury-Festivals schleppte eine bunt zusammengewürfelte Armee von Feierwütigen ihre Rucksäcke und Zelte durch die schmalen, baumbestandenen Straßen von Somerset in Richtung der mythischen Talsenken der Worthy Farm.

Passierte man eine der Personenschleusen, hatte man das Gefühl, eine andere Welt zu betreten – ein sorgenfreies Utopia, in dem die Luft erfüllt war von hypnotischen Rhythmen, dem würzigen Duft unzähliger Imbissstände und dem klebrigen Geruch von Cannabis.

Die Festivalbesucher ließen ihre Rucksäcke fallen und tauchten für fünf Tage in das ekstatische Chaos der kaleidoskopischen Zeltstadt ein.

Dieses Jahr war ein ganz besonderes. Zum ersten Mal seit den 1970ern würde der wichtigste Hauptact von allen das Festival eröffnen, anstatt es Sonntagabend zu beenden. Der Grund dafür war simpel – die größte Band der Welt konnte sich aussuchen, wann sie auftreten wollte.

Und so pilgerte die Menge am Mittwochnachmittag, angezogen wie von einer unsichtbaren Macht, zum pulsierenden Herzen des Festivals: der Pyramid Stage, die wie ein intergalaktischer Streitwagen in den Himmel ragte. Im Lauf der Jahre hatten immer wieder Größen wie Amy Winehouse, Stevie Wonder, Baaba Maal, David Bowie, Adele, Dolly Parton oder die Rolling Stones auf diesen heiligen Brettern ihr Können unter Beweis gestellt. Pech für die B-Promis auf den anderen Bühnen, die heute Abend vor leeren Feldern würden spielen müssen, weil der andächtige Blick der rund hundertfünfundsiebzigtausend Festivalbesucher und x Millionen Fernsehzuschauer auf der Band ruhten, die sich »Stigma« nannte.

Solange man nicht auf dem Mars lebte, hatte man sich kaum den reißerischen Storys um die Flynn-Zwillinge Ethan und Tyrone entziehen können – den ewigen Debatten, Streitereien und Gerichtsverfahren. Doch jetzt, nach einer bitteren, sieben Jahre andauernden Trennung, hatten Stigma wieder zusammengefunden. Es war selbstverständlich, dass sie als Headliner auftreten würden, und wenn sie das Festival eröffnen wollten, dann hatten sich die Organisatoren und rivalisierenden Bands zu fügen – ob es ihnen passte oder nicht.

Obwohl sie Zwillinge waren, hätten die Flynns nicht verschiedener sein können. Es hieß, sie seien in verschiedenen Jahren geboren: Der ätherische Ethan – in jeder Hinsicht der Erste und Begünstigtere von beiden – war angeblich ein paar Minuten vor Mitternacht zur Welt gekommen, der tyrannische Tyrone – der ewig zornige Zweite – kurz nach Anbruch des neuen Jahres.

Stigma-Fans – auch »Stigs« genannt – wussten, dass die Anfeindungen nur selten von Ethan ausgingen. Er hatte ein sanftmütiges, beinahe feminines Auftreten. Die Bitterkeit war eine Eigenschaft seines gefährlichen Bruders, der nichts als Groll und Verachtung ausstrahlte – jedem, vor allem aber seinem attraktiveren und talentierteren Zwillingsbruder gegenüber. Und genau das war es. Diese Rivalität war ihre Identität. Die Flynn-Zwillinge waren die Schöne und das Biest der Musikwelt.

Trotz Tyrones Feindseligkeit – oder womöglich genau deswegen – hatten die Aufrufe der Stigma-Videos auf YouTube schwindelerregende Zahlen erreicht. Die Songs wurden unzählige Male gestreamt und downgeloadet. Das ungleiche Paar hatte etwas Mesmerisches an sich. Der androgyne Ethan war ein Meister an jedem Instrument, seine Stimme ein kristallklarer Fluss, seine Texte mystische Poesie. Mit seinen weich fallenden Locken, der Andeutung eines Bartschattens und den fein gemeißelten Gesichtszügen wurde er oft mit Marc Bolan oder sogar mit Jesus Christus verglichen. Im Gegensatz dazu war der knurrende, rotzende, kahl rasierte Tyrone ein hinlänglich kompetenter Bassgitarrist, der nichts von dem göttlichen Talent seines Zwillingsbruders abbekommen hatte. Seine mangelnde äußerliche Attraktivität machte er mit aufgepumpten Muskeln wett, die zudem mit grauenhaften Tattoos verziert waren. Tyrone war außerdem Amateurboxer mit einem ausgeprägten Faible für die britische Hardcore-Punkband GBH.

Am frühen Abend hatte sich die riesige Senke des Worthy Valley in einen brandenden Ozean aus fahnenschwenkenden Stigs verwandelt, die erbittert um einen guten Platz kämpften. Es wurden immer mehr, und wie bei Antilopen, die sich um ein Wasserloch drängen, gelang es nur den Stärksten und Tapfersten, ein freies Fleckchen direkt vor der Bühne zu ergattern, wo der Lärm ohrenbetäubend und das erdrückende Gewühl beinahe unerträglich war. Auf den umliegenden Hügeln picknickten Familien im Sonnenschein, während Teenager Cider und Joints herumgehen ließen.

Die dunkle Bühne war leer bis auf ein paar Techniker in knallengen Jeans und Stigma-T-Shirts. Sie überprüften ein letztes Mal die verschiedenen Saiteninstrumente, die im hinteren Teil bei den Verstärkern auf Ständern aufgereiht waren: Akkordzithern, Hackbretter, Lauten, Mandolinen, Sitars und Zithern. Ja, Ethan konnte sie alle spielen – und noch viel mehr.

Jetzt verschwanden sogar die Techniker im finsteren Bühnenschlund, und für zehn lange Minuten brütete die Pyramid Stage still und leer in der Sonne. Die gespannte Erwartung war nahezu greifbar. Würde die Band wirklich auftreten? Tyrone war bekannt dafür, dass er in allerletzter Minute ausrastete und den Auftritt verweigerte.

Zögerlicher Applaus wurde laut und verebbte wieder. Rufe ertönten, gefolgt von Gelächter. Eine überschäumende Bierdose wurde durch die Luft geschleudert.

Und dann, endlich, fiel ein einzelner Scheinwerfer auf eine einsame Gestalt, die von der Seite her auf die Bühne trat. Es handelte sich um die allgegenwärtige kanadische Radiomoderatorin und MC Vula Plenty. Sie wirkte winzig auf der gewaltigen Bühne, doch sie grinste von einem Ohr zum anderen. Alles war okay. Stigma waren da. Sie würden auftreten.

Vula nahm das Mikrofon und begrüßte mit ihrer samtigen Stimme die vielen Zuschauer auf der Worthy Farm und auf der ganzen Welt. Anschließend machte sie ein paar Schritte zurück und forderte die Menge auf, die Band gebührend zu empfangen. »Willkommen in Glastonbury – und hier sind sie: die WAHNSINNSJUNGS ... VON ... STIGMA!«

Ein kehliger Freudenschrei hallte durchs Tal. Pyrotechniker ejakulierten in den Himmel. Die Bühne war schlagartig in ein grellweißes Licht getaucht, und dann glitt der unübertreffliche Ethan wie ein barfüßiger Balletttänzer über die Bretter. Grazil, feingliedrig, in fließende Gewänder gekleidet. Auf den riesigen Bildschirmen funkelten seine smaragdgrünen Augen vor Güte und Intelligenz.

Das Getöse wurde nicht weniger, als sein Bruder auf die Bühne kam – der fluchende, schwankende Tyrone, eine Bierflasche in der Hand. Mit der anderen entlockte er seiner Bassgitarre ein paar unangenehme Töne.

Jede Stigma-Show war ein einzigartiges Spektakel. Heute Abend wurden die Flynn-Zwillinge von acht Musikern mit

Schlagzeug, Keyboard und Blechblasinstrumenten unterstützt, außerdem kamen mehrere Background-Sänger aus der Seitenkulisse, ebenso wie eine exotische Tanztruppe, die die düsteren Charaktere von Tarotkarten verkörperte: den Narren, den Magier, die Hohepriesterin, den Eremiten, den Teufel, die Sonne und den Mond.

Ethan nahm das Mikro und sprach ein paar Minuten lang darüber, wie jung die Brüder noch gewesen waren, als sie das letzte Mal auf dieser Bühne gespielt hatten, und wie ein ganz besonderer Mensch in sein Leben getreten war und ihn zum Umdenken bewegt hatte. Er war kein unbefangener Sprecher – er nuschelte und stotterte schüchtern –, aber sobald er zu singen begann, verwandelte sich das unbeholfene, kindliche Gestammel in flüssiges Silber, wie das Lied eines Märchenvogels.

Der Auftritt begann mit den Stigma-Standards: »Legend of You«, »Tiger in the Subway«, »Heathen Child« und »And For You a Love Song« – bei Letzterem zupfte Tyrone übellaunig an den Saiten seiner Bassgitarre, während Ethan entrückt zu den Klängen von Mandoline und Laute sang. Sein expressives Vibrato schwebte hinaus in die Abendluft, die von unzähligen iPhones und Feuerzeugen in ein tanzendes Lichtermeer verwandelt wurde.

Plötzlich unterbrach der fragile Mann diese außergewöhnliche Darbietung, indem er abrupt zu spielen aufhörte und einen schmalen Finger vor die Lippen legte. Während die Welt um ihn herum verstummte, deutete er über die Bühne und die in seinem Rücken liegenden Felder und Wälder hinweg zu einem konischen Hügel in der Ferne, dem Glastonbury Tor, hinter dem gerade die Sonne in einer melodramatischen Feuersbrunst unterging. Selbst der zynischste Betrachter verspürte die Gänsehaut verursachende Magie des Augenblicks.

Während Laserstrahlen und Stroboskoplichter über den Abendhimmel zuckten, brachten Stigma mehrere Klassiker ihres

Bestselleralbums *Global Eyes*, das so gut wie alle Awards abgeräumt hatte, die die speichelleckerische Musikindustrie zu bieten hatte. Die Jahre der Trennung hatten ihrem Genie nichts anhaben können. Die Menge schmolz dahin und taumelte einem gemeinschaftlichen Orgasmus der Glückseligkeit entgegen … Ethan Flynn stand in Flammen!

Ungefähr zur Hälfte des Auftritts wandte Ethan sich um, schwebte leichtfüßig in den hinteren Teil der Bühne und holte seine legendäre Vintage-Stratocaster – ein glänzendes Wunderwerk der Handwerkskunst, bei den Stigma-Fans bekannt als »Excalibur«. Das Publikum drehte durch; die Sanitäter der St John Ambulance hatten alle Hände voll damit zu tun, sich um jene hysterischen Fans zu kümmern, die vor lauter Wonne in Ohnmacht gefallen waren. Ethan schlang sich den Gitarrenriemen um die Schulter und betrachtete das Instrument so zärtlich wie ein Vater sein neugeborenes Kind. Alle wussten, was jetzt kam, und machten sich bereit, den größten Stigma-Hit aller Zeiten mitzusingen: »While My Guitar Gently Kills« – »Während meine Gitarre sanft tötet«.

Ethan wandte sein bleiches Gesicht seinem schwitzenden Bruder zu, und in dem feinen Lächeln, das Millionen von Bildschirmen erhellte, war die reine Liebe zu sehen, die er für Tyrone und jeden einzelnen seiner ergebenen Fans empfand. Ethan liebte die Welt so sehr, dass er ihr diesen unvergesslichen Song schenken wollte …

Doch als seine Finger den ersten komplizierten Akkord anschlugen, passierte etwas Entsetzliches.

Etwas Folgenschweres.

Etwas im wahrsten Sinne des Wortes Erschütterndes.

## Kapitel zwei

# SCHOCK UND SCHAUER

Detective Inspector Shanti Joyce saß spät am Abend an ihrem überladenen Schreibtisch, als der Anruf einging.

»Hast du die Nachrichten gesehen, Chefin?«

»Wo denkst du hin, Benno? Glaubst du, ich lümmle vor dem Fernseher?«

»Wirf doch mal einen Blick auf den Auftritt von Stigma in Glastonbury.«

Natürlich hatte Shanti von Stigma gehört – kannte all die trance-dance-mäßigen Nummern wie »Heathen Child« –, aber die Band war nicht wirklich ihr Ding. Und mit Sicherheit auch nicht das von Sergeant »Benno« Bennett.

Normalerweise interessierte sich Shanti nicht für das Festival, doch diesmal würde sie eine Ausnahme machen. Am Sonntagabend trat Soullegende Sista Tremble auf – das war richtige Musik. Shanti hatte vor, den Abend zusammen mit ihrer Mum und einer Flasche Chardonnay vor dem Fernseher zu verbringen. Vielleicht durfte sogar ihr Sohn Paul länger aufbleiben – wenn er sich gut benahm.

Sie erweckte ihr iPad zum Leben und stellte gleich fest, dass das Internet in Flammen stand, als hätte man eine Wunderkerze in einer Kiste mit Feuerwerkskörpern angesteckt. Auf jedem Nachrichtensender und auf sämtlichen Social-Media-Plattformen waren in Endlosschleife die ewig gleichen Bilder zu sehen – der Auftritt von Stigma auf der Pyramid Stage. Ethan Flynn, feingliedrig, mesmerisch und barfuß im Rampenlicht.

Der Gott des Rock nahm seine Gitarre zur Hand, Excalibur. Legte sich den Riemen um den Nacken, hielt inne und lächelte. Doch dann, beim ersten Akkord, drang ein ohrenzerreißender Heulton aus sämtlichen Verstärkern, und aus seinen Fingern schoss ein greller Blitz.

Die fassungslose Menge sah, wie seine langen Haare zu Berge standen. Seine Augäpfel traten hervor. Rauch strömte aus seinen Fingern und Zehen. Und dann fing er an zu tanzen, ein grausiges, eingefrorenes Grinsen im Gesicht, das an ein Zähnefletschen erinnerte. Sein Tanz war nicht das typische Ethan-Flynn-Mädchen-Gezappel. Es war ein ruckartiger, spasmatischer Veitstanz, der schmerzhaft mit anzusehen war. Er zuckte. Er wand und krümmte sich. Seine dürren Glieder flogen durch die Gegend wie eine Zimmerpflanze bei einem Hurrikan.

Ethan Flynn hatte im wahrsten Sinne des Wortes Feuer gefangen.

Irgendwann drehte jemand den Strom ab, und er ging zu Boden. Die Musik erstarb, und Bruder Tyrone und die Background-Sänger bewegten die Münder stumm wie Goldfische. Das raue Grölen der Menge ging in wüstes Geschrei über, als eine seltsam kostümierte Tanztruppe auf den qualmenden Mann zurannte, der die Gitarre umklammerte wie eine riesige Gottesanbeterin ihre Beute.

Shanti starrte ungläubig auf den Bildschirm. Was hatte sie da gerade gesehen? Gehörte das zur Show, oder hatten die Medien weltweit soeben live einen dämonischen Todestanz gestreamt?

Auf der Bühne bat MC Vula Plenty offenbar um Ruhe, doch ohne funktionierendes Mikrofon wurden ihre Worte von dem Gejohle und Geheule der Festivalbesucher verschluckt, das immer mehr in Buhrufe überging.

Hinten auf der Bühne spielte sich eine surreale Szene ab, als die seltsam verkleideten Tänzer Ethans verdrehten, verkohlten Körper in die Seitenkulisse schleppten.

»Ach du liebe Zeit! Benno! Ich sehe es gerade. Das ist Ethan Flynn. Ist er …?«

»Tot. Ja, Chefin.«

»Nun, das tut mir aufrichtig leid. Aber warum erzählst du mir das?«

»Das Dezernat von Keynsham ist für das Festival zuständig, und die Kollegen haben dich dringend als Verstärkung angefordert.«

»Ich fühle mich geschmeichelt. Glaube ich zumindest. Aber warum ausgerechnet ich?«

»Das Festival bringt sie an die Grenzen ihrer Kapazität.«

»Das kann ich gut verstehen, aber es muss doch noch andere DIs geben, die näher dran sind.«

»Aber sie wollen dich, Chefin. Und Caine. Seit ihr zwei den Havfruen-Fall geknackt habt, hat man euch anscheinend zum ›Team für die abgefahrenste Scheiße in ganz Südwestengland‹ erklärt. Ihre Worte, nicht meine.«

»Mein Gott, Benno! Das werde ich bestimmt nicht in meinen Lebenslauf schreiben. Ist Caine denn überhaupt wieder im Dienst?«

»Soll ich ihn für dich ausfindig machen?«

»Ich kümmere mich darum. Du könntest währenddessen für mich das Areal absperren – ich brauche Sichtschutzwände und Polizeiband rund um die Bühne. Stell jede Millisekunde Filmmaterial sicher, die du kriegen kannst. Und Benno … lass keine Menschenseele näher als hundert Meter an den verkokelten Superstar heran.«

Als Shanti ein paar Minuten später ein paar Sachen in ihre Umhängetasche warf, dachte sie über etwas Merkwürdiges nach, das Benno erwähnt hatte, kurz bevor er auflegte.

»Übrigens, Chefin, du weißt, dass die Gerüchteküche längst brodelt, oder?«

»Und um welche Gerüchte geht es?«

»Die Leute nehmen an, dass das kein Unfall war. Dass Ethans Tod …«

»… gewollt war?«

»Ja. Absichtlich herbeigeführt.«

Sie nahm sich ein letztes Mal die Aufnahmen vor, wobei ihr nicht entging, wie Tyrone Flynn auf das Ableben seines Zwillingsbruders reagierte. Man hätte doch davon ausgehen sollen, dass er Erstaunen zeigte. Entsetzen. Fassungslosigkeit. Doch soweit sie sehen konnte, ließ der streitlustige Bruder einfach nur seine Gitarre fallen, trank sein Bier aus und stürmte angewidert von der Bühne.

Als Shanti durch die im Neonlicht flimmernden Korridore eilte, verspürte sie eine vertraute Mischung unterschiedlicher Gefühle: Bestürzung über das, was sie gerade gesehen hatte – immerhin handelte es sich um einen Menschen, einen talentierten jungen Mann, den man in der Blüte seines Lebens erhitzt hatte wie in einer Mikrowelle –, doch daneben auch einen Adrenalinstoß, der berauschender war als jede Droge. *Sie* hatte man angerufen. *Sie,* DI Shanti Joyce, hatte man mit dem Job beauftragt. Was immer sich fünfundzwanzig Meilen von hier entfernt zugetragen hatte, fiel in ihren Verantwortungsbereich. Sie allein würde den Fall lösen.

Allein? Die Keynsham-Cops hatten auch Caine angefordert. Sie sah sich selbst gern als einsamen Wolf, doch sie musste zugeben, dass ihr langhaariger Kollege Dinge wusste, von denen sie keine Ahnung hatte, zum Beispiel über die hiesige Geografie. Außerdem kannte er sich vermutlich bestens mit Musik und den Effekten von Starkstrom auf das Nervensystem aus. Wenn sie recht darüber nachdachte, war er mit Sicherheit ein Stigma-Fan. Wahrscheinlich besaß er all ihre Alben, in alphabetischer Reihenfolge sortiert.

Auf dem Weg über den Parkplatz zu ihrem Wagen tätigte Shanti zwei Anrufe. Als Erstes wählte sie die Nummer ihrer Mutter – »Nein, Mum, ich komme nicht bald nach Hause. Geh ins Bett und mach dir keine Sorgen. … Wie lange ich noch weg bin? Mindestens eine Nacht, vielleicht länger. … Wie geht's Paul? … Nun, gib ihm einen Kuss von mir. … Danke, Mum. Ich hab dich lieb …«

Der zweite Anruf ging an Vincent Caine – den »Veggie Cop«, wie die Kids von Yeovil ihn nannten. Die Chancen, dass er das Gespräch entgegennehmen würde, tendierten gegen null. Er schien die meiste Zeit »in Klausur« in seinem Refugium, einer Holzhütte hoch oben auf der Undercliff in der Nähe von Lyme Regis, zu verbringen. Dies war gewissermaßen der einzige Ort auf der Welt, an dem es kein Netz gab, und genau das mochte Caine. Er wollte »eins sein mit der Natur«. Wollte in Ruhe meditieren. Sie beschloss, ihm eine Chance zu geben – nur eine, wohlgemerkt –, und die Sache ansonsten allein durchzuziehen. Umso erstaunter war sie, als Caine nach ein paarmal Klingeln ihren Anruf entgegennahm.

## Kapitel drei

# DER TANZENDE DETECTIVE

Wahnsinn! Sie sind tatsächlich drangegangen.«

»Sie müssen lauter sprechen, Shanti. Es ist sehr lärmig hier.«

»Das höre ich, Caine. Wo zum Teufel sind Sie? Beim Gefühlsworkshop in der Männergruppe?«

»Ich kann Sie nicht verstehen, Shanti ...«

»Ich sagte ... ach, egal. Hören Sie, Caine, es hat einen Todesfall gegeben. Und zwar einen ziemlich sonderbaren. Auf der Pyramid Stage in Glastonbury.«

»Das habe ich mitbekommen.«

»Ja. Die halbe Welt hat das gesehen. Sind Sie bei einer Seance? Was ist das für ein Gekreische?«

»Nein, ich meine, ich habe es direkt mitbekommen. War unmittelbar dabei. Vor zwanzig Minuten ... Ich bin auf dem Festival. Ich habe getanzt.«

»Sie haben *was?* Sie hassen Lärm und Menschenmengen ... außerdem gibt es dort bestimmt jede Menge Fleischburger.«

»Ich mag durchaus ein wenig Gesellschaft, und ich mag das Glastonbury-Festival, Shanti. Da gibt es jede Menge Liebe ... zumindest bis gerade eben.«

»Wie dem auch sei, Caine, wir übernehmen den Fall. Also rühren Sie sich nicht vom Fleck, ich bin unterwegs.«

»Ich bin im Urlaub, Shanti. Ich habe mir eine Woche freigenommen für das Festival. Es tut mir leid.«

»Das können Sie mir erzählen, sobald ich da bin. Wir treffen uns in einer Stunde vor der Pyramid Stage.«

»Da stehen gut hunderttausend Menschen. Schicken Sie mir eine Textnachricht, wenn Sie angekommen sind, und ich werde Sie schon finden. Aber eins kann ich Ihnen gleich sagen: Bei dem Fall werden Sie auf sich gestellt sein.«

Shanti schaufelte einen Haufen Kram von den Vordersitzen ihres Saabs – Bündel von Aktenordnern, eine Raumstation von Lego, eine ausgelaufene Dose Fanta sowie einen halben, noch essbar aussehenden Mars-Riegel – und dachte an ihren widerwilligen Partner. Caine war Buddhist – warum um alles auf der Welt hatte er von allen Berufen gerade den eines Polizisten ergriffen? Er besaß eine geradezu verblüffende Fähigkeit, Verbrechen aufzuklären. Langsam, achtsam, intuitiv, wie ein Fährtenleser vom Stamme der Apachen. Ein Apachen-Fährtenleser, der in dem Betonklotz arbeitete, in dem die Polizeistation von Yeovil untergebracht war.

Laut Navi fand das Festival auf der Worthy Farm in dem kleinen Dorf Kilton nahe der Stadt Glastonbury statt. Unter normalen Umständen hätte sie bis dorthin keine fünfunddreißig Minuten über die A37 gebraucht, aber sie wusste, dass rund um das Festivalgelände sehr viel Verkehr herrschen würde. Benno hatte ihr geraten, den Wagen so nahe wie möglich beim Five Heads Pub in Kilton stehen zu lassen. Dort würde einer der Polizisten von Keynsham sie in einem Allradwagen abholen und mit Blaulicht zum Tatort bringen.

Himmel, war das aufregend! Sie liebte nichts mehr als ein Offroad-Abenteuer.

Im letzten Licht des Abends fuhr sie an alten Höfen und Apfelgärten vorbei. Vor einem umgebauten Van am Straßenrand verkaufte eine Familie in Batikklamotten mit der Kettensäge gefertigte Holzpilze. Sie entdeckte Schilder von Yoga-Anbietern und

Schamanen und hatte den Eindruck, sich inmitten einer unvereinbaren Mischung aus ländlicher Idylle und Boheme zu befinden.

Als sie in das hübsche Dörfchen Kilton hineinfuhr, kam der Verkehr beinahe zum Erliegen; um die stehenden Fahrzeuge herum wogte ihr ein Strom von Fußgängern entgegen – viele schwankten, weil sie stoned waren oder betrunken, manche weinten wegen dem, was sie gesehen hatten.

Es war ein warmer Abend, weshalb die Tür des uralten Five Heads Pubs zu ihrer Rechten offen stand. Drinnen drängten sich kleine Gruppen von Einheimischen an den Tischen und tranken ihre Pints. Shanti sah, wie ein Pärchen mit Dreadlocks und Rucksäcken die Kneipe betrat, zwei magere Lurcher an der Leine. Obwohl sie im Auto saß, konnte sie die Feindseligkeit spüren, die den beiden entgegenschlug. Einen Moment später kamen sie mitsamt den Hunden wieder heraus und setzten ihren Weg fort.

Die Straßen waren von Hunderten Pylonen gesäumt, doch Shanti entdeckte tatsächlich ein freies Fleckchen an einer Steinmauer hinter dem Pub, wo sie ihren Saab abstellen konnte. Vorsichtig schob sie mit der vorderen Stoßstange eines der orangeweißen Verkehrshütchen ein Stück zur Seite.

Binnen Sekunden tauchte ein verärgerter Cop in Warnweste am Fahrerfenster auf. »Was machen Sie da, verdammt noch mal?«, blaffte er.

Shanti setzte in aller Ruhe die Füße auf den warmen Asphalt und zückte ihren Dienstausweis.

»Ich mache meinen Job, Constable. Es hat auf dem Festivalgelände einen größeren Zwischenfall gegeben. Ich bin die leitende Ermittlerin, und in dieser Funktion rate ich Ihnen dringend, im Dienst das Fluchen zu unterlassen, sonst sehe ich mich verdammt noch mal gezwungen, Beschwerde einzureichen. Ich werde mir Ihre Dienstnummer merken.«

»Ich … ähm … entschuldigen Sie, Ma'am. Es war ein langer Tag.«

»Das können Sie laut sagen. Sehen Sie dieses Auto?« Sie deutete auf ihren Saab.

»Ja, Ma'am.«

»Ich liebe dieses Fahrzeug, und Sie werden es unter Einsatz Ihres Lebens bewachen, habe ich mich klar ausgedrückt?«

»Ja, Ma'am.«

Sie zog den Pylon zurück an Ort und Stelle. »Wenn Sie mich jetzt bitte entschuldigen … mein Wagen kommt.«

Ein Land Rover mit blinkenden Lichtern stoppte neben ihnen. Shanti öffnete die Beifahrertür, und während der verlegene Polizist den Verkehr aufhielt, machte die Fahrerin eine Kehrtwendung und schlängelte sich mit heulender Sirene in Richtung Festivalgelände, wobei sie mehrfach auf die steile Straßenböschung auswich, um die stehenden Fahrzeuge zu umrunden.

»DI Shanti Joyce?«, fragte die unerhört junge Frau. »Ich bin ein großer Fan Ihrer Arbeit. Ich habe jedes Detail im Havfruen-Fall verfolgt. Das war einfach unglaublich!«

*O mein Gott!*, dachte Shanti. *Ich habe einen Fanklub. Das muss ich unbedingt Mum erzählen.*

Während ihr Fan sie durchs Gedränge lavierte, sammelte Shanti ein paar Hintergrundinformationen. Die Truppe vor Ort hatte im Norden des Festivalgeländes ihre Basis, dazu Ausnüchterungszellen im Präsidium von Keynsham. Bis jetzt hatte man gedacht, für sämtliche Eventualitäten des weltgrößten Open-Air-Festivals gerüstet zu sein, immerhin fand die Veranstaltung seit fast vierzig Jahren erfolgreich statt. Anfangs hatte die Polizei es mit Rauschgifttoten, Drogendealern und nicht angemeldeten Fahrzeugen zu tun gehabt, mit verloren gegangenen Kindern, mehreren Geburten und einigen Herzinfarkten. Sie hatte Zeltdiebstähle verzeichnet, Schlägereien und sexuelle Übergriffe. In den letzten Jahren hatte man die Truppe um eine bewaffnete Einheit aufgestockt, außerdem kreiste wegen der zunehmenden Gefahr terroristischer Anschläge in regelmäßigen Abständen ein Helikopter über dem Gelände. Doch der unerhört dramatische Tod der Musiklegende Ethan Flynn war in einer anderen Liga anzusiedeln. Eine Art Massentrauer war über die Worthy Farm hereingebrochen, und die Polizei musste alles geben, um die aufgelösten Fans von der Leiche fernzuhalten.

»Die Pyramid Stage und die VIP Area im Backstage-Bereich sind abgesperrt, außerdem habe ich gerade erfahren, dass die SOCOs eingetroffen sind.«

*Die SOCOs,* dachte Shanti. *Die* Scenes of Crime Officer, *die so lange nach Spuren suchen würden, bis sie einen Anhaltspunkt dafür fänden, weshalb um alles auf der Welt der Gott des Rock zu einem Stück Kohle verglüht war.*

»Wer ist der Veranstalter des Festivals?«, wollte Shanti wissen.

»Am besten, Sie reden mit MC Vula Plenty. Vula kennt einfach jeden.«

Sie fuhren jetzt über schier endlose Parkplätze, dann holperten sie über zerfurchte Felder auf den hohen, acht Meilen langen Zaun zu, der das eintausendeinhundert Morgen große Gelände umgab.

Als sie hinter einem wendenden Traktor anhalten mussten, fragte die junge Polizistin, ob sie sich Shantis Handy ausleihen dürfe. Shanti reichte es ihr. »Ich würde Ihnen gern eine interaktive Karte des Festivalgeländes herunterladen. Sehen Sie … Da wollen wir hin – und da sind wir jetzt. Dort unten in der Senke ist die Pyramid Stage.«

»Danke«, sagte Shanti und nahm ihr Smartphone wieder an sich. »Das ist in der Tat nützlich.«

Der Land Rover rollte durch eine streng bewachte Durchfahrt für Rettungsfahrzeuge. Kaum befanden sie sich auf dem Festivalgelände, hatte Shanti das Gefühl, sie habe die Grenze zu einem fremden Land mit ganz eigenen Gesetzen überquert. Zentimeter um Zentimeter schob sich der Wagen durch die beinahe undurchdringliche Menge vorwärts, schlängelte sich durch eine Tundra aus Zelten und umkurvte hin und wieder Personen, die reglos im Gras lagen. Gingen diese Menschen eigentlich gar nicht ins Bett?, fragte sich Shanti. Es war später Mittwochabend, mussten die denn nicht am nächsten Morgen zur Arbeit?

Die junge Fahrerin plapperte noch immer, lauter jetzt, um die lärmige, nicht enden wollende Tanzmusik zu übertönen. »Könnten Sie mir vielleicht einen Tipp geben? Wie man ein Verbrechen wie dieses löst, meine ich.«

»Nun … man sollte permanent auf der Hut sein – in jeder noch so kleinen Kleinigkeit, die man zu Gesicht bekommt, in jedem Satz, den man hört, sind womöglich Hinweise versteckt.«

»Verstehe. Aber könnte es sich dabei nicht auch einfach nur um Ablenkungsmanöver handeln?«

»Genau darum geht es – um die Fähigkeit, das eine vom anderen zu unterscheiden. Übrigens: Noch wissen wir doch gar nicht sicher, ob es sich überhaupt um ein Verbrechen handelt.«

»Das ist richtig. Wenn allerdings ein Star wie Ethan stirbt, ziehen alle gern voreilige Schlüsse. Ich meine, es ist ja allgemein bekannt, dass die Flynn-Zwillinge nicht sonderlich viel füreinander übrighatten – zumindest aus Tyrones Sicht.«

Die Polizistin mit dem jugendlich frischen Gesicht erinnerte Shanti an eine jüngere Ausgabe ihrer selbst – mit Feuereifer bei der Sache, doch mit herzlich wenig Erfahrung. »Ja, das ist etwas, was ich gelernt habe«, sagte sie daher. »Ziehe niemals voreilige Schlüsse. Sie sind jung, also nehmen Sie sich diese Weisheit zu Herzen: Ein guter Detective ist bereit, das Ungewisse zu umarmen.«

»Oh, ich liebe diese Redewendung! Sagt das nicht Vincent Caine immer?«

»Sie kennen Caine?«

»Ich bin ihm nie persönlich begegnet, aber wie ich schon sagte: Ich habe den Havfruen-Fall bis ins kleinste Detail mitverfolgt, und Vincent Caine ist mein Idol. Ich weiß, dass man ihn auch ›den achtsamen Mr. Caine‹ nennt.« Die junge Fahrerin hatte die nervtötende Angewohnheit, am Ende eines jeden Satzes die Stimme zu heben, so als habe sie gerade eine Frage gestellt.

»Sie sollten stets versuchen, noch tiefer in die Sache einzusteigen … Apropos einsteigen: Ich würde gern aussteigen. Lassen Sie mich doch einfach hier raus. Ich kann die Pyramid Stage schon sehen, und ich denke, zu Fuß bin ich schneller.«

Die Polizistin hielt an. »Es war großartig, Sie kennengelernt zu haben. Im Handschuhfach liegt eine Ausgabe des *POLICE*-Magazins – die, in der über den Havfruen-Fall berichtet wird. Würde es Ihnen etwas ausmachen …?«

»Sie möchten ein Autogramm von mir?«

»Nur wenn Sie nichts dagegen haben. Wenn ich ehrlich bin, hatte ich gehofft, Sie könnten Inspector Caine dazu überreden, ebenfalls zu unterschreiben …«

Shanti schob sich den Riemen ihrer Umhängetasche über die Schulter und drängte sich durch die kunterbunten Budengassen. An den Ständen wurde alles verkauft – von Bob-Marley-Perücken bis hin zu Feenflügeln. Mein Gott, die jungen Leute rauchten hier ganz offen Joints! Wäre sie nicht mit ihren Ermittlungen beschäftigt, würde sie …

Die wogenden Massen brachten sie völlig durcheinander, sodass sie beinahe erleichtert war, als sie endlich auf Caine stieß.

Der hochgewachsene Detective trug eine weite Hose, Wanderstiefel und ein weißes T-Shirt – und er schien sich hier völlig zu Hause zu fühlen. Shanti bemerkte, dass er sich in Gesellschaft einer attraktiven Rothaarigen befand, die mindestens fünf Jahre jünger war als er. Zu ihrer Verärgerung verspürte sie einen Anflug von Eifersucht, den sie schleunigst zurückdrängte. Sie war nur aus einem einzigen Grund hier, nämlich um den Fall zu knacken. Und Gefühl war ein Werkzeug, das sie dabei ganz und gar nicht gebrauchen konnte.

## *Kapitel vier*

# DAS DAHINSCHEIDEN DES BLEICHEN WUNDERKNABEN

Okay, Caine, dann mal los.«

»Shanti, ich möchte Ihnen Misty vorstellen. Sie ist …«

»Wir können uns später miteinander bekannt machen, einverstanden? Ist das da der Eingang zum Backstage-Bereich?«

Sie wandte sich gerade rechtzeitig wieder um, um zu sehen, wie Caine die Rothaarige zärtlich auf beide Wangen küsste und ihr tief in die Augen sah.

»Jetzt kommen Sie doch mal her, Caine.«

»Ich sage es noch einmal, Shanti: Ich bin im Urlaub. Ich werde mich nicht in diesen Fall hineinziehen lassen …«

Taub gegenüber seinem Protest, zückte Shanti ihre Dienstmarke, streckte sie den vierschrötigen Security-Männern entgegen und stiefelte mit großen Schritten in die abgeschirmte VIP-Zone, wo Musiker und Festival-Crew bis ins Mark erschüttert vor einer Phalanx von Fahrzeugen standen: Tourbusse mit getönten Scheiben, Wohnmobile, riesige Sattelschlepper voller Ausrüstung. Shanti entdeckte sogar zwei alte Doppeldeckerbusse. Ihr Blick fiel auf verschiedene Zelte: Jurten und Großraumkonstruktionen, ausgestattet mit Bars und Catering-Einrichtungen, um den Ansprüchen jeder Diva, jedes Stars und Sternchens gerecht zu werden. Außerdem gab es reihenweise Container mit Duschen und Toiletten sowie einen riesigen Sitzbereich mit Picknicktischen und Liegestühlen.

Gefolgt von Caine, durchquerte Shanti die VIP-Zone und ging auf die alles überragende Pyramid Stage zu, vor deren Rückseite zwei Ambulanzwagen neben den Vans der SOCO und einer blinkenden Traube von Polizeifahrzeugen parkten. Dunster, Spalding und ein paar von der Belegschaft aus Yeovil befragten tränenüberströmte Techniker und erschütterte Roadies.

Benno kam mehrere schwarz gestrichene Stufen herunter, und Shanti entging nicht, wie respektvoll er und Caine einander begrüßten. Der große, stämmige Benno. Polizist in dritter Generation, der sich stets an die Vorschriften hielt.

»Wie geht es dir, Chefin?«

»Ich bin gar nicht glücklich, Benno. Es trampeln einfach zu viele Menschen an meinem Tatort herum. Wer sind diese Leute?«

Sie nickte in Richtung einer kleinen Gruppe, die sich um eine hübsche Frau Anfang fünfzig geschart hatte und von Trauer überwältigt schien.

»Das ist Queenie Flynn, Chefin. Die Mutter des Verstorbenen. Sie ist die Managerin von Stigma, schon von Anfang an. Die großen Kerle gehören zur Crew, und soweit ich weiß, sind die meisten von ihnen irgendwie mit Ethan verwandt – Neffen, Onkel … Auch die Frauen arbeiten mit. Es handelt sich sozusagen um ein Familienunternehmen. Die Flynns schirmen sich gern ab.«

»Glaubst du, die Mutter wird mit uns reden?«

»Keine Chance. Die arme Frau steht völlig neben sich. Die Sanitäter haben ihr ein Beruhigungsmittel verabreicht, aber sieh sie dir doch nur mal an …«

Queenie Flynn hatte sich von ihren Verwandten gelöst und kniete schluchzend im Gras, dann machte sie Anstalten, in Richtung Bühne zu kriechen. Einige der Flynn-Frauen hielten sie zurück und redeten leise auf sie ein, während sie ihr tröstend übers Haar strichen.

»Finde heraus, wo sie abgestiegen sind, und schick sie ins Hotel oder wohin auch immer.«

»Nach Hause. Das Familienanwesen der Flynns ist nicht weit entfernt. Nur ein kleines Stück außerhalb von Frome.«

Shanti nickte. »Sag Queenie, dass wir ihr einen Besuch abstatten werden, sobald sie in der Lage ist, eine Aussage zu machen.«

»Tut mir leid, Chefin, aber sie wird erst von hier weggehen, wenn die Leiche fortgeschafft ist.«

Auf Caines Gesicht trat ein gequälter Ausdruck des Mitgefühls. »Erzählen Sie uns etwas über Ethans Bruder«, bat er Benno leise.

Shanti hatte das schon einmal erlebt – Caines Widerwille, der Neugier wich. Er konnte nicht anders, als zu helfen.

»Tyrone? Er ist ein aggressiver Fiesling. Scheint sich weitaus mehr für Rekordumsätze zu interessieren als für seinen toten Zwillingsbruder.«

»Er ist vorbestraft, oder?«

»Dreimal schwere Körperverletzung.«

»Nett«, sagte Shanti. »Wo ist er abgestiegen? Oder wohnt er auch auf dem Familienanwesen?«

Benno schüttelte den Kopf. »Tyrone und Ethan sind auf einem Bauernhof in Kilton untergebracht. Dort mieten sich oft die ganz Großen aus der Musikbranche ein. Ich habe Tyrone angewiesen, die Gegend nicht zu verlassen, und ein paar Streifenkollegen in der Nähe des Hofes postiert.«

»Gute Arbeit, Benno«, sagte Shanti. »Ach übrigens: War Ethan Flynn liiert, oder hat er Kinder? Und was ist diesbezüglich mit seinem Bruder?«

»Ethan war nicht verheiratet, hatte aber laut der Boulevardpresse immer mal wieder wechselnde Beziehungen. Tyrone ist verheiratet, und soweit ich weiß, erwartet seine Frau ihr erstes Kind. Deshalb ist sie auch nicht auf dem Festival.«

»Okay, das sind nützliche Informationen. Caine und ich würden jetzt gern den Verstorbenen sehen, wenn das möglich ist.«

»Die Stufen hinauf und dann links. Dawn Knightly und ihr Team sind bereits da.«

»Zu blöd, dass die Leiche von der Bühne geschafft wurde. Ob die Leute wohl jemals lernen werden, an einem Tatort nichts anzufassen?«

»Ich denke, es ging darum, den Toten vor der Öffentlichkeit abzuschirmen. Die Tanztruppe hat ihn von der Bühne in die Seitenkulisse getragen, und dann haben die Sanitäter ihr Bestes gegeben. So verrückt es auch klingen mag: Sie haben sogar versucht, ihn mit einem Defibrillator zurück ins Leben zu holen.«

»Ich nehme an, niemand hat daran gedacht, ein Foto in situ zu machen?«

»Ich glaube nicht, Chefin. Das Ganze war wohl ziemlich chaotisch und hysterisch.«

»Habt ihr die Bühne mit einem Sichtschutz versehen?«

»Wir haben zumindest damit angefangen.«

»Also gut, kommen Sie, Caine. Zeit, der Legende gegenüberzutreten.«

»Aber besser mit leerem Magen«, ließ sich Benno vernehmen. »Ich fürchte, er sieht nicht mehr ganz so gut aus wie zu Lebzeiten.«

Shanti ging bereits auf die Stufen zu, wo sie zwei Einweganzüge sowie zwei Paar Latexhandschuhe von dem dort wacheschiebenden Constable entgegennahm, dann drehte sie sich zu Caine um. Der ihr nicht gefolgt war.

»Herrgott, Caine«, zischte sie. »Tun Sie mir das nicht an! Was ist Ihr Problem?«

Es folgte eine lange Pause.

»Tut mir leid, Shanti. Ich bin nicht gut in solchen Dingen. Ich bin nicht so tough wie Sie. Es ist einfach zu schmerzhaft …«

»Das ist doch nicht zu glauben! Ja, lassen Sie es mich ruhig aussprechen: Sie sind ein Polizist! Das gehört zu unserem Job! Ist Ihnen eigentlich klar, dass dies womöglich der größte Fall meiner ganzen Karriere sein könnte? *Unser beider Karrieren,* meine ich. Sehen Sie nur – Polizeihubschrauber! Mit Suchscheinwerfern. Wann haben Sie das letzte Mal an einem Fall gearbeitet, bei dem Helikopter eingesetzt wurden?«

»Es ist bloß so, dass …«

»Ich *brauche* Sie, Caine! Ist es das, was Sie von mir hören wollen?« Mein Gott, seine Augen wurden tatsächlich feucht. »Na schön, würden Sie bitte nur einen einzigen Blick auf den Leichnam werfen? Sie sind echt gut in so was, und das wissen Sie. Wenn Sie es schon nicht für mich tun wollen, dann tun Sie es eben für sie …« Shanti deutete mit dem Kinn auf Ethans im Gras kniende Mutter, die mit weit aufgerissenen Augen zum Himmel betete, dann streckte sie Caine die Hand mit dem Papieranzug entgegen und sah zu, wie er ihn überstreifte, zögernd, gleich einem Kind, das sich für die Schule anzieht.

Die Stufen führten zum Seitenflügel der Bühne, wo eine Gruppe von weiteren Papieranzügen hinter einem Nylonsichtschutz bei der Arbeit war. Als Shanti und Caine näher kamen, sahen sie die vertraute, leicht untersetzte Gestalt von Dawn Knightly, der Leiterin der Spurensicherung, die sich über einen leblosen Körper am Boden beugte. Dawn war ein paar Jahre älter als Shanti, aber zwischen den beiden Frauen hatte die Chemie sofort gestimmt.

»Was hast du für uns, Dawn?«, erkundigte sich Shanti.

Knightlys Augen hellten sich auf, als sie hochblickte und Shanti und Caine entdeckte.

»Ethan Flynn, neunundzwanzig Jahre alt, Musiker der Band Stigma. Vermutliche Todesursache: Stromschlag. Ich habe ein Team losgeschickt, das die Bühne nach DNA-Spuren und Fingerabdrücken absucht, und mein Elektronik-Crack ist auch schon unterwegs. Ihr wisst ja, wie's läuft: Wir behandeln das Ganze wie einen Mordfall, bis wir das Gegenteil beweisen können.«

»Da habt ihr recht, Dawn. Caine und ich würden uns gern den Leichnam ansehen, wenn das für dich okay ist.«

Dawn richtete sich auf. Als sie einen Schritt von dem Verstorbenen zurücktrat, sah sie, wie Shanti und Caine gleichzeitig zusammenzuckten.

Leichen begegnet man in den unterschiedlichsten Formen und Größen. Die meisten befinden sich in der Horizontale. Manche sehen aus, als würden sie schlafen, doch der verkohlte Rockstar wirkte seltsam verdreht und starr – wie ein riesiger Grashüpfer, der einem Waldbrand zum Opfer gefallen war. Doch das war erträglich. Das Gesicht jedoch brachte die Fanta-Mars-Mischung in Shantis Magen zum Rebellieren – eine billige Maske aus einem Scherzartikelladen mit wild abstehenden Haaren, hervortretenden Augäpfeln und einer spitzen, schwarzen Zunge, die aus dem verzerrten Mund herausragte.

»Uff!« Shanti schnappte nach Luft.

»Möge er in Frieden ruhen«, sagte Caine.

»So etwas habe ich vorher erst einmal zu Gesicht bekommen«, teilte Knightly ihnen munter mit. »Neunzehnhundertachtundneunzig, wenn ich mich richtig erinnere. Ein Kricketspieler, der vom Blitz erschlagen wurde.«

»Okay … Gib mir nur einen Moment«, sagte Shanti, machte ein paar Schritte zurück und schloss die Augen. Während sie tief die Luft von Somerset einatmete, spürte sie den sanften Druck von Caines Hand auf ihrem Arm. Sie dachte an seine nervtötend hübsche Begleiterin, schüttelte seine Hand ab und wappnete sich.

»Todeszeit?«

»Einundzwanzig Uhr vierundvierzig«, sagte Knightly.

»Zeugen?«

»Ungefähr vierundzwanzig Millionen, Chefin«, antwortete Benno, der zu ihnen trat.

»Sehr witzig, Benno. Ich meine, wer war außer ihm auf der Bühne?«

»Die anderen Bandmitglieder – Schlagzeuger, Keyboarder, Blechbläser –, die kostümierten Tänzer, Background-Sänger, eine Roadie-Crew, Sound- und Lichttechniker, MC Vula Plenty, die jeden Moment zu uns stoßen wird, Tyrone, der Bruder, natürlich … und Ethans Mum im hinteren Bereich der Bühne. Die arme Frau hat die ganze Horrorshow mit angesehen.«

Während sie sprachen, näherte sich Caine ehrerbietig dem Leichnam. Vorsichtig berührte er Ethan Flynns Stirn und murmelte eine Art Beschwörungsformel. Anschließend wanderten seine behandschuhten Finger zu den hervorgequollenen Augen, doch ohne Lider ließen sie sich nicht schließen. Caine zog eine Stiftlampe aus der Tasche, kniete sich hin und leuchtete jedes einzelne starre Glied in den verkohlten Klamotten ab. Als Nächstes hob er vorsichtig Ethans schmale Füße an und untersuchte die verbrannten Fußsohlen.

Als Letztes inspizierte er dessen Hände, die zu schwarzen Fäusten geballt waren. Er öffnete die verschmorten Finger und richtete den Strahl der Stiftlampe nacheinander auf die beiden Handflächen. In der Mitte befand sich jeweils eine offene Wunde, aus der schwarzes Blut sickerte.

Mit einem verblüfften Gesichtsausdruck wandte DI Caine sich um und sah das stumme Grüppchen hinter sich an.

»Stigmata«, sagte er.

## Kapitel fünf

# EIN MUSIKALISCHER BILDERBUCHMORD

»Warum mussten Sie das sagen, Caine?«

Sie waren von der Leiche zurückgetreten, damit Dawn und ihr Team ihre Arbeit fortsetzen konnten.

»Was sagen?«

»Sie wissen schon: *Stigmata.* Sie haben sich angehört wie ein Irrer.«

»Stigmata sind Male an den Händen oder Füßen, die den Kreuzigungswunden von Jesus Christus entsprechen. Tatsächlich werden sie auch im Buddhismus und in anderen Glaubenssystemen erwähnt …«

»Ich weiß, was Stigmata sind, ich bin schließlich keine Vollidiotin. Das Unheimliche ist, was Sie mit seinen Händen angestellt haben … Es ist mir beinahe peinlich, das anzusprechen, aber Sie haben daran *gerochen.* Was alle gesehen haben.«

»Oh, okay. Nun, es heißt, Stigmata hätten einen besonderen Geruch – einen süßlichen Duft wie Blumen, der mitunter auch als der ›Wohlgeruch der Heiligkeit‹ bezeichnet wird. Allerdings konnte ich nichts dergleichen feststellen.«

»Hören Sie, Caine, was unsere Leute betrifft, so ist mir das egal – die sind an Ihre Verschrobenheit gewöhnt. Es geht mir um die Kollegen aus Keynsham, die uns mit Sicherheit für völlig abgedreht halten, wenn sie so etwas mitbekommen. Wussten Sie, dass man uns bereits als das ›Team für die abgefahrenste Scheiße in ganz Südwestengland‹ bezeichnet?«

Caine lächelte schief. »Ach, Shanti, es sollte Sie nicht kümmern, was die Leute reden. Sie sind ein erstklassiger Detective. Der beste.«

»Ja, das bin ich und das weiß ich. Sie sind es, um den ich mir Sorgen mache.«

»Zu Recht. Ich bin für diesen Job einfach nicht gemacht. Jeden Tag denke ich darüber nach, meine Marke abzugeben.«

»Herrgott, Caine, warum sind Sie ständig auf Komplimente aus? Aber wenn es denn sein muss: Benno hält Sie für den kompetentesten Detective, dem er je begegnet ist, und er ist sozusagen als Polizist auf die Welt gekommen.«

»Schon gut, Shanti. Ich möchte Ihnen noch etwas zeigen, was mir aufgefallen ist, und dann werde ich mich aus dem Staub machen.«

Er führte sie um den Sichtschutz des Seitenflügels herum auf die eigentliche Bühne, wo Dawns SOCO-Team hinter den breiten Nylon-Sichtschutzwänden jeden einzelnen Quadratzentimeter mit Fingerabdruckpulver bestäubte und die komplizierte Anlage unter die Lupe nahm: hoch aufragende Türme aus Lautsprechern und Verstärkern, ein riesiges Schlagzeug auf einem Podium, jede Menge Keyboards und eine Reihe altmodischer Saiteninstrumente auf Ständern.

Die hohe Bühne zu betreten war eine schwindelerregende Erfahrung, die für gewöhnlich nur Leute wie Ethan Flynn machten. So weit das Auge reichte, erstreckten sich die funkelnden Lichter des Festivals in die pulsierende Nacht. Die Arena unter ihnen war mit Polizeiband abgesperrt, auf dem grasbewachsenen, etwa dreißig Meter breiten Streifen patrouillierte bewaffnete und berittene Polizei. Dahinter drängte sich eine riesige Menge fassungsloser Stigs, den Blick starr auf die Bühne geheftet, die dilettantisch gebastelten Fahnen schlaff herabhängend, wie bei einer besiegten Armee nach der Schlacht. In dem diffusen Licht zuckten Dutzende Blitze auf.

»Ach du heilige Scheiße«, sagte Shanti zu Caine. »Jetzt weiß ich, wie es sich anfühlt, wenn man unter Beobachtung steht. Ich komme mir vor wie eine Schauspielerin in einem völlig irren Bühnenstück!«

»Ignorieren Sie die Leute einfach«, sagte Caine. »So, hier ist die Stelle, an der er zu Boden gegangen ist. Keine Sorge, der Strom ist abgestellt.« Er führte sie nach vorn an den Rand der Bühne, wo die Mikros vor weiteren, keilförmig aufgestellten Verstärkern standen, und deutete auf die Bretter. »Und das hier ist Excalibur.«

Das tödliche Instrument lag zu ihren Füßen, lackiert und elegant geschwungen.

»Was fällt Ihnen auf, Shanti?«

»Herrgott, ich weiß es nicht ... Das Ding ist noch immer mit dem Verstärker verbunden. Es hat einen Leinenriemen. Dort sind Brandflecken, und ... o mein Gott, die Fetzen auf den Saiten – ist das verbranntes Fleisch?«

»Schauen Sie auf den Boden und sehen Sie genau hin. Fällt Ihnen etwas auf?«

»Das ist jetzt nicht der richtige Zeitpunkt für Partyspielchen, Caine.«

»Da sind Fußabdrücke, Shanti. Nasse Fußabdrücke, die meines Erachtens von Ethan Flynn stammen.«

»Fußabdrücke? Wo?«

Er bückte sich und berührte einen davon, dann betrachtete er prüfend seine behandschuhten Fingerspitzen. Die Fußabdrücke waren lang und schmal und gespenstisch schwach.

»Sie sind bei der Hitze großteils verdampft«, sagte Caine. »Doch wenn man ihnen folgt ...« Er richtete sich wieder auf und ging ihr voran. »Wenn man ihnen folgt, stellt man fest, dass sie aus dem hinteren Bereich kommen. Sehen Sie? Von dort drüben, gleich bei den Verstärkern, wo der Boden nass ist. Der Gitarrenständer befindet sich genau in der Mitte, Ethan muss also in die Pfütze getreten sein, als er Excalibur geholt hat.«

»Vielleicht hat er sich eingenässt. Das passiert ständig, wenn Leute sterben.«

»Er ist aber nicht hier gestorben, sondern vorn auf der Bühne.«

»Gut möglich, dass er etwas verschüttet hat. Vielleicht hielt er ein Getränk in der Hand.«

»Tyrone hatte eine Flasche Bier beim Auftritt dabei, aber Ethan trinkt nie auf der Bühne. Außerdem bin ich mir ziemlich sicher, dass es sich um Wasser handelt.«

»Entschuldigen Sie, Caine, aber was soll das Ganze? Worauf wollen Sie hinaus?«

»Wie Sie vielleicht wissen, ist Ethan immer barfuß aufgetreten.«

»Ja, aber was hat das mit seinem Tod zu tun?«

»Konduktivität. Die Kombination von Strom, Wasser und nackter Haut ist tödlich.«

Sie starrte ihn mit nur halb verhohlener Ehrfurcht an. »Okay, Caine, Sie sind ein gottverdammtes Genie. Zwanzig Minuten später, und das Wasser wäre weg gewesen. Ich hole jemanden, der Fotos macht und Proben fürs Labor nimmt.«

Caine lächelte.

»Trotzdem ergibt das für mich keinen Sinn«, fuhr Shanti fort. »Sie hatten die Hälfte des Auftritts schon hinter sich, oder nicht? Warum hat Ethan nicht schon vorher einen Stromschlag bekommen?«

»Das habe ich mich auch gefragt. Allerdings bin ich mir ziemlich sicher, dass Excalibur das erste und einzige elektrische Instrument war, das er heute Abend gespielt hat – bei den anderen handelte es sich um altmodische Akustikinstrumente, die er zusammen mit Mikros benutzte, ohne direkte Stromzufuhr.«

»Dann sagen Sie mir, weiser Mann – warum wurde er nicht in der Sekunde gegrillt, in der er die Gitarre vom Ständer genommen hat?«

»Das ist eine gute Frage, aber wenn Sie sich die Filmaufnahmen ansehen, werden Sie bestimmt feststellen, dass er Excalibur am Leinenriemen hochgenommen und nur den Holzkorpus angefasst hat – Leinen und Holz leiten nicht. Der erste Kontakt mit Stromkomponenten – damit meine ich die Saiten – erfolgte, als er den Eingangsakkord anschlug.«

Shanti dachte einen Moment lang nach. »Okay, da haben wir's. Trotz aller Gerüchte haben wir es hier mit einem bedauerlichen Unfall zu tun. Möglicherweise mit strafbarer Fahrlässigkeit. Eine nasse Bühne, dazu nackte Füße und eine E-Gitarre ... KA-WUMM! Das ist schwer für die Stigma-Fans, aber ein enttäuschend einfacher Fall für uns.«

»Nicht so schnell, Shanti. Ich fürchte, so leicht ist das nicht. Die Sache ist die: In einer Gitarre fließt kein Strom.«

»Selbstverständlich fließt darin Strom. Das sagt doch schon der Name: E-Gitarre, *elektrische Gitarre.* Ethan Flynn hat einen Stromschlag bekommen, so viel steht fest.«

»Das werden die Kriminaltechniker bestätigen, aber wenn ich mich richtig erinnere, geht es um Elektromagnetismus. Wenn man die Saiten einer E-Gitarre anschlägt oder zupft, werden die Schwingungen über elektromagnetische Tonabnehmer abgenommen und elektronisch verstärkt wiedergegeben. Dabei wird kein Strom direkt in die Gitarre geleitet. Unter normalen Umständen wäre es so gut wie unmöglich, einen Stromschlag von einer elektrischen Gitarre zu erhalten, geschweige denn eine tödliche Ladung abzubekommen.«

»Genau das habe ich auch gesagt«, ließ sich eine leise Stimme hinter ihnen vernehmen.

Shanti und Caine drehten sich um und sahen sich der berühmten Radiomoderatorin MC Vula Plenty gegenüber, die neben dem korpulenten Benno an ihrer Seite unendlich schlank und elegant wirkte. Sie trug eine locker fallende Haremshose, dazu ein kurzes, besticktes Jäckchen und hatte ein violettes Tuch um den Kopf gebunden.

»So, Ms. Plenty«, sagte Benno. »Dann überlasse ich Sie mal meinen kompetenten Kollegen DI Shantala Joyce und DI Vincent Caine. Die beiden leiten die Ermittlungen.«

Zitternd und mit aschfahlem Gesicht gab Vula Plenty den beiden Detectives die Hand. Sofort stachen Shanti ihre langen, rubinroten Fingernägel ins Auge, genau wie die unzähligen Armreifen an ihren Handgelenken.

»Sie müssen entschuldigen, ich kann einfach nicht aufhören zu zittern. Ethan war so ein lieber Freund, und ich nehme an, ich bin traumatisiert. Mein Gott, können die denn nicht endlich aufhören, Fotos zu machen?«

»Kommen Sie hinter den Sichtschutz«, sagte Caine freundlich.

»Ich möchte helfen, wirklich. Ich werde alles tun, worum Sie mich bitten, außer … außer noch einmal dieses grässliche *Etwas* anzusehen. Das Bild werde ich wohl nie mehr aus dem Kopf bekommen. Ethan war so ein schöner Mann, verstehen Sie?«

»Das klingt, als hätten Sie ihn schon lange gekannt«, hakte Caine nach.

»Seit Jahren.« Vula Plenty seufzte und wischte sich mit dem Handrücken über die Augen. »Er war erst neunzehn, als er das erste Mal auf dieser Bühne aufgetreten ist, und eines kann ich Ihnen sagen: Ich habe es tagtäglich mit Rockstars zu tun, und neunundneunzig Prozent davon sind arrogante Narzissten – Tyrone ist das beste Beispiel dafür –, aber Ethan war anders. Er war freundlich und bescheiden. Er wusste, dass er nichts beweisen musste, denn er war ein echtes Genie. Jeder verliebte sich in ihn. Es tut mir leid, aber ich kann noch immer nicht fassen, dass das hier echt ist. Es kommt mir vor wie eine außerkörperliche Erfahrung. Im Augenblick frage ich mich, ob das Festival nach diesem Ereignis überhaupt noch eine Zukunft hat …«

Sie brach in unkontrolliertes Schluchzen aus, und zu Shantis Bestürzung trat Caine auf sie zu und legte einen Arm um sie.

»Mein Gott, Sie sind wirklich der netteste Cop, dem ich je begegnet bin«, sagte Vula und vergrub ihr Gesicht an seiner Brust.

»Ich störe ja nur ungern«, schaltete Shanti sich ein, »aber ich versuche, eine Ermittlung zu führen.«

»Es tut mir leid … es tut mir leid«, schluchzte Vula, öffnete eine in Leder gebundene Wasserflasche und trank durstig.

»Könnten Sie uns ein paar Hintergrundinformationen geben, Vula?«, erkundigte sich Caine sanft. »Wie viele Leute sind an einem solchen Stigma-Auftritt beteiligt?«

»Sie meinen, wie groß die Crew ist? Tja, Stigma ist eine äußerst erfolgreiche Band.« Sie räusperte sich, offenbar erleichtert, über sachliche Dinge reden zu dürfen. »Das Team ist riesig. Ich denke, sie beschäftigen etwa zwanzig eigene Leute, wenn nicht sogar mehr, dazu kommen noch viele andere … Lassen Sie mich überlegen … Es gibt zwei Tontechniker für den Publikumsbereich, die an dem Mischpult ungefähr auf der Hälfte des Felds arbeiten, und außerdem die Tontechniker an den Seiten der Bühne – das sind die Jungs, die den Sound abstimmen, den die Künstler über ihre Ohrstecker und aus den Verstärkern auf der Bühne hören. Dann sind da die Beleuchter, die Pyrotechniker und das Videoteam. Und dazu kommen noch die Aufbauhelfer.«

»Aufbauhelfer?«

»Das sind Leute aus der Gegend, die sich über einen Backstage-Pass freuen und ein bisschen Geld verdienen möchten. Meistens die Jungs vom Fußballverein. Sie entladen die Trucks und schleppen das Zeug durch die Gegend.«

»Ist es möglich, dass mit den Stromkabeln etwas nicht in Ordnung war? Ein Defekt?«

»Das ist ausgesprochen unwahrscheinlich.« Vula schüttelte den Kopf. »Vorher werden alle möglichen Checks und Tests durchgeführt, damit bei der Show nur ja nichts schiefgeht – es werden jede Menge Fehlerstrom-Schutzschalter eingebaut, und selbstverständlich werden sämtliche elektronischen Geräte zuvor auf Sicherheit überprüft. Außerdem fließt kein elektrischer Strom in die Gitarre hinein, wie Inspector Caine gerade eben richtig bemerkt hat.«

»Wer ist für die Elektronik verantwortlich?«

»Ein Mann namens Mudget, den alle ›Sparky‹ nennen. Er ist schon ewig dabei, lebt förmlich für seinen Job. Ihm gehört eine riesige Elektrofirma namens Spark1Up. Er hat sich auf groß angelegte Gigs in ganz Europa spezialisiert. Draußen unter den Bäumen parkt eine ganze Flotte von Spark1Up-Fahrzeugen. Es hat nie auch nur das kleinste Problem mit ihm gegeben, sonst hätte man ihn nicht immer wieder für das Festival engagiert.«

»Keine Meinungsverschiedenheiten zwischen Mr. Mudget und Ethan?«

»Wie ich schon sagte: Alle liebten Ethan.«

»Alle bis auf einen. Sein Bruder, Tyrone …«

»Tyrone hasst jeden.«

»Können wir mit Mr. Mudget sprechen?«

»Sicher. Der arme Sparky entfernt sich nie weit von der Bühne. Er ist ein Einzelgänger – ehrlich gesagt, habe ich ein bisschen Mitleid mit ihm. Er wohnt in der Fahrerkabine eines der Spark1Up-Sattelschlepper auf dem Gelände.«

»Sie waren uns eine große Hilfe, Ms. Plenty. Wir werden mit Sicherheit noch weitere Fragen haben, aber für heute Nacht ist das erst mal alles. Würden Sie uns einen Gefallen tun, wenn Sie gehen?«, fragte Caine.

»Sicher.«

»Würden Sie Mr. Mudget in seiner Fahrerkabine aufsuchen und ihn fragen, ob es ihm etwas ausmacht, sich zu den DIs Joyce und Caine auf die Hauptbühne zu begeben?«

Vula Plenty nickte, dann schenkte sie Caine ein zaghaftes Lächeln und wandte sich zum Gehen.

Shanti und Caine sahen ihr nach, bis ihre schmale Gestalt außer Sichtweite war.

»Verdammt«, sagte Shanti. »Ich bin froh, wenn die Bühne endlich komplett abgeschirmt ist. Wie sollen wir forensische Ermittlungen vor Publikum durchführen? Vielleicht sollten wir das ganze Festival einfach abblasen. Was halten Sie davon, Caine?«

»Das wäre ein logistischer Albtraum. Stellen Sie sich nur vor, was für einen Aufwand es bedeuten würde, all den aufgebrachten Fans ihr Eintrittsgeld rückzuerstatten. Und zudem würden sich so potenzielle Zeugen in alle Winde zerstreuen. Nein, das ist unmöglich. Fakt ist, dass wir den Fall bis Sonntagabend gelöst haben sollten.«

»Sagten Sie gerade *wir?*«

»Ich meinte Sie. *Sie* müssen den Fall bis Sonntagabend gelöst haben.«

»Nur damit ich das richtig verstehe: Es ist jetzt fast Donnerstag. Das heißt, uns bleiben vier Tage, um zu klären, was passiert ist. Das ist ausgesprochen knapp.«

In diesem Augenblick betrat ein ungepflegt wirkender Mann von der linken Seite her die Bühne und kam auf sie zu. Er trug ein verwaschenes Status-Quo-T-Shirt, unter dem seine schwarz behaarte Wampe hervorschaute; unter den Achselhöhlen hatten sich tiefe Schweißränder gebildet. Fettige, schulterlange Locken umgaben seinen kahlen Schädel wie ein Kranz, die Gläser der Drahtbrille vor seinen winzigen Augen waren verschmiert. Sein Alter ließ sich nur schwer schätzen – Shanti tippte auf irgendetwas zwischen dreißig und fünfundsiebzig.

»Sparky Mudget?«, fragte sie. »Ich bin Detective Inspector Shanti Joyce, und das hier ist DI Caine. Man hat uns gesagt, Sie seien für die Elektrik beim Stigma-Auftritt zuständig gewesen.«

»Das Ganze ist wahnsinnig schwer für mich.«

»Das verstehen wir. Trotzdem müssen wir Ihnen ein paar Fragen stellen. Wenn Sie so freundlich wären …«

»Vielleicht morgen. Ist das okay?«

»Äh, nein. Das ist nicht okay. Tut mir leid, Mr. Mudget, oder haben Sie im Augenblick noch eine weitere wichtige Verpflichtung?«

Mudget betrachtete die kompliziert aussehende Uhr an seinem Handgelenk.

»Eine Verpflichtung nicht gerade … Hören Sie, könnten wir in ungefähr fünfzehn Minuten fertig sein?«

»Wieso? Möchten Sie eine Fernsehsendung anschauen? *Bares für Rares* vielleicht? Wir haben hier einen toten Superstar, Mr. Mudget, einen Superstar, der an einem Stromschlag gestorben ist, was Sie für die Polizei zu einer Person von besonderem Interesse macht. Ich will mich klar ausdrücken: Wir werden so lange mit Ihnen reden wie nötig, im schlimmsten Fall die ganze Nacht über.«

»Schon gut, schon gut … Sie können ruhig etwas freundlicher sein.«

»Mr. Mudget, haben Sie etwas mit dem Tod von Ethan Flynn zu tun?«

»Wow! Echt, das packe ich nicht.«

»Beantworten Sie bitte einfach meine Frage.«

»Zum Teufel, nein! Ich habe den Mann geliebt. Außerdem ist der Gig in Glastonbury der größte auf dem ganzen Planeten! Warum sollte ich mir das versauen? Übrigens: nur noch vierzehn Minuten.«

»Augenblick mal. Wollen Sie vorsätzlich die Ermittlungen behindern? Was soll der Countdown?«

»Es tut mir leid, es ist bloß so, dass …«

»Was, Mr. Mudget?«

»Das kann ich nicht sagen.«

»Das sollten Sie aber.«

»Na schön. Sie können es genauso gut wissen. Ich habe etwas eingeschmissen.«

»Sie haben etwas eingeschmissen?«

Er vergrub das Gesicht in den Händen, die klein, behaart und voller schwerer Ringe waren.

»Das alles hier ist so stressig, und ich …«

»Was Sparky sagen will«, schaltete sich Caine mit sanfter Stimme ein, »ist, dass er eine Tablette eingenommen hat.«

»Eine nicht legale Substanz, meinen Sie?«, vergewisserte sich Shanti.

»Es tut mir wirklich leid«, jammerte Mudget. »Ich war total fertig. Mir ist schon klar, dass das dämlich war, aber was soll ich jetzt machen? In zehn Minuten fängt das Zeug an zu wirken.«

»Sagten Sie nicht gerade, in vierzehn Minuten?«

»Zeit fließt.«

Shanti verschränkte seufzend die Arme vor der Brust.

»Okay, Sparky«, übernahm Caine. »Reden Sie mit mir. Wir sind doch alle Freunde, richtig?«

»Wie Brüder, Mann.«

»Verraten Sie mir, ob Sie Ethans Equipment persönlich aufgebaut haben.«

»Das mache ich jedes Mal.«

»Dann möchte ich, dass wir uns sein Zeug jetzt gemeinsam ansehen. Schaffen Sie das?«

»Caine«, zischte Shanti. »Das ist doch absurd! Lassen Sie den Mann gehen und uns unseren Job weitermachen.«

»Ich stimme Ihnen zu, dass die Ausgangssituation nicht gerade ideal ist, aber Sie wollten, dass ich mit Ihnen zusammenarbeite, also lassen Sie mich für einen Moment die Dinge in die Hand nehmen.«

Caine wandte sich Mudget zu, der zunehmend besorgt wirkte.

»Haben Sie einen Schraubenzieher, Sparky?«

»Klar«, erwiderte Mudget.

»Gut. Fangen wir mit dem Verstärker an. Wie fühlen Sie sich?«

»Ein bisschen paranoid, wenn Sie die Wahrheit wissen wollen. Ihre Freundin macht mir Angst.«

»Bellende Hunde beißen nicht, mein Freund. Und jetzt blenden Sie alles andere aus. Ich möchte, dass Sie diese Handschuhe anziehen. Sehen Sie, ich trage sie ebenfalls.«

»Meine Haut ist elastisch.«

»Machen wir uns an die Arbeit, Sparky.«

Sparky Mudget ließ sich vor dem riesigen Verstärker, der noch immer mit Excalibur verbunden war, auf die Knie fallen und fing an, fachmännisch die Schrauben herauszudrehen.

»Das machen Sie gut«, sagte Caine. »Ich sehe, dass Sie darin Übung haben.«

»Das hab ich schon Millionen Male gemacht … aber so noch nie …«

Shanti starrte auf die bleichen Hügel von Mudgets aus der Hose ragenden Pobacken und seufzte erneut. »Herrgott, Caine. Was soll das bringen?«

»Haben Sie Geduld mit mir, Shanti.«

Als Mudget die vordere Verschalung abnahm, stöhnte er entsetzt auf. »Boa! Das gibt's doch gar nicht! Ich pack's nicht …«

»Sagen Sie mir, was Sie sehen, Sparky.«

»Das ist der Hammer. Ich sehe einen Kasten voller verbrannter Spaghetti.«

»Manche der Kabel sind geschmolzen, nicht wahr?«

»Meine Kabel! Meine schönen Kabel!«

»Warum sind sie geschmolzen, Sparky? Müsste da nicht ein Fehlerstrom-Schutzschalter eingebaut sein? Werfen Sie doch mal einen Blick auf die Schaltplatten und sagen Sie mir, ob irgendetwas an der falschen Stelle ist. Aber versuchen Sie bitte, nichts anzufassen. Sie machen das großartig, Sparky. Wir wissen Ihre Hilfe sehr zu schätzen.«

»Ich mag Sie. Sie sind nett. Ein Cop der Liebe.«

»Dann lassen Sie uns zusammenarbeiten.«

»Das da …«

»Das grün-weiße, flache Kabel? Das Masseband? Ist es …«

»Von der Erde getrennt.«

»Wovon zur Hölle redet der?«, zischte Shanti. »Wer ist von der Erde getrennt?«

»Haben Sie Geduld, Shanti«, murmelte Caine, dann, lauter: »Sparky, wollen Sie damit sagen, dass jemand die Erdung gelöst hat?«

»Die Erde ist vom Mutterschiff getrennt.«

»Okay, Caine, ich werde dieser Farce jetzt ein Ende bereiten.« Shanti schüttelte genervt den Kopf.

»Bitte, Shanti, das könnte entscheidend sein … Sparky, das Masseband wurde vom Mutterschiff getrennt?«

»Ethan wurde von der Erde getrennt«, erwiderte Sparky Mudget und kam wieder auf die Füße, die Arme ausgestreckt wie Flügel.

»Bleiben Sie bei mir, Sparky. Sie wollen also sagen, dass sich jemand an Ihren Kabeln zu schaffen gemacht hat?«

»Nichts ist so, wie es sein sollte.«

»Wer würde so etwas tun? Wer hätte Ethan Schaden zufügen wollen?«

Mudget schickte sich an, einen der riesigen Lautsprecher zu erklimmen.

»Toble … Toble … rone …«

»Tyrone? Hat er Tyrone gesagt, Caine? Mudget, haben Sie Tyrone gesagt?«

»Sie hat braune Augen wie To … blerone.« Mudgets Blick schweifte zu Caine. »Sie hat schöne Augen, Officer. Alle zwölf … wie tanzende Kerzen … Ich bete sie an …«

»Benno!«, rief Shanti. »Begleitest du Mr. Mudget bitte zu seinem Transporter? Nimm Dunster mit und sieh zu, dass jemand ein Auge auf ihn hat. Er darf das Gelände unter keinen Umständen verlassen. Ach ja, vielleicht solltest du ihn unterwegs von einem Sanitäter durchchecken lassen. Ich denke, er hat versehentlich eine illegale Substanz eingenommen.«

Mudget sprang von dem Lautsprecher, und als Benno und Dunster die Verfolgung aufnahmen, fing er an, die Bühne zu umkreisen. Endlich prallte er, begleitet vom ironischen Applaus des Publikums, gegen das Schlagzeug. Becken flogen in alle Richtungen, dann konnten die beiden Sergeants ihn endlich festhalten.

»Mir ist durchaus bewusst, dass die Befragung ein wenig ungewöhnlich war«, sagte Caine, »aber Sie haben ja gehört, was er gesagt hat – er ist fest davon überzeugt, dass sich jemand an seinen Kabeln zu schaffen gemacht hat.«

»Der Mann entspricht exakt der Definition eines unzuverlässigen Zeugen«, sagte Shanti. »Wie auch immer – ich verstehe, was Sie damit bezwecken wollen. Sehen wir zu, dass wir uns Mudgets Aussage bestätigen lassen. Ich schau mal nach, ob Dawns Elektroexperte schon eingetroffen ist.«

Während Dawn und der Kriminaltechniker vor dem Verstärker hockten, tranken Shanti und Caine Tee aus Pappbechern.

»Wäre es nach mir gegangen, hätte ich ihn festgenommen und seinen Sattelschlepper auf den Kopf gestellt«, beschwerte sich Shanti. »Abgesehen von allem anderen, ist er auf meinem Tatort herumgetanzt, was an und für sich schon ein Verbrechen ist.«

»Hören Sie, Shanti, Sie können jedes Fahrzeug und jedes Zelt auf dem Festgelände durchkämmen und werden mit Sicherheit tonnenweise Drogen sicherstellen, aber das hilft uns nicht, den Mörder zu finden.«

Dawn und der Elektroexperte prüften den gesamten Verstärker, machten Fotos und nahmen jedes einzelne verschmorte Kabel genauestens unter die Lupe. Nach einer ganzen Weile standen sie auf. Ihre Gesichter waren ernst.

»Wie lautet das Urteil?«, fragte Shanti.

»Tja, wir müssen das ganze Zeug zwar noch ins Labor schaffen, aber ich kann euch jetzt schon sagen, dass dieser Mudget recht hat. Das Masseband wurde tatsächlich abgetrennt, wodurch eine Notabschaltung verhindert wird«, erläuterte Dawn.

»Könnte das versehentlich passiert sein?«

»Möglich, aber unwahrscheinlich«, antwortete der Techniker. »Allerdings ist das nicht der einzige Punkt.«

»Was denn noch?«, drängte Shanti.

»Es gibt eine zusätzliche Zuleitung, die nicht dort sein dürfte. Sehen Sie selbst, das Kabel hier … Es scheint das Verstärkerchassis zu versorgen – das ist dieses Teil.«

»Kein Wunder, dass Sparky so erschüttert war«, sagte Caine.

»Er stand einfach nur neben sich, weil er etwas eingeschmissen hatte«, hielt Shanti dagegen.

Caine ignorierte sie. »Das bedeutet also, dass wir es mit vorsätzlichem Handeln zu tun haben?«

»Einfach ausgedrückt: Die Anlage wurde manipuliert«, brachte Dawn die Sache auf den Punkt. »Irgendwer – jemand, der genau wusste, was er tut – hat mit den Kabeln hantiert und dafür gesorgt, dass der gesamte Verstärker unter Strom stand, sodass zweihundertvierzig Volt direkt in Excalibur und Ethan Flynn geleitet wurden …«

»… der zuvor barfuß durch eine Pfütze getappt war«, ergänzte Caine.

Es entstand eine lange Pause, gefüllt von dem pulsierenden Sound des Festivals auf dem riesigen Gelände um sie herum.

»Du kennst mich, Shanti«, sagte Dawn. »Ich bin wirklich niemand, der voreilige Schlüsse zieht, doch wenn ich mich nicht völlig irre, haben wir es hier tatsächlich mit Mord zu tun – einem musikalischen Bilderbuchmord.«

## *Kapitel sechs*

# EIN SCHLEIER AUS TRÄNEN

Shanti und Caine standen Seite an Seite unter den Lichtbogen und sahen zu, wie der merkwürdig ausgebeulte Leichensack auf einer Bahre von der Bühne getragen und in einen Rettungswagen mit abgedunkelten Scheiben geschoben wurde.

Das traurige Spektakel wurde begleitet von dem kummervollen Klagen der Flynn-Familie. Eine Phalanx von Polizisten hielt die rempelnde Menge vom Backstage-Bereich fern, aber Queenie Flynn gelang es, die Absperrung zu durchbrechen und sich jammernd auf den in Kunststoff verpackten Leichnam ihres Sohnes zu stürzen.

Als man sie von ihm losgeeist hatte, warfen die Sanitäter die Türen zu, dann rollte der Wagen langsam über das Gras und durch die schwer bewachte Pforte des VIP-Bereichs. Als er auf das Hauptgelände fuhr, ging ein dumpfes Stöhnen durch die Reihen der wartenden Fans, was klang, als würden Tausende von Didgeridoos ein Klagelied anstimmen.

Caine berührte Shantis Hand. »Ich lasse Sie jetzt allein«, sagte er leise. »Ich muss jemanden suchen …«

»Misty, nicht wahr?«

»Ja, Misty. Wir sehen uns, Shanti. Ich hoffe, Sie finden Ihren Mörder. Richten Sie Paul liebe Grüße von mir aus und Ihrer Mum ebenfalls. Es wäre großartig, die zwei bald mal wiederzusehen.«

Er drehte sich um und ging davon, doch als er die VIP-Pforte erreichte, wurde ihm der Weg versperrt, und er blickte in das verzweifelte, tränenüberströmte Gesicht von Queenie Flynn.

»Moment mal … warten Sie! Sind Sie Caine? Vincent Caine?«

»Der bin ich. Mein aufrichtiges Beileid. Ich vermag mir gar nicht vorzustellen …«

»Das Leben ist ein Tränenschleier, Inspector Caine. Von Anfang bis Ende. Aber Sie können helfen, das weiß ich. Sergeant Bennett hat mir mitgeteilt, dass Sie die Ermittlungen leiten …«

»Äh, nein, ich denke, da müssen Sie mit meiner Kollegin sprechen, DI Joyce.«

Queenie stach mit dem Zeigefinger in seine Brust. »Ich glaube, *Sie* wurden geschickt, um ihn zu finden – den Mörder meines Sohnes. Versuchen Sie gar nicht erst, das zu leugnen. Sie haben etwas, junger Mann, eine ganz besondere Gabe.«

»Polizeiarbeit ist Teamwork, Mrs. Flynn.«

Sie fasste ihn beim Arm und hob den Blick zum Himmel. »Hören Sie, Mr. Caine. Können Sie es hören?«

»Was soll ich hören können?«

»Ethan natürlich. Ich weiß, dass Sie ihn hören, genau wie ich. Er fleht Sie an, ihn zu erlösen – ›Finde den, der das getan hat, Ma‹, das sagt er uns. Er ruft uns … ruft wieder und wieder. Erzählen Sie mir nicht, dass Sie ihn nicht hören, Mr. Caine.«

»Es stimmt«, schaltete sich Shanti ein, die näher getreten war. »Caine hat jede Menge Intuition. Hat er die Stigmata erwähnt, Mrs. Flynn?«

»Shanti!«, sagte Caine. »Das hätten Sie nicht …«

»Stigmata! Ich wusste es! Waren sie an den Händen oder an den Füßen?«

»An den Händen, Mrs. Flynn. Aber in Wirklichkeit waren es die Brandwunden von der Gitarre.«

»Ethan war auserwählt, Mr. Caine. Das wusste ich schon immer. Ein Segen für die Welt. Das ist ein Zeichen … ein Zeichen …«

»Das Problem ist, Mr. Caine hat gerade eben erklärt, dass er nicht bereit ist, uns bei diesem Fall zu unterstützen.« Shanti zuckte die Achseln. »Tut mir leid, Mrs. Flynn, er steht leider nicht zu unserer Verfügung.«

Queenie funkelte Caine mit tief geränderten, vom Weinen geröteten Augen an. »Er steht *nicht zur Verfügung?*«

»Hören Sie, Mrs. Flynn …« Caines Blick wanderte von Shanti zu Queenie.

»Mr. Caine, das müssen Sie Ethan schon selbst beibringen. Sagen Sie ihm, dass Sie ihn nicht aus dem ewigen Schwebezustand befreien und ihn damit vor Höllenqualen bewahren werden, weil Sie *nicht zur Verfügung stehen!*«

»Ich … nein. Sie haben recht. Ich übernehme den Fall, Mrs. Flynn. Für Sie und für Ethan.«

»Gott segne Sie, Mr. Caine. Ich zähle darauf, dass Sie die Tränen einer trauernden Mutter eindämmen können.«

## Kapitel sieben

# MÖRDER IN DER MENGE

Als es weit nach Mitternacht auf dem Festivalgelände ruhig wurde, saßen Shanti und Caine nebeneinander am Rand der Pyramid Stage und ließen die Füße baumeln. In der hügeligen Landschaft um sie herum stiegen kleine Rauchwolken von Lagerfeuern in den Himmel, die Zelte der Festivalbesucher leuchteten wie unzählige Lampions.

»Habe ich Ihnen schon gesagt, wie froh ich bin, Sie bei dem Fall an Bord zu haben, Caine?«, fragte Shanti.

Caine schüttelte den Kopf. »Ich denke, das haben Sie vergessen zu erwähnen.«

»Treiben Sie es nicht zu weit. Sie sind nervend, aber nützlich. Wieso kennen Sie sich eigentlich so gut mit Gitarren, Verstärkern und Elektromagnetismus aus?«

»Bücher. Physik in der Schule. Außerdem hab ich eine Zeit lang in einer Band gespielt.«

»Das war ja klar. Waren Sie wenigstens unerträglich schlecht?«

»Ich glaube, ja.«

»Dann verraten Sie mir besser nicht, wie die Band hieß.«

»Half Man Half Bull.«

»Ich sagte doch, Sie sollen es mir nicht verraten.«

»Wir hatten ein paar Auftritte in Südwestengland. Nichts Großes. Eine eher unbedeutende Tour.«

Shanti stöhnte. »Das war ein Scherz, oder? Sie sollten lieber nicht versuchen, lustig zu sein.«

»Es wird nicht wieder vorkommen.«

»Konzentrieren wir uns auf den Fall, Caine. Was haben wir bislang? Ich denke, es liegt auf der Hand, dass wir bei diesem Tyrone, Ethans Bruder, ansetzen.«

»Jahrzehntelange Rivalitäten …«

»… dazu ein Vorstrafenregister, das so groß ist wie sein Ego. Okay, der nächste Kandidat ist Ihr psychedelischer Freund Sparky Mudget.«

»Der sehr von Ihnen angetan ist, wenn ich mich recht erinnere. Augen wie Toblerone … Es ist richtig, dass Sparky über das technische Know-how verfügt, aber wo liegt das Motiv?« Caine legte nachdenklich die Stirn in Falten.

»Und dann ist da noch Vula Plenty«, sagte Shanti. »Vielleicht ist Ihnen nicht aufgefallen …«

»… dass sie eine Wasserflasche bei sich hatte?«

»Herrgott, Caine.«

»Eine limettengrüne Designer-Wasserflasche in einer Lederhülle. ›Elchtränen‹ stand darauf. Ich glaube, das ist ein kanadischer Anbieter, aber das kann ich überprüfen.«

»Vula hat einen Ausweis, der ihr Zugang zu sämtlichen Bereichen verschafft. Es wäre für sie ein Leichtes gewesen, etwas Wasser auf die Bühne zu schütten.«

»Auch hier stellt sich die Frage: Wo liegt das Motiv?«

»Keine Ahnung, aber das werden wir herausfinden. Übrigens, Caine, ist Vula womöglich …«

»Sie ist eine Transsexuelle, Shanti. Ich dachte, das sei allgemein bekannt.«

»Um ehrlich zu sein, hatte ich bis heute Abend noch nie von ihr gehört.«

»Sie moderiert eine sehr beliebte Radiosendung – *Vula Has Plenty For You.* Hauptsächlich internationale Charts – da ist wirklich jede Menge dabei. Misty ist ein großer Fan.«

»Das kann ich mir vorstellen. Wie dem auch sei, ich denke, unser Mörder ist direkt unter uns. Inmitten der Menge. Schleicht zwischen den Abertausenden schlafenden Fans umher.«

Caine legte sich mit dem Rücken auf die Bühne, die Hände hinter dem Kopf.

»Darf ich Ihnen einen Vorschlag machen, Shanti?«

»Geht es darum, das Ungewisse zu umarmen?«

»Ganz genau.«

Sie standen erschöpft auf, gingen an den uniformierten Kollegen an der Rückseite der Bühne vorbei und die Stufen hinunter in den VIP-Bereich, wo Dawn Knightly soeben die Türen ihres Vans schloss.

»Wie immer: vielen Dank, Dawn. Ich habe keinen blassen Schimmer, was wir ohne dich anfangen sollten.«

Benno, der die Ablöse gebrieft hatte, kam zu ihnen herüber.

»Wie sieht deine Strategie aus, Chefin?«

Shanti räusperte sich. »Mudget scheint den Verdacht auf Tyrone Flynn lenken zu wollen, und damit ist er nicht der Einzige. Ich habe daher vor, Tyrone gleich in der Früh einen Besuch abzustatten.«

»Das habe ich bereits geklärt, Chefin. Er erwartet euch um zehn auf dem Hof im Dorf.«

»Du bist einfach legendär, Benno.«

Benno grinste. »Ihr solltet versuchen, ein bisschen Schlaf zu bekommen.«

»Das sehe ich genauso. Machen wir Feierabend. Ich habe auf dem Weg hierher ein Prem gesehen.«

»Ein Prem, Chefin?«

»Ein Premier Inn. Oder ist es zu spät, sich ein Zimmer zu nehmen?«

»Ha!«

»Warum lachst du mich aus, Sergeant Bennett?«

»Bei allem Respekt, Chefin, du machst Witze! Während des Festivals findest du kein Zimmer im Umkreis von zig Meilen!«

»Und wo bist *du* untergebracht?«

»Das Team vor Ort hat eine Basis oberhalb des Big-Ground-Camping-Areals im Norden des Festivalgeländes.«

»Gibt es dort Betten?«

»Ein paar Schlafsäcke, wenn wir Glück haben. Ich haue mich im Laderaum des Vans aufs Ohr, zusammen mit Dunster, auch wenn ich mir dabei einen Hexenschuss zuziehe.«

»Und was soll ich jetzt machen?«

»Ich werde etwas für Sie organisieren«, schlug Caine vor. »Gute Nacht, Benno. Gute Nacht, Dawn.«

Shanti hängte sich ihre Tasche um und folgte Caine aus der VIP-Zone. Ihre Füße schmerzten höllisch. Und es gab da noch ein weiteres Problem …

»Caine, wenn ich Ihnen etwas Persönliches anvertraue, versprechen Sie mir, dass Sie nicht lachen?«

»Selbstverständlich, Shanti. Ich werde ganz bestimmt nicht lachen, darauf können Sie sich verlassen.«

»Ich habe etwas, was man vielleicht als ›Phobie‹ bezeichnen könnte.«

»Aha.«

»Als ich noch in der Schule war, kursierten immer wieder Gerüchte über Festivaltoiletten. Eine lange Reihe von Plumpsklokabinen. Denken Sie nur an diese eine Szene aus *Trainspotting*, wo man meint, man würde einen Domestos-Werbespot ansehen. Um ehrlich zu sein, Caine, würde ich es lieber mit einer Biker-Gang aufnehmen, als eine dieser Toiletten aufzusuchen. Die machen mir echt Angst.«

»So schlimm sind die heutzutage gar nicht.«

»Es sind Menschen darin umgekommen, Caine, wussten Sie das nicht? Betrunkene sind durch die Sitze in die beschissene Hölle darunter gerutscht.«

»Nun, ich habe eine Überraschung für Sie, Shanti.«

»Eine angenehme Überraschung?«

»Eine wundervolle. Folgen Sie mir einfach. Es ist nicht weit.«

Mit seinem fledermausartigen Orientierungsvermögen führte Caine sie zwischen den unzählbaren Zelten hindurch und warnte Shanti dann und wann vor Spannseilen und auf dem Boden liegenden Hindernissen.

Als sie das Camping-Gelände hinter sich ließen, standen sie plötzlich vor einer ellenlangen Schlange, die geduldig vor – Zitat Caine – »den besten Toiletten in ganz Glastonbury« warteten. Bei diesen handelte es sich um eine Reihe von luxuriösen Minipalästen namens »Toiletten der Träume«, betrieben von WaterAid, das die Kunden auf den Mangel an Sanitäranlagen in der Dritten Welt aufmerksam machen wollte. Hinter der fest verschließbaren Tür entdeckte Shanti einen glänzenden Keramikthron, außerdem gab es kochend heißes Wasser, frische weiße Handtücher, angenehm duftende Seife und Handcreme, das Ganze aufgepeppt mit Discokugeln, verspiegelten Fliesen und leiser Entspannungsmusik.

Grinsend kam sie wieder heraus. »Na schön, Caine. Wenn Sie jetzt noch ein anständiges Bett für mich auftreiben, bin ich bereit, es später mit der ganzen Welt aufzunehmen. Meinen Sie, wir brauchen noch lange? Ein bisschen Schlaf würde mir verdammt guttun!«

»Wir sind schon fast da; es ist oben auf dem Hügel. Ich weiß ja nicht, wie es Ihnen geht, aber ich schlafe besser in einem Zelt als in meinem eigenen Bett. Das hat wohl etwas mit dem Kontakt zur Erde zu tun …«

»Was? Einen Augenblick mal … Wohin genau bringen Sie mich?«

»Zu meinem Zelt. Oberhalb des Healing Field.«

»Wo?«

»Das ist die große Chill-out-Area mit den wunderschönen mystischen Gärten, wo man sich ausruhen, tanzen oder massieren lassen kann. Dort kümmern sich viele Heiler um die Besucher, und es werden Yoga- und andere Workshops für das physische oder psychische Wohl angeboten.«

»Aha.«

»Kommen Sie, Shanti, es ist nicht weit bis zu meinem Zelt.«

»Haben Sie Ihren buddhistischen Verstand verloren? Um nichts auf Gottes Welt werde ich mit Ihnen ein Zelt teilen.«

»Moment mal, Shanti ... Es ist ein großes Zelt. Außerdem können Sie nirgendwo anders hin.«

»Ehrlich, ich quetsche mich lieber zusammen mit Benno und Dunster in einen Schlafsack, als dass ich die Nacht in einem Zelt mit Ihnen und diesem ... diesem Flittchen teile. *Misty.* So heißt sie doch, oder?«

»Shanti ...«

»Kommen Sie morgen früh um halb acht. Pünktlich. Und bringen Sie Tee mit, Caine. Starken Tee.«

## *Kapitel acht*

# ANDEUTUNGEN VON STERBLICHKEIT

Ihr Körper schmerzte schon, bevor sie wach wurde. Stöhnend öffnete sie ein Augenlid. Es war aberwitzig hell. Von draußen drang eine Kakofonie aus Kinderlachen, Vogelgezwitscher und gedämpften Stimmen zu ihr herein.

Der Polizei-Van parkte an einem Hang, weshalb ihr furchtbar dünner Nylonschlafsack abwärts gerutscht war und sie nun in ausgesprochen schmerzhafter Haltung zusammengekauert in einer Ecke bei den Hecktüren lag. Dunster und Benno waren bereits unterwegs, was ein Segen war, doch der an eine Bärenhöhle erinnernde Geruch schlafender Männer hing noch in der Luft.

Wie war es möglich, dass sie sich fühlte, als hätte sie einen Kater, obwohl sie gar nichts getrunken hatte? Sie zog die Jeans an, dann wühlte sie in ihrer Umhängetasche und zog eine Zahnbürste und eine Packung feuchte Tücher heraus. Anschließend kletterte sie auf den Beifahrersitz und warf einen Blick in den Spiegel in der Sonnenblende. Sie machte sich so gut es ging frisch, dann strich sie ihre Haare zurück und kroch wieder nach hinten, wo sie zögernd eine Tür öffnete.

Unter ihr erstreckte sich das Festivalgelände, das aussah, als hätte jemand eine Spielzeugkiste ausgeschüttet – Zirkuszelte, kunterbuntes Chaos, jede Menge Festzelte. Sie dachte an Paul und zuckte zusammen.

Der Van parkte am Rand des Polizei- und Sicherheitskräften vorbehaltenen Areals und überblickte einen zur Gemeinde von

Kilton gehörenden Campingplatz. Einige Hundert Meter weiter … o mein Gott! Einige hundert Meter weiter genoss ein Paar mittleren Alters sein Frühstück … unbekleidet, ein glückseliges Lächeln auf den Lippen.

In der Ferne sah sie die vertraute Gestalt von DI Caine, der sich einen Weg zu ihr bahnte, eine Thermoskanne in der Hand. In der anderen hielt er zwei Becher. Oje, gleich würde er einen Schock bekommen, denn er musste genau an Mr. und Mrs. Wabbelfleisch vorbei.

Doch als er bei ihrem Zelt ankam, erwiderte er einfach ihr Lächeln und ging weiter. Nein, er blieb sogar kurz stehen, und Shanti sah, wie er etwas zu den beiden sagte – vermutlich etwas über die furchtbare Tragödie gestern, seiner ernsten Miene nach zu urteilen. Dann veränderte sich sein Gesichtsausdruck, und er deutete zum Himmel, offenbar freute er sich über das herrliche Wetter. Jetzt wandte er sich ab, und Shanti hörte, wie er im Weggehen eine Bemerkung über das Leben machte, das eine »seltsame und wundervolle Reise« sei. Die drei wünschten sich einen schönen Tag und versicherten einander, dass sie jeden Moment davon auskosten würden.

»Caine! Ich bin hier oben … Caine …«

»Ach, da sind Sie, Shanti. Ich habe Ihnen Tee mitgebracht.«

»Der Tee ist nicht so wichtig. Haben Sie nicht etwas vergessen?«

»Ich denke nicht.«

»Doch, haben Sie. Paragraf fünf des Gesetzes für öffentliche Ordnung von 1986. Der Abschnitt über Nacktheit in der Öffentlichkeit. Belästigung der Allgemeinheit.«

Caines Mundwinkel zuckten. Er stellte die Becher auf den Boden des Vans und schenkte ihnen dampfenden Chai-Tee ein.

Auf Shantis Becher stand: *Tu nicht einfach irgendwas, sei da!*

Der Spruch auf Caines Becher lautete:

*Was wollen wir?*

*Erleuchtung.*

*Wann wollen wir Erleuchtung?*

*Danke der Nachfrage, irgendwann während der nächsten drei Reinkarnationen wäre schön.*

Sie hätte einen Mord begehen können für eine Tasse mahagonifarbenen Yorkshire-Tee, doch erstaunlicherweise schmeckte die ungenießbar aussehende Flüssigkeit in ihrem Becher ebenfalls köstlich – milchig, würzig und süß. Ein schwaches Déjà-vu an längst vergangene Urlaube bei ihrer Großmutter in Kerala stieg in ihr auf wie der duftende Dampf des heißen Tees.

»Wie haben Sie geschlafen, Shanti?«

»Ich habe nicht geschlafen.«

»Das tut mir leid. Ich hatte Ihnen angeboten …«

»Ja, ich weiß. Ich nehme an, ich bin enttäuscht, aber nicht sonderlich überrascht. Es muss schwer für Sie sein, Ihre Urtriebe niederzukämpfen. Zu dritt in einem Zelt – die Fantasie eines jeden Pfadfinders.«

»Ich denke, ich sollte Ihnen etwas erklären. Misty ist meine Schwester.«

»Lügen macht es nur schlimmer, Caine.«

»Nun, genau genommen meine Halbschwester. Außerdem hat sie ihr eigenes Zelt. Ich habe versucht, Ihnen klarzumachen, dass ich ihretwegen hier bin, aber dazu bin ich nicht gekommen. Sie ist Sängerin, meiner Meinung nach ein herausragendes Talent, und wissen Sie, was?«

»Was?«

»Heute Nachmittag hat sie ihren ersten richtigen Gig! Bloß auf der kleinen Akustikbühne am Field of Avalon, aber ich bin unglaublich stolz auf sie. He! Vielleicht kommen Sie auch. Misty würde sich sehr freuen.«

»Machen Sie Witze, Caine? Ich kann mir nicht einfach den

Nachmittag freinehmen. Ich leite die Ermittlungen in einem Mordfall, haben Sie das schon vergessen?«

»Aber nein. Das verstehe ich.«

»So. Was ich jetzt brauche, ist Frühstück. Wissen Sie, wo ich hier etwas Anständiges zwischen die Zähne bekomme? Toast, Eier, Schinkenspeck?«

»Ich bin in einer halben Stunde mit Misty verabredet. Wir kennen ein nettes kleines Lokal, wo alles angeboten wird. Ach übrigens, meine Schwester möchte uns etwas über Ethan erzählen.«

Shanti kletterte aus dem Van, streckte sich und strich ihre Klamotten glatt.

»Darauf bin ich gespannt, aber wir dürfen nicht vergessen, dass wir um zehn Uhr Tyrone befragen wollen.«

»Selbstverständlich. Seine Unterkunft liegt nur einen zwanzigminütigen Fußmarsch von hier entfernt.«

Shanti folgte Caine über das Areal für die Einsatzkräfte in Richtung des exhibitionistischen Paars. Caine lächelte, Shanti runzelte die Stirn.

»Wie machen Sie das bloß, Caine? Wie können Sie so … aufgekratzt sein?«

»Wie ich schon sagte: Ich schlafe wunderbar in meinem Zelt. Um diese Jahreszeit wird es gegen fünf Uhr morgens hell, also bin ich aufgestanden und zu dem Steinkreis auf dem Healing Field gegangen. Es heißt, er liegt auf einer Linie mit dem Glastonbury Tor.«

»Hm.«

»Es gibt dort eine wundervolle *sangha* und …«

»Übersetzung, bitte.«

»Buddhistische Gemeinschaft. Wir treffen uns bei Anbruch der Morgendämmerung am Steinkreis und meditieren.«

»Wie hätte es auch anders sein sollen?«

»Das macht einen bereit für den Tag, Shanti. Vielleicht möchten Sie morgen mitkommen …«

Caines Schwester wartete bereits am Hundred Monkeys Café – ein offenes Zelt voller bärtiger Männer und Frauen ohne BH. In megakurzem Minirock und kniehohen Springerstiefeln verströmte Misty denselben Optimismus wie ihr älterer Bruder, ihr Lächeln war genauso offen und freundlich wie seins.

Die Stimmung hier war wie überall auf dem Festivalgelände – gedämpft und beklommen. Sämtliche Gespräche schienen sich um Ethans tödlichen Abgesang zu drehen.

Caine und Misty umarmten sich voller Wärme, und Shanti wusste sofort, dass sie niemals so eng mit ihrem Bruder sein würde – vorausgesetzt, sie hätte einen. Hatte sie aber nicht.

»Ich habe gehört, Sie sind Sängerin, Misty?«

»Du kannst ›du‹ zu mir sagen, hier auf dem Festival duzen sich alle. Und ja – ich habe heute meinen ersten richtigen Gig. Um ehrlich zu sein, mache ich mir fast in die Hose vor Aufregung.«

»Du bist bestimmt großartig«, versicherte Caine ihr. »Sei einfach du selbst, und alle werden dich lieben.«

Sie reihten sich in die Schlange ein, um etwas zu essen zu ordern, und Shanti stellte fest, dass die Geschwister beide das Gleiche nahmen: Naturjoghurt mit Saaten, frisches Obst, eine Scheibe Vollkornbrot mit Honig und ein Glas Saft. In Anbetracht dessen war ihr ihre eigene Bestellung beinahe peinlich, aber sie hatte nun mal einen anstrengenden Job zu erledigen, und deshalb brauchte sie Fleisch und tierische Fette. Wer wusste schon, wann sie überhaupt wieder etwas zwischen die Zähne bekam?

»Ist Misty dein richtiger Name?«, fragte sie, als sie sich gemeinsam mit Caine und seiner Schwester an einen der langen Picknicktische gesetzt hatte und nun Butter auf ihr Brot spachtelte.

»O nein, das ist eine Art Künstlername. Als ich klein war, hat man mich so genannt, stimmt's, Vince?«

»In Wirklichkeit heißt sie Tina, und irgendwann ist ›Miss T.‹ zu Misty geworden, was gut zu ihr passt.«

»Inwiefern?«

»Meine Schwester ist wie der Nebel, nicht wahr, Kleines? Sie verschwindet monatelang auf ihren Reisen, als hätte sie sich in Luft aufgelöst, und urplötzlich taucht sie wieder auf.«

»Du musst endlich aufhören, dir Sorgen um mich zu machen, Vince. Ich bin kein Kind mehr.«

»Das weiß ich. Trotzdem mache ich mir Sorgen um dich, dagegen kann ich nichts tun.«

»Caine hat mir erzählt, dir sei etwas zu dem Fall eingefallen?«, brachte Shanti das Gespräch auf das eigentliche Thema.

»Ich weiß nicht, ob es wichtig ist …«

»In diesem Stadium der Ermittlungen ist alles wichtig.«

»Nun, als Sängerin habe ich einen Backstage-Pass. Gestern Nachmittag war ich hinter der Pyramid Stage und habe tatsächlich mit Ethan gesprochen. Wie ich dir schon sagte, Vince: Vielleicht war ich die letzte Person, mit der er geredet hat, bevor er auf die Bühne gegangen ist.«

Es kostete Shanti einige Mühe, ihre vollbeladene Gabel zum Mund zu führen, ohne dass etwas herunterfiel, aber sie schaffte es. Mein Gott, die in dieser Gegend hergestellten Würstchen waren einfach köstlich, auch wenn die Blicke der heiligen Geschwister ihr das Gefühl vermittelten, sie würde mit jedem Bissen ein quiekendes Ferkel abschlachten.

»Das ist interessant«, sagte sie mit vollem Mund. »Erzähl mir davon. Seid ihr euch da zum ersten Mal begegnet? Was für einen Eindruck hat er auf dich gemacht?«

»O ja, wir sind uns zuvor noch nie über den Weg gelaufen, doch zu meiner Überraschung kannte er meine Songs – zumindest hat er das behauptet. Vielleicht wollte er einfach nur nett sein. Er war überhaupt sehr charmant. So offen und interessiert, und das an *mir.* Ich meine, Ethan ist … war der vielleicht größte Name der ganzen Musikszene. Früher bin ich von der Schule nach Hause gerannt, nur um eins seiner Alben aufzulegen, erinnerst du dich noch, Vince? Ich kann gar nicht glauben, dass er nicht mehr unter uns ist.«

»Kommen wir zurück zu eurem Treffen, Misty. Hast du ihn angesprochen?«

»Ja. Ich habe ihn dort stehen sehen, barfuß und einfach nur wunderschön, und ich dachte: Jetzt oder nie! Also bin ich zu ihm gegangen und habe Hi gesagt. Ich wusste, dass er gleich vor wer weiß wie vielen Menschen auftreten würde, aber er hat sich tatsächlich zu mir umgedreht und mit mir geredet, als wären wir Freunde.«

»Was hat er gesagt?

»Das war merkwürdig. Es war, als würde die Zeit stillstehen. Entschuldigung, ich weiß, dass das ein Klischee ist, aber es war wirklich so – als würde nichts anderes existieren außer uns, als wären wir zwei ganz allein auf der Welt. Ich konnte es nicht glauben, aber er hat sich tatsächlich für meine Karriere interessiert, hat mir Ratschläge gegeben.«

»Was für Ratschläge?«

Himmel, der geröstete Schinkenspeck war köstlich! Es hieß ja, zu viel Fleisch sei krebserregend, aber was war schon ein kleiner Tumor im Vergleich mit Gaumenfreuden wie diesen? Misty und Caine hatten ihren Joghurt kaum angerührt, als Shanti schon bereit für einen Nachschlag war.

»Ach, das Gleiche, das Vince mir auch immer rät: Bleib du selbst und so weiter. Er sagte, ich solle für *mich* Musik machen und mich nicht an dem orientieren, was andere Menschen von mir erwarten.«

»Aha. Und was noch?«

»Er meinte, es sei ein guter Trick, zwei Gesichter zu haben für die beiden Seiten des Geschäfts, und darauf zu achten, niemals das falsche aufzusetzen.«

»Was meinte er damit?«

»Nun, die Musikwelt kann gnadenlos sein, deshalb muss man sich bei geschäftlichen Dingen tough und emotionslos geben, als handele es sich um die Musik von jemand anderem. Als wäre man sozusagen sein eigener Superagent. Wenn man dagegen Songs schreibt oder performt, muss man sein emotionales, kreatives Gesicht zeigen. Sein Herz öffnen. Diese beiden Gesichter dürfe man niemals verwechseln, das hat er extra betont. Mit anderen Worten: Gehe dein Business völlig emotionslos an, aber sei nicht verkopft in Bezug auf deine Kunst. Und heute Nachmittag werde ich mein Herz für Ethan öffnen.«

»Okay, aber sagtest du nicht, das Gespräch sei merkwürdig gewesen?«

»Ja. Ich habe keine Ahnung, wie lange wir geredet haben. Vielleicht sechs oder sieben Minuten, wenngleich es mir länger vorkam. Dann ist Tyrone mit ein paar harten Kerlen aufgetaucht. Er schien aufgewühlt zu sein, und … ich fand, er war verdammt grob.«

»Was hat er gesagt?«

»Er hat gesagt: ›Sollen wir jetzt diesen Scheißgig hinter uns bringen, oder willst du sie erst ficken?‹ Es war grauenhaft.«

»Was hat Ethan geantwortet?«

»Er hat sich bei mir entschuldigt und gewartet, bis Tyrone und seine Jungs wieder weg waren, dann hat er meine Hand genommen, auf eine ganz nette Art. Er hat so komische Andeutungen gemacht … Warte, ich versuche, mich genau zu erinnern …«

»Lass dir Zeit.«

»Er hat gesagt: ›Ich werde bald sterben, Misty, das weiß ich. Aber das ist in Ordnung. Mein Werk ist beinahe vollbracht.‹ Oder so ähnlich.«

»Wahnsinn! Und was hast du geantwortet?«

»Ich war total perplex. Mein einziger Gedanke war: *Hat er das gesagt? Hat er das tatsächlich gesagt?* Wir konnten bereits Vula

Plenty auf der Bühne hören. Sie hat die Menge in Stimmung gebracht, die begeistert Ethans Namen grölte. Ich konnte mir gut vorstellen, wie aufregend und gleichzeitig erschreckend es sein musste, da rauszugehen und sich dieser irrsinnigen Anbeterei zu stellen. Dann wurde er auf die Bühne gerufen, und er … o Gott …«

»Was, Misty?«

»Er hat mich geküsst. Ganz sanft. Mitten auf die Stirn. Es war schön. Anschließend ist er barfuß die Stufen hinaufgerannt, und ich bin um die Bühne herum nach vorn gegangen und habe mich mit Vince getroffen.«

»Wir haben uns zusammen den Auftritt angesehen«, ergänzte Caine.

»Und wir haben getanzt, stimmt's, Vince? Es war so schön! Und dann, als es passiert ist … als er diesen verhängnisvollen Song spielen wollte, da habe ich es gespürt. Ein Brennen, genau an der Stelle, auf die er mich geküsst hat. Ich kann es jetzt noch fühlen. Seht ihr irgendwo ein Mal auf meiner Stirn?«

Shanti schüttelte den Kopf. »Nein. Höchstens eine leichte Rötung.«

Tränen strömten wie Perlenschnüre über Mistys schönes Gesicht.

Shanti stand auf. »Ich hole mir schnell noch einen Kaffee und erledige ein paar Anrufe. Ihr könnt unterdessen in Ruhe frühstücken, und dann treffen Caine und ich uns mit dem liebenswerten Tyrone Flynn. Danke für das Gespräch, Misty. Du ahnst nicht, wie nützlich das für uns sein kann. Ich brauche dich vielleicht noch für eine offizielle Aussage, wenn das für dich in Ordnung ist.«

»Klar.«

»Ach ja, du könntest etwas für mich tun – geh noch mal in dich und versuch, dich erneut genauestens an deine Begegnung mit

Ethan zu erinnern. Jedes noch so kleine Detail könnte ausschlaggebend sein.«

»Okay, Shanti. Ich gebe dir Bescheid, sollte mir noch etwas einfallen. Ich bin echt froh, dass du mit Vince zusammenarbeitest. Er ist ein ganz besonderer Mann – das weißt du ja sicher. Aber auch du bist echt großartig.«

Shanti verließ das Hundred Monkeys Café und fand ein halbwegs ruhiges Plätzchen neben einem riesigen Wegweiser, der in Richtung verschiedener bizarrer, nicht existenter Zielorte deutete: *Hoffnung, Höllenregion, Tal Der Gesundheit, Schicksal* und andere. Von hier aus rief sie Benno an.

»Ich habe keine Ahnung, was Dunster gestern Abend gegessen hat, aber ich möchte auf keinen Fall noch einmal im Umkreis von einer Meile neben ihm schlafen.«

»Ich glaube, es war ein Ziegencurry, Chefin.«

Shanti schüttelte sich.

»Was hast du für mich, Benno?«

»Nun, jede Menge arrogante Agenten, die mich anschreien, weil wir die Pyramid Stage abgesperrt haben.«

»Sag ihnen, sie haben Pech gehabt, aber formuliere es höflich.«

»Ich bin immer höflich, Chefin.«

Shanti legte auf und rief Dawn Knightly an, die ihr bestätigte, was sie bereits wussten: dass Ethan Flynn am Mittwoch, dem 26. Juni, um 21:44 Uhr von einen oder mehreren unbekannten Personen ermordet worden war. Als Todesursache galt ein Stromschlag von seiner Gitarre, Excalibur, aufgrund des manipulierten Verstärkers. Die fatalen Umstände waren begünstigt worden durch die Tatsache, dass der Verstorbene zuvor barfuß durch eine leitende Flüssigkeit gegangen war.

»Du meinst Wasser?«, fragte Shanti und spitzte die Ohren, um Dawn trotz des Lärms der vielen Menschen um sie herum zu verstehen.

»Konkret gehe ich davon aus, dass es sich um Wasser mit einer kleinen Menge an Haushaltsreiniger handelt – vermutlich Spülmittel.«

»Was hat das zu bedeuten, Dawn?«

»Wir haben die Tests noch nicht abgeschlossen, aber ich würde sagen, dass die Viskosität des Spülmittels die Leitfähigkeit des Wassers zusätzlich erhöht hat. So oder so – hier wusste jemand ganz genau, was er tut.«

»Das ist höchst interessant. Was hast du jetzt vor, Dawn?«

»Im Augenblick bin ich mit dem Van unterwegs. Wir fahren zu dem Bauernhaus in Kilton, in dem Ethan Flynn abgestiegen war. Wir wollen uns sein Schlafzimmer vornehmen.«

»Caine und ich sind mit seinem Bruder Tyrone verabredet. Er wohnt ebenfalls dort.«

»Dann sehen wir uns da. Ach, Shanti, noch eine wichtige Frage …«

Aber Shanti legte auf, bevor Dawn weitersprechen konnte, und wählte die Nummer ihrer Mutter. Sie erwischte ihre Mum und Paul, als sie gerade zur Schule fahren wollten. Die beiden hatten den Vorfall in den Nachrichten gesehen, und Shanti konnte es sich nicht verkneifen, ein bisschen damit zu prahlen, mit welchen Stars sie es zu tun hatte. »Wahrscheinlich muss ich auch noch Sista Tremble befragen«, erklärte sie lässig. Nachdem sie sich vergewissert hatte, dass zu Hause alles in Ordnung war, schlenderte sie zurück zum Hundred Monkeys Café, wo Caine und Misty noch beim Frühstück saßen. Heiliger Strohsack! Nahmen die ihre Nahrung via Osmose auf?

Außer Sichtweite blieb sie stehen und sah den beiden beim Essen zu. Sie lächelten einander voller Herzlichkeit an und wechselten ab und an ein paar freundliche Worte. Misty sah aus wie eine hell lodernde Flamme. Caine wie ein Stück Kohle.

Die achtsame Art und Weise, mit der Caine seine Nahrung zu sich nahm, ließ Shanti daran denken, wie die Truppe aus Yeovil in der Kantine das Essen in sich hineinschlang. Wie Labradore, dachte sie. Munter scherzend schlugen sie sich die Mägen voll. Hätte man sie hinterher gefragt, was sie eigentlich gegessen hatten, hätte das vermutlich kaum jemand gewusst. Und sie war genauso. Fast jeden Abend aß sie mit Mum vor dem Fernseher, und um ehrlich zu sein, würde es ihnen wahrscheinlich nicht einmal auffallen, wenn sie Pappe in sich hineinstopften.

Als sie beobachtete, wie sich Caine bedächtig einen halben Löffel voll Joghurt in den Mund schob, war sie zu neunundneunzig Prozent genervt. Das noch verbliebene eine Prozent aber wollte ihn küssen, während er aß. Ihm den letzten Hanfsamen von den lächelnden Lippen lecken.

»Also gut, Caine, Sie werden wohl um eine Verpackung für die Reste bitten müssen, denn wir haben eine Befragung durchzuführen, und ich will im Dorf nach meinem Wagen sehen.«

Weiteres Wangenküssen und Tief-in-die-Augen-Blicken. Es war wirklich keine Überraschung, dass sie die beiden für Bettgenossen gehalten hatte!

»Ich suche mir irgendwo ein ruhiges Fleckchen und denke noch einmal über meine Begegnung mit Ethan nach. Mir ist klar, wie wichtig das ist«, sagte Misty.

»Da bin ich dir sehr dankbar, Misty. Ich möchte dich vor deinem Gig nicht zusätzlich unter Druck setzen, aber die Chance, dass du die Letzte warst, die mit ihm gesprochen hat, ist tatsächlich sehr groß. Wie ich schon sagte: Oft sind die scheinbar unbedeutenden Details die entscheidenden.«

»Ich werde mir alle Mühe geben, das verspreche ich.«

»Danke. Ich drücke dir die Daumen für deinen Auftritt. Kommen Sie, Caine, wir müssen los. Einen Mörder festnehmen.«

# Kapitel neun

## WORTHY FARM UND UNWORTHY FARM

Sie gingen über den asphaltierten Gehweg am Kidzfield vorbei, wo sich dreckverkrustete, lockige Kleinkinder, von denen viele die Gesichter wie Tiere geschminkt hatten, auf Piratenschiffen tummelten.

Warum zum Teufel konnte sie keinen normalen Job haben, der es ihr ermöglichte, mehr Zeit mit Paul zu verbringen? Tränen stiegen in ihre Augen, weshalb sie schnell an etwas anderes dachte. Sie war müde, das war alles.

Endlich erreichten sie den Zaun des Festivalgeländes und zeigten ihre Dienstmarken, bevor sie die Auffahrt hinunter ins Dorf gingen. Hier schlug ihnen der Geruch von Geld entgegen. Es gab elegante Architektenvillen mit Balkonen, die das Festivalgelände überblickten. Auf diesen Balkonen saßen reiche Londoner mit kurzen Hosen, Hawaiihemden und Designer-Sonnenbrillen und schlürften Bollinger. Zweifelsohne die Typen, die bis spät in die Nacht grillten und dazu Coldplay hörten, während die, die den Lärm nicht vertragen konnten, ihre Anwesen gegen gigantische Summen während der Festivalzeit vermieteten.

Andere Teile von Kilton waren traditioneller: Stein-Cottages, vor denen alte Leute ihre Gärten pflegten, taub gegenüber dem unablässigen Getöse.

Der Saab parkte noch genau an der Stelle, wo sie ihn stehen gelassen hatte. Erleichtert stellte sie fest, dass jemand einen Zettel hinter den Scheibenwischer geklemmt hatte, auf dem stand, dass der Parkplatz von der Polizei genehmigt sei.

Die Straßennamen in Somerset gefielen Shanti: Neat Lane – die schmale Straße war in der Tat sehr gepflegt – und Bread Street, in der es jedoch nicht nach Brot duftete. An der Abzweigung zum Totterdown Hill hatte sich eine Traube von Fotografen und Medienfuzzis hinter einer Polizeiabsperrung versammelt.

»Haben Sie etwas für uns, DI Caine?«, tönte es ihnen entgegen.

»Stimmt das mit den Stigmata?«

»Gehen Sie immer noch von einem Unfall aus, Inspector Joyce?«

»Sie kennen das Prozedere, meine Herrschaften – wir werden in Kürze ein offizielles Statement abgeben.«

Eine halbe Meile die Straße hinauf entdeckten sie den Van der SOCO vor einem Bauernhaus. Dawn Knightly pfiff lautstark zwei Constables zusammen.

»Was ist los, Dawn?«, fragte Shanti.

»Die beiden Trottel haben … Ach, erzählen Sie es ihr doch selbst.«

»Es tut mir leid, Ma'am, wir haben lediglich Anweisungen befolgt. Man hat uns aufgetragen, Tyrone Flynn im Auge zu behalten, und genau das haben wir getan. Dann ist ein weißer Transit mit zwei bulligen Kerlen erschienen – Mitglieder der Familie Flynn, Ethans Onkel, wie Tyrone uns bestätigte.«

»Was wollten sie?«

Die Uniformierten ließen die Köpfe hängen.

»Sie sind gekommen, um Ethans Sachen abzuholen«, murmelte der eine. »Gitarren, Klamotten und so. Sie haben gesagt, Queenie Flynn wolle, dass sie alles nach Hause bringen.«

»Nur damit ich das richtig verstehe«, sagte Shanti. »Sie haben diesen beiden Schlägertypen erlaubt, einen Ford Transit mit den Sachen aus Ethans Zimmer zu beladen, unter denen sich womöglich zahlreiche Hinweise oder Beweisstücke befanden?«

»Es kommt noch schlimmer«, blaffte Dawn. »Anschließend hat die Vermieterin, eine gewisse Primrose Vowles, zusammen mit Meister Proper den ganzen Raum gründlich gereinigt, hat Staub gesaugt, das Bett frisch bezogen – das volle Programm. Sie hat sogar den Fußboden desinfiziert.«

»Allmächtiger«, stöhnte Shanti.

»Wir haben ein paar Fingerabdrücke gefunden, aber wenn es irgendeinen wichtigen Hinweis gab, ist er weg.«

»Und jetzt?«, wollte Shanti wissen.

»Ich denke, jetzt fahren wir zum Anwesen der Flynns und nehmen uns die Sachen vor, die die Jungs abgeholt haben. Allerdings gehe ich davon aus, dass das eine reine Zeitverschwendung ist.«

Caine war ein Stück die Straße entlanggeschlendert und betrachtete jetzt den Hof. Die Unworthy Farm bestand aus einem typischen elisabethanischen Bauernhaus mit einem flachen Dach, das an eine Schiebermütze erinnerte. Dicke Eichenbalken stützten das Gemäuer, das über die Jahrhunderte krumm und schief geworden war, auch die Fenster waren in hanebüchenen Winkeln eingesetzt.

»Du sagtest, du willst mich etwas Wichtiges fragen, Dawn. Soll ich Caine holen?«

Dawn warf ihr einen verschwörerischen Blick zu und fasste sie beim Arm. »Nein. Das ist nur für deine Ohren bestimmt.«

»Klingt spannend.«

Sie gingen zur Rückseite des Vans.

»Einfache Frage, Shanti – hast du die Nacht in Caines Zelt verbracht oder nicht?«

»Wie bitte? Wovon redest du? Ich dachte, du hättest irgendwelche neuen Hinweise.«

»Ist schon okay, ich werde es ganz bestimmt nicht weitersagen. Ich will bloß wissen, ob es eine *intensive* Erfahrung war.«

»Herrje, Dawn! Lass mich eines klarstellen: Ich bin nicht auf *diese* Art und Weise an Caine interessiert.«

»Und ihr habt nicht mal ein klitzekleines bisschen gekuschelt?«

»Ich habe bei Dunster und Benno geschlafen.«

»Wow, stille Wasser sind tief.«

»Richtig. Ich sage dir etwas, Dawn: Verbring du doch die Nacht in DI Caines Zelt, wenn du dich so für ihn interessierst. Ich für meinen Teil werde mir allerdings etwas Komfortableres suchen.«

»Oh, ich bin verheiratet, Shanti, in guten wie in schlechten Zeiten. Überwiegend schlecht, leider. Aber du … du bist alleinstehend, und ihr zwei seid so süß zusammen. Glaub mir: Ich habe eine Antenne dafür.«

Kopfschüttelnd gesellte sich Shanti zu Caine unter das rosenumrankte Vordach.

»Was ist los, Shanti?«, erkundigte er sich. »Sie sehen so verwirrt aus.«

»Nichts. Alles in Ordnung. Ich kann es nur nicht fassen, mit was für Amateuren ich zusammenarbeiten muss.«

Begleitet von einem lauten Hupen wendete Dawn den Van in drei Zügen und fuhr davon, eine Staubwolke hinter sich herziehend.

»Wollen Sie jetzt läuten, Caine, oder sollen wir die Befragung durch die zehn Zentimeter dicke Eichentür führen?«

Er zog an einer Kette neben der Tür, die mit einer Messingglocke verbunden war.

Niemand öffnete. Er läutete erneut, doch im Haus blieb alles still. Das Einzige, was sie hörten, war der wummernde Lärm des Festivals in der Ferne.

»Vielleicht ist die Tür nicht abgesperrt«, sagte Shanti.

»Warten wir noch einen Augenblick, Shanti. Wir sind ohnehin etwas zu früh dran. Wenn es für Sie in Ordnung ist, würde ich mich gern ein bisschen umsehen. Nur um mich zu orientieren.«

Er trat unter dem Vordach hervor und ging zur Seite des Bauernhauses. Shanti folgte ihm. Der Hof machte einen leicht vernachlässigten Eindruck. Ein paar Hühner pickten zwischen wucherndem Wiesenkerbel, Kamille, Brennnesseln und ausrangierten landwirtschaftlichen Geräten nach Körnern, Würmern und Insekten. Ein alter Kleintransporter, die Achse auf Backsteine gestützt, rostete vor sich hin; in einem unkrautüberwucherten Gemüsebeet lagen, sehr zu Shantis Entsetzen, mehrere tote Krähen, als wollten sie ihre noch lebenden Kumpel warnen.

In dem großen Hof hinter dem Bauernhaus stand ein weiß verputzter Fertigbungalow, der einen starken Kontrast zu dem elisabethanischen Haus bildete. Außerdem gab es eine Reihe alter Scheunen und Nebengebäude, darunter einen baufälligen Melkschuppen mit einem Schild an der Tür, auf dem *Unworthy Ices* stand. Caine spähte durch das kleine Fenster und sah eine professionelle Eismaschine, einen Stapel Tupperware-Boxen auf mehreren Stahltischen und eine Reihe altmodischer Gefriertruhen auf dem Steinboden stehen.

In einer großen, offenen Scheune stapelte ein blond gelockter junger Mann in einem weißen Arbeitsoverall Heuballen. Caine wollte gerade zu ihm gehen, als oben an der Rückseite des Hauses ein Fenster aufgestoßen wurde und eine beunruhigte Stimme rief: »Hallo, kann ich Ihnen helfen?«

Sie schauten auf in das Gesicht einer Frau mit schiefen Zähnen und wirrem grauem Haar.

»Entschuldigen Sie die Störung«, sagte Caine. »Wir haben geläutet, aber es hat niemand geöffnet.«

»Sie sind nicht von der Presse?«

»Polizei.«

»Ach du liebe Güte. Nicht schon wieder! Nun, ich komme wohl besser mal runter. Ich lasse Sie ins Haus«, sagte sie und schloss das Fenster.

Die beunruhigte Frau, die ihnen öffnete, war spindeldürr. Bekleidet mit einem geblümten Kittelkleid, zupfte sie nervös an einem Strauß gelber Ringelblumen, den sie in ihren knochigen Händen hielt. Doch es waren ihre Zähne, die sie verunstalteten – jeder Zahn wuchs in eine andere Richtung.

»Primrose Vowles? Wir sind DI Joyce und DI Caine.«

»Ach du lieber Himmel! Nicht noch weitere schlimme Nachrichten! Es ist entsetzlich. Die ganze Sache ist ein Schock.«

»Im wahrsten Sinne des Wortes, Mrs. Vowles. Entschuldigen Sie die Störung, aber wir leiten die Ermittlungen im Fall Ethan Flynn.«

»Mein Mann und ich sind zutiefst erschüttert. Wir mochten ihn sehr gern. Nur zwischen uns und der Türschwelle: Diese Musikszene ist ein grauenhaftes Geschäft.«

»Das können wir voll und ganz nachvollziehen. Wir sind übrigens hier, weil wir mit Ethans Bruder Tyrone reden möchten.«

»Wie ich heute Morgen schon zu Ihren Kollegen sagte: Ich weiß, dass Sie nur Ihre Arbeit machen, aber wir müssen an unsere Gäste denken. Ich hoffe, Sie verstehen das.«

»Wir werden so diskret wie möglich vorgehen«, versicherte ihr Caine.

Sie trat unter das Vordach und zog die Haustür halb hinter sich zu, dann sagte sie mit gesenkter Stimme: »Die Sache ist die: Wir haben an einige sehr berühmte Leute vermietet – echte Stars. Und die wissen ihre Privatsphäre zu schätzen. Gestern Nacht hat Vowles – das ist mein Mann – zwei Paparazzi ertappt, die ihre Nasen gegen das Küchenfenster drückten. Er hat den Hund auf sie gehetzt. Es ist nur eine Frage der Zeit, bis jemand das Ganze bei Trip-Advisor einstellt, und was denken Sie, wird dann hier los sein? Wie dem auch sei: Treten Sie ein. Nichts zu danken, gern geschehen.«

Sie hielt ihnen die Tür auf, den Blick auf ihre Füße gesenkt, aber Shanti dachte gar nicht daran, die Schuhe auszuziehen. Drinnen sah es genauso aus wie draußen – die Einrichtung verwittert wie eine alte Galeone –, und trotz des warmen Juni-Sonnenscheins schien die Temperatur um einige Grad zu sinken. Die Steinplatten im Flur waren mit Sicherheit eiskalt.

Sobald sie eingetreten waren, schlug Mrs. Vowles einen lauten, munteren Ton an.

»Mr. Flynn ist mit einem weiteren Gast im Esszimmer. Wenn Sie bitte mit durchkommen? Ich nehme an, er erwartet Sie bereits.«

Das Bauernhaus war für eine kleinwüchsigere Generation erbaut worden, was Caine zwang, bei jeder Tür und jedem Durchgang den Kopf einzuziehen. Sie betraten eine riesige Küche mit niedriger Decke, in der es merklich wärmer war als im Flur. Neben einem angeschlagenen, cremefarbenen Aga-Herd aus Gusseisen stand ein abgenutzter Sessel mit einer Mulde in der Mitte, die ganz offensichtlich von einem Hund stammte.

»Wir sind noch immer ein bisschen zu früh dran, Mrs. Vowles. Macht es Ihnen etwas aus, wenn wir deshalb zunächst Ihnen ein paar Fragen stellen?«, erkundigte sich Caine mit sanfter Stimme.

Die Vermieterin schloss fest die Küchentür.

»Bei allem Respekt, aber wir haben Ihren Kollegen bereits alles mitgeteilt, was wir wissen.«

»Noch einmal: Ich bedaure, dass wir Sie damit behelligen müssen, aber Sie und Ihr Mann zählen womöglich zu den Letzten, die mit Ethan vor seinem Auftritt gesprochen haben.«

»Oh, was für ein furchtbarer Gedanke! Bei der Vorstellung wird es mir ganz kalt. Ich setze wohl lieber mal den Kessel auf.« Sie hob einen Deckel vom Ofen und stellte den großen Kessel auf die Öffnung. »Setzen Sie sich doch.« Sie deutete auf einen zerschrammten Holztisch mit mehreren rustikalen Stühlen.

»Für mich keinen Tee, danke«, lehnte Shanti ab. »Sie haben Ihren Mann erwähnt …«

»Vowles.«

»Wie heißt er mit Vornamen?«

»Nur Vowles.«

»Ist er hier?«

»Nein, er ist unterwegs, aber zum Abendessen ist er bestimmt wieder zu Hause.«

»Wir haben jemanden in einer der Scheunen arbeiten sehen – einen jungen Mann mit blonden Locken. Ist das Ihr Sohn?«

»Einen jungen Mann? Ach so, Sie meinen Gav. Gavin Blackmore. Landarbeiter. Er sagt nicht viel, aber er kann kräftig zupacken. Wir haben zwar einen Sohn, aber Sie wissen ja, wie die so sind in dem Alter. Es gibt nur zwei Gründe für Seth, das Bett zu verlassen: das Festival und Fußball.«

»Dann wird der Hof also noch bewirtschaftet?«, wollte Shanti wissen.

»Bewirtschaftet? Selbstverständlich. Wir haben nie aufgehört zu arbeiten. Nur zwischen uns und dem Aga: Heutzutage ist das eine undankbare Aufgabe. Hätten wir nicht das Bed & Breakfast, wüsste ich nicht, was wir tun sollten. Die einzigen Leute, die in der Gegend riesige Gewinne einfahren, sind unsere Nachbarn von der Worthy Farm mit ihrer preisgekrönten Herde und dem Festival. Wahrscheinlich wissen die schon gar nicht mehr, was sie mit all dem Geld anfangen sollen.«

»Aber ist das Festival denn nicht auch für Sie von Vorteil?«

»Das lässt sich nicht leugnen. Über die Jahre waren sie alle bei uns zu Gast: Tom Jones hat genau an dem Platz sein Frühstücksei gegessen – weich gekocht, wenn ich mich richtig erinnere –, an dem Sie jetzt sitzen. Einmal bin ich im Bad mit diesem Alice Cooper zusammengestoßen, der vergessen hatte, abzusperren, und dann war da noch Amy Winehouse! Diese Woche hat sich Sista Tremble eingemietet … lauter internationale Megastars. Das Haus quillt förmlich über davon.«

»Was können Sie uns über Ethan Flynn sagen?«

»Ein richtiger Gentleman. Liebenswert. Hat sogar die Toilette sauber gemacht, wenn er sie benutzt hatte. Wir haben uns auf ihn gefreut, und das ist die Wahrheit. Ich darf gar nicht daran denken, was ihm zugestoßen ist. Schrecklich, einfach entsetzlich. Was hat Vowles gestern Abend noch gleich gesagt, als wir davon erfahren haben? ›Es ist eine Schande, dass er dran glauben musste und nicht sein Bruder‹, aber ich habe sofort geschimpft: ›So etwas sagt man nicht, Vowles. Nicht mal im Spaß.‹«

»Macht Tyrone Schwierigkeiten?«

Mrs. Vowles blickte sich verstohlen um, ihre schiefen Zähne glänzten im gelben Licht der Deckenlampe.

»Dieses ständige Kommen und Gehen! Immer sind irgendwelche Onkel und Cousins im Haus. Rein, raus, rein, raus. Manche von seinen Bodyguards rauchen hier drinnen, und das können wir nicht dulden. Ein altes Haus wie dieses geht in Flammen auf wie ein trockener Heuhaufen. Ich darf gar nicht daran denken, in welchem Zustand er sein Zimmer hinterlässt … Ich habe weiß Gott Besseres zu tun, als seine Unterhosen aufzusammeln. Aber natürlich wagt niemand, etwas zu sagen, denn er ist ein wenig …«

»Ein wenig …?«

»… aufbrausend.«

»Im Großen und Ganzen sind die Dorfbewohner aber glücklich mit dem Festival?«, fragte Shanti. »Immerhin ist es ein gewaltiger Eingriff in den Alltag – all die Leute, Musik fast rund um die Uhr …«

»›Glücklich‹ würde ich das nicht unbedingt nennen. Vor dem Festival gab es keine Kriminalität in Kilton. Hier wurde nicht einmal ein Apfel geklaut. Und sehen Sie nur, was jetzt passiert ist …«

»Verstehe. Zum Glück kommt so etwas ausgesprochen selten vor.«

»Das will ich hoffen. Wenn das alles ist, bitte ich Sie, mich jetzt zu entschuldigen. Ich habe noch jede Menge zu tun.«

Sie öffnete die Küchentür und scheuchte sie hinaus in den kalten Korridor, dann rief sie mit hoher, freudiger Stimme: »Da wären wir! Sie finden Mr. Flynn im Esszimmer am Ende des Flurs. Geben Sie auf Ihre Köpfe Acht, die Decken sind niedrig. Wie ich schon sagte: Ich nehme an, Sie werden bereits erwartet.«

Sie streckte ihre schmale Hand aus. Shanti nahm sie und stellte fest, dass sie sich so kalt anfühlte wie Tonerde.

Zwei schwergewichtige Männer bewachten wie mächtige Eichenstämme die Esszimmertür.

»Suchen Sie jemanden?«

»Wir sind mit Tyrone Flynn verabredet.«

»FBI, richtig?«

»Ja, wir sind von der Polizei.«

»Wir würden gern Ihre Marken sehen.«

»Wollen Sie uns unterstellen, dass wir gar nicht von der Polizei sind?«, blaffte Shanti.

»Die Leute reden viel, wenn der Tag lang ist. Es ist unser Job, Tyrone zu bewachen. Sie wissen, was mit Ethan passiert ist – man kann gar nicht vorsichtig genug sein.«

Shanti und Caine zeigten ihre Dienstmarken, und einer der Riesen klopfte und steckte seinen Kopf ins Esszimmer. Es folgte ein kurzes, gedämpftes Gespräch, dann sagte der Riese: »Tyrone ist nicht allein, aber er sagt, Sie können eintreten und zusehen.«

Er hielt ihnen die Tür auf, und die beiden DIs duckten sich unter seinem wuchtigen Arm hindurch. Das Esszimmer war groß und niedrig und hatte einen breiten Kamin, in dem jedoch kein Feuer brannte. In der Mitte stand ein mächtiger Eichentisch in der Größe einer Flugzeuglandebahn. An den Wänden hingen die Köpfe verschiedener großer Säugetiere. Ihre kleineren Verwandten standen liebevoll ausgestopft in Glasvitrinen auf diversen, auf

Hochglanz polierten Möbelstücken. In der Luft hing der nebenhöhlenreizende Geruch nach Ruß, Möbelpolitur und altem Gebäude … und gleichzeitig ein seltsames Surren wie der Flügelschlag einer übereifrigen Hornisse.

Am Kopf der Tafel saß Tyrone Flynn, der offensichtlich Schmerzen litt. Er beugte den rasierten Kopf, an dem sich eine junge Asiatin mit Einweghandschuhen zu schaffen machte, ein Gerät in der Hand, mit dem sie in seinen Schädel zu bohren schien.

»Tyrone Flynn?«

»Erwischt.«

»Mein Kollege und ich sind von der Polizei in Yeovil. Wir sind die Ermittler im Todesfall Ethan Flynn, Ihres Bruders. Unser Beileid, übrigens, und danke, dass Sie uns Ihre kostbare Zeit zur Verfügung stellen.«

»Sie ist gleich fertig – Ahhh! Verdammt!«

Shanti und Caine zogen zwei Eichenstühle unter der Esszimmertafel hervor, und Shanti stellte fest, dass die Frau eine Tattoo-Künstlerin war, die die umfangreiche Sammlung auf Tyrones Haut erweiterte. Die aktuelle Tätowierung fand ihren Platz ganz oben in seinem Nacken, unmittelbar unter dem rechten Ohr.

»Das tut scheißweh!«

»Soll ich aufhören, Tyrone?«

»Nein, ich mag das. Mach deinen Job zu Ende.«

»Mr. Flynn, wir dürfen uns nicht mit Ihnen unterhalten, solange …«

»Ich hab doch gesagt, sie ist gleich fertig. Setzen Sie sich einfach hin und sehen Sie zu, okay? *Scheiße!*«

Sie nahmen schweigend Platz und beobachteten, wie sich Tyrones mit zahlreichen Piercings versehenes Gesicht in ekstatischer Qual verzog. Er trug ein weißes T-Shirt, das aussah, als würde es einem Kind gehören. Nach einem kurzen Augenblick wurde Shanti klar, dass nicht das T-Shirt zu klein, sondern der Körper darin zu groß war: die muskulösen Arme mit den kurz vor dem Platzen stehenden, hervortretenden Venen, der wuchtige Stiernacken und die Brusthälften, die aufgepumpt wirkten wie zwei Luftballons.

»So, das reicht. Schluss jetzt. Ich blute, sieh nur.«

Die Tattoo-Künstlerin tupfte seinen Nacken ab, aber Tyrone schob sie zur Seite. Sie fegte ihr Equipment in einen Koffer und verließ das Zimmer.

»Verflucht. Wussten Sie, dass man mehr Nerven an der Schädelbasis hat als in jedem anderen Teil seines Scheißkörpers?«

»Ich bin mir nicht sicher, ob das stimmt …«, wandte Caine zögernd ein.

»Nun, für mich stimmt das, und ich bin hier derjenige, der leidet.«

Sein mit Tinte verunziertes Gesicht wirkte ausgesprochen feindselig.

»PRIMROSE!«, brüllte er. »PRIMROSE! Ich brauche dringend noch ein Bier!«

Einen kurzen Moment später hastete Primrose Vowles ins Zimmer und hebelte eifrig den Deckel von einer Bierflasche. »Bitte sehr, Mr. Flynn«, zwitscherte sie. »Zum Wohl.«

Als sie weg war, setzte Tyrone die Flasche an die Lippen, trank mit großen, gierigen Schlucken, dann knallte er die leere Flasche auf den Tisch und funkelte Shanti an.

»Am besten, ich sage Ihnen gleich, dass ich die Cops nicht mag, genauso wenig wie die mich mögen. Also, wie kann ich Ihnen helfen, Constable?«

»Ich bin Detective Inspector, Mr. Flynn. Gestatten Sie, dass ich mir die Bemerkung erlaube, aber der Tod Ihres Zwillingsbruders scheint Sie nicht sonderlich zu schmerzen, oder täusche ich mich da?«

»Schmerzen? Was verstehen Sie schon von Schmerz? Sehen Sie sich das mal an … Na los!«

Er drehte seinen glänzenden Kahlkopf so, dass sie das blutende, blaue Tattoo betrachten konnten – ein einzelnes Wort in gotischen Lettern …

»Sie haben sich Ethans Namen auf den Kopf tätowieren lassen«, stellte Shanti fest.

»Auf meinen Kopf, auf mein Herz, auf meine verfluchten Eier.«

»Aber als er gestorben ist, sind Sie einfach weggegangen …«

»Richtig. Hören Sie, ich sage dies nur einmal: Als es passiert ist, habe ich gedacht, er würde wieder so eine Scheißshow abziehen. Noch so ein typisches Ethan-Drama – Affentheater. Ich hatte keine Ahnung, dass er tot ist, klar? Genauso wenig wie die hunderttausend Stigs vor der Bühne.«

Er stand von seinem Stuhl auf, nahm zwei schwer aussehende Hanteln vom Fußboden und begann mit seinem Workout. Jedes Mal, wenn er die Muskeln anspannte, traten die Adern in seinem baumstammdicken Nacken hervor wie kriechende Nacktschnecken.

»Der Name interessiert mich«, sagte Caine.

»Ach, Sie interessieren sich für den Namen? Für welchen verdammten Namen? Ethan? Der Name Ethan Flynn interessiert Sie?«

»Nein, der Name Stigma.«

»Schlagen Sie im Lexikon nach.«

»Ich kenne die Bedeutung, Mr. Flynn. Ich frage mich nur, wer diesen doch eher speziellen Namen für die Band ausgesucht hat und warum.«

»Tatsache ist, dass das auf meinem Mist gewachsen ist. Stigma war meine Idee. Die Flynns sind eine alte Zigeunerfamilie. Wir haben seit Generationen mit Vorurteilen und Rassismus zu kämpfen, und das in einem Ausmaß, das Sie sich gar nicht vorstellen können. Am Ende waren die meisten von uns gezwungen, von der Straße zu verschwinden und sesshaft zu werden. Trotzdem haben die Diskriminierungen nicht aufgehört – wir sind immer noch die ›Zigeuner‹, die ›Herumtreiber‹ oder ganz einfach ›das Pack‹. Hauptsächlich ist diese Stigmatisierung den Jungs in Blau zuzuschreiben.«

»Mir ist aufgefallen, dass Sie ein Vorstrafenregister haben, Mr. Flynn«, warf Shanti vorsichtig ein.

Tyrone ließ die Hanteln fallen, die mit einem dumpfen Poltern auf den Boden prallten und über die Steinplatten rollten.

»Sehen Sie, schon wieder.«

»Ich bringe lediglich eine Tatsache zur Sprache.«

»Hören Sie, man hat mich dazu erzogen, die Dinge auf meine Art und Weise zu regeln. Und wir regeln die Dinge nun mal mit den Fäusten, innerhalb der Gemeinschaft genau wie außerhalb. So ist das eben. Ihr Cops seid ja nicht da, wenn es um das Wohl meiner Familie geht.«

»Aus genau dem Grund sind wir jetzt bei Ihnen, Tyrone«, schaltete sich Caine freundlich dazwischen. »Ich habe Ihrer Mutter versprochen, dafür zu sorgen, dass Ethan Gerechtigkeit widerfährt.«

»Und deshalb beschuldigen Sie als Erstes mich.« Tyrones Stimme triefte vor Sarkasmus.

»Niemand wirft Ihnen irgendetwas vor, Mr. Flynn«, sagte Shanti. »Allerdings ist allgemein bekannt, dass Sie gewisse Differenzen mit Ethan hatten.«

»Ach, das meiste davon war Show. Und Ethan war auch kein Engel. Er hat einen auf heilig gemacht, dabei konnte er ein richtiger Bastard sein.«

»Können Sie uns ein Beispiel nennen?«

»Gestern zum Beispiel. Haben Sie gesehen, wie er für einen kurzen Moment die Welt angehalten und auf den Sonnenuntergang gedeutet hat? Alle fanden das magisch, aber ich sage Ihnen: Von dort, wo wir standen, konnten wir den Glastonbury Tor nicht mal sehen. Der ist nämlich direkt hinter der Bühne.«

»Und wie …?«

»Einer von den Jungs hat ihm ein Zeichen gegeben, als die Sonne genau an der richtigen Stelle stand. Daraufhin hat er diese Show abgezogen, hat die Menge zum Schweigen gebracht und dramatisch auf den Abendhimmel in seinem Rücken gedeutet, genau in dem Moment – was für ein Zufall! –, in dem ich mein Basssolo spielen wollte, an dem ich die letzten zwei Jahre gefeilt hatte. Da sehen Sie mal, was für ein toller Bruder er war.«

»Ich bin ein bisschen verwirrt«, gestand Caine. »Wenn Sie behaupten, ein Großteil der geschwisterlichen Rivalitäten war reine Show, was haben Sie wirklich für Ihren Bruder empfunden?«

»Ich habe ihn gehasst. Ich habe ihn immer schon gehasst. Ich habe ihn gehasst, seit wir Kinder waren, denn er war Mammys Liebling. In ihren Augen konnte er nichts falsch machen. Sie hat ihn tatsächlich für eine Art Heiligen oder sonst was gehalten. Außerdem habe ich es gehasst, wie er mich bevormundet hat.«

»Können Sie das näher erläutern?«

»Ach, wissen Sie, die Leute haben ihn für ein Riesentalent gehalten, mich dagegen lediglich für einen Mitläufer. Doch wie ich schon sagte: Ethan hatte noch eine andere Seite, die niemand gesehen hat, nicht mal Mam. Ständig hat er mich manipuliert, auf eine ganz subtile Art und Weise. Ja, Ethan war ein echter Tyrann.«

»Dann dürften Sie nicht allzu überrascht sein, wenn die Leute anfangen, zwei und zwei zusammenzuzählen und …«

»Und was? Es ist kein Verbrechen, einander zu hassen, oder? Ich kenne kein Gesetz, das vorschreibt, man müsse seinen Bruder lieben.«

»Um ehrlich zu sein, wirken Sie sehr hin- und hergerissen«, bemerkte Shanti. »Ich meine, immerhin haben Sie sich gerade seinen Namen auf den Schädel tätowieren lassen.«

Tyrone ließ sich wieder auf seinen Stuhl fallen und massierte seine tätowierten Fäuste.

»Ethan war mein Blutsverwandter. Wir haben uns eine Gebärmutter geteilt.«

»Das ist mir bewusst. Wer also hätte ihm Ihrer Meinung nach Schaden zufügen wollen? Jemand aus der Familie?«

»Ja klar, es muss ein Flynn sein.«

»Wusste Ethan, dass er sterben würde?«, fragte Caine.

»Wie bitte?«

»Hatte er eine Art Vorahnung, seinen Tod betreffend? Hat er Ihnen gegenüber jemals etwas in der Art erwähnt?«

»Klingt nach ihm, aber eins ist doch klar: *Ich* werde auch sterben. Und Sie ebenfalls, Herr Wachtmeister. Unheimlich, nicht wahr?«

»Versuchen wir es anders«, sagte Shanti. »Mr. Flynn, können Sie mir erzählen, was Ethan vor der Show gemacht hat?«

»Wie ich schon sagte: Wir waren nicht gerade Busenfreunde. Außerdem erwartet meine Frau unser Kind, deshalb habe ich gerade andere Dinge im Kopf. Aber ich weiß, dass er den Großteil des Vormittags in Glastonbury verbracht hat.«

»Das hilft uns sehr. Wissen Sie, warum er dort war?«, hakte Caine geduldig nach.

»Er hatte es total mit diesem spirituellen Hippie-Schwachsinn. Ist gern zu einer Wahrsagerin in der Stadt gegangen, die ihm die Karten gelegt hat.«

»Das ist interessant. Kennen Sie den Namen der Dame?«

Tyrone nickte. »Den kenne ich tatsächlich. Sie nennt sich Medusa Cole.«

»Und ihr Laden heißt …?«

»Feenfurz. Trolltitte. Woher zum Teufel soll ich das wissen?«

»Waren die beiden eng befreundet?«, erkundigte sich Shanti.

»Sie meinen, ob er sie gevögelt hat? Keine Ahnung, aber er hielt sie für weise, deshalb hat er ihr auch Unsummen an Kohle in den Rachen geschmissen. Ach ja, sie hat übrigens diese bescheuerten Kostüme gemacht.«

»Kostüme?«

»Die Kostüme von den Tänzern. Tarotkarten-Charaktere.«

»Und das hat Ihnen nicht gefallen?«

»Hören Sie, ich bin ein alter Rock 'n' Roller. Ich dachte immer, die Fans wollen echte, ehrliche Rockmusik. Dieses mystische Zeug war Ethans Ding.«

»Sie ›dachten‹? Haben Sie Ihre Meinung geändert?«

»Es ist kein Geheimnis, dass ich zwei Rockalben auf den Markt gebracht habe, nachdem wir uns vor sieben Jahren getrennt hatten. Formulieren wir es mal so: Beide sind nicht so gelaufen, wie ich es mir erhofft hatte. Ethan hat unterdessen fünf von diesen verträumten, spirituellen Alben herausgebracht, darunter auch *Heartstrings,* das ... na ja, Sie wissen schon.«

»*Heartstrings* hat mehrfach Platin geholt«, ergänzte Caine.

»Keine Ahnung. Vermutlich. Hören Sie, mir platzt der Kopf. Ich muss mich unbedingt etwas hinlegen.«

»Selbstverständlich. Eine letzte Frage noch: War Ihr Bruder zum Zeitpunkt seines Todes mit jemandem liiert?«, wollte Shanti wissen.

»Er hat immer irgendwen gevögelt.«

»Aber wer war seine letzte Partnerin?«

»Was denken Sie eigentlich? Ich bin doch nicht sein persönlicher Assistent! Es gab Mädchen und es gab Jungs und alles, was dazwischenliegt.«

»Verzeihung, ich kann Ihnen nicht ganz folgen.«

»Er hat sich selbst als pansexuell bezeichnet. So, Befragung vorbei. Sie finden selbst hinaus?«

»Ja, das war's fürs Erste, vielen Dank, aber es könnte sein, dass wir später noch weitere Fragen haben. Man hat uns mitgeteilt, dass Sie und Ihre Frau bei Ihrer Mutter Queenie in der Nähe von Frome leben. Allerdings würden wir es vorziehen, wenn Sie noch ein paar Tage hierbleiben könnten, falls es Ihnen nichts ausmacht«, sagte Shanti.

Tyrone deutete in einer Mischung aus Drohung und Amüsiertheit mit seinem fleischigen Zeigefinger auf sie.

»Nur damit eins klar ist: Ich gehe, wohin es mir verdammt noch mal gefällt, und zwar wann immer ich möchte. Kapiert?«

»Das ist Ihre Entscheidung, Mr. Flynn, doch mit Sicherheit ist es für Sie um einiges leichter, wenn Sie mit uns kooperieren. So, und jetzt lassen wir Sie erst einmal in Frieden.«

»Frieden? Für die Flynns wird es niemals Frieden geben. *Jungs!* Diese zwei Amateure hier möchten gehen!«

## Kapitel zehn

# EIN FINSTERER HAUFEN

Sie trafen Primrose Vowles in der Küche an, wo sie meisterhaft Gebäckteig ausrollte, das Gesicht eine Maske der Konzentration. Auf ihre Bitte, ihnen Ethans Zimmer zu zeigen, reagierte sie mehr als zurückhaltend.

»Ich möchte Ihre Ermittlungen auf keinen Fall behindern«, versicherte sie, »aber es ist schon alles aufgeräumt und für den nächsten Gast hergerichtet. Außerdem muss ich noch Rindfleisch-Nieren-Pastete für sechzehn Personen zubereiten.«

»Das ist uns bewusst, Mrs. Vowles, und wir wissen Ihre Hilfe sehr zu schätzen, aber auch wir müssen nun mal unseren Job machen.«

Sie murmelte etwas, dann wischte sie sich die dünnen Hände an ihrer Kittelschürze ab und nahm einen großen Schlüsselbund von einem Regal hinter der Tür.

»Oje, das ist ein weiteres Problem … Ich habe dem bedauernswerten Ethan eigene Schlüssel gegeben – für die Haustür und für die Tür zu seinem Schlafzimmer, so wie ich es bei allen Gästen mache. Doch in dem ganzen grauenvollen Durcheinander sind die offenbar abhandengekommen. Sie müssen wissen, dass diese Schlüssel sehr alt sind – vermutlich antik –, und ich nur einen Ersatzschlüssel besitze. Ich weiß gar nicht, was ich machen soll, wenn ich den verliere. Ich wäre Ihnen also sehr dankbar, wenn Sie darauf achtgeben, während Sie Ihrer Arbeit nachgehen.«

Shanti und Caine versprachen ihr, auf den Schlüssel aufzupassen, dann folgten sie Primrose Vowles durch ein Gewirr von Korridoren, zwei Treppen hinauf und über weitere abgewetzte Teppiche, an weiteren ausgestopften Tieren in Glaskäfigen und düsteren Ölgemälden von preisgekröntem Vieh entlang.

»Die Flieder-Suite ist die beste im ganzen Haus«, sagte Primrose, als sie die Tür aufschloss, die anscheinend für Hobbits gedacht war. »Hier hat sich der liebe Ethan jedes Mal einquartiert.«

Es war in der Tat ein schönes Zimmer mit schiefen Eichendielen und fliederfarbener Tapete. Ein großes Fenster ging aufs Tal hinaus, allerdings drang nur wenig Sonnenwärme durch die dicken Mauern.

»Das Bett ist seit Jahrhunderten im Besitz der Familie Vowles ...«

Hinter einem Mauervorsprung stand ein gigantisches Himmelbett mit kunstvoll geschnitzten Pfosten und fransengesäumten Gardinen.

»Hier geht es ins Badezimmer«, sagte Primrose stolz und öffnete die Tür zum angrenzenden Bad mit niedriger Decke und einer gusseisernen Badewanne in der Größe eines Fischerboots.

Wie Dawn Shanti bereits mitgeteilt hatte, war das Schlafzimmer blitzsauber geputzt, das Bett mit frischer, weißer Wäsche bezogen, sorgfältig gefaltete Handtücher lagen auf dem Bett. In der Luft hing der Geruch nach Desinfektionsmittel. An einer der Wände hing in einem wuchtigen Rahmen ein Ölgemälde, von dem ihnen ein Ahne der Vowles drohend entgegenblickte. Es handelte sich um einen kleinen Mann mit roter Nase und Backenbart. Er trug einen breitkrempigen Hut, einen burgunderroten Frack sowie eine ausgestellte weiße Kniebundhose, und er posierte vor ebendem Haus, in dem sie jetzt standen.

Von den Habseligkeiten des toten Superstars war nichts mehr da.

»Dort in der Ferne kann man den Glastonbury Tor sehen«, sagte Caine und beugte sich über das Fensterbrett. »Und am Abend mit Sicherheit auch die Lichter des Festivals.«

»Selbstverständlich.« Primrose nickte, dann seufzte sie bekümmert. »Ich werde große Probleme haben, das Zimmer jetzt noch wieder zu vermieten«, jammerte sie. »Jeder, der eins sucht, hat doch längst eins gefunden.«

»Augenblick mal«, ließ sich Shanti eilig vernehmen. »Ich suche eine Unterkunft und würde mich gern bis zum Ende des Festivals einmieten.«

»Das ist nett von Ihnen, aber ich muss zuerst mit Vowles reden«, ruderte Primrose hastig zurück.

»Entschuldigung, haben Sie nicht gerade gesagt, Sie hätten Schwierigkeiten, jemanden für das Zimmer zu finden? Und wenn ich Ihnen anbiete, sofort einzuziehen, müssen Sie erst noch überlegen?«

Primrose trat unbehaglich von einem Bein aufs andere.

»Bei allem Respekt – es könnte sein, dass einer der Gäste nicht glücklich ist über Ihre Anwesenheit. Es ist nicht jedermanns Sache, die Polizei im Haus zu haben.«

»Auf der anderen Seite sollten sie doch froh sein, wenn jemand auf sie aufpasst – gerade in Anbetracht der Tatsache, was gestern passiert ist.«

»Ja, da haben Sie auch wieder recht. Ach du liebe Güte, was für ein Dilemma!«

»Ich mache Ihnen einen Vorschlag, Mrs. Vowles. Außer Ihnen und Tyrone Flynn muss doch niemand erfahren, dass ich bei der Polizei bin. Was halten Sie davon?«

»Ich muss mit Vowles reden.«

»Gut. Besprechen Sie sich mit Ihrem Ehemann, aber wenn Sie es nicht erwähnen müssen, werde ich es ebenfalls nicht tun.«

»Würden Sie beide einziehen?«

»Nein, Mrs. Vowles. Nur ich.«

»Entschuldigen Sie. Heutzutage kann man ja nie wissen.«

»Schon gut. DI Caine hat seine eigene Unterkunft. Dann sind wir uns also einig?«

»Es ist Hochsaison, von daher ist das Zimmer leider nicht ganz billig. Außerdem muss ich Sie um eine Kaution für eventuelle Schäden bitten, bei allem Respekt.«

»Ich werde keine Schäden verursachen.«

»Sie müssen verstehen, Miss ... Mrs. ...«

»Joyce. Shanti Joyce.«

»Bei allem Respekt, Mrs. Joyce, das behaupten alle, und ruckzuck ist es passiert. Außerdem müssen Sie für Frühstück und Abendessen bezahlen, selbst wenn Sie es nicht in Anspruch nehmen.«

»Schon gut, Mrs. Vowles.«

»In der Suite wird es nachts ziemlich kühl. Es gibt hier keine Zentralheizung.«

»Ich nehme den Raum. Den Schlüssel darf ich behalten?«

»Ach du liebe Güte! Das Problem ist ...«

»Ich weiß. Das Problem ist, dass Sie nur diesen einen Zweitschlüssel haben. Ich werde gut darauf achtgeben, das verspreche ich.«

Mrs. Vowles reichte ihr den alten, kalten Schlüssel, nahm das Geld, das Shanti ihr reichte, und trat hinaus in den Korridor.

»Ich wünsche Ihnen einen angenehmen Aufenthalt auf der Unworthy Farm«, sagte sie mit einem breiten Lächeln. »Das Abendessen wird um Punkt zwanzig Uhr serviert. Bitte geben Sie in der Küche Bescheid, sollten Sie eine bestimmte Kost einhalten müssen.«

»Vielen Dank, Mrs. Vowles.«

Als die Vermieterin weg war, warf sich Shanti auf die dicke Matratze.

»Mein Gott, die ist echt ein harter Brocken. Nicht gerade die Hotelrezeptionistin des Jahres.«

»Ich bin überrascht, dass Sie bleiben wollen, Shanti. Außerdem fürchte ich, dass Sie das Budget überstrapazieren. Was wird der Superintendent dazu sagen?«

»Überlegen Sie doch mal, Caine. Der VIP-Bereich an der Rückseite der Pyramid Stage ist streng bewacht, richtig?«

»Den Eindruck hatte ich auch.«

»Legt das nicht nahe, dass der Täter im Besitz eines VIP-Passes sein muss?«

»Wollen Sie damit andeuten, dass Sie einen der Gäste von der Unworthy Farm verdächtigen?«

»In der Tat. Ich halte es für durchaus möglich, dass wir den Täter hier finden. Auf alle Fälle wird es nicht schaden, ein wenig mit den Gästen zu plaudern. Ethan hat hier seine letzten beiden Nächte verbracht, das können wir mit Bestimmtheit sagen. Außerdem ist dies eine einzigartige Gelegenheit, den aufgepumpten Popeye im Auge zu behalten.«

»Tyrone Flynn?«

Shanti nickte.

»Seien Sie vorsichtig, Shanti.«

»Ganz oben auf meiner Prioritätenliste steht allerdings ein ausgedehntes, heißes Bad. Und dieses Monsterbett ist herrlich weich. Mir tut jeder einzelne Knochen weh!«

»Tun Sie, was immer Sie glücklich macht, doch achten Sie darauf, nicht gegen die Hausordnung zu verstoßen.« Caine studierte eine handgeschriebene Notiz an der Innenseite der Zimmertür.

*Keine Musik, keine Haustiere, keine Drogen.*
*Rauchen verboten.*
*Wir haben eine Jauchegrube. In die Toilette gehören daher nur Fäkalien und Papier.*

»Ach herrje! Ich werde mein Bestes geben. Was halten Sie von Tyrones Aussage? Und wenn wir schon von Mr. Wüterich reden: Wenn ich ihn richtig verstanden habe, hat er angedeutet, dass Ethan jede Menge Beziehungen hatte. Pansexuell, das war das Wort, oder?«

»Ja, das hat er gesagt. Und ich glaube, dass das von Bedeutung sein könnte.«

»Wir sollten unsere Notizen abgleichen, aber vielleicht nicht unbedingt hier. Am Ende der Straße habe ich ein Pub gesehen. Ich weiß nicht, wie es Ihnen geht, aber ich könnte ein Shandy und eine Tüte Käse-Zwiebel-Chips vertragen.«

In früheren Zeiten war das Five Heads wohl ein schönes Lokal gewesen, aber die Einrichtung hatte zunehmend an Charakter verloren und bestand jetzt aus einem wenig ansprechenden Mischmasch aus wild gemusterten Teppichen, nachgemachten Pferdegeschirren aus Messing an den nikotinbefleckten Wänden und verblichenen Samtvorhängen.

Gavin Blackmore, der blond gelockte Landarbeiter, saß allein in einer dunklen Ecke vor einem Pint, während sich eine kleine Gruppe Einheimischer in Arbeitskleidung um einen Tisch drängte, an dessen Kopf ein winziger, wettergegerbter Mann mit buschigen weißen Augenbrauen und einer roten Nase saß. Zu seinen Füßen lag ein struppiger, weiß-brauner Terrier, der den beiden eintretenden Detectives die vergilbten Zähne zeigte.

»Benimm dich, Boner!«, rief der winzige Mann lachend.

Die Barfrau trug eine rote Lederjacke und ein regelrechtes Waffenarsenal an Nieten und Piercings. Sie musterte Caine anerkennend und klimperte mit den stark getuschten Wimpern.

»Hallo. Was darf's sein?«, fragte sie ihn.

»Was würden Sie empfehlen? Vielleicht etwas Typisches für diese Gegend?«

»*Ich* bin aus der Gegend … Oh, ich verstehe, was Sie meinen. Der Cider ist nicht schlecht. Allerdings ziemlich stark.«

Der rotnasige Mann leerte sein Pint und stand auf. Er streckte die Hand aus, um dem Hund zu bedeuten, dass er liegen bleiben solle, und zu Shantis Überraschung leckte das Tier die Hand seines Herrchens. Der Mann hinkte langsam über den Teppich, ein steifes Bein hinter sich herziehend. Als er vor der Bar haltmachte, wirkte er neben Caine nicht größer als ein Kind.

»Die Leute aus der Gegend nennen ihn ›Suizidbeschleuniger‹«, erklärte er mit einem klirrenden Lachen.

»Ha! Den muss ich probieren«, entgegnete Caine amüsiert. »Was ist mit Ihnen, Shanti?«

Sie entschied sich für ein Bier mit Limonade, eine Packung Chips und einen Frucht-Nuss-Schokoriegel, dann suchten sie sich einen Platz am anderen Ende des Gastraums, ein gutes Stück von der Gruppe Einheimischer entfernt.

»Zum Wohl!«, rief der Mann mit den schneeweißen Augenbrauen.

»Ich wette, der kleinwüchsige Tierfreund ist Primrose' Ehemann«, flüsterte Shanti.

»Genau das habe ich auch gedacht«, erwiderte Caine, ebenfalls mit gedämpfter Stimme. »Er sieht exakt aus wie der Bursche auf dem Gemälde in Ihrem Schlafzimmer.«

Sie stießen miteinander an.

Der Cider war in der Tat mörderisch stark. Von dem Einheimischentisch wehten Gesprächsfetzen zu ihnen herüber. Caine fing ein paar Bemerkungen über Wespennester in den alten Apfelgärten auf.

»Was denken Sie?«, fragte er Shanti.

»Spoiler-Alarm: Tyrone war's.«

»Nicht zu voreilig, Shanti.«

»Brudermord – kennt man schon seit Urzeiten.«

»Tyrone ist aggressiv, das stimmt. Aber Ethans Tod war sorgfältig inszeniert. Finden Sie nicht, dass ein spontaner Übergriff sehr viel mehr Tyrones Ding ist?«

»Ja, da könnten Sie recht haben«, räumte sie seufzend ein. »Es hat beinahe den Anschein, als habe der Mörder versucht, dem Publikum eine Botschaft zu senden.«

»Ich persönlich würde gern Ethans Geliebte ausfindig machen. Außerdem halte ich es für sinnvoll, ein weiteres Gespräch mit Vula Plenty zu führen - ich bin mir sicher, sie weiß mehr über ihn, als sie uns erzählt hat. Sein Tod scheint sie ungewöhnlich tief erschüttert zu haben.«

»Ich muss ständig an die Begegnung Ihrer Schwester mit Ethan denken. Hatte er Angst, dass ihm jemand etwas antun könnte?«

»Oder ging da lediglich sein Byron'sches Temperament mit ihm durch?«

»Außerdem haben wir eine neue Spur«, stellte Shanti fest. »Die Wahrsagerin, die er gestern aufgesucht hat. Wie hieß sie noch gleich?«

»Medusa Cole.«

»Die Uhr tickt, Caine. Tick-tack. Wir brauchen einen Plan. Benno geht davon aus, dass wir morgen Queenie Flynn befragen können. Das Familienanwesen in der Nähe von Frome liegt nur etwa zwanzig Autominuten von hier entfernt. Ich schlage vor, dass wir morgen früh als Erstes dorthin fahren.«

»Vorschlag angenommen. Wenn es Ihnen recht ist, werde ich Benno bitten, für den Nachmittag einen Termin mit Vula zu vereinbaren. Ich denke, es ist besser, sie in ihrem eigenen Refugium aufzusuchen. Soweit ich weiß, hat sie eine Jurte.«

»Ist das ein Haustier? Oder eine Krankheit?«

»Ein Rundzelt, wie es die Nomaden benutzen.«

»Aha. Und heute Nachmittag nehmen wir uns die Tarottänzer vor, doch bitte verschonen Sie mich mit Sparky Mudget.«

»Aber er verehrt Sie, Shanti.«

Shanti verdrehte die Augen.

Caine stand auf und brachte ihre Gläser zurück zur Bar. Seins war noch halb voll.

»War der Cider etwa zu stark für einen großen Kerl wie Sie?« Die gepiercte Barfrau blickte ihm tief in die Augen.

»Er hat köstlich geschmeckt, für meinen Geschmack nur ein bisschen zu …«

»Kräftig.«

»Ja …«

»Warm und süß auf der Zunge.«

»Ich …«

»Angenehm im Nachgang.«

Auf dem Weg zur Tür des Pubs spitzte Caine die Ohren, um weitere Gesprächsfetzen aufzuschnappen, doch über die gut abgefüllten Gäste des Five Heads hatte sich ein zufriedenes Schweigen gesenkt, das nur durchbrochen wurde von dem sägenden Schnarchen des Hundes.

Als Caine in den milden Morgen hinaustrat, verspürte er einen angenehmen Schwindel im Kopf. Er sah, wie Shanti liebevoll nach ihrem Saab schaute, und sein Herz erwärmte sich für sie.

Zusammen gingen sie hügelabwärts durch die schmalen, mit Laubbäumen bestandenen Straßen in Richtung des ewig pulsierenden Festivals. Unter ihnen ragte der Turm der Dorfkirche in den Himmel.

»Entschuldigen Sie, Shanti«, sagte Caine nach einer Weile. »Geben Sie mir fünf Minuten?« Er schob ein Tor auf, das zum Friedhof führte.

»Herrgott, Caine! Wohin zum Teufel gehen Sie?«, fragte Shanti und beeilte sich, zu ihm aufzuschließen.

»Das ist eine Angewohnheit von mir. Bei Friedhöfen kann ich einfach nicht widerstehen. Für mich stellen sie eine Art Autobiografie einer Gemeinde dar. Die Mönche in Thailand meditieren häufig auf Friedhöfen.«

»Caine, es ist fast Mittag. Wir stehen noch ganz am Anfang unserer Ermittlungen, haben noch nicht mal eine handfeste Spur, und Sie schlendern durch die Gegend und betrachten Grabsteine. Mich interessiert nur eine einzige Leiche, und das ist die gegrillte Hälfte von Stigma.«

»Sehen Sie hier, zum Beispiel. Frische Blumen, die dem Aussehen nach wohl erst heute gebracht wurden.«

»Und warum um alles auf der Welt sollte mich das interessieren?«

»Lesen Sie mal die Inschrift: *Myrtle Vowles, geliebte Mutter und Großmutter, die viel zu früh von uns gegangen ist.*«

»Caine, jetzt schweifen Sie aber wirklich ab. In einem Dorf wie Kilton ist jeder mit jedem verwandt. Ich vermute, die Hälfte der Einwohner heißt Vowles.«

»Sehen Sie das Datum? Sie ist vor fast genau zehn Jahren gestorben.«

»Ach, jetzt verstehe ich! Myrtle Vowles, dreiundachtzig, ist aus dem Grab gestiegen und hat Ethans Verstärker unter Strom gesetzt. Kaum zu fassen, dass ich nicht eher darauf gekommen bin.«

»Sie haben recht. Vermutlich steckt gar nichts dahinter, aber mein Gehirn funktioniert nun mal auf diese seltsame Weise.«

»Nehmen Sie's nicht persönlich, Caine, aber die seltsame Weise, auf die Ihr Gehirn funktioniert, ist der Grund dafür, dass Sie allein in einer Hütte auf der Undercliff leben.«

## Kapitel elf

# DIE FEHLENDE TAROTKARTE

Wenn Shanti gedacht hatte, es würde bei dem Festival um die Mittagszeit ruhiger werden, wurde sie nun eines Besseren belehrt.

Wenn überhaupt, so stellte sie fest, als sie zusammen mit Caine auf das Gelände zurückkehrte, waren wegen des bevorstehenden Wochenendes noch mehr Besucher gekommen. Die beiden DIs kämpften sich durch die Massen, die sich vor den verschiedenen Bühnen versammelt hatten, und Caine brüllte ihr über den ohrenbetäubenden Lärm hinweg zu, dass mehrere Bands mit völlig unterschiedlichen Musikstilen zu Ehren von Stigma auftraten. Eine Gruppe Pantomimen, unter dem Namen »The Tiresome Butchers« – die leidigen Pfuscher – bekannt, brachte eine surrealistisch anmutende Hommage zu den Klängen von »While My Guitar Gently Kills«, zwei einander zum Verwechseln ähnliche Schwestern aus Tennessee quälten sich durch eine Country-Version von »Tiger In The Subway«.

Als sie zur Pyramid Stage gelangten, stellten sie fest, dass diese jetzt komplett mit Sichtschutzwänden versehen war, während sich die abgesperrte Schlammgrube davor in ein Meer aus Blumen verwandelt hatte, welche die hilfsbereiten Polizisten für die trauernden Stigs dorthin gebracht hatten. Vor dem Sichtschutz auf der Bühne stand ein Schrein für Ethan – eine Mandoline auf einem Ständer im Rampenlicht, geschmückt mit Blumengirlanden.

Sie fanden Benno im Backstage-Bereich. Er wirkte leicht aus der Fassung gebracht.

»So einen Fall hatte ich noch nie, Chefin. Die Medien weltweit fordern Antworten, es kursieren bereits Dutzende Verschwörungstheorien.«

»Keine Sorge, Benno. Caine und ich werden den ganzen Nachmittag über hier sein. Wenn möglich, würden wir gern mit den Tarottänzern reden.«

»Ich habe ihnen gesagt, dass sie auf dem Gelände bleiben sollen. Ihr findet sie in ihrem Bus dort drüben.«

Es waren acht Tarottänzer – vier Männer und vier Frauen –, die etwas verloren auf Segeltuchstühlen saßen oder neben dem Tourbus halbherzige Dehnübungen machten. Shanti und Caine stellten sich vor, und es wurde offensichtlich, dass die Truppe noch immer traumatisiert war von den Ereignissen des Vortags.

»Könnten Sie uns ein bisschen mehr über Ihren Auftritt erzählen?«, bat Caine. »Vielleicht ist Ihnen ja irgendetwas Merkwürdiges oder Außergewöhnliches aufgefallen.«

»Wir hatten alles genauestens einstudiert«, sagte eine schlanke Frau mit Augen wie eine Porzellanpuppe. »Aber Ethan war immer für eine Überraschung gut. Das war nun mal seine Art.«

»Und um was für eine Überraschung handelte es sich diesmal?«

»Nun, niemand von uns kannte die Kostüme, die bekamen wir erst eine Stunde vor der Show. Ethan liebte Spontaneität. Er hatte acht Tarot-Outfits bestellt – die waren umwerfend, findet ihr nicht?« Sie sah die anderen um Bestätigung heischend an. »Anschließend hat er mit uns gesprochen und gesagt, wir sollten in die vorgegebenen Charaktere schlüpfen. Ich zum Beispiel war die Hohepriesterin.«

»Nur damit ich das richtig verstehe: Bis kurz vor der Show hatten Sie keine Ahnung, dass Sie Tarotkarten-Charaktere verkörpern sollten?«

»Das ist richtig. Selbstverständlich hatten wir eine Basis-Choreografie einstudiert, aber es war wirklich aufregend, unsere Bewegungen der jeweiligen Rolle anzupassen. Die fantastischen Kostüme waren sein Geschenk für uns. Ethans kleine Überraschung.«

»Du warst magisch, Kirsty. Du hast wahrhaftig gestrahlt«, sagte eine ihrer Kolleginnen.

»Danke, Süße. Wir waren alle magisch. Sie sehen, Inspector, Ethan hat uns inspiriert. Die meisten von uns haben schon oft mit ihm gearbeitet, und wir haben ihn verehrt. Er war sich stets so sicher, dass alles klappen würde, dass es tatsächlich klappte.«

»Sind Sie in dem Punkt alle derselben Meinung?«, fragte Caine.

»Ich nicht«, meldete sich ein junger Mann zu Wort.

»Oh, natürlich. Entschuldige, Fabrizio. Für dich war das ziemlich enttäuschend«, sagte Kirsty eilig.

Shanti und Caine wandten sich dem durchtrainierten jungen Mann zu, der von seinem Stuhl aufstand und auf sie zutänzelte. Alles an ihm deutete auf jahrzehntelange *Pliés* und Barrenturnen hin: die elegant nach außen gerichteten Zehen, die aufrechte Körperhaltung, der gestreckte Nacken, die herausgedrückte Brust.

»Ihr Name ist Fabrizio? Haben Sie andere Erfahrungen gemacht?«

Fabrizio antwortete mit starkem italienischem Akzent. »Es war ein Albtraum. Ethan hat diese prächtigen Kostüme verteilt, und wir brannten darauf, herauszufinden, wer wir sein würden. Und ich? Ich war der Letzte in der Reihe, wie immer, und es gab nur sieben Kostüme.«

»Für Sie gab es keins?«

»Nein. Pech für mich. So etwas passiert mir ständig.«

»Schätzchen, du scheinst zu vergessen, dass der arme Ethan tot ist«, schaltete sich eine weitere junge Frau ein.

»Das hat er nicht persönlich gemeint, Fabrizio«, versicherte ihm Kirsty. »Und das weißt du auch. Ethan war genauso enttäuscht wie du. Weißt du denn nicht mehr, dass er sogar jemanden zum Laden schicken wollte, damit er nachsieht, ob eines der Kostüme vergessen wurde?«

»Aber dafür war es ja leider zu spät.« Fabrizio bot ein Bild des Jammers. »Und jetzt werde ich nie wieder die Gelegenheit bekommen, zusammen mit Ethan Flynn als Tarotkarte aufzutreten.«

»Verstehe ich das richtig: Sieben von Ihnen waren auf der Bühne, als Tarotcharaktere verkleidet, während Sie hier warten mussten, Fabrizio?«, vergewisserte sich Shanti.

»Ich habe im Bus gelegen und geweint.«

»Haben die anderen noch ihre Kostüme?«

»Die haben Ihre Leute zur kriminaltechnischen Untersuchung mitgenommen«, sagte ein wunderschön aussehender junger Mann.

»Aber vor oder während der Show ist Ihnen nichts Ungewöhnliches aufgefallen? Zum Beispiel jemand, der sich an den Gitarren oder Verstärkern zu schaffen gemacht hat?«

Einhelliges Seufzen und Kopfschütteln.

»Wir haben das schon Tausende Male gemacht«, erklärte Kirsty. »Das war eine Show wie jede andere. Und Ethan war genauso liebenswürdig wie immer.«

»Niemand hat Wasser auf der Bühne verschüttet?«

»Wasser? Wieso?«

»Es tut mir leid, ich kann nicht ins Detail gehen, aber ich möchte, dass Sie alle überlegen, ob Sie versehentlich etwas auf der Bühne verschüttet haben oder ob Sie in Ethans Nähe irgendeine Flüssigkeit auf dem Boden bemerkt haben.«

Die Tänzer blickten einander ratlos an.

»Na schön, versuchen wir es anders«, schlug Caine vor. »Wer von Ihnen ist zu Ethan gelaufen, als er zu Boden gestürzt ist?«

Mehrere Tänzer hoben die Hand.

»Er war ganz offensichtlich tot«, sagte der schöne Mann.

»Ich wollte eine Mund-zu-Mund-Beatmung vornehmen, aber sein Gesicht …«, fügte eine der Frauen hinzu.

»Dieser schreckliche Geruch nach verbranntem Fleisch!«

»Und dann haben Sie beschlossen, ihn von der Bühne zu tragen?«, hakte Caine nach.

»Was hätten wir denn anderes tun sollen?«

»Wir hätten ihn doch nicht liegen lassen können, damit alle Welt ihn so sieht.«

»Ich musste … seine Hände von der Gitarre losreißen«, sagte der schöne Mann bekümmert.

»Das muss zutiefst traumatisierend gewesen sein.« Caine schüttelte teilnahmsvoll den Kopf. »Wenn Sie mit jemandem darüber reden möchten, wenden Sie sich bitte an unser Team. Man kann Ihnen professionellen Beistand vermitteln.«

»Ich würde Sie gern zu Tyrone Flynn befragen«, sagte Shanti. »Hat jemand von Ihnen vor der Show mit ihm gesprochen?«

Es entstand eine unbehagliche Pause.

»Wir gehen ihm eigentlich eher aus dem Weg«, antwortete eine Frau mit rasiertem Kopf. »Vor allem vor einem Gig. Er ist dann oft ein bisschen …«

»Nicht nur ein bisschen«, schaltete sich eine andere Tänzerin ein.

»… launisch. Außerdem hat er generell etwas gegen Tänzer, daher haben wir ihn so gut es ging gemieden.«

»Vielen Dank«, sagte Shanti. »Sie waren uns eine große Hilfe. Wenn Sie vorhaben, das Festivalgelände vor Sonntagabend zu verlassen, wären wir Ihnen sehr dankbar, wenn Sie einem unserer Kollegen Bescheid geben könnten. Und sollte Ihnen noch etwas einfallen, ganz gleich, wie unbedeutend es Ihnen erscheinen mag, zögern Sie bitte nicht, sich an einen unserer Officer zu wenden.«

Nachdem Shanti sich Notizen gemacht und Benno gebrieft hatte, fühlte sie sich plötzlich zutiefst erschöpft. Wer hätte gedacht, dass man auf einem Festival derartige Strecken zurücklegen musste?

Sie entdeckte Caine, der gerade die Ausgabe des *POLICE*-Magazins von der jungen Polizistin signierte, die Shanti gestern gefahren hatte.

»Anscheinend haben Sie einen Fan, Caine. Haben Sie ihr Ihren Half-Man-Half-Schwachsinn aufgetischt?«

»Ach, Shanti …«

»Egal. Ich habe jede Menge Papierkram zu erledigen und muss vor dem Abendessen noch eine Pressemitteilung verfassen, deshalb stoße ich später wieder zu Ihnen. Was haben Sie vor? Tantra-Massage? Darmspülung?«

»Sie wissen genau, was ich tun werde – ich werde Misty beim Singen zuhören.«

»Natürlich. Ich bin froh darüber, dass Sie Ihre Prioritäten in der richtigen Reihenfolge setzen. Geben Sie mir Bescheid, wenn Sie bereit sind, Ihre Arbeit wiederaufzunehmen.«

»Ich habe ihr gerade eine Nachricht geschickt, dass ich mich jetzt auf den Weg mache. Oh, sie antwortet … Augenblick, Shanti, sie schreibt, dass ihr ein weiteres Detail von ihrer Begegnung mit Ethan eingefallen ist.«

»Was für ein Detail?«

»Das erwähnt sie nicht. Sie hält es allerdings für wichtig. Sobald sie von der Bühne kommt, will sie mit uns reden.«

»Verdammt noch mal, Caine! Soll das ein Trick sein, damit ich Ihrer Schwester beim Singen zuhöre? Ich glaube, Ihnen ist gar nicht klar, wie wenig Zeit uns bleibt, um diesen Fall zu lösen. Vier Tage – jetzt nur noch dreieinhalb.«

»Laut Sparky Mudget fließt die Zeit.«

»Es gibt nur eine Sache, die die Zeit tut, Caine: Sie geht aus. Ihre Schwester hat hoffentlich *wirklich* nützliche Informationen für uns, denn sonst geht uns nicht nur die Zeit aus, sondern mir langsam auch die Geduld.«

# Kapitel zwölf

## TOTENGEDENKEN

Caines jüngere Schwester sollte auf einer Lichtung auf dem Field of Avalon auftreten, umgeben von wogenden Silberbirken. Die beiden Cops schlängelten sich durch die überschaubare Zuschauermenge und suchten sich im Gras vor der kleinen Akustikbühne einen Platz.

Während sie auf Misty warteten, stellte Shanti fest, dass ihr für gewöhnlich so gelassener Partner neben ihr vor angespannter Erwartung zitterte.

»Um Himmels willen, beruhigen Sie sich, Caine. Sie sind ja schlimmer als Paul bei der Schulversammlung.«

»Ich bin so dankbar, dass Sie mitgekommen sind, Shanti! Sie haben keine Ahnung, wie viel Misty dieser Auftritt bedeutet. Meine kleine Schwester auf der Bühne in Glastonbury! Ich kann es gar nicht glauben.«

Eine bekannte Gestalt betrat die Bühne. Vula trug ihren üblichen persischen Hippie-Stil: ein buntes Tuch um den Kopf, Haremshose und eine wunderschön bestickte Weste. Ihre Finger mit den auffällig lackierten Nägeln schlossen sich ums Mikrofon, dann bat sie das Publikum in ihrem melodiösen kanadischen Tonfall um Aufmerksamkeit.

»Meine Freunde, an diesem magischen Nachmittag haben wir einen ganz besonderen Leckerbissen für euch. Vor zwei Tagen hat mich mein lieber Freund Ethan Flynn … ja, ja, Ethan … gebeten, mir ein paar Songs anzuhören, die ihm aufgefallen sind. Sie wurden geschrieben und performt von einer jungen Künstlerin, von der ich noch nie etwas gehört hatte. Aber das war typisch Ethan. Er hat es geliebt, aufstrebende Talente zu entdecken, denn für ihn gab es nichts Kostbareres als Authentizität – bevor Ruhm und Geld ins Spiel kommen.« Vulas Gesicht war inzwischen tränenüberströmt. »Ich bin mir sicher, Ethan wäre heute hier gewesen, vorausgesetzt, er war nicht für einen weiteren himmlischen Gig gebucht. Ich weiß nicht, wie es euch geht, aber ich kann seine Anwesenheit unter uns spüren. Bitte nehmt euch einen Moment Zeit, um eure Nachbarn zu umarmen …«

Shanti zuckte zusammen und blickte angestrengt auf ihr Handy.

»Ich habe versucht, mich an den Ausdruck zu erinnern, mit dem Ethan die Songs beschrieben hat, die ihr gleich hören werdet – ›reines akustisches Gold‹, das hat er gesagt, meine Damen und Herren. Meine Freunde, begrüßt mit mir von Herzen … MISTY!«

Zu Shantis Überraschung war Misty allein. Keine Band. Keine Background-Sänger. Sie schlenderte auf die Bühne, eine Akustikgitarre in der Hand, wie ein Kind, das über eine Wiese streift. Wenn sie aufgeregt war, zeigte sie es nicht. Stattdessen gab sie sich verdutzt und verträumt – als sei sie gerade erst aufgewacht.

Eine Hälfte von Shantis Verstand tat, was er immer tat – er drehte und wendete den aktuellen Fall hin und her. Es gab so viele Komponenten und so viele Personen von besonderem polizeilichem Interesse. Caine hatte recht – auch jetzt wirkte Vula außerordentlich betroffen über den Verlust von Ethan Flynn. Natürlich, sie hatten beruflich jahrelang miteinander zu tun gehabt, doch sie schien absolut untröstlich.

Und dann fing Misty an zu singen – eine selbst verfasste Ballade über kindliche Unkompliziertheit, vorgetragen mit einer so einzigartigen, authentischen Stimme, dass die Rädchen in Shantis Hirn einfach stehen blieben. Ihre Ohren, ja, ihr ganzes Selbst öffnete sich für diese Kindfrau, die sie als albern abgetan hatte – als die oberflächlichere Hälfte von Caines nervtötender New-Age-Persona. Sie stellte fest, dass das gesamte Publikum verstummte, hingerissen von Mistys »akustischem Gold«. Dutzende Trauernde strömten erstaunt durch die Bäume und Zelte herbei, angezogen von dem bewegenden Gesang, suchten Erleichterung wie Durstige an einem munter fließenden Wasserfall.

Der Song handelte von Schmerz und Heilung. Davon, dass die Menschen dazu verdammt waren, Schmerz zu verursachen, weil sie selbst Schmerz empfanden. Und dass die Verheißung auf Trost in der Liebe lag.

Als Shanti sich zu Caine wandte, wirkte er plötzlich verschwommen, und zu ihrem Verdruss stellte sie fest, dass sie Tränen in den Augen hatte. Auch Caine weinte – echte, ungehemmte Männertränen. Sie schaute sich um und sah, dass Menschen jeden Alters und Geschlechts und jeder Herkunft Tränen über die Wangen strömten. Für Ethan. Für all das Gute und Reine, das die Menschen zerstört hatten.

Sie konnte nicht sagen, wie lange das Konzert dauerte. Der Nachmittag kannte kein zeitliches Maß, doch als der Applaus verebbte und sie sich in die Schlange einreihte, um CDs für Paul und Mum signieren zu lassen, wurde das Licht bereits schwächer.

Misty umarmte sie beide, als sei Shanti genau wie Caine ein geliebtes Geschwisterkind.

»Hat es dir gefallen, Vince?«, fragte sie atemlos.

»Ich bin sprachlos«, sagte Caine. »Einfach nur wunderschön, Liebes.«

»Und dir, Shanti? Danke, dass du gekommen bist.«

»Es war … es war … ach verflixt, Misty, mein emotionales Vokabular ist ziemlich begrenzt. Aber du hast Bereiche in mir berührt, von denen ich gar nicht wusste, dass ich sie habe. Mehr kann ich dazu nicht sagen.«

Sie schlenderten zusammen zwischen den Bäumen hindurch, und Misty erzählte ihnen aufgeregt von den Angeboten und Anfragen von Produzenten und Journalisten. Sie hatte jede Menge Lob bekommen, und Vula hatte sie eingeladen, in ihrer Radiosendung zu singen.

»Aber das lasse ich mir nicht zu Kopf steigen«, sagte sie. »Ich habe nicht vor, mich an diese Etappe meines Lebens fesseln zu lassen. Alles wird zu seiner Zeit passieren.«

Zeit? Herrgott, Caine hatte recht gehabt. Und Sparky Mudget ebenfalls. Die Zeit floss wirklich, und der Nachmittag war verdunstet wie Wasser, das man auf eine Bühne gesprenkelt hatte. Shanti hatte beinahe vergessen, warum sie eigentlich hergekommen war.

»Misty, ich weiß, dass dir gerade viel durch den Kopf geht, aber Caine hat mir erzählt, dir sei noch etwas eingefallen von deinem Gespräch mit Ethan …«

»Ja! Ich habe mich daran erinnert, als ich vor dem Auftritt geübt habe. Ungefähr zur Hälfte eines der Songs kam mir plötzlich ein Bild in den Sinn – eine Erinnerung. Vielleicht hat es gar nichts zu bedeuten, aber mir gefror schlagartig das Blut in den Adern, weshalb ich aus dem Tritt gekommen bin und noch einmal von vorn anfangen musste.«

»Erzähl weiter«, drängte Shanti.

»Als Ethan mit mir sprach … ihr erinnert euch, dass ich erzählt habe, wie er meine Hand genommen hat …«

»Nachdem Tyrone ihn beleidigt hat.«

»Ja, es war kurz bevor Vula die Bühne betrat, um das Publikum anzuheizen. Ihr müsst wissen, die meisten Künstler bestehen darauf, dass die Bühne vor einem Gig komplett leer ist. Allerdings habe ich jemanden die Stufen an der Rückseite der Pyramid Stage herunterkommen sehen.«

»Kannst du ihn beschreiben?«

»O ja. Die Person werde ich niemals vergessen.«

»Nun sag schon … Das könnte wichtig sein!«

»Ich habe sie nur flüchtig aus dem Augenwinkel gesehen, aber etwas an ihrem Verhalten erweckte meine Aufmerksamkeit. Etwas Verstohlenes, Verschlagenes.«

»Würdest du die Person wiedererkennen?«

»Es war einer der Tarottänzer.«

»Ach du lieber Himmel! Ist dir klar, dass das unser Mörder sein könnte? Denk scharf nach. Welcher von den Tänzern war es?«

»Es war der Tod«, flüsterte sie.

# Kapitel dreizehn

## DIE HOHLEN AUGEN DER VERDAMMNIS

Benno und Shanti saßen in ihrer dämmrigen mobilen Einsatzzentrale und starrten auf einen Bildschirm, während Caine hinter ihnen stand und über ihre Schultern blickte.

»Na schön, Benno. Wir suchen nach etwas Besonderem. Anscheinend gibt es Tausende Aufnahmen von dem Stigma-Gig und Ethans Tod …«

»Eher Millionen, Chefin.«

»Ich interessiere mich für die Minuten unmittelbar von dem Konzert, genauer gesagt, für das Zehn-Minuten-Zeitfenster, als Sparky Mudget und seine Crew die Bühne verlassen haben und Vula Plenty noch nicht da ist, um die Band anzukündigen.«

»Okay, Chefin. Allerdings gibt es da ein Problem: Zu dem Zeitpunkt war die Bühne dunkel und leer und damit nicht sonderlich fotogen, wenn du verstehst, was ich meine.«

»Es muss aber Aufnahmen geben«, beharrte Shanti.

»Gibt es auch. Auf die Bühne ist eine Webcam gerichtet, die rund um die Uhr läuft. Aber wie gesagt: Die Bilder sind wenig aussagekräftig.«

»Werfen wir trotzdem einen Blick darauf. Okay, das ist gut … Ich kann den Verstärker erkennen, an den Excalibur angeschlossen ist. Sieh mal, hier hinten im Dunkeln. Genau das interessiert mich.«

»Fangen wir um 20:43 Uhr an, da geht es noch ziemlich turbulent zu. Dort hinten ist Sparky«, Benno deutete auf einen beleibten Mann mit Stirnlampe, »der ein letztes Mal die Technik durchcheckt.«

»Ich würde seinen dicken weißen Hintern überall erkennen«, murmelte Shanti.

»Es ist wirklich ein bisschen dunkel, aber man kann die Jungs vom Spark1Up-Team ausmachen, die das Equipment überprüfen. Jetzt richtet Sparky sich auf und sieht sich um. Ein letzter Blick in die Runde, dann reckt er endlich den Daumen in die Höhe, sammelt seine Techniker ein, und sie verlassen gemeinsam die Bühne.«

»Von da an wird's interessant«, sagte Shanti. »Wir nähern uns dem entscheidenden Zeitpunkt. Sieh ganz genau hin, Benno, uns darf nichts entgehen.«

»Die Bühne ist für ungefähr zehn Minuten leer …«

Caine beugte sich vor. »Oder auch nicht. Seht mal, um 20:50 Uhr!«

»Heilige Scheiße«, entfuhr es Shanti. »Da schleicht jemand durch die Dunkelheit!«

»Das muss einer von den Tänzern sein«, sagte Caine. »Er trägt einen langen roten Mantel mit einer großen Kapuze und wie es aussieht einen Skelettanzug darunter.«

»Das ist ein seltsames Kostüm! Was hält er in der Hand?« Auch Benno beugte sich nun gespannt vor.

»Eine Tüte. Vermutlich mit Werkzeug.«

»Exakt. Spiel die Aufnahmen so langsam ab wie möglich, Benno. Seht mal, jetzt geht er vor dem Verstärker in die Hocke.«

»Wie dreist!«, rief Benno. »Macht sich vor einer Unmenge von Zuschauern an der Technik zu schaffen!«

»Von denen vermutlich kein Einziger etwas bemerkt hat«, erwiderte Shanti. »Das nennt man ›vor lauter Bäumen den Wald nicht sehen‹.«

»Er arbeitet schnell«, stellte Caine fest. »Ich nehme an, er hält einen Schraubenzieher in der Hand. Es lässt sich unmöglich erkennen, was genau er da tut, aber es sieht so aus, als würde er etwas an der Verstärkerverschalung austauschen. He – was macht er denn nun?«

»Mein Gott!«, flüsterte Benno entsetzt. »Er nimmt eine Flasche aus der Tüte und … Seht nur! Der schüttet sie absichtlich aus, rund um den Gitarrenständer!«

»Jetzt richtet er sich auf und sieht sich um«, sagte Shanti. »Als wolle er sich vergewissern, dass er auch wirklich alles erledigt hat. Halt das Bild an, Benno, ja, genau an der Stelle. Wenn mich nicht alles täuscht, ist das unser Mann.«

»Oder unsere Frau, Shanti«, gab Caine zu bedenken.

»Richtig, Caine. Also seht euch die Figur vom Tod genau an. Könnt ihr Brüste erkennen?«

»Schwer zu sagen«, erwiderte Caine gedehnt.

»Nun, ich sehe keine. Ja, der Körper ist von dem Mantel verdeckt, und das Licht ist erbärmlich, aber in meinen Augen ist der Tod ein Mann.«

»Man kann ja noch nicht mal die Brusthöhe richtig abschätzen«, hielt Caine dagegen.

»Herr, gib mir Kraft«, murmelte Shanti, bevor sie nachsetzte: »Benno, dann sag dem Team eben, dass es das Festivalgelände nach einem Mann – oder einer Frau – absuchen soll, der – oder die – groß sein könnte oder klein. Das ist sicherlich sehr hilfreich.«

»Nicht wirklich, Chefin.«

»Sie haben gehört, was er gesagt hat, Caine. Sie sind nicht sonderlich hilfreich.«

»Soll ich einen Ausdruck machen?«, fragte Benno.

»Gute Idee. Jeder der Kollegen muss einen bekommen. Und dann schicken wir mehrere Teams aufs Gelände. Der, der den Tod entdeckt, erhält ein doppeltes Fleißsternchen.«

»Vielleicht sollten die Kollegen besser zivil tragen, Chefin. Dann fallen sie nicht so auf.«

»Gute Idee. Uniformen verschrecken die Leute. Aber wartet mal – vielleicht machen wir das Ganze auch bloß unnötig kompliziert. Wir haben doch heute Morgen diese Tänzer befragt, richtig? Also, welcher von ihnen war der Tod?«

»Keiner«, antwortete Caine.

»Wie meinen Sie das?«, hakte Shanti nach.

»Ich zeige es Ihnen. Lassen Sie mich schnell die Tanzszenen auf YouTube aufrufen …« Er trat an einen der Laptops und fing an zu suchen. Wenige Augenblicke später öffnete er einen Link. »So, das ist etwa zwanzig Minuten nach Beginn der Show. Die Tänzer tanzen frenetisch um Ethan herum – er spielt gerade Mandoline.«

»Die Choreografie wirkt ziemlich übertrieben.«

»Es sind sieben Tänzer zu sehen – obwohl es eigentlich acht sein sollten, aber Fabrizio konnte nicht auftreten, weil er kein Kostüm bekommen hatte. Wir sehen die Hohepriesterin, den Narren, den Eremiten, den Teufel, den Magier, die Sonne und den Mond. Doch der Tod ist nicht darunter.«

»Ich nehme an, Sie haben wie immer recht, Caine. Also Benno, kannst du die Bilder von der Webcam bitte zurückspulen? Ich würde mir gern noch einmal die ruhige Phase ansehen, bevor Stigma auf die Bühne kommen. Stopp – da haben wir's ja schon. Ist es möglich, dass du das Gesicht des Verdächtigen heranzoomst?«

»Es ist unscharf, aber … Verdammt, da wird mir gleich ganz anders, Chefin.«

Benno machte sich am Computer zu schaffen, sodass die obskure Gestalt in die Knie ging, sich wieder aufrichtete, erneut in die Knie ging, sich erneut aufrichtete, und das Ganze noch ein paarmal mehr. Die Tüte in seiner behandschuhten Hand war gut zu erkennen, in der anderen hielt er ein Kabel und einen Schraubenzieher. Endlich fand Benno den Moment, nach dem er gesucht hatte: Die Gestalt im roten Mantel drehte sich um und starrte direkt in die Linse der Kamera. Die Aufnahme war körnig, aber der Effekt erschreckend.

»Hast du etwas dagegen, wenn ich fluche, Chefin?«, fragte Benno.

»Ich denke, das wäre absolut passend.«

»Himmelherrgottsakrament, Chefin, leck mich am Arsch. Das darf doch nicht wahr sein!«

Für einen kurzen Augenblick starrten die drei Polizisten in die leeren Augenhöhlen des Todes.

»Die hohlen Augen der Verdammnis«, murmelte Caine.

»Da haben wir ihn«, flüsterte Shanti. »Das ist der Kerl, hinter dem wir her sind. Findet den Tod, und wir haben unseren Mörder.«

## Kapitel vierzehn

# EINE NACHT VOLLER STERNE

Shanti ließ sich von der jungen Fahrerin durch die Menschenmassen nach Kilton chauffieren. Hier und da bat sie sie, anzuhalten, damit sie sich in den Läden, die nur während des Festivals öffneten, mit dem Nötigsten eindecken konnte.

Froh darüber, dass ihr Saab auf Anhieb ansprang, fuhr sie anschließend den Totterdown Hill hinauf. Auf der Straße vor dem alten Gehöft waren noch immer zwei Streifenpolizisten postiert.

»Sie können jetzt Feierabend machen!«, rief sie durchs offene Fenster. »War alles ruhig?«

»Ja, Chefin. Tyrone Flynn ist ausgezogen.«

»Wie bitte?«

»Nach Hause zu seiner Mutter.«

»Mein Gott! Dieser Mann …«

»Er hat gesagt, Sie hätten ihn bereits befragt, und da er weder verhaftet ist noch unter Hausarrest steht, könne er gehen, wann und wohin auch immer er wolle.«

Shanti freute sich am Ende eines langen Tages stets auf ein heißes Bad, aber das hier war etwas ganz Besonderes. Die kleine Kunststoffbadewanne zu Hause, die sie mit einer bunt zusammengewürfelten Spielzeugschar teilte, war ja schön und gut, die riesige Klauenfußwanne in der Flieder-Suite jedoch eine ganz andere Nummer. Shanti ließ sich fast eine Stunde lang einweichen, bis zu den Ohren im wohlriechenden Wasser, das so heiß war, wie ihr Körper es eben noch aushalten konnte.

An der Wand gegenüber hing ein riesiges, altes Bild in einem Eichenrahmen. Shanti brauchte einen Moment, um zu realisieren, dass es sich um ein wunderschönes Gemälde der Unworthy Farm um achtzehnhundert handelte. Damals erstreckte sich das Land über Hunderte von Morgen, auf denen zahllose Arbeiter-Cottages standen. In der linken unteren Ecke entdeckte sie eine in rote Jacken gekleidete Jagdgesellschaft, die auf prächtigen Pferden einherritt, begleitet von einer Meute Jagdhunde und mehreren Jagdhornbläsern, während der arme Fuchs sich unter den Wurzeln eines Baumes verkroch.

Vincent Caine duschte und rasierte sich in den Sanitäranlagen von WaterAid und zog sich ein sauberes Shirt an. Anschließend genoss er eine einfache, ausgewogene Mahlzeit im Hundred Monkeys Café, bevor er sich zu Misty und einigen ihrer Freunde im Trance-Zelt gesellte.

»Vince, ich möchte dir die besten Freunde auf der ganzen Welt vorstellen: Tempest, Zara und LukeyLuke.« Misty drehte sich zu den anderen um. »Das hier ist mein großer Bruder. Ist er nicht süß?«

Zunächst wirkte Caines Tanzstil ein wenig unbeholfen. Inmitten dieser coolen jungen Leute fühlte er sich etwas unsicher, doch schließlich ergriffen die eindringlichen Rhythmen von ihm Besitz, die jedes Gespräch – selbst jeden Gedanken, um genau zu sein – ohnehin unmöglich machten. Bald musste er nichts anderes mehr tun, als zu lächeln und sich dem zunehmenden Tempo der Musik zu ergeben – genau wie die anderen sich windenden, schwitzenden Leiber um ihn herum.

Als Shanti sich mit Primrose Vowles' frisch gewaschenen Handtüchern abrubbelte, hörte sie kaum den Lärm des Festivals.

Sie hatte vor, sich nur schnell für zehn Minuten ins Bett zu legen, um sich ein bisschen auszuruhen, aber als sie dann aus einem zutiefst verstörenden Albtraum hochschreckte, war es fast dunkel. Der Traum war so lebhaft gewesen, so echt! Jemand hatte auf der Matratze neben ihr gekniet und ihr etwas ins Ohr geflüstert. Als sie sich aufsetzte, war ihr eiskalt. Niemand war da, natürlich nicht, aber ihr Kopf schwirrte vor Furcht einflößenden Gedanken und Gefühlen. In diesem uralten Himmelbett hatte Ethan Flynn die letzte Nacht seines Lebens verbracht. Zum ersten Mal bemerkte sie eine Reihe kunstvoll geschnitzter Eichengesichter, die von den oberen Stützstreben auf sie herabblickten, zähnebleckend oder den Mund weit aufgerissen vor stummem Zorn wie die Wasserspeier an alten Kathedralen. Zumindest kam es ihr so vor.

Sie würde sich beeilen müssen, wenn sie probieren wollte, was Primrose zum Abendessen zubereitet hatte. Shanti sprang aus dem Bett und zog das rot-gold gemusterte Kleid an, das sie auf die Schnelle in einer der Festival-Boutiquen gekauft hatte. Jetzt stellte sie fest, dass es sich um ein indisches Design handelte – ähnlich den Saris ihrer Mutter, die diese zu ganz besonderen Gelegenheiten trug. Anschließend brachte sie ihre Frisur in Ordnung und legte ein bisschen Make-up auf. Die Frau, die ihr aus dem Ganzkörperspiegel entgegenblickte, war kaum in Einklang zu bringen mit der toughen, zynischen Polizistin, die sie noch vor ein paar Stunden gewesen war – *Aschenputtel, du solltest auch auf den Ball gehen!* Wenn doch nur Caine sie so sehen könnte, dachte sie, aber dann verbannte sie den Gedanken augenblicklich aus ihrem Gehirn.

Auf der Tanzfläche, vor dem erhöhten DJ-Pult, wo DJ MixxyBlasta sein Zauberwerk verrichtete, hatte DI Vincent Caine sein Hemd ausgezogen und gestattete Misty, Tempest, Zara und LukeyLuke, seinen Oberkörper mit UV-Farbe zu beschmieren. Im zuckenden Stroboskoplicht, zum wummernden Beat, tauchte er ein in die fließende Ekstase der Bewegung. Hände kreisten in wabernden Oszillationen wie die klassischen Tänzerinnen, die er in Thailand gesehen hatte. Die Augen schlossen sich im Rausch der Verzückung, der Körper wirbelte hin und her, wand und drehte sich, bis der Tanz zu einer Meditation überging, bei der es keinen Tänzer mehr gab, nur noch den pulsierenden Herzschlag der Musik und die euphorische Wärme von Freundschaft und Liebe, die über ihn hinwegspülte.

Die Stars, die sich in dem alten Bauernhaus eingemietet hatten, standen bereits rings um die riesige Esszimmertafel, an der Shanti und Caine Tyrone befragt hatten. Jetzt knisterte ein Feuer im Kamin, und es herrschte eine Atmosphäre wie im Green Room während einer glanzvollen Musikpreisverleihung. Es waren so viele berühmte Gesichter da, dass Shantis Herz für einige Schläge aussetzte. Sie fühlte sich fast so, als hätte sie Lampenfieber.

Wein floss. Stimmen hoben sich in lebhaften Gesprächen, begleitet von den Lachsalven eines Dutzends namhafter Stars der Musikindustrie, die sich in einem alten englischen Bauernhaus genauso entspannt fühlten wie in ihren eigenen Villen und Ferienanwesen rund um den Globus.

Einige erkannte Shanti sofort: Lil Bisto, den Grime-Musiker aus Manchester; außerdem den Lounge-Bar-Sänger Zulu Waters sowie ein unglaublich gut aussehendes K-Pop-Trio, das sich Safe Squad nannte. Auf ebendem Stuhl, auf dem Tyrone sein Tattoo bekommen hatte, saß jetzt der Lead-Sänger von 6th Sense. Vor dem Kaminfeuer standen drei Silberveteranen der Musikwelt, in ein ernstes Gespräch vertieft: Royal Bronson, Gilish und der Schnulzensänger Marcel Snapper. Entweder betrunken oder high, geriet Boulevard-Luder Ulalla Strump auf ihren turmhohen High Heels gefährlich ins Wanken.

Nach einer Weile nahmen alle unter dem starren Blick der präparierten Tierköpfe an den Wänden ihre Plätze an der großen Tafel ein. Links neben Shanti saß Lil Bisto, rechts neben ihr stand ein außergewöhnlich großer, geschnitzter Stuhl.

»Dich hab ich schon mal gesehen, oder nicht?«, fragte Bisto.

»Entschuldigung?«

»Ich hab dich auf der Bühne gesehen, stimmt's?«

»Nein … nein. Ich bin nicht in einer Band.«

»Klar. Du siehst aus wie ein Musikstar.«

»Danke. Nein, ich bin …«

Bevor sie zu Ende sprechen konnte, betrat eine Legende das Esszimmer und duckte sich fluchend unter den Balken hindurch. Es war Sista Tremble.

»Jetzt habe ich Spinnweben in den Haaren, verfluchter Mist!«, schimpfte sie.

»Oh, Babe! Lass mich dir helfen«, zwitscherte ein zierlicher Knabe, der unter dem Namen Glamdos bekannt war. Er sprang auf die Füße und fing an, unsichtbare Fäden aus Sista Trembles gewaltigem Afro zu ziehen.

Mit einem Seufzer ließ sich die Soul-Legende auf den Thron neben Shanti fallen, ein breites Lächeln auf dem tadellos zurechtgemachten Gesicht.

»Und du bist …?«, fragte sie.

»Shanti Joyce«, antwortete Shanti Joyce. »Ich bin mit Ihrer Musik aufgewachsen. Wirklich, ich habe jeden Ihrer Songs noch auf Vinyl! Ich kann nicht glauben, dass ich …«

»Du bist ja süß!«, dröhnte Sista Tremble. »Aber du musst unbedingt ›du‹ zu mir sagen, sonst komme ich mir ja ganz alt vor.«

»Du bist doch nicht alt!«, wehrte Shanti hastig ab.

Sista lächelte geschmeichelt und griff nach ihrem leeren Glas. »Eines kann ich dir versichern – wenn ich nicht auf der Bühne stehe, bin ich ein ganz normales Mädchen.«

»Ein ganz normales Mädchen, das gern ein Glas ganz normalen Wein trinkt«, sagte Marcel Snapper und massierte ihr die kräftigen Schultern.

Dann schenkte er Sista ein Glas Rotwein ein und ein weiteres für Shanti. Die Flasche in der Hand, wartete er, bis Sista das Glas geleert hatte, und goss nach. Sie trank das Glas aus, und er goss erneut nach.

»Danke, Marcel. Jetzt bin ich wieder ein Mensch.« Sie seufzte.

In diesem Augenblick wurde ein völlig überladener Servierwagen von einer überaus servilen Primrose Vowles ins Esszimmer geschoben.

»Deshalb kommen wir immer wieder«, verkündete Marcel Snapper, als Primrose die dampfenden Platten auf den Tisch stellte. »Vergiss den Opium Club oder das Nowadays – wir wollen Primrose' Rindfleisch-Nieren-Pastete, und warte, bis du erst mal ihre hausgemachte Eiscreme probiert hast. Noch Wein, die Damen? Ihr habt ja kaum etwas getrunken!«

»Ein Toast, meine Damen und Herren!«, donnerte Sista Tremble, und ihre kraftvolle Stimme brachte sämtliche anderen Gespräche am Tisch umgehend zum Verstummen. »Ein Toast auf unseren lieben Freund, der vor uns gegangen ist, und zwar weit vor seiner Zeit.« Alle hoben ihr Glas. »Auf Ethan, den himmlischen Boten der Liebe.«

»AUF ETHAN!«, brüllten die Megastars.

»Aber nicht auf seinen Bruder, dieses Arschloch!«, flüsterte Sista Shanti ins Ohr.

In einem namenlosen Abyssus der Töne wurde die Entität, ehedem bekannt als Caine, eins mit der Musik der Sphären. Er selbst war nicht mehr anwesend. An seiner Stelle befand sich nur noch ein animalistischer Körper, grinsend und zuckend in orgastischen Verrenkungen.

Shanti lag auf dem Rücken und betrachtete mit einem mulmigen Gefühl die sich bewegenden Wasserspeierköpfe an den Stützstreben des Himmelbetts, während sie angestrengt versuchte, sich an die Gespräche zu erinnern, die sie während dieses langen Abends geführt hatte. Normalerweise hätte sie jetzt ihre Beobachtungen in ihr iPhone diktiert, aber das hätte eine Reihe von Bewegungen erfordert, die ihr aufgequollener Bauch und ihr angeschlagener Kopf nicht zuließen. Wenn sie jetzt jedoch einschlief, würde sie womöglich alles vergessen. Nein. Sie musste den Abend in Gedanken noch einmal Revue passieren lassen, damit sie am nächsten Morgen mit Caine die wichtigsten Punkte besprechen konnte.

Der Abend war ein wirbelnder Strudel aus Wein, Essen und Ausgelassenheit gewesen, widergespiegelt in den Glaskuppeln mit den ausgestopften Tieren auf sämtlichen Anrichten. Doch zwischen all den Kuppeln war sie auf wertvolle Informationen gestoßen, dachte sie, als sie sich jetzt ein hochinteressantes Gespräch mit Lil Bisto über Sista Tremble in Erinnerung rief. Trotz ihrer überschwänglichen Hommage an Ethan hatte sich herausgestellt, dass die Soul-Legende eine lange, bittere Geschichte mit den Flynns verband. Laut Bisto hatte alles vor zehn Jahren begonnen, genau hier, in Glastonbury, wo die junge Band Stigma die große Diva von dem wichtigsten Auftrittsplatz am Sonntagabend verdrängt hatte. Laut Bisto war das ein Einschnitt, von dem sich Sistas Karriere nie mehr ganz erholt hatte.

»Ich meine, sie ist immer noch eine Größe«, hatte er ihr anvertraut und sich dabei verstohlen nach der Soul-Lady umgesehen, »aber Sista ist eher so eine Retrosache, verstehst du, was ich meine? Eher etwas für die ältere Generation.«

Doch in diesem Jahr war Sista Tremble zurückgekehrt wie ein Racheengel. Der Auftrittsplatz am Sonntagabend gehörte wieder ihr – allerdings musste sie feststellen, dass Stigma ihr erneut die Show gestohlen hatten, indem sie das Festival auf eine derart dramatische Art und Weise eröffnet hatten. Mit Stigma konnte es offenbar niemand aufnehmen. War es möglich, überlegte Shanti leicht benebelt, war es möglich, dass Sista Tremble nach Glastonbury zurückgekehrt war, um Rache zu nehmen?

Was war sonst noch in dem riesigen Esszimmer der Unworthy Farm durchgesickert? Shanti rief sich den ergreifenden Moment ins Gedächtnis, als jemand die melodiöse A-cappella-Fassung von »Legend of You« anstimmte, in die die Künstler jeden Alters und jeden Genres in spontanem Gedenken an Ethan Flynn mit einfielen, begleitet von einem beeindruckenden Schlagzeugsolo von Gilish, der mit seinem Besteck auf Töpfe, Pfannen und Gläser einschlug. Die einzige externe Zeugin dieses bahnbrechenden musikalischen Moments war Shanti Joyce, Mitglied der arbeitenden Bevölkerung, Polizistin und alleinerziehende Mutter aus Camden Town, jetzt Yeovil. Und dennoch hatte keine einzige dieser Berühmtheiten ihren Platz zwischen ihnen infrage gestellt.

Tatsächlich war Shanti heute Abend in so viele Skandale und Gerüchte eingeweiht worden, dass sie es unmöglich fand, Dichtung und Wahrheit auseinanderzuhalten. Hatte sie sich das nur eingebildet, oder hatte sie wirklich ein zum Brüllen komisches Gespräch über einen mysteriösen Eindringling mitbekommen, der als »der Wichser von der Unworthy Farm« bekannt war? Anscheinend war irgendwer tagsüber durch die leeren Schlafzimmer geschlichen und hatte die persönlichen Besitztümer der weiblichen Gäste durchwühlt.

»Ich kann dir nur raten, deine Tür gut abzuschließen, Mädchen«, hatte Sista sie gewarnt.

»Ihr wisst ja, wie sehr ich Klatsch und Tratsch verabscheue …«, hatte sich Royal Bronson zu Wort gemeldet.

»Er liebt es«, flüsterte Sista ihr zu.

»… aber habt ihr gehört, was man sich über die arme Polly erzählt?«

»Polly?«, fragte Shanti.

»Er meint Polly Darton«, erklärte Sista. »Tribute-Sängerin in der Country-and-Western-Sparte.«

»Angeblich hat man der armen Frau über ein Dutzend 90-DD-BHs aus dem Koffer gestohlen.«

»Nein!« Shanti schnappte nach Luft.

»Doch!«, rief Sista. »Stellt sich bloß die Frage, wo man Diebesgut von solcher Größe verstecken soll?«

Anschließend hatten Shanti und Sista Tremble, beide unerhört betrunken, mit einem ausgelassenen Ratespiel über die Identität des ominösen Wichsers von der Unworthy Farm begonnen.

»Sieh dich doch mal im Raum um«, flüsterte Sista. »Es könnte der da sein … oder der … oder die da! Im Grunde kommt jeder infrage …«

»Vielleicht waren es alle zusammen!«, quiekte Shanti.

»Okay, der Nächste, der etwas sagt, ist es«, prustete Sista.

»Worüber amüsiert ihr zwei euch denn so prächtig?«, fragte Marcel Snapper.

»Oh, nichts, Süßer«, erwiderte Sista und sprengte beinahe ihr mächtiges Dekolleté. »Nur ein kleines Ratespiel … Ach du liebe Güte, ich glaube, ich habe mir vor Lachen in die Hose gemacht!«

»Nun, ich tippe auf den alten Vowles«, hatte Shanti gesagt. »Immerhin hat er die Schlüssel und eine tropfende rote Nase. Er hat sogar einen Hund namens Boner. Wie kann man seinen Hund nur ›Latte‹ nennen?«

»Ich glaube nicht, dass so etwas zum ersten Mal passiert ist. Auf alle Fälle werde ich eine Mausefalle in meine Unterwäscheschublade legen – man kann ja nie wissen. Also halte die Augen nach geschwollenen Fingern auf … oder anderen Teilen!«

»Aber warum bleibst du dann hier?«, fragte Shanti. »Ich meine, es ist verflucht kalt hier, oder kommt das nur mir so vor?«

»England *ist* kalt«, bestätigte Sista. »Und genau deshalb halten meine Leute stets Wärmedecken und elektrische Heizkörper für mich bereit. Jede Menge. Du solltest mal in mein Zimmer gehen – ich nenne es ›Sistas Sauna‹.«

»Ja, aber ist dir die Unworthy Farm nicht ein bisschen … wie soll ich es sagen? Ein bisschen zu … rustikal? Und die Vermieter sind schon ein wenig seltsam, nicht wahr? Und jetzt auch noch der …«

»Der Wichser von der Unworthy Farm? Hör zu, Süße, ich bin hier schon über ein Dutzend Mal abgestiegen, und ich habe vor, noch so lange zu kommen, wie es mir die Götter von Glastonbury gestatten. Im Grunde genügen drei Worte, um zu erklären, warum: *authentischer englischer Charme.*«

Gegen Ende der monumentalen Mahlzeit war Primrose ins Esszimmer gehuscht, hatte den Tisch abgedeckt und ihre hausgemachte Eiscreme serviert, die in der Tat göttlich war. Diesmal hatte sie ihren Sohn Seth mitgebracht, der ihr beim Abräumen half. Alles an dem mageren Teenager mit dem schlaffen roten Irokesen drückte Widerwillen aus.

Als Sista Tremble den Jungen am Arm fasste und ihn scherzhaft einlud, sich auf ihren ausladenden Schoß zu setzen und sich mit ihr eine Kugel Maulbeereis zu teilen, nahm Seths Aknegesicht ein noch tieferes Rot an als der Nachtisch.

»Kann ich jetzt gehen, Mum?«, fragte er mit jammervoller Stimme.

»Ich denke schon«, erwiderte Primrose. »Aber du bist vor Mitternacht wieder zu Hause.«

»Mitternacht! Das ist nicht dein Ernst! Da geht es doch gerade erst richtig los.«

Nachdem Seth das Zimmer verlassen hatte, hatte sich Primrose bitterlich beschwert, dass er sich mit seinen Kumpeln im Cider Bus treffen wolle. Anscheinend hatte jeder Einwohner von Kilton freien Zutritt zum Festival – eine Entschädigung für die Unannehmlichkeiten, die es verursachte. Und das nutzten Seth und seine Freunde natürlich aus, um »viel zu viel Zeit in diesem Sündenpfuhl« zu verbringen.

»Gott weiß, was sie dort anstellen …«, hatte Primrose gemurmelt, als sie den Speisewagen in den Korridor schob. »Nichts zu danken, gern geschehen.«

An diesem Punkt musste Shanti über ihren Erinnerungen eingeschlafen sein, denn als sie aufwachte, war das alte Bauernhaus in mondbeschienenes Schweigen gehüllt. Mit einem unangenehmen Geschmack im Mund und durchgefroren bis auf die Knochen, stieg sie aus dem Bett und stieß sich schmerzhaft den Zeh an einem mittelalterlichen Stuhl. Sie kippte den Inhalt ihrer Umhängetasche auf den Tisch, entdeckte eine Packung Aspirin und schluckte drei Tabletten mit einem Glas lauwarmem Wasser aus dem Badezimmer.

Aber wie sollte sie jetzt wieder einschlafen? Das riesige Bett war kalt wie ein Grab.

Im Trance-Zelt umarmte Caine seine Schwester und deren Freunde. Was für eine Nacht! Die jungen Leute würden bis Anbruch der Morgendämmerung durchtanzen, aber er hatte Arbeit zu erledigen, außerdem wartete sein warmer Schlafsack auf ihn. Irgendwann im Lauf der Nacht hatte er sein Shirt verloren. Aber das war okay. Es war immer noch warm draußen. Er schlüpfte nach draußen und ging den Hügel hinauf zu seinem Zelt. Oben angekommen, blieb er stehen, um ein paar Tai-Chi-Übungen zu machen und die frische Nachtluft einzuatmen. Sein Körper fühlte sich nach seinem wilden, yogischen Tanz wunderbar entspannt an.

Sein Kopf war klar und ausgeruht. Er schickte allen Festivalteilnehmern *metta* – freundliches Wohlwollen –, vor allem aber öffnete er sein Herz für Queenie Flynn, Ethans trauernde Mutter. Anschließend machte er es sich in seinem Schlafsack bequem. Kurz bevor er einschlief, schickte er Dankbarkeit und Zärtlichkeit an seine Kollegin Shanti Joyce und hoffte inständig, dass auch sie für heute ihren Frieden gefunden hatte.

## *Kapitel fünfzehn*

# EIN HEISSER STEIN

Shanti Joyce hatte keinen Frieden gefunden. Im Gegenteil: Sie befand sich im Krieg. Im Krieg mit erstickenden Bettdecken. Im Krieg mit ihrem hämmernden Kopf und brennenden Magen. Im Krieg mit den arktischen Witterungsbedingungen in ihrem Schlafzimmer.

Sie streckte die Hand unter der Decke hervor und tastete nach ihrem Handy. 1:15 Uhr. Shanti stand auf. Eine Decke über die Schultern gelegt, mäanderte sie barfuß durch das Labyrinth aus Korridoren und Treppenabsätzen, tappte die alten Eichenstufen hinunter und über die eiskalten Steinplatten in Richtung Küche, wo sie Licht brennen sah. Vorsichtig drückte sie die Tür auf und sah, dass jeder Teller, jedes Messer und jede Gabel gespült, abgetrocknet und ordentlich weggeräumt war. Am Tisch, über einen Teller mit Resten gebeugt, saß eine einsame Gestalt.

Während der Terrier sein struppiges Köpfchen hob und sie zähnefletschend aus dem Sessel vor dem großen, gusseisernen Herd anknurrte, sah Shanti, dass es sich bei der Person am Tisch nicht um Primrose, sondern um ihren Ehemann handelte – Bauer Vowles, den winzigen Mann mit der roten Nase aus dem Five Heads.

»Wirst du wohl still sein, Boner«, sagte er amüsiert. »Das ist doch keine Art, eine Dame zu begrüßen.«

»Schon gut«, erwiderte Shanti leicht beklommen. »Hunde, die bellen, beißen nicht.«

»Ja, so sagt man.« Vowles zwinkerte ihr zu. »Bei Boner trifft allerdings eher das Gegenteil zu. Er beißt normalerweise, anstatt zu bellen, nicht wahr, du kleiner Halunke?« Er streckte die Hand nach dem Hund aus, der knurrte und danach schnappte. »Er ist ein ausgezeichneter Jäger. Man muss ihn nur vor ein Erdloch setzen, und er zieht mit seinen scharfen Zähnen alles heraus, was drin ist: Wiesel, Ratten, Kaninchen, Dachse – da macht Boner keinen Unterschied.« Jetzt schmunzelte Vowles übers ganze Gesicht.

»Entschuldigen Sie bitte die Störung«, sagte Shanti. »Ich bin auf der Suche nach einer Wärmflasche. Ich möchte mich ja nicht beschweren, aber oben ist es verdammt kalt.«

»Oje, da kann ich Ihnen nicht helfen. Das ist das Problem mit einem alten Haus wie diesem. Die Menschen heutzutage sind an Zentralheizungen und anderen Komfort gewöhnt, aber das haben wir nicht. Kommen Sie, setzen Sie sich zu mir, meine Liebe, und wärmen Sie sich auf. Warten Sie, ich sehe mal nach … Nein, soweit ich weiß, haben wir tatsächlich keine Wärmflasche.«

»Oder eine zusätzliche Decke …«

»Dafür ist Primrose zuständig, und sie macht gerade ihren Schönheitsschlaf im Bungalow. Wenn Sie möchten, wecke ich sie …«

»Aber nein! Bitte nicht. Ich dachte, Sie schlafen hier im Haus.«

»Nicht, seit wir das B&B aufgemacht haben. Da war kein Platz mehr für uns. Wir haben es uns im Bungalow gemütlich gemacht, Primrose und ich, aber ich komme gern von Zeit zu Zeit rüber und setze mich vor den Aga. Das erinnert mich an alte Zeiten.«

Shanti bemerkte einen dicken Tropfen an der Spitze seiner Hakennase. Er zitterte, aber er fiel nicht herunter.

»Wissen Sie, was wir jetzt machen?«, fragte er. »Ich bringe Ihnen bei, wie die Einwohner von Somerset früher ihren Körper warm gehalten haben. Als ich ein Junge war, hat meine Mutter das für mich getan, Gott hab sie selig. Warten Sie hier. Es wird nicht lange dauern.«

Er stand auf, ein geheimnisvolles Lächeln auf den Lippen, und hinkte mit seinem steifen Bein zu der zweiteiligen Hintertür. Dort zog er Gummistiefel an, machte sich an dem uralten Schloss zu schaffen und trat hinaus in die Nacht.

Shanti blieb mit dem knurrenden, struppigen Terrier allein zurück. Mein Gott, was mochte der Alte vorhaben? Sie hatte einen anstrengenden Tag vor sich, und sie fühlte sich nicht sonderlich fit.

Die Tür ging auf, und Vowles trat ein und zog seine Gummistiefel aus. Er hielt einen Ziegelstein in den ledrigen Händen, den er ihr stolz entgegenstreckte. Die Polizistin in Shanti ging augenblicklich in Verteidigungshaltung, doch der kleine Mann humpelte an ihr vorbei zum Aga, wo er vorsichtig eine der Ofenklappen öffnete und den Stein hineinlegte.

»Ich mache das manchmal für Primrose«, sagte er mit einem sentimentalen Lächeln. »Sie friert auch ständig – genau wie Sie. Manchmal denke ich, ich würde mit einem Fisch im Bett liegen. So, jetzt warten wir zehn Minuten, und dann hält der Stein Ihre Zehen schön warm bis morgen früh.«

Die schwere Bratensoße von der Rindfleisch-Nieren-Pastete drohte Shanti wieder hochzukommen.

»Es geht mich ja nichts an, aber Primrose sagt, Sie sind von der Polizei.« Vowles setzte sich wieder und aß weiter.

»Das ist richtig.«

»Ich möchte nicht aufdringlich sein, aber Sie sehen gar nicht aus wie eine Polizistin. Eher wie eine von den Sängerinnen.«

O Gott! Sie trug noch immer den Sari. Anscheinend war sie mitsamt Kleidung eingeschlafen.

»Ich versichere Ihnen, dass ich Detective Inspector bei der Polizei von Yeovil bin und dass Sie mich lieber nicht singen hören wollen.«

»Oh, Sie haben gewiss eine schöne Stimme.« Er schmunzelte wieder. »Wenn ich mich nicht irre, untersuchen Sie den Tod des bedauernswerten Ethan. Eine schockierende Angelegenheit. Wir mochten ihn, ich und Primrose.«

Das Letzte, worauf Shanti Lust hatte, war eine nächtliche Plauderei, doch ob ihr übel war oder nicht – sie war Polizistin, und man wusste nie, was man bei einer solchen Zufallsbegegnung erfuhr.

»Kannten Sie ihn gut?«

»Nein, die Gäste sind mehr Primrose' Sache. Aber wir waren ihm auf unsere Weise zugetan. Er verhielt sich stets respektvoll. Aber es ist, wie es ist – die Besten sterben zuerst, das sagt man doch so, oder? Primrose und ich haben das all die Jahre über mitbekommen. Der junge Ethan war nicht der Erste, und er wird auch nicht der Letzte sein, so leid mir das tut.«

Shanti starrte fasziniert auf den zitternden Nasentropfen.

»Wie denken Sie über seinen Tod, Mr. Vowles?«

»Ach, ich bin bloß ein einfacher Bauer. Was weiß ich schon? Meiner Meinung nach tragen sie selbst die Schuld daran. Bei manchen sind es die Drogen, bei anderen der Alkohol …«

»Und bei Ethan?«

»Bei ihm? Da war es der Sex.«

»Woher wissen Sie das, Mr. Vowles?«

»Ach, ich habe bereits zu viel gesagt. Er war ein netter junger Mann, seine arme Mutter wird sehr um ihn trauern.«

»Aber nein, Mr. Vowles, sprechen Sie weiter. Ich bin wirklich sehr an Ihrer Meinung interessiert.«

»Sagen wir einfach, Primrose und ich haben mehr als nur ein paar Gäste in der Flieder-Suite ein und aus gehen sehen. In der Nacht, bevor er uns genommen wurde, haben wir da oben jede Menge Drama mitbekommen.«

»Sie haben eine Auseinandersetzung mitangehört?«

»Gehört und gesehen. Ich saß hier, in Gedanken versunken – Sie müssen wissen, es war schon spät –, und so ein junges Ding kam hereingestürmt, weinend, schluchzend, völlig durcheinander. Ich habe versucht zu helfen, aber sie ist zur Hintertür hinausgerannt und in der Nacht verschwunden.«

»Das ist interessant. Können Sie die junge Frau beschreiben?«

»Hübsch. Gekleidet wie eine Pantomimin. Oh, und sie war Amerikanerin.«

»Konnten Sie hören, ob sie aus Kanada kam?«

»Bei allem Respekt, meine Liebe, die Leute kommen heutzutage von überallher. Nicht dass ich irgendwelche Vorurteile habe ...«

»Selbstverständlich nicht.«

»Es ist mir gleich, welcher Rasse sie angehören, solange sie ihre Miete bezahlen. Aber was ich nicht verstehe, und vielleicht können Sie mir diesbezüglich helfen, ist, warum auf einmal so viele von ihnen da sind. Ich meine, wo wart ihr vorher? Ihr seid doch nicht plötzlich aus dem Nichts aufgetaucht ...«

Shanti betrachtete die zerfurchte Landschaft seines Gesichts. Unter den an Kieselsteine erinnernden Augen mit den buschigen Augenbrauen, die aussahen wie schneebedeckte Hecken, waren seine mit blaulila Äderchen überzogenen Wangen, gerötet von jahrzehntelanger Arbeit auf den Feldern. Sein Schädel war völlig kahl, dafür trug er einen üppigen schneeweißen Backenbart. Der zitternde Tropfen an seiner Höckernase trotzte nach wie vor dem Gesetz der Schwerkraft.

»Ich weiß nur, dass es in Kilton schon immer Vowles gegeben hat – so steht es in den alten Gemeindebüchern, und vermutlich haben sie schon viel früher hier gelebt. Übrigens stand das gesamte Dorf während der Pest unter Quarantäne – interessant, nicht wahr? Und die Vowles haben überlebt.«

»Wunderbar. Gratuliere.«

»Primrose und ich sind die erste Generation, die mit Menschen aus anderen Teilen der Welt in Kontakt gekommen ist. Und damit möchte ich niemanden verunglimpfen.«

»Selbstverständlich nicht. Es ist immer schwierig, wenn wir gezwungen werden, uns mit unseren kleinen Vorurteilen auseinanderzusetzen.«

Er lächelte wohlwollend. »Sie sind eine sehr verständnisvolle junge Dame, aber glauben Sie nicht, dass ich mich bei Ihnen beschweren werde. Ich bin jeden Tag dankbar für das, was ich habe: eine hübsche Frau mit einem guten Sinn fürs Geschäft. Sie hat die Unworthy Farm gerettet, auch wenn es mir nicht leichtfällt, das zuzugeben.«

»Sie meinen das Bed & Breakfast?«

»Das Bed & Breakfast, *Unworthy Ices* – sie ist unermüdlich. Ein Phänomen.«

»O ja, die berühmte Eiscreme von der Unworthy Farm.«

»Haben Sie sie etwa noch nicht probiert? Das werden Sie schon noch, glauben Sie mir. Primrose hat einen ganzen Schuppen voll mit dem Zeug!«

»Jetzt, wo Sie es sagen … Es gab Eiscreme zum Nachtisch. Maulbeere, glaube ich. Einfach köstlich.« Bei dem Gedanken daran drehte sich Shanti der Magen um.

»Hihi! Ich muss Ihnen etwas erzählen, was Sie zum Lachen bringen wird. Wenn es nach Primrose ginge, würde ich mit einem Eiswagen über das Festivalgelände fahren, aber diesem Plan habe ich einen Riegel vorgeschoben.«

»Das kann ich Ihnen nicht verdenken.«

»Sehen Sie, Miss Joyce, es fällt Ihnen vielleicht nicht leicht, das zu verstehen, aber ich bin ein Bauer, und zwar durch und durch. Genau wie mein Vater und sein Vater vor ihm – seit Generationen.«

»Primrose hat mir erzählt, die Landwirtschaft sei heutzutage ein hartes Geschäft.«

»Hart ist noch viel zu milde ausgedrückt. Die Supermärkte machen uns das Geschäft kaputt, ganz gleich, welche Richtung man einschlägt. ›Ihr müsst das Geschäft ausweiten‹, will uns der Bauernverband weismachen. Das Geschäft ausweiten? Wie denn? Soll ich auf meinem Land auch ein Festival aus dem Boden stampfen?« Er lachte laut auf. »Ich kenne mich nur mit der Landwirtschaft aus, und ich weiß nicht, was meine Vorväter sagen würden, wenn sie den Hof heute sehen würden – *Unworthy Ices* im ehemaligen Melkschuppen, Gästezimmer voller Popstars.«

»Von einem Ihrer Vorfahren hängt ein Porträt in meinem Schlafzimmer.«

»Ich bin in ebenjenem Bett zur Welt gekommen.«

»Es muss schön sein, auf ein solches Erbe blicken zu können. Und eines Tages wird Ihr Sohn den Hof übernehmen. Seth, so heißt er, nicht wahr?«

Vowles schob seinen Teller von sich, und in einem vermeintlich unbeobachteten Moment schoss seine lange Zunge aus dem Mund nach oben und leckte den Tropfen von seiner Nase.

»Der Stein ist so weit«, sagte er.

Sein steifes Bein nachziehend, durchquerte er die Küche und öffnete die Ofenklappe. Er griff hinein, fischte den heißen Stein mit einem Ofenhandschuh heraus und reichte ihn ihr mit einem nervtötenden Lächeln.

»Primrose und ich haben unsere Hochzeitsnacht in jenem Bett verbracht und seitdem noch viele Nächte. Daher wage ich mit Fug und Recht zu behaupten, dass Sie im Umkreis von hundert Meilen keinen bequemeren Schlafplatz finden werden.«

Shanti spürte seinen Blick im Rücken, als sie durch den dunklen Korridor und die Stufen seines Familiensitzes hinauf in ihr Gästezimmer huschte.

»Schlafen Sie gut, meine Liebe!«, rief er ihr nach.

Kaum hatte sie es sich im Bett gemütlich gemacht, erwachte das Festival dröhnend und wummernd zu neuem Leben, wie ein Riese, der in den Hügeln sein Tagwerk begann.

# Kapitel sechzehn

# VILLA DEL FLYNN

Vincent Caine trank vor seinem Zelt einen Tee und sah zu, wie die Morgendämmerung über dem schlafenden Festivalgelände aufzog. Es war einer jener kostbaren Momente, in denen sich eine embryonale Sonne und ein schwangerer Mond ein und denselben Himmel teilten.

Auf seinem Teebecher stand: *Das Glas ist bereits zerbrochen.*

Caine legte ein paar Stöcke auf das kleine Lagerfeuer, das vor ihm brannte, zog eine Decke um die Schultern und fing an zu meditieren. Er dachte an seinen ersten Lehrer, den alten Tu, der mit übereinandergeschlagenen Beinen auf einem Bambuspodest im Wald saß, das pergamentartige Gesicht beleuchtet von glühenden Kohlen in einer Kupferschale.

Der junge Caine war von dem hageren Mann völlig in den Bann geschlagen gewesen. Unter dem safrangelben Gewand hob und senkte sich Tus knochiger Brustkorb, seine vorstehenden Rippen erinnerten an ein herrenloses Ruderboot am Strand. Er machte eine seltsame Geste – er griff mit einer Hand zu und schob sie mit der anderen weg. So wollte er bildhaft darstellen, wie die Menschen versuchten, das festzuhalten, was sie für begehrenswert hielten, während sie das andere von sich schoben.

»Doch das ist töricht«, hatte er gesagt. »Wir können uns nicht an die Jugend, die Schönheit, die Gesundheit, an unsere Kinder oder unseren Status klammen. Je stärker wir daran festhalten, desto mehr leiden wir. Alles verändert sich. Nichts ist von Dauer.«

Dem Novizen erschien diese Vorstellung beängstigend. dachte an Dylans Song »Everything Is Broken«. Verlor wirklich alles?

Der alte Mann trank den letzten Tropfen Tee. »Sieh dieses Glas. Ich hatte es viele Jahre. Ich halte es gern in den Händen und fühle seine Wärme. Aber sieh genau hin. Es ist mit feinen Rissen überzogen, wie die Falten auf meiner Hand. ›Das Glas ist bereits zerbrochen‹, sagt Buddha.«

Caine nahm das Glas vorsichtig aus den Händen des Meisters und drehte es im Licht. Er sah, dass die Oberfläche tatsächlich von unzähligen kleinen Rissen übersät war, die ihn an die blätterlosen Zweige eines Baumes im Winter erinnerten. In jenem Moment verstand er, dass das Glas gerade *wegen* seiner Risse schön war.

»Lebe den Wandel«, hatte der alte Tu gesagt. »Wenn wir den ständigen Wandel akzeptieren, umarmen wir die Freiheit. Während der Meditation sitzen wir mit entspannten Armen da, wir halten nichts fest, und wir schieben nichts von uns. Wir sind im Augenblick. Wir akzeptieren das Unvollkommene. Wir leben mit dem, was ist.«

Als Shanti aufwachte, wusste sie, dass alles irgendwie falsch war. Es war noch viel zu früh, doch das Zimmer war in ein obszön helles Licht getaucht, und ihr Kopf fühlte sich pelzig an wie der Fuchskopf im Esszimmer. Als sie sich umdrehte und ihr Gesicht im Kissen vergrub, stieß sie sich den Zeh an dem kalten Ziegelstein.

Zufälligerweise handelte es sich bei dem schrillen Alarmton ihres Handyweckers um einen Sista-Tremble-Song.

Das lauwarme Wasser, mit dem sie sich wusch, vermochte ihre Kopfschmerzen nicht zu mindern, außerdem konnte sie das Fenster nicht öffnen wegen des dämonischen Wummerns draußen. *Zeit, nach Hause zu fahren,* dachte sie. *Warum fahrt ihr alle nicht einfach nach Hause?*

In den Spiegel zu schauen war ein katastrophaler Fehler – Aschenputtel im Sari hatte sich in eine der hässlichen Schwestern verwandelt.

Was sie jetzt brauchte, war eine Tasse Tee. Einen Tee, dickflüssig wie Teeröl, mit genug Zucker, um den Zahnschmelz von ihren Zähnen zu ätzen.

In weniger als einer Stunde war sie mit Caine verabredet, und die Vorstellung, wie er ihr mit seinem taufrischen Gesicht erwartungsvoll entgegenblickte, brachte sie zur Weißglut.

Auf dem Weg zur Küche wäre sie beinahe die Treppe hinuntergestürzt. Als sie eintrat, sah sie Primrose in einer verwaschenen, geblümten Kittelschürze am Herd stehen. Es war jemand bei ihr – der wortkarge Landarbeiter Gavin Blackmore saß am Tisch, gekleidet in seinen weißen Arbeitsoverall, und kaute stumm sein Toastbrot. Mit seinen weichen, blonden Locken, dem rosigen Gesicht und den gleichmäßigen Zähnen sah er viel zu perfekt aus für die Unworthy Farm.

Primrose wandte Shanti das Gesicht mit dem schiefen Gebiss zu und flötete nervös eine Begrüßung.

»Sie sind ja früh auf den Beinen! Vowles hat mir erzählt, Sie hätten letzte Nacht eine nette Unterhaltung geführt. Die anderen kommen für gewöhnlich erst Stunden später herunter. Gavin und ich sind schon seit fünf Uhr auf den Beinen. Gavin hat bereits die Kühe gemolken, nicht wahr, Gav?«

»Hab ich«, murmelte er.

»Es wird heute wieder mal ein ziemlich heißer Tag werden, stimmt's, Gav?«

»Wird es.«

»Ein perfekter Tag, um Wäsche zu waschen. Aber setzen Sie sich doch, plaudern Sie ein wenig mit Gav, und ich mache Ihnen ein ordentliches Frühstück.« Sie griff nach der Bratpfanne.

»Nur Tee«, lehnte Shanti ab. »Stark, bitte.«

»Sie können gern ein komplettes Frühstück haben, immerhin haben Sie dafür bezahlt. Die Eier sind gelegt, die Schweine geschlachtet. Ich mache Ihnen einen Vorschlag: Ich stelle Ihnen etwas hin, und ich bin mir sicher, dass Sie Ihre Meinung ändern. Das wird sie tun, nicht wahr, Gav?«

»Wird sie.«

Die Stuhlbeine scharrten über den Fußboden, als Shanti neben dem melancholischen Mann Platz nahm, der augenblicklich begann, mit den Gegenständen auf der Tischplatte eine Art Schutzmauer um sich herum aufzubauen.

Shanti hörte das Zischen von Fett in der Pfanne; das monotone Ticken der Küchenuhr; Blackmores weiße Zähne, die das Toastbrot zermalmten; die wummernden Bässe auf dem Festival; das heftige Pochen in ihrem eigenen Kopf.

Nach einer Weile stellte Primrose einen Becher Tee und ein voll beladenes Tablett vor ihr ab. »Nichts zu danken, gern geschehen.«

Shanti starrte auf den schwarzen Blutpudding, das vor Fett triefende, in der Pfanne geröstete Brot, den aufgequollenen Schinken, die glibberigen Eidotter und die hodenförmigen Bohnen – ein Anblick, der ihre Geschmacksknospen für gewöhnlich Purzelbäume schlagen ließ, doch heute rebellierte ihr Magen.

»Wenn Sie mich jetzt bitte entschuldigen würden«, sagte Primrose. »Ich muss die Wäsche sortieren. Wenn Sie etwas brauchen, wenden Sie sich an Gav. So machen wir es, nicht wahr, Gav?«

»Machen wir.«

Shanti schaufelte Zucker in ihren Tee, dann versanken sie und Gavin in angenehmes Schweigen.

Ihr Tischnachbar war jung – Ende zwanzig, höchstens dreißig, wenngleich es so aussah, als würde er keinen Rasierer benötigen. Er hätte gut aussehen können mit seinem kantigen Kinn und dem blonden Heiligenschein, wäre da nicht eine gewisse Trostlosigkeit, um nicht zu sagen Hoffnungslosigkeit von ihm ausgegangen. Während Shanti tapfer an der Ecke der gerösteten Brotscheibe knabberte, sah er sie misstrauisch an und zog sich bis ans äußerste Ende des Tisches zurück. Was war es, was ihm eine solche Angst einjagte? Die Tatsache, dass sie eine Frau war? Noch dazu eine Asiatin? Dass sie Polizistin war? Er musste das wissen, denn er hatte sie zusammen mit Caine auf dem Hof gesehen. Vielleicht fühlte er sich aber auch einfach nur unwohl in Gegenwart von anderen Menschen, Primrose ausgenommen.

»Ich hab gestern Abend etwas zu viel gegessen und getrunken«, erklärte sie ihren mangelnden Appetit.

»Oh.«

»Um ehrlich zu sein, bin ich noch ein bisschen benebelt.«

»Verstehe.«

»Ich wollte es vor Primrose nicht zugeben, aber das ist viel mehr, als ich schaffe.«

»Hm.«

»Vielleicht möchten Sie mir ein bisschen dabei helfen?«

»Nein.«

»Tja, ich kann leider nicht den ganzen Tag hier sitzen und plaudern. Die Arbeit ruft. Sie wissen ja, wie das ist.«

Sie trug ihren vollen Teller zur Spüle, trank den zuckerigen Tee aus und trat durch die Hintertür hinaus auf den Hof, wo der beißende Geruch nach Gülle die Morgenluft schwängerte.

Sie ging zu Primrose, die Wäsche auf die Leine hängte, allerdings nicht Vowles' Kleidung. Nein, im warmen Sommerwind hing eine merkwürdige Mischung verschiedenfarbiger Kleidungsstücke – Velourslederminiröcke, spitz zulaufende BHs und paillettenbesetzte Korsagen, die offensichtlich einem der glamourösen weiblichen Gäste gehörten. Sie dachte an eine der Geschichten, die sie gestern Nacht gehört hatte … *Der Wichser von der Unworthy Farm.*

»Vielen Dank für das Frühstück, Primrose«, sagte sie. »Ich muss jetzt los.«

»Nichts zu danken, gern geschehen. Kommen Sie zum Abendessen? Es gibt Lammkarree mit Bratkartoffeln.«

Noch bevor Shanti antworten konnte, wurde die morgendliche Stille von einer Reihe widerhallender Schüsse zerrissen. Schlagartig schalteten sich ihre Cop-Instinkte ein. Sie wirbelte auf dem Absatz herum, fasste Primrose bei der Kittelschürze und riss sie zu Boden.

»Allmächtiger!« Shanti schnappte nach Luft.

Primrose, die auf dem Rücken lag, sah sie verwirrt an. »Du liebe Güte«, sagte sie. »Das ist doch bloß Vowles, der Spaß hat.«

»Spaß?«

Shanti half Primrose auf die Füße und stellte wieder einmal fest, wie kalt deren Hände waren.

»Ja, wahrscheinlich hat er einen Dachs erlegt. Obwohl, das ist normalerweise eher abends der Fall.«

»Ah, verstehe«, sagte Shanti. »Ich war früher im Norden von London stationiert. Wenn man dort einen Schuss gehört hat, konnte man sicher sein, dass es einen Toten gab.«

Während sie sprachen, kam Gavin Blackmore aus dem Haus, zog seine Stiefel an und ging zu einem Quad, dessen Motor dröhnend zum Leben erwachte. Einen Augenblick später raste er über die Felder, dem Horizont entgegen, die hellen Locken vom Fahrtwind gebauscht wie eine schnell dahinziehende Wolke.

Den leeren Wäschekorb in die knochige Hüfte gestemmt, sah Primrose dem Quad hinterher, bis es in der Ferne verschwunden war.

»Er macht nicht viele Worte«, stellte Shanti fest.

»Der arme Gav. Die Tragödie hat ihn zum Einzelgänger gemacht. Es ist eine Schande – er ist nämlich sehr clever, müssen Sie wissen. Ist aufs College gegangen. Er hätte jede Menge großartige

Dinge mit seinem Leben anstellen können, doch dazu ist es leider nicht gekommen. Vowles und ich sagen immer, in einem anderen Leben wäre er mit Sicherheit genauso reich und berühmt geworden wie Ethan Flynn. Aber dann ist er abgestürzt, wie eine Krähe, die mit einem Flügel irgendwo hängen bleibt.«

»Was für eine Tragödie, Primrose?«

»Oh, darüber möchte ich nicht sprechen, wenn es Ihnen nichts ausmacht«, sagte sie und hängte einen getigerten Tanga mit einer Wäscheklammer an die Leine. »Das wühlt ja doch nur alles wieder auf.«

Shanti fuhr ruckartig den Totterdown Hill hinunter zum Five Heads, wo bereits Caine stand und auf sie wartete, exakt an der Stelle, die sie ausgemacht hatten, exakt zur verabredeten Zeit, exakt so nervtötend ausgeruht und frisch, wie sie es erwartet hatte.

»Guten Morgen, Shanti. Haben Sie gut geschlafen?«

»Warum sprechen Sie so laut?«

»Entschuldigung. Habe ich etwa die Stimme erhoben?«

»Sie haben irgendwie gequiekt, Caine, was noch schlimmer ist.«

Sie stieg aus dem Wagen und ging um die Motorhaube herum zur Beifahrertür.

»Hier, fangen Sie.« Sie warf ihm die Schlüssel zu. »Sie fahren.«

»Ach, Shanti. Darüber haben wir doch schon mal diskutiert. Sie wissen, dass ich nicht fahre.«

»Caine, ich bin nicht in der Stimmung für Auseinandersetzungen. Ich habe gesehen, wie Sie Auto fahren können.«

»Aber warum muss das jetzt sein?«

»Weil ich gerade die vierhundert Meter von der Unworthy Farm bis hierher zurückgelegt habe, und glauben Sie mir, das lief gar nicht gut. Also wischen Sie jetzt besser Ihre jämmerlichen

Öko-Skrupel beiseite und setzen sich ans Steuer, wenn Sie nicht wollen, dass unzählige Menschen sterben und Ihr Karma für mehrere Leben befleckt ist.«

Zögernd stieg Caine ein, schnallte sich an und startete den Motor.

»Gut gemacht, Caine. Genau wie ein großer Junge.«

»Nehmen Sie's mir nicht übel, Shanti, aber Sie kommen mir ein wenig empfindlich vor.«

»Könnten Sie mir bitte noch einmal verraten, was genau wir heute vorhaben? Aber bitte leise und in knappen Worten.«

»Um zehn haben wir einen Termin bei Queenie Flynn. Sie lebt mit ihrem Sohn Tyrone und dessen Frau Ophelia zusammen. Auf dem Anwesen wohnen außer den dreien, soweit ich weiß, noch weitere Mitglieder der Familie Flynn, aus unterschiedlichen Generationen. Das Haus wird schlicht ›Villa del Flynn‹ genannt; es liegt etwa eine Meile außerhalb von Frome. Könnten Sie bitte die Adresse für mich ins Navi eingeben?«

»*Sie* geben die Adresse ins Navi ein, Caine. Ruhig und friedlich.«

Caine tippte den Ort ein, dann gab er vorsichtig Gas und fuhr über die A361 Richtung Frome.

»Wie ist es denn so auf der Unworthy Farm?«, erkundigte er sich nach einer Weile.

»Herrgott, ich weiß es nicht. Der Vowles-Clan kommt mir vor wie eine Somerset-Version der Addams Family.«

»Sie hätten durchaus bei mir im …«

»Im Schlafzimmer war es kalt wie in Sibirien. Ich habe kaum ein Auge zugetan.«

»Ich hatte Ihnen angeboten …«

»Andererseits habe ich einige interessante Fakten erfahren, während Sie sich entspannt haben. Fakt eins: Vula hat die gesamte letzte Nacht vor Ethans Tod in dessen Schlafzimmer verbracht. Irgendwann ist es angeblich zu einer Auseinandersetzung gekommen, woraufhin sie aus dem Haus gestürmt ist …«

»Wollen Sie damit sagen, dass die beiden eine Beziehung hatten?«

»Fakt zwei: Sista Tremble hegt seit Jahren einen Groll gegen Stigma.«

»Sie haben Sista Tremble befragt?«

»Caine, ich saß gestern Abend neben den größten Musiklegenden des ganzen Planeten. Sista und ich sind wie alte Freundinnen.«

»Gute Arbeit, Shanti.«

»Gestern Abend kam mir das noch nachvollziehbar vor, aber ich nehme an, es ist zu weit hergeholt, dass jemand in ihrer Position einen anderen aus Missgunst aus dem Weg schafft.«

»Ich bin stets davon ausgegangen, dass Mord ein großer Problemlöser ist. Niemand ist über seine Grundinstinkte erhaben.«

»Halten Sie die Klappe, Caine.«

»Es passt nicht zu Ihnen, die Dinge zu überspitzen.«

»Wissen Sie, wer Marcel Snapper ist?«

»Ein Schnulzensänger aus den Siebzigern. Neuerdings wieder angesagt – Stichwort ›Retro-Ironie‹.«

»Vor ein paar Jahren haben ihm die Ärzte gesagt, wenn er nicht aufhören würde zu trinken, hätte er nicht mehr lange zu leben. Seitdem hat er keinen Tropfen mehr angerührt und befindet sich stattdessen verquererweise auf einer Art Mission, jeden, dem er begegnet, in einen Alkoholiker zu verwandeln. Ich war eines seiner Opfer.«

»Verstehe. Aber denken Sie nicht, dass wir in letzter Konsequenz selbst für unser Handeln verantwortlich sind?«

»Ach, Caine, würden Sie bitte mal im Seitenfach nachsehen, ob irgendetwas darin liegt, mit dem ich Sie schlagen kann?«

Caine reagierte nicht. Er blickte konzentriert auf die Straße, dann sagte er: »Ich habe nachgedacht, Shanti. Normalerweise begrenzen wir in dieser Ermittlungsphase unsere Verdächtigenliste –

momentan jedoch scheint sie stetig länger zu werden. Zunächst einmal haben wir Tyrone, aber das versteht sich von selbst. Außerdem ist da Vula, die versäumt hat, ihre Beziehung mit Ethan zu erwähnen, sofern sie denn eine hatte. Und dann denke ich noch an Sparky Mudget oder einen seiner Mitarbeiter – sie verfügen über das technische Verständnis, die Elektronik zu manipulieren. Auch die Tarottänzer dürfen wir nicht vergessen. Und jetzt überlegen wir, ob womöglich ein rivalisierender Künstler – jemand wie Sista Tremble – hinter seinem Tod steckt. Also, was wissen wir? Wie sehen die Fakten aus? Ethan wurde vom Tod ermordet. Das hilft uns allerdings nicht weiter. Ich muss zugeben, dieses Puzzle wird von Minute zu Minute spannender. Wie denken Sie darüber, Shanti?«

»Ich denke, dass ich auf die Rückbank klettern und ein kleines Nickerchen machen sollte, bevor wir in Frome eintreffen.«

Während Caine den Saab durch die kurvenreichen grünen Tunnel lenkte, hatte Shanti ein Déjà-vu von langen, von Übelkeit und Erbrechen begleiteten Autofahrten mit ihrem Dad hinter dem Steuer. Und Caine schien heute ganz besonders redselig zu sein …

»Ich möchte mehr über Ethan wissen, möchte besser verstehen, wer er war. Was für eine rätselhafte Person. Volatil. Wie Quecksilber. Es hat beinahe den Anschein, als sei er bei jedem, mit dem er es zu tun hatte, ein anderer Mensch gewesen. Misty war völlig in seinen Bann geschlagen. Seine Fans waren fasziniert. Für Queenie war er eine Art Prophet. Vula und die Tänzer sahen in ihm den Quell unerschöpflicher Liebe. Nur Tyrone hat behauptet, dass Ethan hinterhältig und gehässig sein konnte.«

»Zu viele Worte, Caine.«

»Tut mir leid, Shanti. Was kann ich für Sie tun?«

»Im Seitenfach ist eine Schachtel Paracetamol, außerdem eine Dose Red Bull. Bitte geben Sie mir beides und fahren Sie möglichst ruhig.«

Die gewaltigen Tore der Villa del Flynn waren fest verschlossen, das Grundstück war umgeben von einer dichten Lorbeerhecke und einem schwarzen, schmiedeeisernen Zaun mit goldenen Spitzen. Jeder der hohen Zaunpfosten war verziert mit einem brüllenden Löwen.

Caine lehnte sich aus dem Wagenfenster und drückte auf einen Summer an der Sprechanlage aus gebürstetem Stahl. Kurz darauf sagte eine Stimme: »Wenn ihr von der Presse seid, könnt ihr euch verpissen.«

»DI Caine und DI Joyce. Wir sind mit Queenie Flynn verabredet.«

»Warten Sie.«

»Du lieber Himmel«, knurrte Shanti. »Ich hoffe, diese Leute machen keine Scherereien. Ich bin nämlich wirklich nicht in der Stimmung dafür.«

»Das ist mir noch gar nicht aufgefallen, Shanti.«

Sie warteten geschlagene fünf Minuten, dann öffneten sich die Tore.

Caine rollte eine lange, gepflasterte Zufahrt entlang, vorbei an einem beeindruckenden Stallgebäude mit einem Uhrenturm, wo Teenager in Reitstiefeletten glänzende Hengste striegelten. Wohin auch immer sie blickten, sahen sie geschäftige Menschen – beim Rasenmähen oder beim Jäten der farbenprächtigen Blumenbeete. Eine verdutzte Lamaherde und ein einzelner Strauß hinter einem Lattenzaun beobachteten, wie sie an ihnen vorbeifuhren. In einem Kinderbereich tobten schreiende Kids auf einer aufblasbaren Hüpfburg, sausten mit einem Mini-Bentley durch die Gegend oder schossen einen Fußball auf ein halbhohes Tor. Shanti fiel auf, dass die Ähnlichkeit unübersehbar war: Jeder der Menschen hier hatte etwas von dem für die Flynns charakteristischen Aussehen – symmetrische Züge, ein Grübchen im Kinn und außergewöhnlich intensive smaragdgrüne Augen.

Das Haus selbst war riesig – ein weitläufiges, eingeschossiges Gebäude, das scheinbar endlos erweitert worden war. Caine parkte neben einer Reihe teurer Autos, jedes einzelne auf Hochglanz poliert.

Shanti warf einen kurzen Blick in den Spiegel der Sonnenblende. Verquollene Augen blickten ihr entgegen. Sie klappte die Blende wieder hoch, schnappte sich ihre Umhängetasche und folgte Caine, der bereits die breiten Stufen zu dem kunstvoll gearbeiteten, griechisch-römischen Eingang hinaufging – Säulen und glänzender Marmor.

Kaum standen sie vor der großen, lackierten Tür, wurde diese auch schon geöffnet. Queenie Flynn, von Kopf bis Fuß in Schwarz gekleidet wie eine italienische Witwe, blickte ihnen durch einen schwarzen Spitzenschleier entgegen.

»Ah, Mr. Caine. Wie ich sehe, haben Sie Ethans Flehen erhört. Ich höre ihn Tag und Nacht rufen – ›Finde den, der das getan hat, Ma!‹ –, Tag und Nacht.«

»Danke, dass Sie uns empfangen, Mrs. Flynn. Sie erinnern sich an meine Kollegin, DI Shanti Joyce?«

»Sie sind mir beide von Herzen willkommen. Das Haus wurde übrigens von meinem verstorbenen Ehemann, Frankie Flynn, erbaut. Wenn Sie mir bitte folgen?«

Die schöne Witwe führte sie durch eine marmorne Eingangshalle, vorbei an kitschigen Gemälden von Queenie und Frankie, ihren Söhnen Ethan und Tyrone sowie preisgekrönten Rennpferden und ländlichen Gegenden in Irland. Irgendwann gelangten sie in einen überdimensionalen Raum mit einer Glaskuppel – anscheinend das Epizentrum des Hauses, der Körper einer Spinne, von dem zahllose Beine abgingen.

Mitten unter der Kuppel stand auf einem Sockel ein Zigeunerwagen mit rundem Dach. Sämtliche Oberflächen waren aufwendig von Hand bemalt und dick lackiert. Rechts und links davon befanden sich Becken mit kunstvollen Wasserspielen und kleinen Springbrunnen, in denen Koi-Karpfen schwammen.

»In diesem Wagen wurde Ethans Großmutter geboren«, erklärte Queenie. »Ihre Asche befindet sich drinnen in einer Urne. Ich halte diesen Ort für die Seele des Hauses, und Ethan ging es genauso. Genau genommen hat er das Kuppelgewölbe entworfen. Als kleiner Junge hatte er eine wundervolle Beziehung zu seiner Großmutter, und als sie starb, war er untröstlich. Wann immer ihm alles zu viel wurde, flüchtete er sich hierher und setzte sich in den Zigeunerwagen. Das war ein heiliger Ort für ihn. Ich habe oft gehört, wie er ihr drinnen sein Herz ausschüttete. Hoffentlich macht es ihm nichts aus, dass ich Ihnen das erzähle.«

»Das ist sehr bewegend«, sagte Caine leise.

»Für mich bedeutet der Zigeunerwagen etwas anderes«, fuhr Queenie fort. »In meinen Augen steht er für Unglück und ... ja, Stigma. Die Gemeinde hat uns gehasst, als wir hierhergezogen sind, aber wir haben uns behauptet. Ein Flynn lässt sich nicht unterkriegen, von niemandem. Mit den Jahren haben wir mehr und mehr Land gekauft – kleine Stücke zunächst, dann sind wir in alle Richtungen expandiert, um das zu erschaffen, was Sie heute hier sehen. Genau wie Ethans Musikkarriere. Alles auf einer Ebene, Mr. Caine. Die Flynns bauen keine Treppen.«

Sie führte die beiden Polizisten durch weitere Korridore, bis sie in einen gewaltigen Wintergarten mit riesigen Pflanzen und gigantischen weißen Ledersofas gelangten.

Hinter den Scheiben sahen sie, dass mehrere Flynn-Kinder in einem gewaltigen Swimmingpool planschten. Ein prächtiges Pfauenpaar stolzierte völlig unbeschwert über das Gelände.

»Sie können dort drüben Platz nehmen, Ms. Joyce, und Sie kommen zu mir, wenn Sie so freundlich wären, Inspector Caine.«

»Bitte nennen Sie mich Vincent.«

»Wie der Heilige.«

»Oder der Maler.«

»Aber dann müssen Sie mich Queenie nennen. Puh, ist das heiß hier drinnen! Ms. Joyce, wären Sie so freundlich, kurz nach nebenan zu gehen und einen der Jungs zu bitten, die Türen für uns zu öffnen?«

Als sie den Wintergarten verließ, sah Shanti zu ihrer Verblüffung, wie Queenie Caines Hand fest in ihre nahm. Herrjemine, jetzt saßen die zwei tatsächlich in diesem potthässlichen Wintergarten und hielten Händchen.

Shanti schlenderte einen Flur entlang, bis sie zwei überdimensionierte Flynn-Burschen fand, die in einem Fitnessraum trainierten.

»Queenie lässt fragen, ob ihr so nett wärt, die Türen vom Wintergarten zu öffnen. Es ist zu warm.«

Als sie den Namen der Matriarchin hörten, ließen die jungen Männer die Gewichte fallen, trockneten sich eilig mit den Handtüchern ab, die sie um den Nacken gelegt hatten, und trabten in Richtung Wintergarten.

»Danke, Jungs«, sagte die in schwarze Spitze gehüllte Witwe, als die beiden ein Dutzend Türen aufschoben, die auf den Poolbereich hinausgingen. Sie klatschte in die Hände und rief den Kindern zu: »Ab mit euch! Die Erwachsenen haben Geschäftliches zu besprechen.«

Ohne zu murren, nahmen die Kids ihre Sachen und zogen sich zurück.

»Ich habe sie wirklich gern um mich«, sagte Queenie. »Der Pool ist hauptsächlich für die Kinder. Ethan und Tyrone haben nie schwimmen gelernt, und auch ich mag Wasser nicht besonders.«

»Brauchst du noch etwas, Queenie?«, erkundigte sich einer der beiden muskelbepackten Männer.

»Ich hätte gern einen Fruchtcocktail. Danke, Damon. Mehr bringe ich ohnehin nicht runter. Darf es auch etwas für unsere Gäste sein?«

»Fruchtcocktail klingt gut«, pflichtete Caine ihr bei.

»Was auch immer«, sagte Shanti.

Der Poolbereich war umgeben von weiteren einstöckigen Anbauten, was an ein kalifornisches Motel erinnerte. Jetzt verliefen die kleinen Wellen, das Wasser wurde wieder glatt und ruhig.

Nach einer Weile kamen ihre Getränke – Cocktailgläser, randvoll mit geschnittenem Obst und Papierschirmchen. Die Flüssigkeit im Glas schmeckte unangenehm süß.

»Dürfen wir Ihnen ein paar Fragen stellen, Queenie?«, erkundigte sich Caine.

»Sie dürfen. Aber gestatten Sie zunächst *mir* eine Frage.«

»Selbstverständlich.«

»Sind Sie gläubig, Vincent?«

»Ja, Queenie.«

»Und was ist mit Ihnen … Ms. Joyce, so ist Ihr Name, nicht wahr? Sie sind bestimmt Muslimin oder Hinduistin. Aber das ist schon in Ordnung. Ethan hat mir die Augen geöffnet für die Tatsache, dass es mehr als nur eine Leiter zum himmlischen Thron gibt.«

»Nichts dergleichen.«

»Eine Frau ohne Glauben … vielleicht eine Zynikerin?«

»Bei allem Respekt, Mrs. Flynn, ich glaube an das Gesetz. Das mag zwar kein religiöser Glaube sein, doch meiner bescheidenen Meinung nach ist es das System, das den Mörder Ihres Sohnes am ehesten der Gerechtigkeit zuführen wird.«

»Vielen Dank, dass Sie Salz in meine Wunden streuen.«

»Entschuldigung, ich wollte nicht …«

»Nein, nein, ich weiß, Sie machen nur Ihren Job. Fragen Sie mich, was Sie möchten.«

»Könnten Sie uns vielleicht ein paar Hintergrundinformationen liefern? Ethan und Tyrone waren Zwillinge, nicht wahr? Gibt es noch andere Geschwister?«

»O ja, es gab noch andere. Sechs habe ich bei der Geburt verloren – es war ein Wunder, als die Zwillinge zur Welt kamen. Ein paar Jahre später wurde mir Frankie, mein Ehemann genommen. Und jetzt … jetzt mein wunderbarer Ethan. Ich liege nachts oft wach und frage den Herrn, warum er mich derart auf die Probe stellt.«

Tränen strömten über ihr Gesicht. Caine drückte ihre Hand, und Shanti hörte ihn flüstern: »Zum jetzigen Zeitpunkt ist es schwer, das zu erkennen, Queenie, aber jede einzelne dieser Tragödien hat Sie stärker gemacht. Alles, was passiert ist, hat Sie zu der Frau werden lassen, die Sie heute sind, und Sie werden auch diesen Schicksalsschlag überstehen.«

»Gott segne Sie, Vincent. Momentan ist von meinem Herzen nichts übrig, verstehen Sie? Ich habe keine Tränen mehr. Das Einzige, was mich noch aufrecht hält, ist die Gewissheit, dass wir uns alle wiedersehen werden. Die Wiedervereinigung der Flynns im Paradies.«

»Erzählen Sie uns von Ethan als Kind«, bat Shanti.

»Er war der siebte Sohn eines siebten Sohnes. Oh, ich sehe Ihren skeptischen Blick, Ms. Joyce, aber der Legende nach macht ihn das zu einem Menschen mit außergewöhnlichen Fähigkeiten. Eines steht fest: Ethan ist mit einer ganz besonderen Begabung zur Welt gekommen, und er hat das Leben aller verändert, denen er begegnet ist – sehen Sie sich doch nur einmal um.«

Sie deutete auf die zahllosen Beistelltische, auf denen gerahmte Fotos standen, die Ethan und Tyrone zusammen mit Mitgliedern des Königshauses und Prominenten zeigten. Auf dem Weg durchs Haus zum Wintergarten hatten sie zahlreiche Goldene, Silberne und Platinschallplatten an den Wänden hängen sehen.

»Wann haben Sie sein Talent bemerkt?«

»Schon ganz früh. Er war ein Wunderkind. Ethan konnte Noten lesen, noch bevor er Worte lesen konnte.«

»Wie der kleine Mozart«, bemerkte Caine.

»Ganz genau, Vincent. Sie haben es erfasst.«

»Haben Sie ihn unterrichtet, Queenie?«

»Gott behüte! Die musikalischen Gene sind an mir vorbeigegangen, obwohl ich ein ausgezeichnetes Gehör besitze. Sein Vater, Frankie Flynn, konnte gut Gitarre spielen, aber im Grunde hat meine Mutter, deren Asche in dem Zigeunerwagen unter der Glaskuppel liegt, Ethan inspiriert – Gott hab sie selig. Selbst als alte Dame hatte sie die Stimme eines Engels, und sie hat Ethan vergöttert. Die beiden waren unzertrennlich.«

»So etwas ist kostbar für ein Kind«, sagte Caine. »Wie alt waren die Zwillinge, als sie das erste Mal aufgetreten sind?«

»Ach, das war ein Wunder! Als sie fünf oder sechs waren, haben wir sie mitgenommen in Pubs und Wirtshäuser, und er spielte ... der kleine Ethan spielte. Er hat die Leute in Entzücken versetzt. Ganz gleich, welches Instrument sie ihm in die Hand drückten – eine Geige, eine Holz- oder Blechflöte –, er ist auf den Tisch gesprungen und hat angefangen zu spielen. Um ihn herum wurde es schlagartig mucksmäuschenstill, und wenn er fertig war, bettelten die Gäste, dass er weiterspielen möge. Das arme Kerlchen war danach jedes Mal ganz fertig, und wenn ich sagte, dass jetzt Schluss sei, regnete das Geld nur so auf ihn herab. Mit vierzehn hatten die Flynn-Brüder ihren ersten großen Auftritt, auf dem Puck-Fair-Fest in Kerry, und sie waren die Sensation des Jahres. Danach traten sie im Fernsehen und auf Festivals auf, die Radiosender spielten ihre Songs, und es gab nichts, was sie aufhalten konnte. Als Frankie starb, wurde ich für die beiden Mutter und Vater zugleich. Ich gab ihnen Halt und schützte sie vor denen, die sie ausbeuten wollten – die Männer in Anzügen, wie wir sie nennen. Und von denen gab es viele.«

»Sie sprechen von Ethans Begabung, Queenie«, sagte Caine. »Aber was ist mit Tyrone?«

»Ach.«

»Können Sie uns etwas über ihn erzählen?«

»Nun, für Tyrone gestaltete sich das Leben etwas schwieriger. Ethan musste ein Instrument nur in die Hand nehmen, und schon flossen die Töne wie von selbst heraus. Für Tyrone war das nicht so einfach. Ich sehe immer noch vor mir, wie sich der kleine Ethan geduldig bemüht, seinem Bruder etwas beizubringen. Stunde um Stunde. Tyrone hat sich tapfer geschlagen, aber er stand immer ein wenig … wie soll ich es formulieren?«

»In Ethans Schatten?«, schlug Caine vor.

»Möglich. Ich muss aufpassen, was ich sage, denn Tyrone ist hier, zusammen mit seiner Frau Ophelia. Ihr erstes Kind kann jeden Moment zur Welt kommen.«

»Wir haben gehört, dass sie schwanger ist. Das muss Sie sehr glücklich machen.«

»Ich werde erst wieder glücklich sein, wenn Ethan und ich vereint sind, vorher nicht.«

»Erzählen Sie uns mehr von Ethan, Queenie«, forderte Caine sie auf.

»Sie erinnern mich ein bisschen an ihn, Vincent. Er hatte ein einfühlsames Herz.«

»Das ist nett von Ihnen.«

»Er war nicht wie Tyrone und die anderen Jungs. Sie haben sie gesehen – die Cousins und Onkel und Neffen. Gebaut wie Berufsboxer. Frankie war genauso. Aber Ethan war ein sensibles Kind. Zart. Schnell erschöpft. Er brauchte seine Ruhe.«

»Es mag vielleicht merkwürdig klingen, Queenie, aber hat Ethan je über seinen eigenen Tod gesprochen?«, fragte Caine.

»Oh, häufig sogar. Er war ein Seher.«

»Sie glauben, er hatte spirituelle Fähigkeiten?«

»Das glaube ich nicht nur, das weiß ich.«

»Hören Sie, das ist ja alles sehr interessant«, schaltete sich Shanti ein, »aber könnten wir bitte bei den Fakten bleiben?«

»Sie ist eine Ungläubige, Vincent, also werde ich nicht weiter darüber reden. Ich möchte nur sagen, dass unser Herr und Retter am dritten Tage auferstanden ist. Ethan wurde uns Mittwochnacht genommen, also geben Sie acht, was morgen passiert. Dabei sollten wir es vorerst belassen.«

Schweigen senkte sich auf sie herab. Caine hielt noch immer Queenies Hand; Shanti nippte an ihrem Drink. Plötzlich zerriss ein mörderischer Schrei die Luft.

»Heilige Mutter Gottes!«, stieß Shanti erschrocken hervor. »Was zur Hölle war das denn?«

»Bloß die Pfauen«, antwortete Queenie, dann fügte sie missbilligend hinzu: »Darf ich Sie bitten, in diesem Haus nicht zu fluchen?«

»Es tut mir leid. Ich habe mich fürchterlich erschrocken. So ein Geräusch hatte ich noch nie gehört. Das lässt einem ja das Blut in den Adern gefrieren!«

Während sie sprachen, trat eine majestätisch anmutende Frau mit einer Flut langer, goldener Haare aus einer der vielen Türen auf der gegenüberliegenden Seite des Pools. Sie schlüpfte aus ihrem Bademantel, und Shanti sah, dass ihr Bauch zwischen den beiden Bikinihälften geschwollen war wie eine überreife Frucht. Sie hielt sich am Geländer fest und glitt vorsichtig ins türkisfarbene Wasser.

»Da ist sie«, zischte Queenie. »Miss Zu-fein-für-unsereins.«

»Ich nehme an, das ist Tyrones Frau Ophelia?«, fragte Caine.

»Im Vertrauen, Vincent: Ich kann sie nicht ausstehen.«

»Und warum nicht?«

»Sie ist keine von uns, aber das ist in Ordnung. Damit könnte ich leben. Nein, es geht darum, dass Ophelia furchtbar eingebildet ist. Balletttänzerin. Trägt die Nase ganz hoch oben. Wir sind einfache Leute, Vincent. Wir pflegen die Dinge beim Namen zu nennen. Sie ist nicht die Richtige für Tyrone. Das Ganze wird kein gutes Ende nehmen, da bin ich mir sicher.«

»Es tut mir leid, dass Sie so empfinden.« Offenkundig fasziniert beobachtete Caine die junge Frau, die elegant ein paar Bahnen schwamm und sich dann auf den Rücken drehte und treiben ließ, umwogt von ihren langen Haaren. Ihr vorstehender Bauch ragte in die Himmel auf.

»Wir sind beinahe fertig, Queenie«, sagte Shanti. »Wenn es nicht zu persönlich ist, würde ich Sie gern nach Ethans Liebesleben fragen. Gab es da jemand Speziellen?«

»Er hatte seine Mammy.«

»Selbstverständlich. Aber was ist mit einer Freundin? Oder ... Sie wissen schon ...«

»Ich glaube, es gab da jemanden.«

»Wissen Sie Genaueres?«

»Als ich neulich Abend – das muss so vor ein, zwei Wochen gewesen sein – auf dem Weg in mein Zimmer war, um schlafen zu gehen, habe ich Ethan gehört. Er saß mit seiner Gitarre am Pool. Ich wollte ihn nicht stören, wenn er gerade von der Muse geküsst wurde, also habe ich nichts gesagt, aber ich muss zugeben, dass ich stehen geblieben bin und ihm zugehört habe. Er spielte einen Song, den ich noch nicht kannte und der mich zu Tränen rührte. Am nächsten Morgen fragte ich ihn: ›Was war das für ein wunderschönes Lied, das du gestern Abend gespielt hast, mein Sohn?‹, und er antwortete: ›Ach, das war ein neuer Song, Mammy. Ein Liebeslied. Sieh mal, ich hab es aufgeschrieben.‹ Er hielt ein Blatt Papier hoch. Ich sagte: ›Mein Sohn, das ist das Schönste, das du je verfasst hast‹, und er erwiderte: ›Tja, ich habe auch noch nie so empfunden.‹«

»Das ist interessant«, sagte Shanti. »Aber Sie sind diesem ganz speziellen Menschen nie begegnet?«

»Er hat nie jemanden mitgebracht, mehr kann ich Ihnen dazu nicht sagen.«

»Wissen Sie, *warum* er nie jemanden mitgebracht hat, Mrs. Flynn?«

»Das mag Sie vielleicht überraschen, Ms. Joyce, aber ich komme aus einer anderen Generation. Ich habe meine Jungs nach ganz bestimmten Moralkriterien erzogen. Wenn man mit einem Menschen schlafen möchte, muss man ihn zuerst heiraten.«

»Ich nehme an, Tyrone ... und Ophelia sind verheiratet?«

»Leider, ja.«

»Sie waren uns eine große Hilfe, Queenie«, versicherte Caine. »Wir sind uns bewusst, wie schmerzhaft das Ganze für Sie ist. Ich denke, wir können es dabei belassen – oder haben Sie noch eine Frage, Shanti?«

»Fällt Ihnen irgendwer ein, der Ethan hätte Schaden zufügen wollen, Mrs. Flynn?«

»Ah, jetzt kommt die Eine-Million-Dollar-Frage. Wer würde einem so göttlichen Menschen wie Ethan etwas antun wollen? Nun, ich verrate es Ihnen ...« Sie fing an zu schluchzen. »Ein gottverdammter Judas, der würde so etwas tun!«

Caine legte seinen Arm um ihre bebenden Schultern und versprach ihr, dass sie alles in ihrer Macht Stehende tun würden, um den Täter ausfindig zu machen. Und die ganze Zeit über glitt die goldene Schwiegertochter durch den Pool wie eine aufgeblähte Göttin.

Shanti stand auf.

»Vielen Dank für Ihre Zeit, Mrs. Flynn. Und für den Drink. Würde es Ihnen sehr viel ausmachen, wenn DI Caine und ich einen Blick in Ethans Räumlichkeiten werfen, bevor wir aufbrechen?«

»Wie bitte? Wissen Sie denn nicht, dass Ihre Leute bereits jedes Staubkorn umgedreht haben?«

»Bitte haben Sie Nachsicht mit uns, Mrs. Flynn.«

»Na schön. Ich bringe Sie hin, und dann lasse ich Sie allein. Es ist für mich zu schmerzhaft, die Zimmer zu betreten. Wenn Sie mir bitte folgen würden?«

Sie marschierten durch weitere Marmorkorridore, vorbei an einer Tür, hinter der sich ein großes Tonstudio befand. Vorbei an weiteren protzigen Gemälden, weiteren Flynns bei der Arbeit und beim Vergnügen. Schließlich blieben sie vor einem Anbau abseits vom Zentrum des Hauses stehen.

»Das hier ist Ethans Apartment. Es ist nicht abgeschlossen. Ich bitte Sie, nicht mehr anzufassen als nötig. Für mich sind die Räume wie ein Schrein. Geben Sie Bescheid, wenn Sie fertig sind, damit Sie jemand hinausbegleitet. Tja, dann werde ich mich mal verabschieden. Vincent, es war mir ein Vergnügen … Ms. Joyce, mögen Sie den einzig wahren Trost im Leben finden.«

Caine und Queenie reichten einander die Hand, dann zog die schwarze Witwe ihren Spitzenschleier vors Gesicht und eilte durch den langen Korridor davon. Nach einigen Metern blieb sie noch einmal stehen, drehte sich um und rief: »Vergessen Sie nicht, was ich gesagt habe! Über den dritten Tag. Selbst der Zweifler Thomas glaubte, nachdem er es mit eigenen Augen gesehen hatte.«

Als sie weg war, zogen Shanti und Caine Latexhandschuhe über und betraten Ethans stille Räumlichkeiten.

»›Oooh, ja, ich bin ein Mann des Glaubens …‹«, spottete Shanti. »›Nennen Sie mich Vincent, Queenie. Wie den heiligen Vinzenz …‹ Herrgott, Caine, Sie hätten sich mal hören müssen!«

»Wie geht es Ihrem Kopf, Shanti?«

»Er tut weh, Caine. Aber ich nehme an, das ist die göttliche Strafe.«

Caine ging nicht darauf ein. Stattdessen sagte er: »Sehen Sie sich mal in diesem Apartment um. Es ist ganz anders als der Rest des Hauses.«

Alles in allem gab es drei Räume – ein elegantes Schlafzimmer, ein großes Wohnzimmer und ein schlichtes Bad. Shanti machte Dutzende Fotos.

»Wow, der hat seine Instrumente wahrhaftig geliebt. Was für eine Sammlung!«

Die Instrumente waren überall, auf Ständern, Gestellen und in den Regalen. Handgemachte Lauten und Mandolinen, Flöten, Oboen und viele mehr, deren Namen Shanti gar nicht kannte.

»All diese Bücher …«, sagte Caine. »Keltische Mythologie, Poesie – und die ganzen Klassiker. Er war in der Tat ein außergewöhnlicher Mann.«

»›Wie der kleine Mozart, Queenie!‹ Na ja, eins steht fest: Er hatte einen miserablen Kunstgeschmack.«

»Shanti, ich weiß nicht, wie ich Ihnen das begreiflich machen soll, aber es handelt sich hier um Original-Ölgemälde von Jack B. Yeats, dem Bruder des Dichters. Sie sind sogar signiert.«

»Dann eben teurer Mist.«

»Sie sind wunderschön.«

»Wenn Sie das sagen. Also gut, was haben wir von der tragischen Witwe erfahren?«

»Ich halte sie für eine erstaunliche Frau.«

»Sie mag Sie, Caine. Ich nehme an, Sie könnten hier jederzeit einziehen. Was um alles auf der Welt sollte eigentlich der Unsinn mit Ethans Wiederauferstehung?«

»Sie glaubt, dass er morgen Nacht von den Toten aufersteht.«

»Okay, ich habe Ethan Mittwochnacht sehr deutlich erkennen können. Wenn der tatsächlich aufersteht, wird er als verkohlter Kebab durch die Gegend marschieren.«

»Haben Sie das Mädchen gesehen, Shanti?«

»Welches Mädchen?«

»Das Mädchen im Pool.«

»Ich habe eine Frau gesehen, ja. Und ich habe gesehen, wie Sie sie angestarrt haben. Es hing sogar ein Sabberfaden an Ihrem Kinn.«

»Sie sah aus wie einem Gemälde von Rossetti entsprungen, als sie da auf dem Rücken trieb, umgeben von ihrem goldenen Haar.«

»Sie ist schwanger, Caine. Hochschwanger. Ich hatte Sorge, sie würde jeden Moment ihr Kind zur Welt bringen. Ich habe mich sogar schon nach einem Netz umgesehen. Sagen Sie, ist das wirklich Ihr Ding? Schwangere Frauen?«

»Warum versuchen Sie ständig, mir irgendwelche sexuellen Präferenzen anzudichten?«

»Weil Sie mir ein Rätsel sind.«

»Um Ihre Frage zu beantworten: Ich habe nicht gesagt, dass ich mich zu ihr hingezogen fühlte; ich habe gesagt, dass sie aussah, als sei sie einem Rossetti-Gemälde entsprungen. Ich wünschte, Sie würden endlich begreifen, dass es nur eine Frau ...«

»Moment mal, Caine. Was ist das hier?«

Shanti nahm ein Buch aus dem Regal. Einen teuren Sammelband mit dem Gesamtwerk von Shelley. Aus den Seiten ragte ein offener Umschlag heraus.

Der Brief darin war mit einer Absenderadresse aus der Harley Street in London versehen, die für ihre große Ärztedichte bekannt war.

*Sehr geehrter Mr. Flynn,*
*seit Ihrem Echokardiogramm am 12. Juni hat Dr. Mamtora wiederholt versucht, Sie zu erreichen. Sie bittet mich, sobald wie möglich einen Termin mit Ihnen zu vereinbaren, um das Ergebnis mit Ihnen zu besprechen. Es wäre daher sehr freundlich von Ihnen, wenn Sie mich so bald wie möglich anrufen würden.*
*Mit freundlichen Grüßen*
*Hazel P. Duncan*
*i. A. Dr. Nilima Mamtora*

Als sie nach einer Weile auf den Flur vor Ethans Apartment hinaustraten, bemerkte Shanti am anderen Ende eine Gestalt mit einem ausgebeulten Bademantel und einem Handtuchturban auf dem Kopf.

»Sie haben Glück, Caine. Es ist Ophelia. Versuchen Sie, nicht zu sabbern.«

Sobald sie näher kamen, stellten sie fest, dass das Gesicht der Frau nass war. Entweder hatte sie sich nach dem Schwimmen nicht richtig abgetrocknet, oder die feinen Züge der werdenden Mutter waren benetzt von Tränen.

»Hallo, können wir Ihnen helfen?«, erkundigte sich Caine.

»Oh, nein. Mir geht es gut. Es ist bloß alles so traurig.« Ihre Stimme hatte einen kultivierten Klang – beinahe so, als wäre sie eine Adelige.

»Ja, es ist eine schreckliche Zeit für Sie alle. Standen Ethan und Sie sich sehr nah?«

»Es tut mir leid, ich muss jetzt gehen.« Sie vergrub ihr Gesicht in den Händen und hastete an ihnen vorbei. Shanti spürte die Wärme, die von ihrem Körper ausging, und den Stoff von Ophelias Bademantel. Sie öffnete eine Tür und verschwand dahinter.

Die beiden DIs sahen einander verwundert an. Aus dem Raum hörten sie vom Türblatt gedämpfte Stimmen – Ophelia jammerte schmerzerfüllt, während eine zweite, tiefere Stimme aggressiv fluchte und brüllte.

»Du verfluchtes Miststück! Mammy hatte recht! Ich hätte dich niemals heiraten sollen. Du hast mein Leben ruiniert!«

»Genau«, sagte Shanti und griff nach der Türklinke.

Caine fasste sie am Arm. »Moment mal, Shanti. Wir können nicht einfach da reinstürmen.«

»Und was sollen wir stattdessen tun? Weggehen? Ich sage dir: Wenn ich etwas nicht leiden kann, sind das Schlägertypen wie Tyrone.«

Sie klopfte energisch an die Tür. Das Geschrei verstummte. Ein Augenblick verstrich, dann wurde die Tür aufgerissen, und das zornverzerrte, tätowierte Gesicht von Tyrone Flynn blickte ihr entgegen.

»Was haben Sie denn hier zu suchen, verdammt noch mal?«

»Wir hatten einen Termin bei Ihrer Mutter. Und dann haben wir Gebrüll gehört …«

»IN MEINEM HAUS BRÜLLE ICH SO VIEL ICH WILL, VERFLUCHT NOCH MAL!«

»Können wir bitte mit Ihrer Frau sprechen? Ophelia, nicht wahr?«

»Sie können aus meinem Haus verschwinden, verdammte Scheiße!«

Und dann stand sie da. Das Handtuch in der Hand. Die nassen Locken fielen über ihre Schultern wie flüssiges Gold. Tränen liefen über ihr edles Gesicht.

»Mir geht es gut, danke. Ausgezeichnet. Vielen Dank für Ihre Anteilnahme. Auf Wiedersehen.«

## Kapitel siebzehn

# WENN DIE ERDE BEBT

Darf ich Ihnen eine Frage stellen?«, erkundigte sich Shanti, als sie Caine durch die Drehkreuze zum Festivalgelände folgte. »Ich habe mich das schon den ganzen Vormittag über gefragt.«

»Selbstverständlich, Shanti. Worum geht es denn?«

»Warum haben Sie gelbe und rosa Farbe auf einer Seite Ihres Nackens? Ist das so eine Buddhistensache?«

»Ach das. Nein, das ist Körperfarbe. Sie leuchtet im Dunkeln. Aus dem Trance-Zelt.«

»Es gibt eine Seite an Ihnen, die ich so gar nicht kenne, kann das sein, Caine?«

Caine ging nicht darauf ein. Stattdessen fragte er: »Wie geht es Ihnen? Haben Sie sich ein wenig erholt?«

»Mir geht es gut, danke. Es ist mir nie besser gegangen. Alles, was ich jetzt brauche, sind ein paar Kohlenhydrate.«

»Sie haben Glück. Sehen Sie nur, gleich zwei Gassen mit Imbissständen. Karibisch … marokkanisch … sizilianisch … Hmm, der Naturkostwagen sieht verlockend aus.«

»Ja, ich stehe auch auf Naturkost. Schweine, Schafe, Rinder – alles Natur.«

Während Caine auf den Naturkostwagen zusteuerte, besorgte sich Shanti einen riesigen Burger. Der Duft nach Rindfleisch und gebratenem Schweinespeck ließ ihr das Wasser im Mund zusammenlaufen.

Sie fanden einen Sitzplatz in der Nähe eines alten Rastafaris, der Melodien zu den Klängen einer Stahlsaitengitarre summte.

»Zum Glück haben Sie diesen Brief entdeckt, Shanti. Er könnte wichtig sein.«

Sie riss mit den Zähnen ein Tütchen Ketchup auf und drückte den Inhalt auf ihren Burger. »Das hat mit Glück nichts zu tun – das gehört zur Grundausbildung. Die Leute verwenden gern Briefe, Rezepte oder ähnliches Zeug als Lesezeichen.«

»Natürlich. Wie dumm von mir. Und wie clever von Ihnen, die Verbindung zu Shelley herzustellen.«

»Shelley?«

»Der Dichter Percy Bysshe Shelley und Ethan Flynn. Beide hatten Todesahnungen. Beide sind im Alter von neunundzwanzig Jahren gestorben.«

»Ich finde es gut, nicht allzu klug zu sein. Das führt doch nur dazu, falsche Schlüsse zu ziehen. Wie dem auch sei, ich habe Benno ein Foto von dem Brief geschickt. Er wird die Sache mit der Quacksalberin aus der Harley Street verfolgen.«

Caine hatte sich Salat bestellt. Jede Menge Salat. In einer biologisch abbaubaren Pappschachtel. Shanti empfand beinahe Mitleid mit ihm. Am Ende des Tages würde er bestimmt vor Hunger ohnmächtig werden. Als Ausdruck ihres guten Willens bot sie ihm ihre Pommes an.

»Wissen Sie, was mich glücklich machen würde, Caine? Ich meine, so glücklich wie ein Orgasmus? Wenn ich Tyrone, diesen Bastard, drankriegen würde. Das wäre der Höhepunkt meiner Karriere. Ich weiß, dass ich das nicht sagen sollte, aber er weiß wirklich genau, welche Knöpfe er bei mir drücken muss. Was mich an jemanden erinnert …«

»Ich stimme Ihnen voll und ganz zu, Shanti. Sich der Mutter des eigenen Kindes gegenüber derart aggressiv zu verhalten, ist wirklich unbegreiflich. Allerdings hat auch Queenie Probleme mit Ophelia. Das Rätsel wird immer geheimnisvoller.«

Neben einem übergroßen Range Rover beruhigte Benno eine übergroße Person mit einer übergroßen Stimme.

»Nein, jetzt hören Sie *mir* zu, Officer! Ich weiß, dass Sie Ihren Job machen müssen, aber ich habe ebenfalls einen Job. Und vielleicht ist mein Job wichtiger, denn ich habe Tausende, *Hunderttausende* Fans, die auf mich warten. Ist Ihnen klar, dass ich um die halbe Erde geflogen bin, um am Sonntagabend hier aufzutreten? Diesen Moment werde ich mir von niemandem nehmen lassen, haben Sie mich verstanden?«

»Ich kümmere mich darum«, sagte Shanti. »Ms. Tremble, wir haben Verständnis für Ihre Situation. Ich versichere Ihnen, dass mein Team auf Hochtouren daran arbeitet, die Pyramid Stage für Ihren Auftritt Sonntagabend freizugeben. Sollte sich das als unmöglich erweisen, haben mir die Organisatoren des Festivals versprochen, Ihnen den zweitbesten Veranstaltungsort …«

»Ich will nicht das Zweitbeste! He! Kenne ich Sie nicht?«

»Wir haben gestern Abend nebeneinandergesessen.«

»Ja, tatsächlich. Und Sie haben behauptet, Sie seien eine Sängerin.«

»Das habe ich nie gesagt, Ms. Tremble. Ich bin Detective Inspector Shanti Joyce, und das ist mein Partner DI Caine. Wir leiten die Ermittlungen im Fall Ethan Flynn.«

»Sie haben mich ausgetrickst! Wenn ich gewusst hätte, dass Sie von der Polizei sind, hätte ich die Hälfte dessen, was ich gesagt habe, für mich behalten!«

»Sie meinen, das mit dem Wichser von der Unworthy Farm?«

»Nicht das … Ich … Um ehrlich zu sein, kann ich mich gar nicht mehr richtig erinnern, was ich alles gesagt habe. Marcel hat mir immer wieder nachgeschenkt, und … und außerdem habe ich unerträgliche Kopfschmerzen.«

»Verstehe. Ich hatte das gleiche Problem. Fangen wir noch einmal von vorn an, einverstanden? Ich würde Ihnen gern ein paar

Fragen stellen. Stimmt es, dass Sie vor zehn Jahren mit Stigma aneinandergeraten sind, weil diese Ihnen Ihren Auftrittsplatz streitig machten?«

»Verdammt, einen Augenblick mal …«

»Ich möchte Sie lediglich aus meinen Ermittlungen ausklammern können.«

»Und wenn ich Nein sage?«

»Das wäre in etwa so, als würden Sie eine rote Fahne vor meinem Gesicht schwenken, und ich sähe mich gezwungen, Sie zu einer offiziellen Befragung einzubestellen. Es ist Ihnen sicher lieber, wenn wir uns in einem privateren Rahmen unterhalten.«

»Es wäre mir lieber, wir würden uns gar nicht unterhalten.«

»Ich fürchte, das ist keine Option.«

»Dann sollte ich wohl besser meinen Anwalt einschalten.«

»Kein Problem, soll ich den Anruf für Sie tätigen?«

»Er lebt in Birmingham.«

»Okay, das ist etwa hundert Meilen entfernt …«

»Ich meine Birmingham in Alabama. Das ist etwa viertausend Meilen entfernt. Er ist *sehr* teuer, Officer, und ich werde die Rechnung an die britische Polizei schicken.«

»Wie ich schon sagte: In diesem Stadium der Ermittlungen handelt es sich nicht um eine offizielle Befragung, Ms. Tremble, sondern lediglich um eine kleine Unterhaltung. Wenn Sie also so freundlich wären …«

»Hören Sie, vielleicht ist Ihnen nicht klar, wer ich bin …«

»Ich weiß genau, wer Sie sind. Wie ich Ihnen gestern Abend bereits erzählte, habe ich Ihre Karriere von Anfang an verfolgt. Aber das hier ist eine Polizeiangelegenheit, und je mehr Widerstand Sie leisten, desto mehr Fragen kommen mir.«

»Wissen Sie, ich muss mir diesen Unsinn nicht länger anhören. Sorgen Sie einfach dafür, dass die Bühne bis Sonntagabend freigegeben wird, oder ich werde *Sie* …«, sie gab Shanti einen festen Klaps auf die Schulter, »… persönlich zur Rechenschaft ziehen.«

Sista Tremble machte auf dem Absatz kehrt und stapfte zu dem Range Rover, wo ihr ein Chauffeur in Livree die Tür aufhielt.

»Ach übrigens«, donnerte sie noch, »ich werde meine Freunde – meine *wahren* Freunde – auf der Unworthy Farm darüber informieren, dass wir eine hinterhältige Verräterin, eine ausgebuffte *Spionin* in unserer Mitte haben. Von diesem Augenblick an sind Sie dort eine … Welchen Ausdruck suche ich noch gleich? Ja, jetzt hab ich's: Sie sind auf der Unworthy Farm eine *Persona non grata.* Ich wünsche Ihnen einen angenehmen Nachmittag.«

Einer ihrer Assistenten, der gerade mal halb so groß war wie sie, drückte ihren monumentalen Afro herunter, und die Diva stieg ein. Der Chauffeur gab Gas und fuhr mit hohem Tempo davon, worauf ein Hagelschauer an Erdklumpen auf die entnervten Polizisten herniederging.

## Kapitel achtzehn

# IN DER HEILIGEN KUPPEL

In Vulas Jurte war es warm wie im Leib eines Wildtiers. Eines Yaks. Ja, das würde passen, dachte Shanti.

Vula machte es sich auf einem dicken Kissen bequem, während Caine im Schneidersitz Platz nahm und Shanti sich unbeholfen auf eine Art Melkschemel setzte.

Der Fußboden des Kuppelzelts war mit exotischen Teppichen bedeckt. Neben einem Holzofen lag eine breite Matratze, auf der allerhand kunterbunte Decken und Kissen verteilt waren.

Vula sah aus, als hätte sie die ganze Nacht über kein Auge zugetan. Ihre maurische Kleidung kam in dem gedämpften Licht gut zur Geltung.

Wie eine Odaliske von Matisse, dachte Caine, doch als Shanti die Befragung eröffnete, war es schlagartig vorbei mit der ruhig heiteren Stimmung.

»Danke, dass Sie sich noch einmal Zeit für uns nehmen, Vula. Verzeihen Sie mir meine Direktheit, aber uns geht die Zeit aus. Wir haben Grund zu der Annahme, dass Sie und Ethan vor seinem Tod ein Verhältnis miteinander hatten.«

»Mein Gott! Ständig diese Gerüchte!«

»Dann stimmt das also nicht?«

»Hören Sie, ich …« Sie brach in Tränen aus.

»Lassen Sie sich Zeit, Ms. Plenty.«

Die Moderatorin griff nach ihrer stets präsenten Wasserflasche und schluckte hörbar. Ihre leise Stimme zitterte, als sie weitersprach.

»Es ist beinahe unmöglich, das zu erklären, aber Ethan war anders als andere Männer.«

»Das sagten Sie bereits.«

»Ich weiß. Was ich damit meine, ist, dass er anders war als alle Männer, denen man sonst so begegnet. Er war eine zerbrechliche Künstlerseele und stets auf der Suche nach Antworten auf die großen Fragen des Lebens.«

»Danach habe *ich* nicht gefragt.«

»Nein, trotzdem muss Ihnen klar sein, dass er einzigartig war. Er hat alle geliebt.«

»Sie haben immer noch nicht geantwortet.«

»Ja, er hat mich geliebt. Ja, ich habe ihn geliebt. So, jetzt wissen Sie's. Und ja, wir hatten viele kostbare gemeinsame Momente. Ethan litt an tiefer Erschöpfung, deshalb haben wir zusammen hiergelegen, Stunde um Stunde. Er hat dieses Zelt geliebt. Hat es ›heilige Kuppel‹ genannt. Dann hat er mein Haar gestreichelt und geflüstert, ich sei seine *Sleepy Creature*. Ich habe wirklich geglaubt, wir hätten eine gemeinsame Zukunft … aber es sollte nicht sein.«

»Hat er mit Ihnen Schluss gemacht?«

»So kann man das nicht sagen. Ich habe herausgefunden, dass es jemand anderen gibt. Aber ist das relevant?«

»Das ist sogar ausgesprochen relevant. Sie sagten gerade eben, er habe alle geliebt. Hätten Sie sich da nicht denken können, dass es andere gab?«

»Na schön, Sie können es genauso gut wissen. In der Nacht vor Festivalbeginn habe ich erfahren, dass Ethan jemand ganz Besonderen gefunden hatte.«

»Warum haben Sie uns das nicht früher mitgeteilt?«

»Weil … Verstehen Sie denn nicht? Das ist für mich so, als würde ich eine alte Wunde wieder aufreißen. Ethans Tod war tragisch genug, doch die Tatsache, dass wir auf derart ungute Art und Weise auseinandergegangen sind … Das ist einfach zu viel für mich.«

»Erzählen Sie uns, was passiert ist, Vula.«

»Wir haben zusammen in einem kleinen Restaurant auf dem Land gegessen. Es war perfekt. Anschließend waren wir auch noch zusammen. Wir haben uns geküsst. Trotz des großen Gigs am folgenden Tag wirkte Ethan ruhiger und glücklicher denn je zuvor. Er sprach mit mir über seine Pläne für den Auftritt und erzählte mir von den Kostümen, die er für die Tänzer bestellt hatte. Er war so glücklich, weil sie noch gelungener waren, als er erwartet hatte. Ethan erinnerte mich an Peter Pan. Für ihn war alles ein wunderbares Spiel.«

»Waren Sie in seinen Räumlichkeiten auf der Unworthy Farm, in der Flieder-Suite?«

»Ja, nach dem Restaurantbesuch sind wir dorthin gefahren.«

»Wie hat er Ihnen beigebracht, dass er sich in jemand anderen verliebt hat?«

»Mit einem Song.«

»Mit einem Song?«

»Ja. Ich … ich habe ihm gestanden, dass ich ihn liebe. Doch anstatt etwas zu sagen, ist er aus dem Bett gekrochen …«

»Sie waren im Bett? Beide?«

»Ja. Es war so kalt im Zimmer, dass wir uns in dem riesigen Himmelbett aneinandergekuschelt haben. Ethan war in einer seltsam verträumten Stimmung, als hätte er etwas geraucht.«

»Hatte er?«

»Ich glaube nicht. Er nahm seine Gitarre – eine alte Akustikklampfe, die früher seinem Vater gehört hatte – und fing an zu spielen und zu singen. Ein Liebeslied, das ich noch nie zuvor gehört hatte. Es war der Wahnsinn! So rätselhaft! So perfekt! Ich habe mich zeit meines Lebens mit Musik befasst und ein gewisses Gespür entwickelt. Ich *weiß*, wenn etwas einzigartig ist. Dieser

Song hat mein Herz berührt. Ich wusste sofort, dass er der größte Hit aller Zeiten werden würde … *geworden wäre.*«

»Aber wie ist es zum Streit gekommen?«

»Tja, das ist der Punkt. Ich war verblendet. Blind. Sie kennen Ethans Texte … Er war ein Poet. Die Liedzeilen waren geheimnisvoll, mysteriös. Und dumm wie ich war, dachte ich, sie wären an mich gerichtet, im Song ginge es um mich. Ich kann mich nicht mehr an jedes einzelne Wort erinnern, aber er schien mich auf so einfühlsame Art zu beschreiben – als schlafendes Geschöpf in der Yurte … in meinem Heiligtum. Ich war total verzückt. Jeder Vers schien von mir zu handeln. Er sang, er würde mich lieben, *wie Dunkelheit das Licht mag …*«

»Und dann?«

»Dann behauptete er, dass unsere Liebe niemals sein darf, was sich angefühlt hat wie ein Stich ins Herz. Und endlich, im allerletzten Vers, einer Art Refrain, hat er ihren Namen erwähnt, wieder und wieder.«

»Wessen Namen?«

»Den Namen der einen, die er mehr liebte als alle anderen. Der einen, der der Song gewidmet war. Ein einziges grausames Wort, und mein Leben war beendet. Mir war klar, dass Ethan mich nie wirklich geliebt hatte.« Eine Sturzflut von Tränen ergoss sich auf ihr Seidenjäckchen.

»Vula, welchen Namen hat Ethan genannt?«

»Keine Ahnung. Ich erinnere mich nicht. Irgendeinen dämlichen Namen.«

»Lang? Oder kurz?«

»Kurz. Eve. Oder Eva. So was in der Art. Ja, ich glaube, das war der Titel des verfluchten Lieds – ›Song For Eve‹.«

»Kennen Sie eine Eve?«

»Nein. Ich kann mich nicht erinnern, dass er den Namen je zuvor erwähnt hat.«

»Er hat weitergespielt und …«

»… und er hatte diesen entrückten Ausdruck im Gesicht, als befände er sich in einem Rausch. Er hatte mich völlig vergessen. Ich sprang auf und rannte zur Tür, und er machte einfach weiter – experimentierte mit Harmonien. Er hatte ein Blatt mit Noten und Versen neben sich liegen und strich dann und wann etwas durch und ersetzte es durch etwas anderes. Versuchte, den Song noch perfekter zu machen, als wäre das überhaupt möglich.«

»Okay … Und dann?«

»Ich habe ihn angebrüllt. Habe geschrien, wie ungerecht ich all das finden würde, dass er meiner Meinung nach nie *wirklich* etwas für einen anderen Menschen empfunden habe. Dass ich – genau wie all die anderen, die er angeblich geliebt hat – für ihn nicht mehr als ein Accessoire gewesen sei. Eine Ablenkung. Eine Kurzzeitmuse. Aber er hörte mir gar nicht zu. Also stürmte ich aus dem Zimmer und rannte, blind vor Tränen, die Treppe dieses grässlichen alten Bauernhauses hinunter. Ich hatte keine Ahnung, in welche Richtung ich laufen sollte, und stolperte in die Küche, wo ein hässlicher kleiner Mann mit einem hässlichen kleinen Hund vor dem Herd saß. Wortlos hastete ich an den beiden vorbei und zur Hintertür hinaus in den dreckigen Hof. Und die ganze Zeit über, während des gesamten Albtraums, hoffte ich, dass Ethan mir folgen und mir versichern würde, alles wäre in Ordnung. Aber das tat er nicht. Wissen Sie, was das Ganze noch schlimmer machte?«

»Nein. Sagen Sie es uns …«

»Die Leute kennen mich. Ich bin daran natürlich gewöhnt, aber als ich auf das Festivalgelände zurückkehrte, befand ich mich in einem grauenvollen Zustand. Eine Gruppe Betrunkener umringte mich, machte sich über mich lustig und schoss jede Menge Fotos. Zurück in meiner Yurte, war ich am Boden zerstört. Voll und ganz am Ende.«

»So sehr, dass Sie Ethan umgebracht haben?«

»Wie bitte? Um Himmels willen, nein!«

»Sie haben der Tanztruppe also nicht ein Kostüm gestohlen?«

»Nein. Das schwöre ich.«

»Und Sie haben sich auch nicht auf die Bühne geschlichen und sich an der Elektronik zu schaffen gemacht?«

»Großer Gott!«

»Wissen Sie, Vula, als wir Sie in der Nacht von Ethans Tod befragt haben, waren wir sehr beeindruckt von ihren Technikkenntnissen.«

»Ich bin DJ. Ich arbeite seit Jahren auf Musikevents wie diesem. Selbstverständlich kenne ich mich mit technischen Dingen aus.«

»Dann wissen Sie sicher auch, dass es genügt, Wasser in der Nähe von elektrischen Geräten zu verschütten, um jemanden, der barfuß mit einem manipulierten Instrument auf der Bühne steht, umzubringen.«

»Allmächtiger! Wird dieser Albtraum jemals enden? Ich habe meinen allerliebsten Freund verloren, und jetzt beschuldigen Sie mich, ihn ermordet zu haben!«

»Wir stellen nur Fragen, Ms. Plenty. Nur Fragen.«

## Kapitel neunzehn

# KEIN UNGEHOBELTER EINDRINGLING

Also, was soll ich tun, Caine?«

»Worum geht es denn genau, Shanti?«

»Tja, ich bin nicht gerade scharf darauf, auf der Unworthy Farm zu Abend zu essen. Sie haben ja gehört, was Sista Tremble gesagt hat – ich bin eine Persona non grata. Ach Caine, das ist so schade …«

»Weil Sie ein Fan sind?«

»Nein, weil Primrose Lamm zubereitet. Mit Bratkartoffeln und allem Drum und Dran.«

»Sie haben für das Zimmer bezahlt – mit allem Drum und Dran –, und Sie haben mir unmissverständlich zu verstehen gegeben, dass Sie nicht bei mir bleiben möchten. Dennoch gibt es nichts, was einem gemeinsamen Abend im Wege stehen könnte. Ich werde für Sie kochen, ohne dass dafür ein Tier sterben muss.«

»Sie sind ein echter Kumpel, Caine. Ich weiß, dass ich mitunter etwas kratzbürstig bin.«

»Das ist es, was ich an Ihnen mag.«

»Im Ernst? Ich dachte, ich würde den anderen mit meiner Art gehörig auf die Nerven gehen: Sista Tremble, Vula, Queenie Flynn – sie alle hassen mich, und sie lieben *Sie*.«

»Genauso funktioniert's: guter Cop, böser Cop …«

»Ja, aber vielleicht ist es Zeit, dass wir die Rollen tauschen.«

»… und außerdem mag ich Sie, Shanti. Mehr als Sie ahnen.«

»Okay, übertreiben Sie's nicht. Wo ist das Zelt? Oder handelt es sich um ein Tipi? Ich wette, es ist ein Tipi. Mit tonnenweise Traumfängern. Haben Sie Traumfänger, Caine?«

»Nur ein Zelt. Es steht ganz in der Nähe, aber sehen Sie nur! Was für eine Nacht! Wie in *Ein Sommernachtstraum.* Alle sind draußen und amüsieren sich, trotz dem, was passiert ist. Vielleicht auch gerade deswegen. So ein Ereignis schweißt die Menschen zusammen. Wussten Sie, dass der Dalai Lama 2015 auf der Pyramid Stage aufgetreten ist?«

»Ach ja? Was hat er denn gesungen? ›Sound Of Silence‹? ›Karma Chameleon‹?«

»Er hat nur geredet. Es war sein Geburtstag, er wurde achtzig. Er hat darüber gesprochen, dass das Konzept von Krieg überholt ist. Dass die Länder weniger konkurrenzorientiert und stattdessen globaler denken sollen, denn die Umwelt ist ein globales Thema. Es war schön. Er hat bei Tagesanbruch sogar den Steinkreis besucht.«

»Was halten Sie von Vula, Caine? War sie wirklich traumatisiert, oder ist sie einfach nur eine großartige Schauspielerin?«

»Ich glaube, ihre Tränen waren echt. Aber Sie haben recht, Shanti – sie hat tatsächlich das Canadian College of Performing Arts besucht, mit den darstellenden Künsten ist sie also durchaus vertraut.«

»Sehen Sie, ich wusste es. Ich war mit einem Mann verheiratet, der ebenfalls ein großartiger Schauspieler war – er hat mir die ganze Zeit über etwas vorgemacht. Ich habe mich übrigens in Vulas Kuppelzelt umgesehen, weil ich hoffte, das Kostüm vom Tod zu entdecken. Es würde ihr mit Sicherheit sehr gut stehen.«

Caines Zelt war leicht zu erkennen – groß, weiß und aus Segeltuch, mit Schnüren anstelle von Reißverschlüssen. Das verräterische Zeichen aber war die Leine voller kunterbunter Gebetsfahnen, die zwischen einem Weißdorn und einer der hölzernen Zeltstangen gespannt war. Irgendwie war es ihm gelungen, sich den besten Zeltplatz auf dem gesamten Festivalgelände zu sichern – ein ruhiges Eckchen auf einem Feld mit einem atemberaubenden Ausblick über das gesamte Tal, von einer Hecke geschützt, in der eine Amsel ihr abendliches Lied sang. Alles war wohldurchdacht, Caine hatte sogar Holz und Kohle in einer von Steinen umgebenen Feuerstelle vorbereitet.

Er öffnete das Zelt und holte Matten und Decken heraus, dann zündete er das Feuer an und begann, eine Mahlzeit zuzubereiten.

»Darf ich mal einen Blick hineinwerfen, Caine? Sie haben doch nichts dagegen, oder?«

Drinnen war es unglaublich gemütlich. Ein großer Schlafsack lag auf einer Unterlage aus weichen Decken neben ordentlich zusammengefalteten Kleidungsstücken und einem kleinen Bücherstapel. Caine hatte sogar einen Miniaturschrein mit einem Weihrauchstäbchen, einer Vase Wildblumen und einem winzigen Buddha errichtet, sanft erleuchtet von einer süß duftenden Kerze.

Als Shanti das Bett ausprobierte, kam ihr eine sentimentale Erinnerung an Caine in den Sinn, wie er Paul dabei half, eine Hängematte zwischen zwei Bäumen vor der Hütte auf der Undercliff zu befestigen. Ihr Sohn hatte eine schwierige Phase durchgemacht, aber ganz natürlich auf Caines entspannte Art reagiert. Sie hatten fröhlich miteinander geplaudert, und Caine brachte Paul bei, wie man einen Stock mit dem Messer anspitzt – simple Aufgaben, die Paul so viel Freude bereiteten. Man konnte es drehen und wenden, wie man wollte – Caine tat dem Jungen gut. Paul hatte oft gefragt, ob sie sich noch einmal treffen könnten.

Außerdem konnte Caine kochen. Und wie. Das Essen, das er servierte, schmeckte verblüffend gut. Ein würziges Gemüsecurry mit Naan-Brot, dazu ein kaltes Bier. Obwohl Shanti es nicht zugeben mochte, fühlte es sich gut an, hier mit dem wohl untypischsten Polizisten zu sitzen, dem sie je begegnet war, und in die schwach glühende Kohle zu blicken.

Während sie aßen, betrachteten sie die Pyramid Stage ein ganzes Stück unter ihnen, wo sich der merkwürdige Vorfall ereignet hatte. Von hier oben hatte man eine völlig andere Perspektive auf alles.

»Ich muss ständig an die arme Queenie denken«, sagte Caine. »Was sie jetzt empfindet. Der Verlust eines Kindes muss unendlich schwer zu ertragen sein. Kaum vorstellbar.«

»Sie hat Ihnen gesagt, was sie von Ihnen will.«

»Das weiß ich. Und ich werde ihren Wunsch erfüllen. Wir zwei gemeinsam. Wir werden Ethans Mörder zur Rechenschaft ziehen.«

»Ich bin inzwischen total erschöpft«, sagte Shanti. »Ich habe die letzten Nächte kaum geschlafen. Und das Bett auf der Unworthy Farm hat übrigens eine ganz eigene Geschichte. Trotzdem ist es noch zu früh, dorthin zurückzukehren.«

»Sie können bleiben, solange Sie möchten. Rücken Sie ein Stück näher ans Feuer und schlafen Sie ein wenig. Ich frage mich, Shanti, ob Sie jemals ...«

»Jemals was, Caine?«

»Ob Sie jemals an jene Nacht zurückgedacht haben«, flüsterte er.

»An welche Nacht?«

»An die Nacht bei meiner Hütte.«

»Hören Sie, Caine, wir arbeiten an einem Fall. Es gab keine Nacht. Es gab keine Hütte.«

»Selbstverständlich. Verstehe. Ich dachte nur, dass wenn wir ... Sie wissen schon ... Es wäre eine schöne Vorstellung, dass wir vielleicht ...«

»Vielleicht sollten Sie das Ungewisse umarmen, wie Sie immer so schön sagen.«

»Ja. Es tut mir leid, Shanti. Meine Gefühle haben mich übermannt.«

»Sehen Sie es?«

»Es tut mir leid, ich sehe gar nichts.«

»Ich gebe Ihnen einen Hinweis: Es ist dünn und rot.«

»Ich verstehe nicht ...«

»Es gibt eine Linie zwischen uns, die nicht überschritten werden sollte, Caine. Sie können sie die ›Trennlinie zwischen Pflicht und Vergnügen‹ nennen.«

Sie legten sich auf den Rücken und betrachteten einen riesigen Mond, der von einer geisterhaften Aureole umgeben war. Vollmond? Nein, aber kurz davor. Morgen würde Vollmond sein.

Etwas schwebte hoch in der Luft vor dem sanft strahlenden Astralauge. Shanti machte die Kreise ziehende Silhouette eines majestätischen Bussards aus. Es hatte beinahe den Anschein, als sei das Geschöpf Caine von seinem Zuhause im Wald gefolgt.

»Erzählen Sie mir eine Geschichte, Caine. Sie wissen schon, eins von Ihren buddhistischen Märchen.«

»Eine Geschichte? Nun, damals in Thailand kannte ich einen sehr alten Mann. Er hieß Tu.«

»Das haben Sie schon mal erwähnt. Er war Ihr Lehrer.«

»Tu erzählte häufig Geschichten, die komisch waren, bewegend oder weise.«

»So wie ...«

»So wie die Geschichte der trauernden Mutter namens Kisa Gotami.«

»Klingt lustig.«

»Sie hatte ein wunderschönes kleines Kind, das sie mehr liebte als alles andere auf der Welt.«

»Und das Kind starb …«

»… und Kisa war untröstlich. Sie trug den kalten Leichnam bei sich, wohin auch immer sie ging …«

»Das ist ausgesprochen unschön, Caine.«

»Alle flehten sie an, das Kind zur ewigen Ruhe zu betten, aber sie saß den ganzen Tag auf dem Marktplatz, die Leiche im Arm, und flehte die Menschen an, ihr ein Heilmittel für den Tod zu besorgen.«

»Ich habe meine Meinung geändert. Ich will doch keine Geschichte hören.«

»Tag für Tag saß sie dort, bis ihr endlich jemand riet, aufs Land hinauszuwandern und einen Bodhi-Baum in der Nähe eines Flusses zu suchen, wo sie auf einen heiligen Mann treffen würde. Also nahm Kisa Gotami ihr lebloses Kind und ging weinend los, durchquerte das Land, bis sie den Fluss und den heiligen Mann fand, der meditierend unter dem Baum saß. Sie wusste sofort, dass er der Erwachte war.

Als sie näher kam, streckte Buddha die Hand aus und zog vorsichtig das Tuch fort, mit dem die Frau das Gesicht ihres toten Kindes bedeckt hatte. Anschließend fragte er sie, was er für sie tun könne.

›Heiliger Buddha, gib mir ein Heilmittel für den Tod und bring das Licht zurück in die Augen meines Kindes.‹

Buddha erwiderte: ›Kleine Schwester, die Welt weint mit dir. Ich würde dir mein eigenes Blut geben, wenn ich dir damit deinen Schmerz nehmen könnte. Jetzt geh und beerdige dein Kind.‹

Aber Kisa Gotami bat ihn weiterhin: ›Schenk mir ein Heilmittel für den Tod.‹

Endlich sagte Buddha: ›Geh und klopfe an jede Tür, die du finden kannst, und bitte um eine Handvoll Senfsamen. Die bringst du zu mir.‹

Kisa wollte sich sogleich auf den Weg machen, aber Buddha

hielt ihre Hand fest. ›Eines noch, kleine Schwester. D
müssen aus einem Haushalt kommen, in dem niem
ist.‹

Und so trug Kisa ihr Kind zurück in die Stadt und klopft jede Tür, und obwohl ihr jeder liebend gern Senfsamen gab, so fand sie doch keine einzige Familie, die nicht den Verlust eines geliebten Angehörigen zu beklagen hatte.

Tagelang trug sie den kleinen Leichnam von Haus zu Haus, dann kehrte sie zu Buddha zurück, der noch immer meditierend unter seinem Baum saß.

›Liebe Kisa‹, sagte er sanft. ›Hast du die Samen bekommen?‹

›Samen habe ich bekommen, heiliger Buddha, aber nicht ein einziges Haus war vom Tode verschont.‹

Und während sie das sagte, dämmerte ihr, dass es unendlich viel mehr tote Menschen gab als lebende. Dass alle Dinge vergehen müssen und dass das Leiden vom Festhalten des Vergänglichen herrührt.

›Das war der bittere Samen der Erkenntnis, den ich dir geben musste‹, erklärte Buddha.

Und so begrub Kisa ihr Kind zusammen mit einem Senfsamen, der wuchs und gedieh. Und sie wurde erleuchtet.

Was ich an dem Märchen des alten Tu liebe, ist, dass es Buddha als Menschen zeigt. Er bewirkt kein Wunder. Im Buddhismus geht es um die radikale Akzeptanz der Realität in der Vielfalt ihrer Facetten – Trauer und Freude, Leben und Tod. Das ist Weisheit. Als Kisa das verstand, war sie erleuchtet.«

Caine saß für eine Weile in respektvollem Schweigen da, während Shanti über seine tiefgründige Geschichte nachdachte.

Doch als er näher rückte, stellte er fest, dass sie eingeschlafen war, eingelullt von dem beständigen Rhythmus der Trommeln und der Trauer von Ethans Fans.

war schon weit nach Mitternacht, als Shanti das Festivalgelände verließ und durch die steilen Straßen von Kilton stiefelte. Etwas in ihrer Wahrnehmung hatte sich verändert. Anfangs hatte sie das Festival gehasst. In ihren Augen hatte es etwas Chaotisches, Erdrückendes, Bedrohliches. Doch jetzt dachte sie mit einer gewissen Zuneigung daran. Es war ein sicherer Ort voller freundlicher, wenngleich etwas naiver Menschen.

Als sie an dem mondbeschienenen Friedhof von Kilton vorbeikam, stellte sie fest, dass es dieses seltsame kleine Dorf war, das ihr ein mulmiges Gefühl vermittelte. Das Festival war ein kunterbuntes Potpourri kultureller und musikalischer Vielfalt – ganz ähnlich wie Camden Town, der Stadtteil von London, in dem ihre Karriere begonnen hatte. In Orten wie Kilton dagegen würde sie immer eine Außenseiterin sein.

Auf der anderen Seite des Totterdown Hill nahmen die Schatten der sich im Wind wiegenden Hecken die Form von primitiven Tanzfiguren an. In den grünen Zweigen raschelten und lärmten Tiere.

Erschöpft und voller Unbehagen trat Shanti unter das hell erleuchtete Vordach und steckte den eisernen Schlüssel ins Türschloss. Das Schloss bewegte sich, aber die Tür ging nicht auf. Verdammt! Jemand hatte drinnen die Riegel vorgeschoben.

Mit vor Müdigkeit schmerzenden Gliedern schleppte sie sich zur Seite des monströsen Gebäudes. Drinnen brannten ein paar Lichter, doch sie zögerte, an eines der Fenster zu klopfen. Sie kam am Gemüsebeet vorbei, warf einen Blick auf die toten Krähen, die, an Seile gebunden, als Vogelscheuchen im Wind hin und her schwangen, und betrat den Hof, den das silbrige Mondlicht in eine Schneelandschaft verwandelt hatte. Shanti sah die eigenartig geformte Kleidung auf der Wäscheleine und den hässlichen Fertigbungalow, in dem die Familie Vowles wohnte. Über all dem hing der beißende, süßliche Gestank von Gülle.

Vor der Küchentür, die wie eine Stalltür in eine obere und eine untere Hälfte geteilt war, blieb sie stehen, klopfte vorsichtig an und wartete. Von drinnen hörte sie leise Stimmen.

»Da ist jemand noch spät unterwegs, Vowles.«

»Ich sehe besser mal nach, wer es ist, Primrose.«

Die obere Hälfte der Tür schwang auf wie bei einer Puppenspielerbude und gab den Blick frei auf das an Mr. Punch erinnernde Gesicht von Bauer Vowles.

»Es ist unser junger Gast«, sagte er, öffnete die Tür ganz und ließ Shanti eintreten.

»Nichts zu danken, gern geschehen«, sagte Primrose. »Ich hatte ein Gedeck für Sie aufgelegt, aber ich fürchte, Vowles hat die Reste aufgegessen.«

Es war das erste Mal, dass Shanti die beiden zusammen sah – Primrose mit ihren unbändigen Haaren und noch viel unbändigeren Zähnen und ihren Ehemann, den sie um anderthalb Köpfe überragte.

Als sie die Küche betrat, entstand ein aberwitziger Aufruhr zu ihren Füßen – ein knurrendes, teuflisches Gewirbel. Noch bevor sie wusste, wie ihr geschah, gruben sich zwei Reihen Zähne in ihren Unterschenkel. Shanti stieß einen Schmerzensschrei aus.

»Boner! Boner! Du Lump! Das ist doch keine Art, mit einer Dame umzugehen!«

Vowles packte den Köter mit einer Hand beim Nacken und drückte mit der anderen seine kräftigen Kiefer auseinander.

»Herrgott noch mal!«, schrie Shanti. »Ihre verfluchte Töle hat mich gebissen!«

»Nehmen Sie's nicht persönlich«, sagte Primrose gequält. »Das macht er bei jedem.«

Zehn Minuten und mehrere unterwürfige Entschuldigungen von Primrose und Vowles später, humpelte Shanti durch die frostigen Gänge und die Treppe hinauf zu ihrem Zimmer, eine Versöhnungstasse heißer Schokolade in der Hand. In ihrer Umhängetasche steckten eine Flasche Desinfektionsmittel und Wattepads. Es war ihr erst nach einer ganzen Weile gelungen, Vowles zu überzeugen, dass sie sich lieber selbst verarzten wollte, anstatt sich auf seine Fähigkeiten in Erster Hilfe zu verlassen.

Jetzt blieb sie stehen und durchwühlte die Tasche nach ihrem Schlüssel, doch dann stellte sie zu ihrer Überraschung fest, dass die Zimmertür unverschlossen war.

Jede Zelle ihres Körpers ging in Habachtstellung. Ihre Atmung beschleunigte sich. Ihr Puls schnellte in die Höhe, als sie sich die Tatsache vor Augen hielt, dass nach wie vor ein Mörder auf freiem Fuß war.

Geräuschlos drehte sie den Knauf und schlüpfte ins Zimmer, wo sie die Tasse mit dem heißen Kakao abstellte und gleichzeitig hektisch in ihrer vollen Tasche nach dem Pfefferspray tastete.

Jemand hatte eine Lampe angeschaltet – wahrscheinlich Primrose. Plötzlich hörte sie ein merkwürdiges Geräusch, das Quietschen und Ächzen von Bettfedern. Als Shanti um den Mauervorsprung bog, sah sie zu ihrem Entsetzen die Beine und den Rumpf eines Mannes, der aufrecht auf dem Himmelbett stand, den Kopf in der Stoffbespannung. Offenbar untersuchte er die Winkel und Ritzen des Bettes.

»Halt! Wer da?«, blaffte sie. Es war eine völlig unerwartete Formulierung, eine, die sie noch nie zuvor benutzt hatte. Wahrscheinlich stammte sie aus einem der Filme, die sie sich mit ihrer Mutter anzusehen pflegte, und irgendwie schien sie zu der Situation zu passen.

Mit muskulösen Armen umfasste der Mann den oberen Querbalken und schwang sich vom Bett. Jetzt erblickte Shanti den aufgepumpten Oberkörper und den stark tätowierten Schädel von Tyrone Flynn.

»Was zur Hölle machen Sie denn hier?«, knurrte er.

»Ich … Wie können Sie es wagen? Das ist mein Zimmer. Hier wohne *ich*.«

»Den Teufel tun Sie. Sie können froh sein, dass ich Sie nicht fertiggemacht habe - sich einfach so hier reinzuschleichen!«

»Drohen Sie mir nicht, Mr. Flynn, und machen Sie nicht den Fehler, mich für einen leichten Gegner zu halten. Ich frage Sie noch einmal höflich: Was haben Sie mitten in der Nacht in meinem Zimmer zu suchen? Und warum stehen Sie auf meinem Bett?«

Er trat einen Schritt auf sie zu und richtete sich zu voller Größe auf. Er war nicht sonderlich hoch gewachsen, aber unvorstellbar breit. Seine kleinen Augen bohrten sich in ihre. Seine Muskeln zuckten wie bei einem Büffel auf Crack. Er stach mit seinem dicken Finger in Richtung ihres Gesichts.

»Sie sind die Schlampe, die mich da unten verhört hat! Sie haben Ihre Nase in Angelegenheiten gesteckt, die nur mich und meine Frau etwas angehen!«

»Sie können vielleicht Ophelia tyrannisieren, Flynn, aber mich ganz sicher nicht.«

Er kam noch näher, das Kinn mit dem Grübchen hervorgereckt, bis sich ihre Gesichter beinahe berührten. Shanti konnte ihn riechen - eine Mischung aus Bier und irgendetwas Toxischem, vielleicht saurer Schweiß.

»Das ist das Zimmer, in dem mein Bruder abgestiegen ist. Deshalb habe ich auch einen Schlüssel, kapiert?« Er ließ den Schlüssel vor ihrem Gesicht baumeln. »Das Management von Stigma hat die Zimmer für Ethan und mich gebucht und bezahlt, und weil wir keine Rückerstattung erhalten, sind die beiden Räume nach wie vor an uns vermietet.«

»Nun, in dem Fall liegt entweder ein Missverständnis vor, oder Primrose kassiert doppelt ab. Ich habe dieses Zimmer in gutem Glauben gemietet, und jetzt … jetzt werde ich ins Bett gehen.«

Doch Flynn kehrte zu dem Himmelbett zurück und legte sich in lässiger Pose auf den Rücken, die aufgepumpten Arme im Nacken verschränkt, ein höhnisches Grinsen auf den Lippen.

»Dann legen Sie sich ruhig hin. Tun Sie so, als sei ich gar nicht da.«

»Raus jetzt, Flynn. Ein Anruf genügt, und die halbe Polizei von Avon und Somerset steht in fünf Minuten auf der Matte.«

»Oh, jetzt hab ich aber Angst! Ich gehe, wann es mir passt, Schlampe.«

»Wie gesagt: Mich können Sie mit Ihrem Gehabe nicht beeindrucken, Flynn. Verraten Sie mir stattdessen doch lieber mal, wonach Sie suchen!«

»Suchen? Wie kommen Sie auf die Idee, ich würde etwas suchen?«

»Weil ich gesehen habe, wie Sie da oben rumgetastet haben.«

Er verzog amüsiert das Gesicht wie ein Pitbull auf einem Spielplatz. »Ich habe nach Ihren Höschen gesucht.«

»O mein Gott! Sie sind der Wichser von der Unworthy Farm!«

»Wie bitte? Wie zum Teufel haben Sie mich gerade genannt?«

»Ich … Ach, egal. Ich nehme an, das war ein perverser Scherz. Also: Wonach haben Sie wirklich gesucht?«

»Ich habe bloß nachgeschaut, ob mein Bruder etwas dagelassen hat.«

»Was zum Beispiel?«

»Das geht Sie nichts an. Aber Sie haben recht – es ist schon spät, und ich hab keinen Bock, irgendwelche Spielchen zu spielen. Ich geh dann mal …« Er stand auf und fuchtelte wieder mit seinem Finger vor ihrem Gesicht herum. »Trotzdem muss ich dich warnen, Cop-Schlampe – halt dich aus meinen Angelegenheiten heraus. Und aus denen meiner Frau. Und aus denen meiner Mutter. Verstanden?«

»O ja, ich habe Sie durchaus verstanden, Mr. Flynn, doch ich werde meinen Pflichten nachkommen, wie immer diese aussehen mögen. Ach, würden Sie bitte die Tür hinter sich zuziehen? Außerdem hätte Primrose wohl gern ihren Schlüssel zurück.«

Trotz ihrer unerschrockenen Worte schlief Shanti mit Pfefferspray unter dem Kopfkissen, einen Stuhl mit der Lehne so unter den Türknauf geschoben, dass man ihn nicht drehen konnte.

Von Schlaf konnte man dennoch kaum sprechen.

# Kapitel zwanzig

## DER MAGISCHE BERG

Wer noch nie in Glastonbury war, stelle sich eine bezaubernde englische Marktstadt vor, die Gebäude renoviert und in psychedelischen Farben angestrichen von einer Gruppe Neuheiden auf LSD.

Die kaleidoskopischen Geschäfte waren vollgestopft mit einem kunterbunten Gemisch aus Paraphernalien diverser New-Age-Glaubenssysteme. Man kann durch die kopfsteingepflasterten Straßen schlendern, vorbei an Druiden, Göttinnen, Hippies, Baumgeistern sowie einem grünen Mann mit einer Mistelkrone, und natürlich trifft man dabei auf Touristen aus der ganzen Welt.

Sie alle werden angelockt von den unzähligen Legenden, die sich um diesen mystischen Ort ranken. Ist Jesus hier als Kind mit seinem Onkel entlanggegangen, Joseph von Arimathia? Oder, wie William Blake es formulierte: *Und schritten jene Füße einst auf Englands grünen Bergeshöhen?* Ist Glastonbury wirklich die letzte Ruhestätte von König Artus und Guinevere? Hat König Artus den Heiligen Gral tatsächlich dorthin gebracht?

Auf dem Friedhof der St John's Church, die bereits um neunhundertfünfzig nach Christus Erwähnung findet, begegnen Sie vielleicht dem örtlichen Gothic-Vikar, der sonnenbadenden Saufbrüdern und Drogensüchtigen Tee und tröstende Worte spendet – Repräsentanten der Schattenseite dieser faszinierenden Stadt.

Eine Sache steht fest: In Glastonbury findet man leichter einen Astrologen als einen Steuerberater, gleicht man schneller seine Chakren aus als sein Bankkonto.

Die Detectives brauchten nicht lange, um »The Third Eye« – das Dritte Auge – zu finden, Medusa Coles purpurfarbenes Emporium in einer schattigen Seitenstraße. Shanti starrte durch die dunkle Glasscheibe, doch außer mehreren Katzen, die zwischen herabbaumelnden Kristallen schliefen, konnte sie nicht viel erkennen.

»Wie viel Uhr ist es, Caine?«, fragte sie.

»Kurz nach neun.«

»Hier steht: *Während des Festivals öffnen wir gegen elf.* Gegen *elf?* Heilige Madonna! Schon wieder nichts als Zeitverschwendung.«

»Entspannen Sie sich, Shanti. Wir kommen einfach noch mal her. Lassen Sie uns die Zeit nutzen, um die Köpfe frei zu bekommen und nachzudenken. Haben Sie Lust auf einen Spaziergang?«

»Caine, seit wir angekommen sind, habe ich nahezu nichts anderes gemacht, als spazieren zu gehen, und nur für den Fall, dass Sie es noch nicht bemerkt haben: Heute ist Samstag. Uns bleiben nur noch zwei Tage, um den Mörder zu stellen, bevor das Festival morgen Nacht endet. Ich will nicht nachdenken. Ich will jemanden verhaften.«

»Das weiß ich doch, Shanti. Dennoch ist es unerlässlich, dass wir Medusa befragen. Außerdem können Sie Glastonbury unmöglich einen Besuch abstatten, ohne zumindest den Tor bestiegen zu haben.«

Die keuchende und schwitzende Shanti an seiner Seite, schlenderte Caine gemächlich den steilen Hang des Tor in Richtung Turm hinauf. Zu Shantis Verdruss geriet er nicht einmal leicht außer Atem. Und um das Ganze noch schlimmer zu machen, zog er ein zerfleddertes Buch aus seinem Leinenbeutel und fing an, weitschweifige Passagen über die spirituelle Bedeutung des Hügels vorzulesen.

»Der Tor ist einer der heiligsten Orte der Welt. Mitunter nennt man ihn auch den Heiligen Berg, Glashügel der Feen, Stufenburg oder auch das Land der Toten.«

»Toll, dass Sie all das wissen«, japste Shanti. »Wenn wir diesen Fall vermasseln und beide unseren Job verlieren, können Sie zumindest als Reiseführer arbeiten.«

»Der Glastonbury Tor ist außerdem als Studienzentrum keltischer Druiden bekannt, als Festung von König Artus, als Schnittpunkt mehrerer Kraftlinien, Ort für Fruchtbarkeitsriten und Landeplatz für Ufos.«

»Ufos? Was haben Sie denn geraucht, Caine?«

»Ich gebe lediglich weiter, was hier steht. Stellen Sie sich vor: Es war ein Polizist, der beobachtet hat, wie acht eiförmige Objekte im Formationsflug über dem Tor kreisten.«

»Das waren aber nicht Sie, Caine, oder?«

»Anscheinend hat es recht viele Berichte über merkwürdige übernatürliche Erfahrungen gegeben.«

»Gut möglich. Ich glaube, ich mache ebenfalls gerade eine.«

»Manche Menschen fühlen sich plötzlich desorientiert oder stürzen in unterirdische Gänge. Auch von einem Gefühl der Schwerelosigkeit wird häufig berichtet. Wieder andere würden am liebsten in die Luft springen.«

»Dazu gehöre ich nicht.«

»Am ersten Mai zum Beispiel wird auf dem Hügel eine druidische Zeremonie abgehalten. Würden Sie sich das nicht gern einmal ansehen?«

»Da kann ich mir Besseres vorstellen.«

»Die Einheimischen verspüren mitunter einen überwältigenden Impuls, die terrassenartigen Hänge des Tor zu erklimmen …«

»… während andere einen überwältigen Impuls verspüren, zu Hause zu bleiben und Kuchen zu essen.«

»Manche behaupten, das hier sei Avalon, Shanti, wo König Artus' Schwert Excalibur geschmiedet wurde. Ethan muss das gewusst haben. Der Legende nach befindet sich dort der Heilige Gral, den Joseph von Arimathia aus dem Heiligen Land mitgebracht hat.« Er drehte sich um und deutete auf den Fuß des Hügels. »Es heißt, als Joseph von Arimathia den Kelch mit dem Blut Christi versteckte, entsprang an ebenjener Stelle eine blutrote Quelle, die Chalice Well dort unten. Sie können sagen, was Sie wollen, aber der Glastonbury Tor ist ein Ort, an dem der Schleier zwischen den Welten dünn wird.«

»Und ich spüre, wie mein Geduldsfaden dünn wird.«

Als sie sich dem Gipfel des Hügels näherten, sah Shanti den Turm wie die stolze Spitze einer weiblichen Brust in den Himmel ragen.

»Aaah«, seufzte Caine und machte es sich im Gras bequem. »Es tut gut, den Horizont zu sehen.«

Er zog zwei Becher und eine Thermoskanne aus seinem Beutel. »Sehen Sie, Shanti, da unten ist der Weg zum Festivalgelände …«

Ihr Blick folgte seinem Zeigefinger, und sie entdeckte tatsächlich die bunten Segeltuchdächer, die riesigen Parkplätze und den wimmelnden menschlichen Termitenbau, eingepfercht in eine Falte der grenzenlosen Felderdecke.

Der Spruch auf Shantis Becher lautete: *OMG ohne Gott ist OM.*

Auf Caines Becher stand: *Einatmen. Ausatmen. Wiederholen.*

»Verblüffend, dass der Tor über Jahrhunderte als Insel aus dem Meer herausragte. Alles unter uns war unter Wasser. Stellen Sie sich vor, Shanti: Sie und ich auf einem winzigen Eiland.«

»Einer von uns würde zwangsläufig ertrinken.«

»Die ganze Gegend liegt sehr tief, müssen Sie wissen, deshalb ist Somerset so anfällig für Überschwemmungen. Der Name Somerset ist eigentlich eine Kurzform von ›summer settlement‹ – Sommersiedlung –, weil die Menschen hier früher im Winter nicht wohnen konnten. Auch das Festival war immer wieder mal ein Schlag ins Wasser … Ich gebe es nur ungern zu, aber es brauen sich dunkle Wolken am Horizont zusammen. Hoffentlich hält das schöne Wetter noch.«

»Ich weiß nur, dass irgendwo dort unten unser Mörder unbehelligt herumläuft. Während wir hier sitzen und Tee trinken.«

»Keine Sorge, Shanti. Die Wahrheit wird an die Oberfläche gelangen – wie das Land aus der See.«

»Wissen Sie was, Caine? Ich bin so müde, dass mir nicht mal eine sarkastische Antwort darauf einfallen will.«

»Möchten Sie darüber reden?«

»Worüber reden, nervtötender Mann?«

»Gestern Nacht muss etwas vorgefallen sein. Sie wirken irgendwie verdrossen.«

»Sehen Sie sich das an …« Sie rollte ihr Hosenbein hoch.

»Ein Verband. Sie haben sich verletzt.«

»Nein, *ich* habe mich nicht verletzt. Ein mieser kleiner Köter hat mich verletzt.«

»Vowles' Hund? Das tut mir leid.«

»Das Biest hat richtige Fangzähne, Caine.«

»Vielleicht sollten Sie lieber mal einen fachmännischen Blick darauf werfen lassen.«

»Vergessen Sie's. Der Hund war das geringste Problem. In meinem Schlafzimmer wartete eine weitaus aggressivere Bestie auf mich – Tyrone, der immer noch Ethans Schlüssel hatte und nach irgendetwas suchte. Hat mir den Schock meines Lebens versetzt.«

»Das ist ja schrecklich, Shanti! Wäre ich doch nur da gewesen …«

»Ich kann selbst auf mich aufpassen, vielen Dank. Und ich werde mich ganz bestimmt nicht von einem Fiesling wie Flynn einschüchtern lassen.«

»Sie sind erstaunlich mutig.«

»Sie wissen doch: Man kann Angst haben und gleichzeitig mutig sein. *Das* sollte mal jemand auf einen Becher schreiben.«

»Sie haben zweifelsohne recht. Aber Flynn ist ein kräftiger Mann und nicht unbedingt in sich gefestigt. Ich frage mich, ob er Steroide spritzt. Sie wissen schon, fürs Bodybuilding.«

»Hm. Raten Sie mal, was ich die ganze Zeit über gedacht habe, als er da vor mir stand?«

Caine sah sie fragend an.

»Ob dieser Mann in das fehlende Tarotkarten-Kostüm passt.«

»Wir dürfen nicht vergessen, dass Tyrone seinen Bruder nicht zwingend selbst umgebracht haben muss. Schließlich hat er eine ganze Entourage, die ihm zu Diensten ist.«

»Wie dem auch sei, er hat mir einen fürchterlichen Schrecken eingejagt. Zuerst dachte ich, er sei der Wichser von der Unworthy Farm …«

»Moment mal, Shanti, habe ich vielleicht irgendetwas verpasst? Ich habe mitbekommen, dass Sie diesen Ausdruck schon einmal verwendet haben – bei der Befragung von Sista Tremble.«

»Ach, das hat nichts zu bedeuten. Nichts als Klatsch und Tratsch vom Abendbrottisch. Es geht das Gerücht, dass den Gästen – den weiblichen, nehme ich an – seit Jahren persönliche Gegenstände aus den Zimmern entwendet werden.«

»Ich habe Schwierigkeiten, den Reiz jener Unterkunft nachzuvollziehen.«

»Nun, kein Grund zur Unruhe – Shantis Habseligkeiten sind davon nicht betroffen.«

»Und wonach hat Tyrone gesucht? Ihm muss doch klar gewesen sein, dass die Kriminaltechniker Ethans Zimmer auf den Kopf gestellt haben – nachdem seine eigenen Leute sämtliche Sachen herausgeholt hatten.«

»Was auch immer Tyrone finden wollte – es muss sehr klein sein oder ausgesprochen gut versteckt.«

»Mehr Tee? In der Kanne ist noch ein Schluck …«

»Darf ich Sie etwas fragen, Caine? Sie sind Stigma-Fan, nicht wahr?«

»Ich würde nicht unbedingt behaupten …«

»Was genau hat Tyrone zum Erfolg der Band beigetragen? Soweit ich gehört habe, hat er keinerlei Talent.«

»Hm. Ich finde, das stimmt nicht ganz. Er hat sehr wohl dazu beigetragen. Die Alben, die Ethan allein aufgenommen hat, sind ein bisschen zu … Sie wissen schon, süßlich.«

»Moment mal, Caine – *Heartstrings* hat mehrfach Platin bekommen, das weiß doch jeder.«

»Selbstverständlich. Aber die Leute haben das Album gekauft, weil sie Ethan lieben. Besser war er allerdings mit seinem Bruder. Tyrone hat dieses abgefahrene Rock-'n'-Roll-Element mit eingebracht. Den wummernden Bass. Es war der Kontrast zwischen den beiden Persönlichkeiten, der die Musik so einzigartig gemacht hat. Es war wie …«

»… wie Yin und Yang, wollen Sie sagen, oder?«

»Genau. Und das haben sie perfekt in Songs wie ›Legend Of You‹ und ›Heathen Child‹ verpackt – sanfte Liebeslieder mit schwerem Bassgroove.«

Shanti reichte ihm den leeren Becher und stand auf.

»Danke für den Tee, Caine, und für den TED-Vortrag – Sie wissen schon: Folklore, Musik und all das. Ich weiß gar nicht, wie ich bisher ohne Sie durchs Leben gekommen bin.«

»Oh, Shanti …«

»So, wie wär's, wenn wir jetzt zu Medusa Cole gehen?«

»Einverstanden. Hoffentlich hat das Third Eye jetzt auf.«

»Sie haben übrigens recht mit dem Regen. Ich glaube, ich habe es gerade donnern hören … Sie wissen schon, ein schwerer Bassgroove.«

## *Kapitel einundzwanzig*

# DAS DRITTE AUGE

Die Tür des Third Eye war mit einem großen Windspiel versehen, das klingelte und klimperte, als sie eintraten.

Trotz des melodiösen Gebimmels erschien niemand, sodass die beiden Detectives zusammen mit den Katzen die Zauberstäbe, Didgeridoos, Räucherstäbchen, Kristalle, Zauberkessel, Glasfiguren von Feen, Zauberern und Hexen, keltischen Armbänder und einen Fiberglas-Buddha in knalligem Pink betrachteten.

»Sehen Sie, Caine. Hier ist Ihr Kumpel.«

»Er geht ein wenig unter inmitten des ganzen …«

»Krempels? Ist das das Wort, nach dem Sie suchen? Ramsch?«

»Jedem das Seine, Shanti.«

»Ich meine: Schauen Sie sich das doch nur einmal an: ein ganzes Regal voller ätherischer Öle. Ich frage Sie, gibt es irgendetwas weniger Ätherisches als ätherische Öle?«

»Hm. Ich kann dazu nur sagen, dass Lavendel für einen ausgezeichneten Schlaf sorgt.«

Ein Perlenvorhang im hinteren Teil des Ladens teilte sich, und die Besitzerin erschien – blasses Gesicht, schwarze und lila Zöpfe, lila Tücher und Röcke.

»Kann ich euch helfen?«, fragte sie und nahm eine vorbeistreichende Katze hoch. »Oder möchtet ihr euch bloß ein bisschen umschauen?«

»Sie müssen Medusa Cole sein.«

»Hallo. Ja. Kenne ich euch?«

»Detective Inspector Shanti Joyce«, stellte Shanti sich vor, »und das ist mein Kollege, DI Vincent Caine. Wir ermitteln im Todesfall Ethan Flynn.«

Medusa wurde noch ein bisschen bleicher und drückte die Katze an ihre lilafarbene Brust.

»Ich habe bereits bei einem Ihrer Officer eine umfassende Aussage gemacht und erklärt, dass ich mehrere Kostüme für Stigma angefertigt habe.«

»Genau. Diesbezüglich würden wir Ihnen gern ein paar Fragen stellen. Soweit wir wissen, hat Ethan Ihren Laden häufig aufgesucht.«

»Häufig würde ich das nicht nennen. Er war viel im Ausland unterwegs, müssen Sie wissen.«

»Aber er war in den Wochen vor seinem Auftritt hier mehrmals bei Ihnen, oder?«

»Ja, das ist richtig.«

»Sein Tod kam also völlig überraschend?«

Medusa zögerte. »Ich muss meine Worte sorgfältig wählen, denn nein, sein Tod kam nicht völlig überraschend. Nur die Art und Weise, auf die er zu Tode kam, war absolut unerwartet.«

»Ich denke, das müssen Sie uns erklären.«

»Ethan hatte eine Art Vorahnung. Ein paar Tage vor seinem letzten Gig bat er mich, ihm wahrzusagen. Ich erinnere mich, dass sich meine Begeisterung in Grenzen hielt, weil ich so beschäftigt mit den allerletzten Feinheiten der Tarotkostüme war. Er ließ aber nicht locker, behauptete, er brauche dringend eine Einsicht, und … na ja, wenn Sie Ethan jemals begegnet sind, dann wissen Sie, dass es unmöglich war, ihm etwas abzuschlagen.«

»Okay, dann erzählen Sie uns doch bitte, was Sie ihm wahrgesagt haben«, drängte Shanti.

»Sie machen Witze.«

»Entschuldigung?«

»Das, was bei einer solchen Sitzung herauskommt – ganz gleich, ob ich jemandem die Karten lege oder in meine Kristallkugeln blicke –, ist allein Sache zwischen dem Klienten und der Geistwelt. Ich hätte wohl kaum Kunden, wenn ich deren intimste Geheimnisse ausplaudern würde.«

»Aber Ethan ist tot.«

»Das weiß ich, und ich bin deswegen genauso am Boden zerstört wie alle anderen. Dennoch …«

Während Shanti mit Medusa sprach, schweiften Caines Augen durch den Laden. Hoch oben in einer der Ecken bemerkte er eine blinkende Überwachungskamera mit einem Schild, auf dem stand: *Das Dritte Auge beobachtet dich.*

»Medusa, würden Sie uns bitte die Aufnahmen von Ethans letztem Besuch zeigen?«, fragte er.

»Aufnahmen? Ach, jetzt verstehe ich, was Sie meinen. Das mag vielleicht seltsam klingen, aber die Kamera ist eine Attrappe. Ich hatte sie ganz vergessen. Sie werden nicht glauben, wie viel Zeug geklaut wird, deshalb hoffe ich, dass sie abschreckend wirkt.«

»Kommen wir auf die Kostüme zurück«, sagte Shanti. »Sie haben für die Tänzer Outfits nach den Charakteren der Tarotkarten angefertigt. Ist das korrekt?«

»Ja. Kleidung zu entwerfen und anzufertigen ist meine Leidenschaft. Und dafür gibt es keinen besseren Ort als Glastonbury. Sie sehen ja, was die Leute hier tragen. Und damit meine ich nicht nur die Heiden, Reisenden und Hippies; ich fertige auch Militäruniformen für die Nachstellung historischer Ereignisse an, außerdem alle möglichen Kostüme für Schauspielaufführungen oder Darbietungen jedweder Art. Doch das, worum Ethan mich gebeten hatte, spielte in einer anderen Liga. Für mich ging damit ein Traum in Erfüllung. Es war so, als wüsste er meine Kreativität wirklich zu schätzen. Er wollte, dass ich die Show auf ein anderes Level hebe.«

»Wie meinen Sie das?«

»Nun, er hatte diese Idee mit den Karten, aber er wollte, dass die Kostüme wirklich außergewöhnlich waren – geradezu verstörend.«

»Das ist Ihnen gelungen. Wie viele Kostüme haben Sie angefertigt?«

»Insgesamt acht. Nur …«

»Nur was?«

»Nur dass ein Dieb eines davon entwendet hat – ausgerechnet das, das in meinen Augen am besten gelungen war. ›Der Tod‹ mit einem burgunderroten Samtcape und einem Pappmaschee-Schädel. Warten Sie eine Minute – ich kann es Ihnen zeigen.«

Sie zog ihr Handy aus der Tasche und scrollte durch die verschiedenen Fotos von den Tarotkostümen, die auf einem Nähtisch lagen oder an Schneiderpuppen abgesteckt wurden. Bei dem Kostüm des Todes hielt sie inne. Shanti erkannte sofort das von der Kapuze vermummte Gesicht, das Benno ihnen auf den Bildern der Webcam gezeigt hatte.

»Auf das hier war ich besonders stolz. Ethan hat mir klar zu verstehen gegeben, dass er nichts Scherzhaftes oder Cartoonartiges wollte, also habe ich online recherchiert und bin auf eine mexikanische Gottheit namens Santa Muerte gestoßen. Wie Sie hier erkennen können, habe ich den Schädel bräunlich gefleckt und verfaulte Zähne hinzugefügt. Sehen Sie die Maden, die sich aus den Augenhöhlen winden? Die Rippen sind mit Schaumstoff gepolstert und auf schwarzen Samt aufgenäht.«

»Das ist wahrhaft grotesk.«

»Danke. Es war höllisch viel Arbeit. Sie verstehen sicher, dass ich stinksauer war, als es hieß, das Kostüm sei verschwunden. Wenn ich herausfinde, wer der Dieb ist, bringe ich ihn um. Gott sei Dank ist nur *ein* Kostüm entwendet worden, aber das war schlimm genug. Mir blieb keine Zeit, einen Ersatz anzufertigen, deshalb konnte einer der Tänzer nicht auftreten.«

»Sie behaupten also, dass jemand am helllichten Tag in den Laden spaziert ist und kurz vor dem Auftritt das Kostüm gestohlen hat?«

»Nein. Es ist passiert, als niemand im Laden war. Mitten in der Nacht. Moment, ich zeige Ihnen, wie das Ganze abgelaufen ist …«

Sie setzte die Katze ab und führte Shanti und Caine durch den Perlenvorhang in ein überladenes Hinterzimmer, wo sich die Nähutensilien befanden: auf Böcken stehende Tische voller Stoffballen, Nähmaschinen und Schneiderscheren, alles unter dem wachsamen Auge einer stummen Familie altmodischer Schneiderpuppen. Rundherum an den Wänden hingen bizarre Masken und Stangen mit fertigen oder halb fertigen Kostümen. Am anderen Ende des Raumes befand sich eine schmale Nische, ausgekleidet mit schwarzem Filz.

»Dort lege ich meinen Klienten die Karten oder blicke in meine Kugeln«, sagte Medusa. »Um ehrlich zu sein, verdiene ich mit dem Laden nicht viel, aber mit den Näharbeiten und der Wahrsagerei komme ich über die Runden. Sehen Sie, hier sind die Scheißkerle eingestiegen …«

Sie deutete auf ein großes Doppelfenster, das auf einen feuchtkalten Hof hinausging. Eine der Scheiben war notdürftig mit Plastikfolie und Klebeband repariert.

Caine begutachtete das dünne Glas und den Riegel. Selbst ein Amateur hätte sich hier spielend leicht Zutritt verschaffen können.

»Bitte lassen Sie das Fenster so, wie es ist«, sagte Shanti, an Medusa gewandt. »Womöglich finden wir dort Fingerabdrücke des Täters.«

»Um Himmels willen, Sie denken doch nicht etwa, dass eine

Verbindung zwischen dem Einbruch in meinen kleinen Laden und Ethans Tod besteht?«

»Das ist durchaus möglich. Denken Sie bitte ganz genau nach, Medusa. Ist es möglich, dass Sie mit irgendwem über Ethans Bestellung gesprochen haben? Ich meine, könnte es sein, dass jemand von den Kostümen im Hinterzimmer wusste?«

»Mein Gott, ja.«

»Sie haben also davon erzählt?«

»So etwas wie den Auftrag von Stigma hatte ich noch nie – es kommt schließlich nicht jeden Tag vor, dass man aufgefordert wird, für Ethan Flynn zu arbeiten. Natürlich habe ich damit geprahlt – und zwar so sehr, dass ich meiner Familie und meinen Freunden im Dorf wahrscheinlich ziemlich auf den Geist gegangen bin. Alle wussten, dass die Kostüme hier hingen, und den meisten habe ich die Fotos gezeigt. Die Einzigen, die nichts davon wissen sollten, waren die Tänzer.«

»Sagten Sie nicht vorhin, dass Ihre Kunden Diskretion voraussetzen?«

»Nun, das ist ja wohl ein kleiner Unterschied, oder? Ich meine, das Innenleben eines Menschen ist eine Sache, Freunden Kostüme zu zeigen eine andere. Aber wenn wir schon beim Thema sind: Möchten Sie auch mal?«

»Was?«

»Einen Einblick in Ihr Inneres bekommen? Ich mache Ihnen einen günstigen Preis, weil Sie Ethan helfen.«

»Ich nicht, danke«, lehnte Shanti ab.

»Klingt faszinierend«, sagte Caine.

»Kein Problem. Geben Sie mir einen kurzen Augenblick.« Medusa betrat die Nische und schloss die mit schwarzem Filz bezogene Tür.

»Wir sind im Dienst«, zischte Shanti. »Was zur Hölle denken Sie sich bloß dabei?«

»Haben Sie Nachsicht mit mir, Shanti«, bat Caine. »Vielleicht gelangen wir so an weitere Informationen.«

Nach einer Weile kehrte Medusa mit einem geheimnisvollen Lächeln auf dem blassen Gesicht zurück, eine andere Katze auf dem Arm.

»Alles vorbereitet«, sagte sie. »Darf ich Ihre Freundin bitten, das Hinterzimmer zu verlassen?« Sie wandte sich von Caine an Shanti. »Ach, Shanti …«

»DI Joyce, bitte.«

»… darf ich Sie um einen winzigen Gefallen bitten? Würden Sie ein Auge auf den Laden werfen? Ich glaube zwar nicht, dass um diese Zeit viele Kunden hereinkommen, weil alle auf dem Festival sind, aber man weiß ja nie. Sämtliche Windlichter und Kerzen sind um die Hälfte reduziert, mit Ausnahme der Schädel-Lampen. Es dauert bestimmt nicht länger als zwanzig Minuten.«

Draußen hatte es zu regnen begonnen. Trübsinnig saß Shanti hinter der Ladentheke. Ihre Mutter würde Paul zum Fußballtraining bringen, und es wäre ein Wunder, wenn der Junge Shanti überhaupt noch erkannte, sollte sie endlich wieder nach Hause zurückkehren können. Noch schlimmer war das immer stärker werdende Gefühl, den Heimweg mit einer Niederlage im Gepäck antreten zu müssen. Die meisten Leute gingen Jobs nach, die Lösungen und Fortschritte voraussetzten, doch ein Großteil der Verbrechen blieb unaufgeklärt. Und wenn sie es sich recht überlegte, arbeiteten die meisten Polizisten mit Kollegen, die ihre Zeit nicht damit verschwendeten, sich von einer Astro-Tussi die Karten legen zu lassen. Außerdem sah die harte Realität so aus, dass die meisten Frauen in ihrem Alter einen liebevollen Partner hatten, der zu Hause auf sie wartete.

Sie spähte in eine Schublade unter der Kasse und blätterte halbherzig durch ein Auftragsbuch. Mein Gott, da stand ja die

Summe für den Entwurf und die Anfertigung der Tarotkostüme! Nun, zumindest hatte Ethan Medusas Arbeit anständig entlohnt. Der Betrag war höher als das Monatsgehalt eines Detective Inspectors.

Eine der Katzen sprang auf Shantis Schoß, wobei sie ihre Krallen in deren Oberschenkel schlug. Gerade als sie damit beschäftigt war, den Stubentiger zu entfernen, bimmelte das Windspiel über der Ladentür. Die Tür ging auf, und zu ihrem Verdruss ergoss sich eine ganze Busladung chinesischer Touristen ins Third Eye. Laut plappernd und Regenschirme ausschüttelnd, nahmen sie begeistert das Warenangebot in Augenschein. Der Reiseleiter fragte, ob es in Ordnung sei, wenn die Touristen Fotos von Shanti mit den Kristallen und den Traumfängern über dem Kopf machten.

Nach einer gefühlten Ewigkeit zogen sie endlich wieder ab. Kurz darauf kam Caine aus dem Hinterzimmer zurück. Er sah blass aus und wirkte sichtlich erschüttert.

»Alles ruhig, Shanti?«

»Sie werden es nicht glauben … Ach, egal. Sehen Sie nur, wie viel Umsatz ich gerade für Medusa gemacht habe. Ich sage Ihnen, ich habe den falschen Beruf ergriffen. Was ist eigentlich los mit Ihnen? Sie wirken ja noch sonderbarer als sonst.«

»Shanti, ich weiß, dass wir unter Zeitdruck stehen …«

»Druck ist nicht das richtige Wort. ›Uns geht die Luft aus‹ trifft es besser.«

»… doch ich denke, Sie sollten eintreten.«

»Eintreten? Worein?«

»Ich habe Medusa gebeten, auf Sie zu warten.«

»Wollen Sie mich veräppeln? Jetzt reißen Sie sich mal zusammen, Caine. Wir gehen.«

Caine streichelte die schnurrende Katze, die unter seinen Liebkosungen zum Höhepunkt zu gelangen schien.

»Hören Sie, Shanti. Ich weiß, dass Sie eine Skeptikerin sind, und so etwas wie Wahrsagen ist auch nicht zwingend mein Ding. Aber glauben Sie mir, Medusa hat eine Art Gesicht, innere Visionen. Davon abgesehen, habe ich bereits für Sie bezahlt.«

»Das haben Sie nicht!«

»Ein kleines Geschenk. Ich habe Ihnen auch ein paar ätherische Öle gekauft. Und nun gehen Sie schon. Medusa wartet.«

In der abgetrennten Filznische flackerten Kerzen, die sich in den Augen von Medusas Katzen, in den Unmengen von Glasperlenketten um ihren Hals und in den glitzernden Kugeln auf dem Tisch widerspiegelten.

Medusa legte den Satz Karten, den sie gemischt hatte, vor sich hin und trat an Shantis Seite, als diese an dem kleinen Tisch Platz nehmen wollte. Mit leiser Stimme sagte sie in den dämmrigen Raum hinein: »Shanti, Sie sind etwas weniger körperorientiert als Vincent, daher hoffe ich, es macht Ihnen nichts aus, wenn ich Sie umarme?«

»Mich umarmen?«

Anstelle einer Antwort schlang Medusa Cole ihre lila Arme um Shantis Körper und drückte sie fest. So blieb sie für eine lange, lange Weile stehen. Weitaus länger, als Shanti es für angenehm beziehungsweise angemessen hielt. Dabei flüsterte sie die ganze Zeit in Shantis Ohr. »Ich muss die Menschen berühren, bevor ich mit meiner Arbeit beginne. Ich lese Sie jetzt. Spüre Ihre Energie. Oh, Sie sind so verspannt …«

»Mein Gott, ich …«

»Was Sie wirklich brauchen, ist eine Tiefenmassage, aber so etwas biete ich nicht an. Ich tauche tiefer ein, viel tiefer, Shanti. Ich lasse den Körper hinter mir …«

Endlich ließ sie Shanti los. »So ist es gut«, sagte Medusa. »Nehmen Sie doch bitte Platz.«

Die Besitzerin des Third Eye kehrte auf die andere Seite des Tisches zurück, auf dem eine schwarze Spitzendecke lag. Darauf befand sich eine Ansammlung von mehreren Kartensätzen, Katzen und Kristallkugeln auf reich verzierten Messingständern.

»Ich kann Ihren Widerstand spüren, Shanti, aber das ist in Ordnung. Damit kann ich arbeiten. Sehen Sie auf den Tisch – dort liegen verschiedene Dinge, aber keins davon verfügt über irgendeine inhärente Kraft.«

»Gut. Das sehe ich genauso.«

»Sie sind nur Werkzeuge. Was Sie verstehen müssen, ist Folgendes: Die spirituelle Welt ist so nah, und diese Mittel helfen, uns Zutritt dazu zu verschaffen. Haben Sie so etwas schon einmal gesehen?« Sie nahm eine trübe Kristallkugel von einem der Ständer und drehte sie in den Händen.

»Ich glaube schon. Meine Mum hat eine Schwäche für Kitschfilme.«

»Eine alte Kugel wie diese ist sehr wertvoll. Die Typen, die hier eingebrochen sind, haben das anscheinend nicht gewusst. Dieses Exemplar hier bringt locker mehrere Tausend Pfund ein. Ich habe sie von meiner Großmutter geerbt, und ich liebe sie. Sehen Sie, ich halte sie vor die Kerze … und vielleicht formt sich jetzt eine Frage in Ihrem Kopf …«

»Haben Sie ein Brandschutzzertifikat?«

»Blicken Sie tief in die Kugel hinein, Shanti. Dort finden Sie unendlich viele Formen und ständig wechselnde Bilder. Haben Sie jemals in die Wolken geschaut?«

»Möglich. Als ich noch ein Kind war.«

»Sie dachten, Sie würden Bilder und Gestalten sehen. Ich sehe sie jetzt. Das nennt man Kristallomantie. Das Seltsame ist, dass ich hinter dem Stress, der Wut und der toughen Fassade etwas Großes spüre … Da hat sich etwas Gewaltiges aufgestaut.«

»Das muss mein Dispokredit sein.«

»Ha! Oh, das ist wunderbar, Shanti! Es ist so intensiv, so dicht unter der Oberfläche. Was ich spüre ist … *Liebe.* Reine, unverfälschte Liebe. Sind Sie im Augenblick in einer Beziehung, Shanti?«

»Netter Versuch, Medusa. Tatsächlich erhole ich mich im Moment von einer ziemlich grauenhaften Scheidung. Mein gegenwärtiger Lebensbegleiter ist Pizza.«

»Nein. Sie täuschen sich.«

»Ich versichere Ihnen, das ist die Wahrheit. Haben Sie schon mal die mit Makkaroni, Käse und diesen kleinen Ananasstücken gegessen? O Gott, das ist wahre Liebe!«

»Ich sage Ihnen, dass die Liebe Ihres Lebens näher ist, als Sie denken.«

»Sie meinen, nebenan gibt es eine Pizzeria?«

»Shanti … Shanti! Hören Sie auf, sich zu wehren. Ja, die Liebe ist für Sie zum Greifen nahe. Sie müssen lediglich aufhören, dagegen anzukämpfen, und die Hand ausstrecken …«

Shanti verspürte ein merkwürdiges Gefühl. Röte, die sich an ihrem Hals bildete und über ihre Brust ausbreitete.

»Warten Sie, da ist noch etwas anderes!« Medusa schnappte nach Luft. »Still, ihr alle! Oh, ihr seid viel zu laut! Wie soll ich euch verstehen, wenn ihr alle gleichzeitig redet?«

»Es tut mir leid«, sagte Shanti. »Meinen Sie die Katzen?«

Mit merkwürdig verschleiertem Blick starrte Medusa tief in die rauchige Kristallkugel, die sich in der Tat mit wirbelnden, schnell dahinziehenden Wolken zu füllen schien.

»Es ist Ethan, Shanti. Er hat eine Nachricht für Sie.«

»Das ist schön. Und wie soll ich darauf antworten? Er hat doch bestimmt eine Geheimnummer.«

»Es geht um Liebe. Ethan sagt, Sie sollen die Person finden, die er mehr als alle anderen geliebt hat, dann würden Sie verstehen.

Und er bittet Sie, gut auf sie aufzupassen. Denken Sie daran, Shanti: Alles dreht sich um die Liebe. Liebe bedeutet alles im Leben.«

»Richtig. Aber jetzt muss ich weitermachen, Medusa. Danke, dass Sie mir Ihre Kugeln gezeigt haben.«

## Kapitel zweiundzwanzig

# RAUFEREI MIT EINEM SKELETT

Hatten Sie viele Kunden, Caine?«, erkundigte sich Shanti, als sie über den nassen Asphalt zum Wagen rannten.

»Keinen einzigen«, antwortete Caine. »Aber ich brenne darauf zu erfahren, was Sie da drinnen erlebt haben. Sie sehen ein bisschen erhitzt aus, wenn ich mir diese Bemerkung erlauben darf.«

»Dürfen Sie nicht, Caine. Was bei einer solchen Sitzung passiert, ist allein Sache zwischen dem Klienten und der Geistwelt. Moment mal! Was machen Sie denn jetzt schon wieder? Ich werde klitschnass!«

Er war wie angewurzelt stehen geblieben, als wäre er von einer Idee getroffen worden wie von einem Blitzschlag.

»Würden Sie bitte eine Minute warten, Shanti? Ich möchte etwas überprüfen, was Medusa gesagt hat.«

Sämtliche Einwände verschwanden wie die überfließenden Pfützen in Glastonburys gurgelnder Kanalisation. Während Caine auf dem Absatz kehrtmachte und noch einmal zum Third Eye zurücklief, duckte sich Shanti unter die Markise eines Ladens, der *Alles für die anspruchsvolle Hexe* anbot.

Was mochte Caine vorhaben? Und wovon zum Teufel hatte Medusa gesprochen? *Die Liebe Ihres Lebens ist näher, als Sie denken.*

Drei Minuten später kehrte er zurück, die nassen Haare fielen strähnig auf seine Schultern. Gemeinsam sprinteten sie zum Wagen.

»Und was sollte das jetzt?«, fragte Shanti, während sie die Klimaanlage aufdrehte, um den Beschlag von den Scheiben zu bekommen.

»Interessante Sache, Shanti. Erinnern Sie sich, dass Medusa zugegeben hat, sie habe mit Freunden und Familie über Ethans Auftrag gesprochen? ›Geprahlt‹ war das Wort, das sie benutzte.«

»Ja, das ist mir nicht entgangen. Das heißt, dass praktisch jeder in Glastonbury über die Kostüme Bescheid gewusst haben könnte.«

»Nun ja. Nur ist mir plötzlich aufgefallen, dass sie Glastonbury gar nicht erwähnt hat. Sie hat gesagt: ›Natürlich habe ich damit geprahlt – und zwar so sehr, dass ich meiner Familie und meinen Freunden im Dorf wahrscheinlich ziemlich auf den Geist gegangen bin. Alle wussten, dass die Kostüme hier hingen.‹«

»Und was wollen Sie damit sagen?«

»Glastonbury ist eine Stadt, richtig? Ich bin also noch einmal zu ihr zurückgegangen, um sie zu fragen, warum sie das Wort ›Dorf‹ verwendet hat. Es stellte sich heraus, dass sie gar nicht hier wohnt. Das ist auch der Grund dafür, warum sie den Laden während der Festivalzeit für gewöhnlich erst später öffnet. Sie lebt in einem kleinen Dorf ein paar Meilen von hier entfernt, und während des Festivals sind die Zufahrtsstraßen immer völlig verstopft.«

»Und das kleine Dorf heißt …?«

»Kilton.«

»Wow!«

»Und das ist noch nicht alles …«

»Ich höre.«

»Medusas beste Freundin ist die Barfrau aus dem Five Heads.«

»Sie meinen, die Bikerin, die den Blick nicht von Ihnen wenden konnte? Na schön, ich muss zugeben, das könnte tatsächlich von Bedeutung sein. Zu blöd, dass ich nicht selbst darauf gekommen bin. Nun, im Gegenzug erzähle ich Ihnen jetzt etwas, was Medusa zu mir gesagt hat, auch wenn das wahrscheinlich nicht mehr als ein Haufen Schwachsinn ist. Angeblich hat Ethan aus dem Jenseits mit ihr gesprochen. Wenn wir herausfinden, wen Ethan über alles geliebt hat, dann werden wir verstehen.«

»Ja«, sagte Caine. »Wir müssen Eve finden.«

Die Regentropfen prasselten mit einer solchen Wucht auf den Asphalt, als wollten sie zum dunklen Himmel zurückspringen. Hinter den auf Hochtouren arbeitenden Scheibenwischern bremste Shanti den Wagen auf Schrittgeschwindigkeit ab.

»Also gut, Caine. Ich habe den Ingrimm der Geistwelt auf mich gezogen, indem ich Ihnen verraten habe, was Medusa gesagt hat. Aber was ist mit Ihnen? Sie haben ausgesehen wie der Tod, als Sie aus dem Hinterzimmer kamen.«

»Ich habe den Tod erblickt.«

»O mein Gott. Wissen Sie, was? Ich habe Menschen dicke, die ständig in pseudomystischen Rätseln sprechen. Sagen Sie mir einfach klipp und klar, was passiert ist.«

»Sie hat mir die Karten gelegt und in eine der Kristallkugeln geblickt. Es war so klar … so anschaulich … wie ein luzider Traum …«

»Wie Schwachsinn in HD-Qualität?«

»Ich befand mich in einem Wettlauf mit dem Tod. Ich konnte spüren, wie meine Lungen zu platzen drohten, als ich versuchte, ihn einzuholen. Sein Mantel bauschte sich beim Rennen. Dann gingen wir ringend zu Boden. Sein Gesicht war grauenvoll – ganz braun und verwest.«

»Sie haben mit dem Tod gerungen?«

»Das ist richtig. Aber er ist mir entschlüpft.«

»Herrgott, Caine. Sie erinnern sich, dass Sie vor einer Weile für längere Zeit krankgeschrieben waren? Ich werde mal ein Wörtchen mit dem Superintendent reden müssen. Vielleicht kann er Sie noch etwas länger freistellen. Es wäre schön, wenn Sie sich einfach mal ausruhen und zu mentaler Stabilität finden könnten. Sie werden sehen, es wird Ihnen bald besser gehen. Aber in Wahrheit … in Wahrheit …«

»In Wahrheit was?«

»Tatsächlich bin ich diejenige, die langsam, aber sicher durchdreht. Uns bleiben noch genau anderthalb Tage, und alles, was wir haben, ist ein dampfender Misthaufen halb garer Ideen, außerdem einen Todes-Elektriker, eine alternde Diva, mordgierige Zwillinge und Love-ins in Jurten, und dann auch noch … Ach verdammt, Caine, ich glaube, mir platzt der Kopf. Und sollten Sie es unter diesen Umständen *wagen*, Meditation, Massage, Mäßigung oder sonst etwas vorzuschlagen, was mit M beginnt, wird sich Ihre düstere Vorahnung, dass Sie bald mit dem Tod ringen, schneller erfüllen, als Sie es sich vorstellen können.«

»Mord beginnt ebenfalls mit M.«

»Halten Sie die Klappe, Caine. Halten Sie einfach die Klappe.«

Schweigend fuhren sie zur Unworthy Farm, wo Shanti den Wagen parkte und sich von Primrose einen Regenschirm lieh – »Nichts zu danken, gern geschehen.«

Seite an Seite schritten die beiden DIs durch den Wolkenbruch, den Wasserfall von Totterdown Hill hinunter, vorbei am Five Heads und den vor Nässe glänzenden Grabsteinen des Friedhofs von Kilton. Die Luft war erfüllt von einem feucht-süßen Duft, den die ausgetrocknete Erde verströmte, die sich nun endlich satt trinken konnte.

»Ich werde mir noch einmal Sista Tremble vorknöpfen«, sagte Shanti laut unter dem Regenschirm. Die prasselnden Tropfen hörten sich an wie Trommelwirbel. »Vielleicht hat sie sich mittlerweile ein wenig beruhigt und beantwortet mir ein paar Fragen über ihre Vergangenheit mit Stigma.«

»Glauben Sie wirklich, dass sie in den Mord an Ethan verwickelt ist?«

»Ich habe keine Ahnung, aber irgendetwas muss ich ja tun. Ich denke, wir sollten vorübergehend getrennt ermitteln. Wir sind schließlich nicht an der Hüfte zusammengewachsen. Was haben Sie vor? Arbeiten, ausruhen oder vergnügen?«

»Ich nehme an, Buddha würde alle drei gleichzeitig empfehlen.«

»Das ergibt so wenig Sinn, dass es fast schon wieder Sinn ergibt.«

»Ich werde mir den Brief der Arztpraxis vornehmen, den Sie in Ethans Zimmer gefunden haben. Außerdem wollte ich mich mit Benno und einigen der Uniformierten kurzschließen.«

»Es gibt bei diesem Fall keine Uniformierten. Ich habe Benno angewiesen, dass alle Zivil tragen sollen.«

»Wie dem auch sei – hoffen wir mal, der Regen hört bald auf. Es sollen heute Abend und morgen einige großartige Bands auftreten.«

»Wissen Sie, wie sehr auf einer Skala von eins bis zehn mich das interessiert, Caine? Eins. Wenn nicht gar null. Warum müssen Sie mir eigentlich so nahe kommen?«

»Entschuldigung. Der Schirm ist nicht sonderlich groß. Hier, nehmen Sie ihn.«

»Ich teile ja gern, aber ein gewisser körperlicher Abstand sollte doch gewahrt bleiben.«

Als Shanti und Caine das Festivalgelände erreichten, hatte der Regen wahrhaft biblische Ausmaße angenommen und die Stimmung von sonnengebackener Entspanntheit zu fieberhaftem Gewusel und trübseliger Schutzsuche vor der Sintflut geführt. Die Standinhaber deckten verzweifelt ihre Waren ab. Teenagergruppen, die ihre Zelte gedankenlos in den Senken aufgestellt hatten, waren eifrig damit beschäftigt, ihre klatschnassen Habseligkeiten zu retten. Ein paar betrunkene Spinner machten in den braunschwarzen Pfützen Schlammrutschen.

»Guten Tag, Miss«, sagte eine Stimme neben Shanti.

Sie drehte sich um und sah einen langhaarigen Mann mit einem Zapata-Schnurrbart und blauer Sonnenbrille unter dem tropfenden Rand eines offenen Festzelts.

»Der Herr gebe mir Kraft, Spalding. Ich sagte Zivilkleidung, kein Pantomimenkostüm.«

»Ich versuche lediglich, mich unter die Menge zu mischen, Miss. Genau, wie Sie es wollten. Warten Sie erst ab, bis Sie Dunster sehen ... Augenblick mal ... Er meldet sich gerade.« Er zog verstohlen ein Funkgerät aus seinem Poncho, aus dem ein lebhafter Redeschwall drang.

»Was sagt er, Spalding?«

»Sie werden es nicht glauben – Dunster hat ihn auf der Other Stage entdeckt.«

»Wo?«

»Auf der Other Stage – das ist die Bühne gleich hinter der Pyramid Stage, die mit dem Blick auf Glastonbury und den Tor.«

»Aha. Und wen hat er da entdeckt?«, wollte Shanti wissen.

»Den Tod«, antwortete Spalding. »Dunster sagt, er habe ihn mit dem Foto von dem Überwachungsvideo verglichen, und er ist sich zu neunundneunzig Prozent sicher, dass er unser Mann ist. Scheint so, als sei der Tod ein Lil-Bisto-Fan.«

»Klar«, erwiderte Shanti. Dann: »Ich möchte, dass das profimäßig gehandhabt wird. Sagen Sie Dunster, er darf den Verdächtigen auf keinen Fall aus den Augen verlieren. Sobald er sich in Bewegung setzt, soll er ihm mit etwas Abstand folgen. Wir sind schon unterwegs.«

»Es geht schneller, wenn ich schon mal vorlaufe«, bot Caine an. »Wir sehen uns dort.«

Noch bevor Shanti etwas erwidern konnte, war er schon davongeschossen und schlängelte sich geschickt durch die bis auf die Knochen durchnässte Menschenmenge. Shanti und Spalding folgten ihm.

Trotz des Wolkenbruchs und des bedrohlich grummelnden Himmels hatte sich eine große Menge in Plastikumhänge gehüllte Fans vor der Other Stage versammelt und nickte begeistert hüpfend mit den regenhutverhüllten Köpfen, während Lil Bisto kreischend über die Bühne tanzte. Caine richtete sich zu voller Größe auf und überblickte das Gewühl. Keine Spur von Dunster, keine Spur von dem Verdächtigen.

Als Caine auf eine leicht erhöhte Stelle vor der Bühne zuging, wo sich mehrere Menschen unter einer Eiche zusammendrängten, bemerkte er aus dem Augenwinkel Bewegung, eine Art Aufruhr, und tatsächlich: Weniger als fünfhundert Meter entfernt fand ein außergewöhnlicher Abtausch statt. Nur in Glastonbury konnte die Auseinandersetzung zweier derart seltsam gekleideter Kontrahenten als banale, wenngleich nervige Ablenkung von der Bühnenshow durchgehen. Entschuldigungen vor sich hin murmelnd, schlängelte Caine sich durch die Menge, dann sah er Dunster in einer haarsträubenden Polizeiuniform aus dem Kostümladen – einem blauen Einteiler mit riesigen Silberknöpfen, einem winzigen Helm und übergroßen Stiefeln –, der sein Bestes gab, die abscheuliche, mit einem roten Samtcape verhüllte Figur des Todes zu verhaften. Noch während er sich durch den Wirrwarr aus Regenschirmen quetschte, hörte er, wie Dunster sagte: »Könnte ich Sie kurz sprechen, Mr. Tod?«

Der Tod starrte den ulkigen Polizisten aus den madenumwundenen Augenhöhlen in seinem verwesten Gesicht an, dann riss er sich los und gab Fersengeld. Eilig nahm Caine die Verfolgung auf.

Es war schwierig, über die glitschige Wiese zu laufen, aber Caine jagte das Skelett im roten Mantel durch die fluchende, rempelnde Menge. Am Rand des Bühnengeländes angekommen, verschwand der Tod in einem schmalen Durchgang zwischen tropfenden Zelten und Unterständen, im Laufen über Seile, Kabel und Holzstangen springend.

Ein Gefühl der Panik überwältigte Caine, weil er meinte, er habe ihn verloren. Der Himmel war so dunkel geworden, dass er stehen bleiben und in die Sintflut starren musste, nass bis auf die Haut. Es donnerte und blitzte, doch er bemerkte es kaum.

Angestrengt hielt er Ausschau nach Shanti, Dunster, Spalding oder irgendwem, der die Dringlichkeit der Situation verstand – vergeblich. Er war allein.

In seinem peripheren Gesichtsfeld nahm er ein flüchtiges Aufblitzen von Rot unter dem Dach eines offenen Festivalzelts wahr, in dem ein Kunst-Workshop für Kinder stattfand. Er hörte Schreien und Rufen, dann strömten die erschrockenen Kinder in den Regen hinaus. Caine rannte ins Zelt, gerade rechtzeitig, um auf der anderen Seite den so gruselig kostümierten Flüchtigen hinausstürmen zu sehen. Er nahm die Verfolgung wieder auf, wobei er zum Entsetzen der Eltern über ein kleines Kind sprang, das schlafend auf einer Decke lag.

Der Tod sprintete über eine freie Fläche auf ein großes Festivalzelt zu, in dem eine hitzige politische Debatte stattfand. Der Politiker auf dem Podium trat mit wilder Überzeugung für seine Sache ein, aber die Menge war offenbar ganz klar anderer Ansicht. Die kapuzenverhüllte Gestalt bahnte sich einen Weg durch die Zuhörer, stieß gegen Kameras und trat auf Kabel. Caine drängte sich, weitere atemlose Entschuldigungen stammelnd, ebenfalls durch die Menge. Im nächsten Moment unternahm das rot bemäntelte Skelett einen rutschigen Sprint über ein offenes Feld, auf dem sich eine verzweifelte Schlange vor einer WC-Anlage gebildet hatte. Der Regen hatte den Boden in Schlamm verwandelt, der zwischen den braunen Grashalmen Blasen warf. Auf einmal sah Caine, wie der Tod ausrutschte, ins Taumeln geriet und mit dem Gesicht voran in den Matsch fiel. Binnen einer Sekunde stürzte er sich auf ihn.

»Wie erbärmlich«, sagte eine Frau voller Abscheu, als sie sich raufend im Schlamm wälzten. »Glasto ist ein Festival der Liebe und Freundlichkeit. Es sind auch Kinder hier. Wenn ihr Idioten euch unbedingt prügeln wollt, dann geht doch zu Hause in den Pub.«

Caine wollte es ihr erklären. Wollte ihr sagen, dass er auf ihrer Seite war. Dass er sich als aufrichtigen Verfechter des Friedens sah und dass er sich nichts weniger wünschte, als mit einem scheußlichen Skelett in diesem stinkenden Morast einen Ringkampf auszutragen. Doch er fand nicht die richtigen Worte. Die zu erledigende Aufgabe war derart erschöpfend, dass sie jedes Gramm an Energie benötigte, das er aufbringen konnte. Es gelang ihm, dem Mann einen Arm auf den Rücken zu drehen, aber sein Gegner war so schlüpfrig wie ein Aal. Jedes Mal, wenn Caine versuchte, sich auf die Knie aufzurichten, grub er sich noch tiefer in den Matsch.

Auf einmal kam ein muskulöser Mann in einem Rollstuhl angefahren und zog den Tod auf die Füße.

»Nein!«, rief Caine flehentlich. »Das ist der falsche Mann!«

Aber der Tod hatte sich bereits hochgekämpft. Caine warf einen letzten flüchtigen Blick auf den grausig grinsenden Schädel, dann schwankte die Gestalt im roten Mantel eilig davon und verschmolz mit der Menge.

Nicht weit davon entfernt, in dem Areal, das bekannt war als Shangri-La und der Außenseiterkunst und Subkultur vorbehalten war, hatte Shanti Spalding verloren.

Sie schüttelte ihren Schirm aus und betrat ein Szenario, das direkt aus einem dystopischen Film hätte stammen können – beklemmende, graffitibeschmierte Gassen und die zweigeschossige Fassade eines neonbeleuchteten Hotels. Shanti passierte ein riesiges Portal aus recycelten Plastikflaschen und fand sich auf einer Pflegestation für Psychiatriepatienten wieder. Auf mehreren Reihen eiserner Bettgestelle schliefen betrunkene Festivalbesucher ihren Rausch aus, umsorgt von bärtigen Krankenschwestern in knappen Uniformen, die mit riesigen Spritzen ausgerüstet waren.

Als sie weiterging, gelangte sie in eine düstere Cabaret-Bar mit dem treffenden Namen PugUgly – potthässlich –, in der die vor dem Regen geflüchteten Festivalbesucher Cocktails schlürften und wo auf der kleinen Bühne der Auftritt für den heutigen Abend geprobt wurde. Die Darsteller wanden und wälzten sich in makabren S&M-Outfits im grünen Stroboskoplicht. Shanti kaufte sich eine große Cola light und entdeckte einen freien Platz an einem Tisch weiter hinten.

Als sie – vergeblich – versuchte, Caine auf seinem Handy zu erreichen, geschah etwas Merkwürdiges. Zunächst reagierte sie kaum. Fast jeder hier war seltsam gekleidet, von daher dauerte es einen Moment, bis der Adrenalinschub einsetzte, nachdem sie die tropfnasse, schlammverschmierte Gestalt des Todes in die Bar hatte kommen sehen.

Er blieb direkt vor der kleinen Bühne stehen, augenscheinlich erschöpft vor Anstrengung. Shanti stand auf, ging mit eiligen Schritten auf ihn zu – und machte einen Hechtsprung.

Während die Fetischtänzer nach hinten taumelten, drückte Shanti den Tod auf die Bühne. Mit einer geschmeidigen Abfolge von Bewegungen rollte sie ihn auf den Bauch, fesselte ihm die Hände mit Handschellen auf dem Rücken und drehte ihn wieder um.

Dann steckte sie je einen Finger in die beiden madenumwundenen Augenhöhlen und zog ihm die Pappmaschee-Maske vom Gesicht.

## Kapitel dreiundzwanzig

# DER MANN HINTER DER MASKE

Ich habe nichts getan«, sagte der schmalgesichtige Mann hinter der Maske.

»Und ob«, blaffte Shanti. »Ich verhafte Sie wegen des dringenden Verdachts, einen Mord begangen zu haben. Sie haben das Recht zu schweigen …«

»Krass«, sagte eine der latexbekleideten Cabaret-Tänzerinnen. »Coole Nummer.«

Ein Knie fest auf die Brust des Mannes gedrückt, zog Shanti ihr Handy aus der Tasche. »Benno, ich bin im … Entschuldigung? Wo zum Teufel bin ich eigentlich?«

»Shangri-La!«, rief eine Frau aus dem Publikum.

»Früher mal Lost Vagueness«, ergänzte ein anderer.

»Auf dem Shangri-La-Areal, Benno. In einer Bar namens …?«

»PugUgly!«, brüllte das Publikum unisono.

»In einer Bar namens PugUgly. Komm her, so schnell du kannst. Ich habe unseren Mann. Ach, bring Caine mit, falls du ihn findest. Hier gibt es eine Krankenstation, sollte er gern ein Nickerchen machen wollen.«

Als Benno, Caine und ein kleines Team mit dem Geländewagen eintrafen, hatte Shanti den Mann bereits draußen gegen eine Wellblechwand gedrückt. Der Regen ließ langsam nach.

Caine stieg aus. Er sah erschöpft aus und war völlig durchweicht. Sein Gesicht und seine Haare waren schlammverschmiert.

»Es tut mir leid, Shanti. Er ist mir entwischt. Wie haben Sie ...?«

»Tja, ich war eben zur rechten Zeit am rechten Ort. Und nun zu Ihnen, Sir: Würden Sie meinen Kollegen bitte mitteilen, was Sie mir gesagt haben?«

Sie schob den Verdächtigen zu Benno hinüber, der ihn fest am Arm fasste. Der Mann hinter der Maske war dunkelhäutig, unrasiert, Ende zwanzig und hatte einen goldenen Schneidezahn.

»Wie ich schon sagte: Ich habe nichts getan.«

»Sie sind in einen Laden eingebrochen und haben dieses Kostüm gestohlen.«

»Nein. Habe ich nicht.«

»Fangen wir doch mal von vorn an«, schlug Benno vor. »Wie heißen Sie, Sir?«

»Ben.«

»Und der Nachname?«

»Ben Dunnit.«

»Woher haben Sie das Kostüm, Mr. Dunnit?«

»Das habe ich schon Ihrer Kollegin zu erklären versucht – ich habe ein Ticket für das Festival und habe nichts Unrechtes getan. Ich bin per Anhalter von Newcastle gekommen, aber ich habe länger gebraucht als geplant, deshalb bin ich erst seit heute Morgen hier.«

»Das Kostüm?«

»Das war doch nur ein Scherz ... ich habe es doch noch gar nicht lange.«

»Was soll das heißen – Sie haben es noch gar nicht lange?«

»Ich ... Na gut, ich habe doch etwas Unrechtes getan: Ich habe ein Fahrrad geklaut.«

»Sie haben ein Fahrrad geklaut?«

»Hören Sie, ich habe fast zwei Tage gebraucht, um hierherzukommen. Die letzte Nacht habe ich an einer Tankstelle geschlafen. Ich war völlig gerädert, als ich hier eintraf, und dann wimmelte es nur so von Cops. Ich bin in einen Pub gegangen und habe mir ein paar Drinks genehmigt. Alle hatten nur ein Thema – Sie wissen schon, Ethan Flynn. Anscheinend war ich der letzte Mensch auf diesem Planeten, der von seinem Tod erfuhr. Als ich den Pub verließ, war ich ziemlich angeschlagen. Ich bin eine Straße in Richtung Festival entlanggeschlendert und musste dringend pinkeln, aber es waren ja überall Polizisten, also hab ich mich in die Büsche geschlagen. Und da hab ich das Fahrrad entdeckt. Es lag im Gestrüpp. Ich hab es herausgeholt und bin das letzte Stück zum Festival geradelt – die ganze Strecke bergab.«

»Nur damit wir das richtig verstehen – Sie sind von Newcastle zum Festival getrampt …«

»Was fast zwei Tage gedauert hat.«

»Dann sind Sie auf ein paar Drinks in ein Pub eingekehrt. Als sie wieder herauskamen, sind Sie in die Büsche gegangen und haben ein besitzerloses Fahrrad entdeckt.«

»Es war nicht einmal abgeschlossen.«

»Also haben Sie entschieden, mit diesem Fahrrad zum Haupteingang zu fahren.«

»Dort habe ich mein Ticket vorgezeigt, aber man wollte mich mit dem Fahrrad nicht reinlassen. Ich sollte es bei den anderen Fahrrädern und Motorrädern auf dem Parkplatz abstellen.«

»Und was ist nun mit dem Kostüm?«

»Das steckte in einer Tüte in einer Gepäcktasche. Ich dachte, es wäre dumm, wenn ich nicht mal einen Blick hineinwerfe, aber außer dem Mantel, der Maske und dem Skelettanzug waren nur noch ein paar Werkzeuge in den Taschen. Super Qualität, das sah man gleich.«

»Sie haben das Kostüm also angezogen und damit das Festivalgelände betreten.«

»Das war bloß ein Scherz.«

»Wo ist das Werkzeug?«

»Noch in der Gepäcktasche, soweit ich weiß.«

»Was ist dann passiert?«

»Nichts. Ich habe mir gerade den Auftritt von Lil Bisto angesehen, als dieser Scherzkeks hier versucht hat, mich zu schnappen ...« Er deutete anklagend mit dem Finger auf Dunster. »Es ist mir gelungen, abzuhauen. Aber dann hat *der* da die Verfolgung aufgenommen ...« Der Finger schweifte weiter zu Caine. »Ist mir meilenweit hinterhergerannt, bis ich in einer Schlammpfütze gelandet bin. Sehen Sie nur, wie ich ausschaue.«

»Warum sind Sie abgehauen, wenn Sie nichts Falsches getan haben?«

»Ich hab's doch gerade zugegeben: Ich habe ein Fahrrad geklaut.«

»Und wir finden das Fahrrad auf dem Parkplatz, oder?«

»Es sei denn, jemand anders hat es sich unter den Nagel gerissen.«

»Also gut, Mr. Dunnit«, sagte Shanti. »Sie haben für jede Menge Ärger gesorgt und Sie haben die Polizei wertvolle Zeit gekostet. Steigen Sie jetzt bitte ein, wir müssen Ihre Aussage aufnehmen, und zwar bis ins kleinste Detail. Ich will genau wissen, wo Sie das Fahrrad gefunden haben, außerdem wäre es gut, wenn jemand Ihre Story bestätigen könnte. Wenn das, was Sie behaupten, der Wahrheit entspricht, dürfte es nicht länger als ein, zwei Stunden dauern.«

»Ach, kommen Sie«, jammerte Dunnit. »Heute Abend tritt Ulalla Strump auf. Die ist echt geil ...«

# Kapitel vierundzwanzig

## MOND DER VERDAMMNIS

Ein monumentaler Regenbogen überspannte das Tal.

Caine duschte, zog sich saubere Klamotten und trockene Stiefel an und machte sich auf den Weg zum Hundred Monkeys Café, wo er zusammen mit Misty eine leichte Mahlzeit zu sich nahm.

Seine Schwester brannte darauf, sich eine Band anzusehen und anschließend eine weitere Nacht durchzutanzen, aber Caine entschuldigte sich, küsste sie liebevoll und machte sich daran, gegen den Strom der glücklichen Festivalbesucher hügelaufwärts zu steigen.

Unterwegs kam er an zahlreichen Zelten vorbei, denen das Unwetter schwer zugesetzt hatte, und hielt inne, um einem jungen Paar zu helfen, das angestrengt versuchte, sein Lager an einer trockeneren Stelle aufzuschlagen.

Die Gebetsfahnen hatten sich in tropfende Stoffstreifen verwandelt, doch das alte weiße Zelt hatte sich gegen die Fluten behauptet, die inzwischen in einen sanften Nieselregen übergegangen waren.

Hinter dem Glastonbury Tor ging die Sonne so langsam unter, als würde sich ein alter Mann in seinem Bett auf einen Kissenberg sinken lassen. Eine Amsel schüttelte im Weißdorn ihre nassen Federn und sang ein Abendlied, dessen reine Schönheit das Hämmern des Festivals in der Talsenke übertönte. Nur Caine allein hörte ihr zu, während er das Feuer anzündete und sich einen Kamillentee aufbrühte. Anschließend krabbelte er in sein Segeltuch-Zuhause und legte sich schlafen.

Ihre Tasche und eine große Portion Pommes frites in der einen, den Schirm in der anderen Hand, verließ Shanti das Festivalgelände und machte sich auf den Weg zurück zur Unworthy Farm. Im schwindenden Licht sah die uralte Steinkirche von Kilton aus, als wäre sie aus Bronze gehämmert.

Die ganze Zeit dachte sie über diesen merkwürdigsten aller merkwürdigen Fälle nach. Morgen war Sonntag. Dann würde die gesamte Zeltmetropole zusammenpacken und sich in hunderttausend verschiedene Richtungen zerstreuen – mittendrin der Mörder von Ethan Flynn.

Was für eine Enttäuschung vorhin vor dem Cabaret! Sie war fest davon ausgegangen, dass sie den richtigen Mann festgenagelt hatte, war überzeugt gewesen, dass unter der Schädelmaske Tyrones hämisch grinsendes Gesicht zum Vorschein kommen würde. Oder wenigstens einer von der Flynn-Entourage. Stattdessen hatten sie einen kleinen Fisch wie Ben Dunnit drangekriegt.

Natürlich konnte das Fahrrad nützlich sein – vorausgesetzt, sie fanden es. Benno hatte versprochen, zwei uniformierte Kollegen zum Parkplatz zu schicken. Wenn sie Glück hatten, würden Dawn und ihre Leute auf Fingerabdrücke oder DNA-Spuren stoßen, doch das konnte Tage, wenn nicht gar Wochen dauern.

Morgen früh wollte sie sich als Erstes mit Caine treffen. Ihr Kollege beharrte darauf, mit der gepiercten Barfrau aus dem Five Heads zu sprechen, doch was Shanti anging, so war sie sich sicher, dass die Spur von Medusa keineswegs oberste Priorität hatte. Ihr Fokus blieb nach wie vor stur auf Tyrone gerichtet. Er hatte sich Shanti zum Feind gemacht – ein Fehler für jeden Mann.

Im Dorf herrschte noch immer ein absolutes Verkehrschaos, und mehrere erschöpfte Uniformierte gaben ihr Bestes, die Lage unter Kontrolle zu halten. Shanti wusste, dass sie Anweisung hatten, ein besonderes Augenmerk auf verdächtige Personen zu legen, die die Gegend besuchten oder verließen. Als sie die Hauptstraße entlangmarschierte, sah sie, wie mehrere Fahrzeuge gestoppt und die Fahrer befragt wurden. Es musste sein, dachte sie, wenngleich die Chancen schlecht standen, jemand anderen festzunehmen als ein paar betrunkene oder unter Drogen stehende Fahrer.

Sie schüttelte die Traube hartnäckiger Reporter ab, nahm die Abzweigung zum Totterdown Hill und rief ihre Mum an.

»Paul geht es gut«, versicherte ihr Amma. »Er sieht dich hin und wieder im Fernsehen, aber jetzt schläft er tief und fest. Das Fußballtraining war anstrengend.«

»Hat er gesagt, ich würde ausschauen, als hätte ich in einer Hecke übernachtet?«

»Er hat gesagt, du würdest aussehen wie Superwoman.«

»Mensch, Mum!«

»Und dann hat er noch gesagt, wie schön du bist und wie stolz wir beide auf dich sein können.«

»Im Ernst, Mum – ich habe mich noch nie im Leben weniger wie Superwoman gefühlt.«

»Was macht mein Freund Vincent Caine?«

»Ein hoffnungsloser Fall.«

»Ach, komm schon, Shanti, ich bin mir sicher, du meinst das nicht so. Ich mag Vincent.«

»Das weiß ich, Amma.«

»Bist du bei der Jagd nach Ethans Mörder weitergekommen?«

»Du weißt doch, dass ich nicht über den Fall reden darf. Wenn du mir helfen willst, verrat mir, wie ich heute Nacht gut schlafen kann.«

»Nimm ein heißes Bad. Und ein paar Schlaftabletten, Liebes. Einmal schadet das bestimmt nicht.«

»Vielleicht hast du recht. Ich muss dringend mal abschalten.«

»Pass auf dich auf, Shanti.«

»Mach ich, Mum. Ich hab dich lieb.«

Es gelang Shanti, das Bauernhaus zu betreten, ohne jemandem zu begegnen – auch nicht dem rattengesichtigen Terrier oder seinem frappierend an Mr. Punch erinnernden Herrchen. Geräuschlos schlich sie die Treppe hinauf, dann blieb sie auf dem oberen Absatz stehen und drückte ein Ohr an die Tür der Flieder-Suite. Von drinnen war kein Laut zu hören. Sie sperrte mit dem großen Schlüssel auf und betrat vorsichtig das Zimmer. Anschließend verbrachte sie ganze fünf Minuten damit, jeden Schrank und jede Nische zu überprüfen, und warf sogar einen Blick unters Bett und ins Bad. Erst dann zog sie die Vorhänge vor, sperrte von innen ab und klemmte wie in der Nacht zuvor die Stuhllehne unter den Türknauf.

Junge, Junge, das Bad tat gut. Caines Badeöle waren wahrhaftig entspannend. Und was konnte es schon schaden, ein paar Schlaftabletten zu nehmen, solange das nicht zur Gewohnheit wurde? Sie schluckte eine mit etwas Wasser, dann eine zweite – nur für alle Fälle. Morgen Nacht würde sie wieder in ihrem eigenen Bett liegen. Spätestens am Montag. Verhaftung hin oder her – niemand könnte behaupten, sie habe nicht ihr Bestes gegeben. Zumindest Mum und Paul waren stolz auf sie.

Die Baumwolldecken des riesigen Bettes waren wie erwartet kühl, aber sie war gut gerüstet mit ihrem T-Shirt unter dem Schlafanzug und einem Pulli obendrüber. Shanti lehnte sich gegen den riesigen Kissenstapel und überflog die Nachrichten auf ihrem Handy, während sie bereits die wohltuende Wirkung der Schlaftabletten spürte, die in ihren Blutkreislauf einsickerten.

Schläfrig rief sie die Fernsehberichterstattung zum Fall auf und ging flüchtig ihre eigenen Pressestatements durch. Auf YouTube entdeckte sie etwas, was sie bislang nicht gesehen hatte – den Anfang des Stigma-Gigs, bei dem der wunderschöne Ethan die Pyramid Stage betrat, barfuß und mit fließenden Klamotten. Die Aufnahmen mussten von einer Steadicam auf der Bühne stammen, was Shanti eine Vorstellung vermittelte, wie das riesige Publikum von dort oben aussah – eine endlose Masse knolliger Köpfe. Wie seltsam das war. All diese Schädel. All diese Gehirne. Wie ein Feld mit Hunderttausenden von Steckrüben. All die Augen, gerichtet auf einen einzigen Mann – Ethan Flynn … Vielleicht machte sich aber auch nur die Wirkung der Tabletten bemerkbar, die sie stets ein wenig verwirrten, bevor sie sie die lange, watteweiche Leiter ins Reich des Schlafes emportrugen.

Das Mikrofon in einer Hand, eine Mandoline in der anderen, begann der bleiche Wunderknabe mit einer nuscheligen Rede, die mit den Worten »Dangescheen, Glastonbury« anfing. Er erzählte seinen Fans, dass Stigma noch Teenager waren, als sie das letzte Mal auf dieser Bühne gespielt hatten, und dass »seitdem 'ne Menge Scheiße passiert is'«. So hatten er und Tyrone zum Beispiel ihren Dad, Frankie Flynn, verloren – »Dange, Dad. Liebe dich, Mann.« Er erinnerte sein riesiges Publikum daran, dass der Tod allgegenwärtig war. »Tod und Leben sinn wie Zwillinge, stimmt's, Tyrone?«, sagte er und mahnte seine verzückten Fans, dass sich genau aus dem Grund alle lieben sollten. Schließlich verkündete er, dass vor Kurzem etwas Wundervolles passiert sei – jemand ganz Besonderes sei in sein Leben eingetreten und habe ihn dazu bewegt, »noch mal über alles nachsudengen«.

Die Kamera schwenkte zum anderen Ende der Bühne, wo Tyrone sichtlich schäumte vor Ungeduld und Verärgerung.

»Das hier is' für sie«, schloss das bleiche Genie, »für die eine, die ich mehr liebe als alles andere auf der Welt. Was auch mit mir passiert – ich will, dass sie immer daran denkt. Dangescheen. Ich liebe euch alle …«

Das war der Moment, in dem Shanti ins Reich der Besinnungslosigkeit eintauchte. Das Telefon rutschte aus ihrer Hand und über die Kante des gigantischen Himmelbetts. Ihr letzter Gedanke galt Queenie, denn heute, so hatte Ethans Mutter verkündet, war die dritte Nacht nach dessen Tod. Die Nacht von Ethans Wiederauferstehung.

Caine lag in seinem Schlafsack, dicht bei Mutter Erde, und konnte nicht schlafen. Das war ungewöhnlich für ihn. Aber wenn er schon nicht schlafen konnte, konnte er zumindest meditieren.

Er stand auf und trat aus dem Zelt, wo er sich zunächst ein wenig streckte, dann setzte er sich mit überkreuzten Beinen neben die Reste seines Lagerfeuers. Ein frischer Wind hatte das Unwetter weggeweht, die Nacht war absolut klar. Im Tal funkelten die Lichter des Festivals, hoch oben über seinem Kopf blickte ein riesiger Mond auf alles herab – so scharf umrissen, dass Caine sogar die Krater und Vulkane des hell scheinenden Himmelskörpers ausmachen konnte.

Jetzt verstand Caine den Grund für seine Rastlosigkeit. Der Vollmond brachte ihn jedes Mal aus dem Gleichgewicht. Wie oft war er als Junge zum Fenster getappt, während alle anderen im Haus schliefen! Der kleine Vincent hatte die Vorhänge zurückgezogen und zu dem weisen Auge hinaufgeblickt. Er hatte beinahe das Gefühl, sie würden einander kennen – das unschuldige Kind und der uralte Mond.

Später, als junger Mann, hatte er von seinem Lehrer Tu erfahren, wie wichtig der Vollmond für jedes buddhistische Fest war. Er wusste, was für eine bedeutungsvolle Rolle der Mond bei vielen Kulturen spielte, wie er Ebbe und Flut und den weiblichen Zyklus beeinflusste. Für die Heiden war der Vollmond eine Zeit des Wahnsinns und Unheils – dorther kam auch das Wort »lunatisch« – mondsüchtig.

Eine Stunde oder mehr verstrich, dann stand Caine auf, berührte mit den Fingerspitzen die Stirn in einer Geste der Verehrung und kehrte in sein Zelt zurück. Er spürte, dass die heutige Nacht und der folgende Tag ausgesprochen seltsam werden würden.

Im Traum steckte Shanti ihre Fingerspitzen tief in die Augenhöhlen des Todes und zog, so fest sie konnte, um ihm die Maske vom Gesicht zu reißen. Wer lag da vor ihr, eingeklemmt von ihren Knien? War es Tyrone? Oder Ethan? Mit einem letzten Ruck löste sie die Maske von seinem Gesicht und starrte in das schwarze Nichts dahinter. In der rostbraunen Hirnschale wimmelte es nur so von Maden.

Shanti bemühte sich angestrengt, wach zu werden. Die Tabletten … die verdammten Schlaftabletten hatten ihre Glieder so schwer gemacht, dass sie sich nicht vom Fleck rühren konnte. Ihre Augenlider waren fest geschlossen und ließen sich nicht öffnen. Zu ihrem Entsetzen hörte sie Geräusche im Zimmer. Jemand ging mit tappenden Schritten auf und ab. Wenn sie doch nur aufwachen, ihre Augen öffnen könnte! Könnte sie doch nur atmen …

Queenie hat recht behalten. Er war hier! Ethan war zurückgekehrt. Hier war er, kniete auf ihrer Brust, drückte sie tiefer und tiefer in dieses hausgroße Bett.

Sie hörte ihn flüstern: »Finde sie für mich. Finde die eine, die ich mehr liebe als jeden anderen. Dann wirst du verstehen. Dangescheen. Vielen, vielen Dang …«

Mit einer letzten übermenschlichen Anstrengung zog Shanti einen großen Schwall kalter Luft in ihre Lungen und setzte sich ruckartig auf.

Es war alles ein grässlicher Albtraum gewesen. Das Zimmer war kühl und leer. Der Wind hatte das alte Fenster aufgedrückt, und hinter den flatternden Gardinen sah sie einen riesigen Mond, der den Raum in einen silbrigen Glanz tauchte.

»Heilige Scheiße!«, japste sie und schüttelte den Kopf, um die Wirkung der Schlaftabletten zu vertreiben, die ihr Gehirn vernebelt hatten. Sie schwor sich, das Medikament nie wieder zu nehmen, dann schwang sie die Füße aus dem Bett, um das Fenster zu schließen.

Sie war noch nicht aufgestanden, als etwas ihre Aufmerksamkeit erregte.

Etwas Weißes, Glänzendes zwischen den kunstvollen Schnitzarbeiten oben am Bett.

Der Mondschein fiel auf einen hell leuchtenden Gegenstand, der in den dunklen Holzstreben des Betthimmels verborgen war. Vermutlich war es eine optische Täuschung, hervorgerufen durch das Licht, aber eine der grässlichen Wasserspeierfratzen schien strahlend weiße Zähne zu besitzen.

Zitternd stellte sich Shanti aufs Bett und ging vorsichtig über die trampolinartige Matratze. Jetzt konnte sie es klar erkennen: das polierte Gesicht eines Grimassen schneidenden Mannes, aus dunklem Eichenholz geschnitzt. Er hatte etwas Kleines, Weißes im Mund …

Keine Zähne, sondern ein eng zusammengefaltetes Blatt Papier. Sie versuchte, es herauszuziehen, aber ihre Beine schwankten auf der weichen Matratze, und ihre Finger passten nicht in den schmalen Spalt.

Sie kletterte vom Bett auf den kalten Fußboden und schloss das Fenster. Danach schaltete sie das Licht an und durchwühlte ihre Kulturtasche nach einer Pinzette.

Anschließend kehrte sie aufs Bett zurück und zog behutsam das Papier hervor, das sie lediglich mit den Spitzen der Pinzette berührte. Immerhin war es ein mögliches Beweisstück.

Mittlerweile hellwach, legte sie den Gegenstand vorsichtig auf die mit einer Glasplatte abgedeckte Kommode. Sie nahm ein Päckchen Latexhandschuhe aus ihrer Tasche, dann machte sie sich auf die Suche nach ihrem Handy, das ihr beim Einschlafen aus der Hand gerutscht war. Nach einer ganzen Weile entdeckte sie es vor dem Bett auf dem Fußboden. Im hellen Schein der Taschenlampe streifte sie die Handschuhe über und faltete das Papier auseinander.

Es war ein eng beschriebenes Notenblatt mit der Überschrift: *Song For Eve.* Überall fanden sich Symbole und Notenschlüssel und Noten, die Shanti nichts sagten. Unter den horizontalen Linien jedoch entdeckte sie einen seltsamen, rätselhaften Liedtext in einer eleganten, nach rechts geneigten Handschrift. Sie las den ersten Vers laut:

*»Sleepy creature of the sacred dome*
*Spread your wings, it's time to fly from home …«*

*Schlafendes Geschöpf der heiligen Kuppel*
*Breite deine Flügel aus, es ist Zeit, dem Heim zu entfliegen …*

Was bedeutete das? Shanti machte mehrere Fotos, dann steckte sie das Blatt Papier vorsichtig in eine Plastiktüte.

Es dauerte noch Stunden, bevor sie wieder einschlief.

# Kapitel fünfundzwanzig

## DIE TRAGÖDIE

»Nehmen Sie Ihre Füße vom Bett, Caine.«

Er starrte ungläubig auf die Musikpartitur in der Beweismitteltüte. Draußen zwang unablässiges Glockengeläut die Gläubigen von Kilton in die Knie.

»Das ist etwas ganz Besonderes, Shanti! Sie haben Ethans letzten Song gefunden.«

»*Ich* bin etwas ganz Besonderes, Caine ... Was machen Sie hier eigentlich?«

»Hm? Ach so, ich habe wie verabredet vor dem Five Heads auf Sie gewartet, aber Sie sind nicht erschienen.«

»Ja, ich habe eine anstrengende Nacht hinter mir.«

»Ich habe mir Sorgen gemacht, als Sie nicht ans Telefon gegangen sind.«

»Das ist zutiefst berührend.«

»Deshalb bin ich den Hügel hinaufspaziert. Primrose hat gesagt, Sie würden zum Frühstück runterkommen, doch als Sie auch dort nicht erschienen sind, dachte ich mir, ich bringe Ihnen einen Tee.«

»Nun, das weiß ich zu schätzen. Und was halten Sie da in der Hand?«

»Wildblumen. Ich habe sie unterwegs auf dem Totterdown Hill gepflückt. Ich dachte, sie würden Sie aufmuntern. Sie haben eine harte Woche hinter sich.«

»Herrgott, Caine. Das ist absolut unangemessen.«

»Ich verstehe nicht …?«

»Ich bin im Dienst. Detective Inspector. Ihr Partner. Wir stecken mitten in einem Mordfall.«

»Ich verstehe noch immer nicht. Was schaden denn ein paar Blumen?«

»Oh, ich weiß gar nicht, wo ich da anfangen soll … Okay, jetzt stehe ich erst einmal auf. Würden Sie bitte wegsehen, während ich aus dem Bett steige? Nicht dass Sie noch etwas Verstörendes zu Gesicht bekommen …«

»Sie verstören mich immer, Shanti.«

»Halten Sie die Klappe, Caine, und konzentrieren Sie sich ausschließlich auf den Song.«

Sie erhob sich und flitzte in das eiskalte Badezimmer, während Caine mit dem Finger über das Notenblatt fuhr und mit den Lippen lautlos die einzelnen Worte des Textes formte.

»Und, was denken Sie?«, rief Shanti. »Kryptischer Hinweis oder typisches Ethan-Gesülze?«

»Mir gefällt es. ›*Between us lies the ever-breathing sea / Big waves crying our love can never be / Dum di dum di dum dee dee …*‹ Erinnert mich an den jungen Neil Young.«

»›Zwischen uns liegt die ewig atmende See / Hohe Wellen bewein'n, dass unsere Liebe niemals darf sein / Dum di dum di dum di dei …‹ – Was soll das?«

»Klingt ein bisschen wie der Song ›Helpless‹.«

»Genau das sind Sie, Caine. Vollkommen hilflos.«

»Hören Sie sich das mal an: ›*Forever strangers, like daytime is to night / Yet I love you, like the darkness loves the light …*‹ Es ist beinahe so, als wolle Ethan uns auffordern, einen Code zu dechiffrieren.«

»›Für immer Fremde, wie die Nacht für den Tag / Und doch lieb ich dich, wie Dunkelheit das Licht mag‹. Sie könnten recht haben Caine. Mir fallen gleich zwei Worte dazu ein.«

»Nämlich?«

»Hochtrabender Schwachsinn.«

»Nun ja, die Melodie ist schön. Möchten Sie, dass ich sie Ihnen einmal vorsinge?«

Shanti spähte entsetzt zur Badezimmertür hinaus. »Herrgott, Caine, bitte nicht! Außerdem sind das doch alles nur Punkte und Schnörkel. Das können Sie doch gar nicht lesen, oder doch?«

»Ein bisschen. Ich habe das Notenlesen gelernt, als ich bei Half Man Half Bull war.«

»An dem Satz klingt irgendwie alles falsch.«

»*Sleepy creature of the sacred dome* … Ich kann verstehen, warum Vula dachte, es ginge in dem Song um sie.«

»Geht es aber nicht. Es geht um Eve.«

»Wer immer Eve sein mag.«

»Aber warum hat er das Blatt versteckt, Caine? Ich meine, ich habe es nur entdeckt, weil der Mond direkt darauf geschienen hat. Sonst wäre es wohl für immer dortgeblieben.«

»Ich weiß es nicht. Ich nehme an, das passt zu Ethans Profil – er wollte immer gern impulsiv und geheimnisvoll erscheinen.«

»Oder aber er hat in den Worten tatsächlich versteckte Hinweise gegeben. Gehen Sie noch mal zu der Zeile mit der heiligen Kuppel zurück. Worauf bezieht er sich da?«

»Lassen Sie uns mal nachdenken«, schlug Caine vor. »Ich fange an. Wenn Sie aus dem Fenster blicken, werden Sie eine heilige Kuppel sehen, die Ethan geliebt hat.«

»Kann ich nicht bitte mit einem normalen Partner zusammenarbeiten?«

»Ich spreche vom Glastonbury Tor.«

Shanti verließ das Badezimmer und fuchtelte mit ihrer Zahnbürste vor Caines Gesicht herum.

»Nein, Sie liegen meilenweit daneben. Aber zum Glück habe ich das Rätsel gelöst … O Mann, wie kann man nur so clever sein?«

»Schießen Sie los!«

»Okay. Erinnern Sie sich, als wir zusammen in der Villa del Flynn waren?«

»Sie fühlten sich ein wenig angeschlagen.«

»Ich war noch fit genug, denn ich habe etwas bemerkt, was Ihnen entgangen ist. Ethan hatte eine ganz besondere Beziehung zu seiner Großmutter, richtig?«

»Das hatte er in der Tat.«

»Und Nana Flynn hat ihm ihr musikalisches Talent vererbt. Die beiden haben einander vergöttert, ebenfalls richtig?«

»So hat es Queenie erzählt.«

»Können Sie sich erinnern, wo ihre Asche zur letzten Ruhe gebettet ist?«

»In einer Urne in ihrem Zigeunerwagen.«

»Und wo stand dieser Zigeunerwagen?«

»Unter einer Kuppel.«

»Korrekt. Sie verlieren fünf Punkte, weil ich Ihnen auf die Sprünge helfen musste, aber am Ende sind Sie draufgekommen. Die Kuppel war Ethan heilig, und er hat geholfen, sie zu entwerfen.«

»Das ist durchaus eine Möglichkeit.«

»Eine Möglichkeit? Ich wette ein Glas Honig darauf, dass das alte Mädchen Eve hieß.«

»Bio?«

»Hergestellt von buddhistischen Bienen.«

»Ich weiß nicht. Ich habe dennoch das Gefühl, dieser Song wird uns helfen, den wahren Ethan zu enthüllen. Lassen Sie mich mal machen, Shanti. Ich brauche Zeit, darüber nachzudenken.«

»Klar, Caine – Sie verziehen sich auf eine Waldlichtung und verbringen den Tag in Kontemplation. Doch was mich betrifft – heute ist der letzte Tag dieses gottverdammten Festivals, und ich bin fest entschlossen, eine Verhaftung vorzunehmen.« Sie warf einen Blick in den Spiegel über der Kommode. »Ach du lieber Himmel, ich sehe grauenhaft aus.«

»Sie sehen großartig aus, Shanti. Sie strahlen regelrecht.«

»Nun, ich fühle mich wie gerädert.«

»Wie dem auch sei – ich bin überzeugt, dass Medusa recht hat: Bei diesem Fall geht es um Liebe.«

»Wieder falsch, Caine. Bei diesem Fall geht es um Missgunst. Um die gute, alte Rivalität unter Geschwistern. Tyrone wollte den Bruder beseitigen, der ihn sein Leben lang in den Schatten gestellt hatte. Das Ganze hat beinahe biblische Züge. Gestern Abend vor dem Einschlafen habe ich mir ein YouTube-Video von Stigma angeschaut. Darauf konnte man sehr gut erkennen, dass er vor Eifersucht brodelte. Vergessen Sie nicht, dass Tyrone sich in ebendieses Schlafzimmer geschlichen hat. Ganz offensichtlich hat er diesen Song gesucht. Ich nehme an, er hat mitbekommen, dass Queenie und vielleicht auch Vula behauptet haben, Ethan habe den größten Song aller Zeiten geschrieben, und wollte den Ruhm für sich beanspruchen.«

»Dann denken Sie also, dass Tyrone seinen Bruder wegen eines Lieds umgebracht hat?«

»Ich denke, dass jetzt Frühstückszeit ist. Große, brutzelnde Würstchen. Ach ja, danke, dass Sie an mich gedacht haben, aber warum schenken Sie die Blumen nicht Primrose? Ich bin mir sicher, sie freut sich darüber.«

Shanti sollte recht behalten. Primrose freute sich tatsächlich über die Blumen. Sichtbar errötend, stellte sie sie in eine Vase mitten auf dem Küchentisch, an dem bereits Vowles und Gavin Blackmore saßen.

Blackmore leerte hastig seine Tasse, murmelte eine Entschuldigung und verließ die Küche, als wären seine Locken in Brand geraten.

»Setzen Sie sich hierher, meine Liebe«, sagte Vowles, der eine Mütze und Wollsocken trug. An seinem roten Zinken hing ein frischer Tropfen. Er deutete auf die beiden gekochten Eier vor ihm. »Möchte Ihr junger Mann auch etwas essen?«

»So jung ist er gar nicht mehr, und ganz bestimmt ist er nicht mein Mann«, stellte Shanti klar. »Außerdem hat er schon gegessen, nicht wahr, Caine?«

»Dann eben nur eine Tasse Tee«, sagte Primrose und schenkte Caine ein zahniges Lächeln. »Nichts zu danken, gern geschehen.«

Von dem Moment an, in dem sie die Küche betreten hatte, war sich Shanti überdeutlich der Anwesenheit des blutrünstigen Höllenhundes bewusst, der zusammengerollt auf seinem schmuddeligen Sessel lag, die faulen Zähne bleckte und im Schlaf knurrte. Nervös ging sie um den Tisch herum und setzte sich an das gewaltige Frühstück, das Primrose vor sie hinstellte. Während sie hausgemachte Marmelade auf hausgemachtes Brot schaufelte, wurde sie Zeugin von etwas Außergewöhnlichem. Von einer Art Wunder.

Ihr Kollege, Vincent Caine, rührte sich einen bescheidenen Löffel Honig in den Tee, dann ging er zu dem Sessel hinüber und setzte sich tatsächlich hinein, den schmalen Hintern gleich neben der Flanke der satanischen Bestie. Primrose und Vowles sahen es ebenfalls. Schlagartig trat ein alarmierter Ausdruck auf ihre Gesichter.

Shanti wartete auf das Knurren. Auf die Panik. Das reißende Fleisch. Die Schreie. Das Blut. Doch als Boner eines seiner Knopfaugen öffnete, nahm Caine den kleinen Kerl in aller Seelenruhe hoch, legte ihn quer auf seinen Schoß und fing an, ihn ausgiebig hinter den gelbbraunen Ohren zu kraulen. Der Köter starrte ihn mit weit aufgerissenen Augen an und entspannte sich dann, als hätte man ihn unter starke Drogen gesetzt.

»So was hab ich noch nie gesehen.« Vowles schnappte nach Luft.

»Er muss magische Finger haben«, seufzte Primrose.

Nach einer Weile drehte sich Boner voller Wollust auf den Rücken und lud Caine ein, sein pralles Bäuchlein zu massieren.

»Der arme Gavin ist davongestürmt, ohne sein Frühstück aufzuessen«, sagte Caine, ohne die offenen Münder um ihn herum zu bemerken.

»Wie ich Ihrer Freundin bereits erklärt habe, fühlt sich Gavin in Gesellschaft nicht sonderlich wohl«, meldete sich Primrose zu Wort. »Er hat seine Gründe, aber wir ziehen es vor, nicht darüber zu sprechen, stimmt's, Vowles? Schlafende Hunde sollte man nicht wecken.«

Boner seufzte und leckte ekstatisch Caines Hand.

»Mir macht es nichts aus, darüber zu sprechen«, entgegnete Vowles bedächtig.

»Oh. Bist du dir sicher, dass das klug ist, Liebling?«, fragte Primrose.

»Gavin ist mein Neffe, und außerdem war ich seit seiner Kindheit sein Vormund.«

»Du hast alles für ihn getan, Vowles«, sagte Primrose.

»Der junge Gavin hatte alles – gutes Aussehen, Verstand. Er war der beliebteste Bursche im Dorf. Und dann ist er Carole begegnet …«

»Carole?«

»Ein Mädchen vom Exeter College. Es war Liebe auf den ersten Blick. Die beiden passten perfekt zusammen. Wo ist noch mal das Foto, Primrose?«

»Ach, Vowles, ich bin mir nicht sicher, ob der Gentleman das wirklich sehen möchte …«

»Liebend gern«, versicherte Caine.

Primrose ging zu einer überladenen Anrichte und zog ein gerahmtes Foto hinter einem Stapel Teller hervor.

»Meinst du das?«, fragte sie und reichte ihrem Mann eine Aufnahme von vier lächelnden Erwachsenen und einem Baby.

»Das ist es. Sehen Sie, das hier bin ich … und das ist Primrose in ihren besten Jahren. Was für eine Schönheit!«

»Ach, Vowles.«

»Sie sehen alle sehr glücklich aus«, sagte Caine. »Ist das der kleine Seth in Ihren Armen, Primrose?«

»O ja. Seth war die späte Mehrung unseres Lebens, wie wir es nennen, nicht wahr, Vowles?«

»Eine unerwartete Mehrung, Primrose.«

»Sehen Sie, Vowles und ich kommen aus einer anderen Generation. Um ehrlich zu sein, verstehen wir Seths Art und Weise nicht, und es macht mich traurig, zuzugeben, dass wir uns in den letzten Jahren entfremdet haben.«

»Familien sind kompliziert«, stimmte Caine ihr zu.

Vowles tippte auf das Glas vor dem Foto. »Eigentlich wollte ich Ihnen die beiden anderen hier zeigen. Das ist Gav mit Carole. Sie haben gerade ihren Abschluss gemacht, deshalb sind sie so glücklich.«

»Ein schönes Paar«, pflichtete Caine ihm bei.

»Die zwei waren bis über beide Ohren verliebt, hab ich recht, Primrose?«

»Vowles, vielleicht solltest du lieber nicht …«

»Überglücklich waren die zwei. Ich erinnere mich noch, wie Gav gesagt hat: ›Selbst wenn ich mein Leben lang suche, Onkel Vowles, so werde ich doch nie eine bessere Partnerin finden als Carole.‹ Dabei sah er Primrose und mich an. Ich habe den beiden zu einer anständigen Miete eines der Landarbeiter-Cottages überlassen, in dem Gav heute noch wohnt, doch die zwei wollten etwas Eigenes besitzen. Sie sparten und kauften sich ein nettes Grundstück ein paar Meilen außerhalb von Kilton. Dort, so träumte Gav, wollte er ein Haus bauen und eine Familie gründen.

Doch dann geriet in einer finsteren Winternacht alles aus den Fugen.«

»Vowles, ich weiß wirklich nicht, ob der Gentleman das hören möchte …«

»Doch, doch, das interessiert mich sehr«, sagte Caine. »Vorausgesetzt, es ist nicht zu erschütternd für Sie.«

»Gav verkündete uns, dass sie heiraten würden. Sie wollten ausgehen, um die Verlobung zu feiern. Er hatte einen Ring gekauft und alles.«

»Wunderschön«, seufzte Primrose.

»Sie gingen in einen Pub und tranken ein, zwei Gläser. Dann noch ein paar. Und noch mehr. Carole musste am nächsten Tag früh zur Arbeit, deshalb stand sie irgendwann auf und ging, das dumme Mädchen. Dachte nicht mal dran, sich ein Taxi zu nehmen …«

»O nein, reg dich bitte nicht auf, Vowles«, sagte Primrose.

»Ist in ihren Wagen gestiegen und davongefahren in die dunkle, nasse Nacht. Gav wollte noch etwas bleiben und später zu Fuß nachkommen, richtig, Primrose?«

»Das weiß ich nicht. Du warst da, Vowles. Ich lag im Bett.«

»Ich war da.« Vowles nickte. »Ich und der Hund waren draußen, auf Rattenjagd. Ich war derjenige, der sie gefunden hat.«

»Das tut mir sehr leid.«

»Alles war überflutet. Sie ist von der Straße abgekommen und direkt in den Entwässerungskanal gefahren. Ich habe die Lichter ihres kleinen, weißen Autos gesehen. Sie waren noch an. Der Wagen ragte aus dem Wasser … Verzeihen Sie … Es geht gleich wieder …«

»Bitte …«

»Die Sache ist die: Ich kriege das Bild einfach nicht aus dem Kopf. Das weiße Auto, der Entwässerungskanal … Was für eine schreckliche Art zu sterben! Natürlich bin ich sofort hinübergerannt und habe mit aller Kraft versucht, den Wagen zu bewegen. Wenn ich einen Traktor gehabt hätte, hätte ich vielleicht etwas tun können, aber ich glaube, sie war ohnehin schon tot.«

»Siehst du, jetzt hast du alles wieder aufgewühlt«, sagte Primrose.

»Ich bin bis zur Taille in das eisige Wasser gewatet. Und dann … dann habe ich sie durchs Fenster herausgezogen. Liebes kleines Ding. Wog kaum mehr als ein Kind. Sie war nicht angeschnallt gewesen und ist sofort unter Wasser gerutscht. Mausetot.«

»Wie furchtbar. Der arme Gavin«, sagte Caine.

»In jener Nacht hat er sich verändert. Er wurde lebensscheu … zog sich zurück wie ein Wiesel in sein Erdloch. Vor der Tragödie war er ausgesprochen gesellig, doch jetzt …«

»Sagt er kaum ein Wort.«

»Kaum ein Wort«, wiederholte Vowles, klopfte sein Ei an und entfernte die obere Hälfte mit einem Teelöffel. »Das ist der Grund dafür, warum er ist, wie er ist. Und natürlich hat er sich nie wieder hinters Steuer gesetzt.«

»Tatsächlich?«, sagte Shanti und blickte von ihrem Frühstück auf. »Ich habe ihn doch auf einem Quad gesehen.«

»Selbstverständlich, junge Dame, aber er fährt niemals auf der Straße – was ausgesprochen ärgerlich ist, wenn Sie mich fragen. Er nimmt noch nicht mal den Traktor, um die Hecken entlang der Zufahrtsstraße zu schneiden.«

»Vowles hat sich nach dem schrecklichen Unfall noch mehr um ihn gekümmert, nicht wahr, Liebling?«, fügte Primrose an.

»Es war das einzig Richtige. Er wusste weder ein noch aus. In jener Nacht ist buchstäblich seine gesamte Zukunft abgesoffen. Als er wieder arbeiten konnte, hat er mir auf der Farm geholfen. Wir können uns nicht beschweren, Primrose und ich. Er zahlt seine Miete und erledigt ordentlich seine Arbeit. Allerdings ist man bei Gav an der falschen Adresse, wenn man nach fröhlicher Gesellschaft sucht.«

»Der arme Kerl«, sagte Caine.

»Ich dachte, Sie sollten das wissen.« Vowles schob sich einen Teelöffel voll Ei in den Mund.

Shanti stand auf. »Das ist eine sehr traurige Geschichte, aber ich fürchte, wir haben noch etwas zu tun.«

»Haben Sie Fortschritte gemacht, was die Person angeht, die dem jungen Ethan etwas so Schreckliches angetan hat?«, wollte Vowles wissen.

»Ich fürchte, wir werden den Fall noch nicht abschließen können, doch ich bin überzeugt, dass die Gerechtigkeit siegen wird«, antwortete Shanti.

»Ganz bestimmt, junge Dame. Da bin ich mir sicher.«

»Sind Sie so weit, Caine?«, fragte Shanti.

Caine stand auf und legte den Hund, der nicht sonderlich glücklich über die Trennung wirkte, behutsam auf den Sessel.

»Danke für den Tee«, sagte er. »Ach übrigens, mir ist ein schönes Grab auf dem Friedhof aufgefallen, auf dem frische Blumen standen.«

»Meine geliebte Mutter«, stieß Vowles mit zugeschnürter Kehle hervor. »Sie ist vor zehn Jahren von uns gegangen. Ganz egal, wie alt man ist: Seine Mum vermisst man immer.« Der Tropfen fiel von seiner Nase in das gekochte Ei.

»Nichts zu danken, gern geschehen«, sagte Primrose und räumte die Reste von Shantis Frühstück ab.

»Was zum Teufel sollte das alles?«, fragte Shanti, als sie auf den Hof hinaustraten.

»Wir haben uns bloß unterhalten«, erwiderte Caine. »Man weiß nie, was man dabei aufschnappt.«

»Caine, es ist beinahe zehn. Wir haben bisher genau gar nichts erreicht, und Sie sitzen da mit diesem Höllenhund auf dem Schoß, trinken Tee und hören sich Gruselgeschichten an.«

»Ich bin seit Tagesanbruch auf den Beinen, Shanti. Sie sind diejenige, die ausgeschlafen hat. Wie sieht's aus – haben Sie Lust, mich in den Pub zu begleiten?«

»Damit Sie der Barfrau auf den Zahn fühlen können?«

»Ich möchte mehr über ihre Beziehung zu Medusa herausfinden.«

»Nettes Angebot, aber ich mache mich lieber auf den Weg, um Tyrone Flynn zu verhaften.«

»Shanti, Sie haben nichts gegen Tyrone in der Hand außer Ihrem persönlichen Groll.«

»Was soll ich Ihrer Meinung nach tun? Ein Tänzchen aufführen? Mir die Nägel lackieren und hoffen, dass sich das Ganze von selbst erledigt?«

»Sie wissen doch, was ich immer sage: Wir müssen das Ungewisse umarmen.«

»Ja, und wissen Sie, was *ich* immer sage? Wir sind nicht an der Hüfte zusammengewachsen. Warum also ziehen Sie nicht einfach los, setzen sich auf die Schwelle und warten auf diese Barfrau? Vielleicht pflücken Sie ihr unterwegs ein paar Blumen.«

»Im Ernst, Shanti. Ich bin der Ansicht, Sie sollten vorsichtig sein. Tyrone ist ein gefährlicher Mann – was er zu Genüge unter Beweis gestellt hat. Außerdem hat er ein paar äußerst unangenehme Aufpasser. Könnten Sie nicht bitte eine halbe Stunde warten?«

»Jetzt kommen wir zum Knackpunkt. In Wirklichkeit denken Sie, ich brauche einen großen, starken Mann, der mich beschützt.«

»Ganz und gar nicht …«

»Wissen Sie, wer Jahresbeste in Martial Arts war?«

»Sie.«

»Und wissen Sie, wer Topergebnisse erzielt hat beim professionellen Fahrertraining? Beim Fahrtraining für Straßenkampffahrzeuge? Nicht zu vergessen beim Rettungsschwimmen! Ich kann auf mich selbst aufpassen, vielen Dank. Wir sehen uns später. Halten Sie sich beim Cider zurück.«

## Kapitel sechsundzwanzig

# DAS MÄRCHEN VON MOLLY APPLEYARD

Caine betrat den Hof an der Rückseite des Five Heads und spähte durch die Fenster. Immer noch keiner da.

Nach einer Weile überquerte er die vollgestopfte Straße und kehrte zu der steilen Gasse vor dem Friedhof zurück. Neben der Kirchentreppe blieb er eine Zeit lang stehen und beobachtete, wie die kleine Gemeinde in den Sonnenschein hinausströmte. Das Glockengeläut schmerzte in den Ohren und vermischte sich auf unschöne Weise mit den Gigs der ersten Bands unten auf dem Festival.

Als der Vikar auch noch die letzte Hand geschüttelt hatte und die Kirchentüren schloss, betrat Caine den Friedhof und nahm sich einen Moment Zeit, um die Gräber zu betrachten. Schließlich schlenderte er die Gasse hinunter, bis er die Stelle fand, die Ben Dunnit beschrieben hatte – eine kleine Lücke im Gestrüpp.

Er schlängelte sich hindurch und sah sich um. Überall wucherten Efeu und Brombeerranken, am Boden lagen weggeworfene Düngemittelsäcke, alles klatschnass vom Regen. Caine bemerkte einen Schleichweg, außerdem eine Stelle mit platt gedrücktem Gras, wo wahrscheinlich das Fahrrad gelegen hatte.

Fünf Minuten später verließ er das Gebüsch und kehrte zum Pub zurück, der jetzt geöffnet hatte.

Der Gastraum war leer, abgesehen von der Barfrau in der roten Lederjacke, die geräuschvoll hinter der Bar staubsaugte.

Sämtliche Stühle waren hochgestellt, die Sitzflächen auf den Tischen.

»Guten Morgen«, wünschte Caine.

Sie fuhr zusammen und stellte den Staubsauger ab.

»Schon wieder da?«, sagte sie und stützte sich auf die Zapfanlage. »Möchten Sie etwas trinken?«

»Diesmal etwas Nichtalkoholisches«, antwortete Caine. »Einen Apfelsaft, bitte. Würde es Ihnen etwas ausmachen, mir ein paar Fragen zu beantworten?«

»Kommt darauf an, was für Fragen.«

»Kennen Sie Medusa Cole?«

Sie schenkte den Saft ein, gab Eis und eine Zitronenscheibe hinzu und reichte Caine das Glas.

»Sie sind von der Polizei, stimmt's? Medusa hat mir erzählt, dass Sie bei ihr rumgeschnüffelt haben. Sie sehen gar nicht aus wie ein Cop, wenn ich das mal so sagen darf. Tragen die nicht für gewöhnlich solche riesigen Helme?«

»Ich bin Detective – DI Vince Caine. Wir untersuchen …«

»… den Tod von Ethan Flynn. Das hat Medusa ebenfalls erzählt. Und ja, wir sind beste Freundinnen. Sie kommt ständig her.«

»Entschuldigen Sie, darf ich Sie nach Ihrem Namen fragen?«

»Molly. Molly Appleyard. Freut mich, Sie kennenzulernen, DI Vince Caine.«

»Sie leben beide in Kilton, Molly?«

»Das tun wir. Wir sind zusammen zur Schule gegangen und haben alles gemeinsam gemacht: die erste Zigarette rauchen, das erste Mal was mit Jungs anfangen … Im Dorf waren wir als Bad Girls verschrien, falls Sie wissen, was ich meine.«

Caine nickte. »Und Sie sind auch zusammen aufs Festival gegangen?«

»Als Teenies haben wir das nie verpasst. Das Festival war für uns das Highlight des Jahres. Wenn man im Dorf lebt, bekommt man Freikarten. O ja, wir haben Beyoncé, Björk, Amy Winehouse, Skunk Anansie gesehen – die waren echt gut.«

»Das war 1999, stimmt's?«

»Sie waren auch da?«

»Das werde ich nie vergessen«, sagte Caine.

»Skunk Anansie waren der letzte Hauptact des zwanzigsten Jahrhunderts.«

Caine nickte erneut, dann fragte er: »Aber mittlerweile gehen Sie nicht mehr aufs Festival, Molly?«

»Sieht es so aus, als hätte ich Zeit dazu? Außerdem ist Glasto in meinen Augen nicht mehr das, was es mal war.«

»Aber Sie mögen Stigma?«

»Die sind ganz okay. Allerdings bin ich inzwischen alleinerziehende Mutter von zwei Kids, drei Jahre und ein Jahr alt. Meine knapp bemessene Freizeit verbringe ich mit meinem Hobby.«

»Verständlich. Und was für ein Hobby haben Sie?«

»Motorräder, Vince. Hauptsächlich Geländemaschinen. Man fühlt sich nirgendwo lebendiger als auf einem Motorrad, wenn einem der Wind an den Haaren zerrt und der Motor zwischen den Schenkeln dröhnt. Sind Sie schon mal gefahren?«

»Nicht wirklich. Als ich jung war, hab ich ab und an mal auf einer Maschine gesessen …«

»Sie sollten es mal versuchen. Hier in der Gegend gibt es ein paar richtig gute Strecken.«

»Das werde ich vielleicht sogar tun. Aber kommen wir zurück zum Thema: Sie wussten von Medusas Auftrag für Stigma.«

»Na ja, um ehrlich zu sein, ging es mir sogar auf den Geist, ständig davon zu hören.«

»Vermutlich haben alle im Pub darüber geredet und vielleicht sogar Fotos von den Kostümen gesehen.«

»Das trifft wohl zu. Stört es Sie, wenn ich weitermache? Wir sind heute knapp besetzt, und auch wenn es jetzt noch nicht so aussieht, brummt der Laden sonntagmittags während der Festivalzeit wie verrückt.«

»Nur zu. Lassen Sie mich Ihnen helfen.«

Sie fingen an, die Stühle von den Tischen herunterzunehmen und neue Bierdeckel zu verteilen.

»Wenn jeder Polizist so wäre wie Sie, wäre die Welt ein glücklicherer Ort. Ich nehme an, Sie sind verheiratet?«

»Molly, erinnern Sie sich, ob einer der Kunden ein besonderes Interesse an diesen Kostümen gezeigt hat?«

»Darüber muss ich nachdenken …«

»Ich gebe Ihnen eine Nummer, unter der Sie mich kontaktieren können.«

»Süß.«

»Rufen Sie mich an, falls Ihnen irgendetwas Ungewöhnliches einfällt.«

»Keine Sorge, das mache ich. War das jetzt alles, DI Caine?«

»Nicht ganz. Wir haben ein Fahrrad gefunden, und ich möchte es seinem Besitzer zurückgeben.«

»Die halten Sie aber auch auf Trab. Morddezernat und Fundbüro gleichzeitig.«

»Gehört alles zum Job.«

»Viele Leute hier haben Fahrräder. Sehen Sie sich den Verkehr draußen an, und Sie wissen, warum. Es dauert eine halbe Stunde, um von einem Ende des Dorfes zum anderen zu fahren. Ich habe kein Problem damit, ich nehme meine Yamaha. Sie steht draußen im Hinterhof.«

»Dann fällt Ihnen also niemand ein, dem in den letzten Tagen ein Fahrrad abhandengekommen ist?«

»Ich kann mich ja mal umhören.«

»Es ist ein älteres Modell. Schwarz, mit Schutzblech. Kein

Schloss, vorn mit einer altmodischen Dynamolampe. Und mit einer Gepäcktasche … aber nur an einer Seite.«

»Ah ja. Das Fahrrad kenne ich. Es stand oft vor dem Pub.«

»Tatsächlich? Wissen Sie, wem es gehört?«

»Vielleicht, vielleicht auch nicht. Ich rufe Sie an, okay? Nach der Arbeit …«

»Warum verraten Sie es mir nicht jetzt, Molly?«

# Kapitel siebenundzwanzig

## DER POOL DES NEIDS

In Trauerkleidung öffnete Queenie Flynn die imposante Haustür. Es war schockierend, wie erschöpft sie aussah. Seit Shantis letztem Besuch schien sie sichtlich gealtert. Unter ihren traurigen Augen drückten sich dunkle, aufgequollene Ringe durch das Make-up; außerdem wirkte sie irgendwie kleiner – vielleicht lag das aber auch nur daran, dass sie ihre selbstbeherrschte Haltung aufgegeben hatte.

»Ich muss ein Hühnchen mit Ihnen rupfen, junge Dame«, sagte sie.

»Wie bitte?«

»Tyrone hat mir erzählt, dass Sie Ethans Zimmer auf der Unworthy Farm bezogen haben. Ist das korrekt?«

»Ich … ähm, ja. Ich habe es für diese Woche gemietet.«

»Und das halten Sie für schicklich?«

»Es tut mir leid, wenn Sie diesbezüglich anderer Meinung sind. Außerdem musste ich irgendwo unterkommen, Mrs. Flynn. Und da Ihre Leute alles ausgeräumt hatten, ohne zuvor das Einverständnis der Polizei abzuwarten, war das Zimmer frei.«

»Ich möchte mich nicht mit Ihnen streiten. Hier gibt es momentan weiß Gott genug Ärger. Was kann ich für Sie tun?«

»Ich hoffe, Sie können mir ein paar weitere Fragen beantworten.«

»An einem Sonntag?«

»Es tut mir aufrichtig leid, Mrs. Flynn, aber ich möchte die Dringlichkeit dieser Ermittlungen betonen. Wie Sie wissen, ist heute der letzte Tag des Festivals, und wenn wir jetzt nicht zu irgendeiner Art von Durchbruch gelangen, wird alles noch komplizierter.«

»Wollen Sie damit sagen, dass Sie bislang noch keinerlei Fortschritt erzielt haben?«

»So würde ich das nicht ausdrücken«, verwahrte sich Shanti. »Wir haben verschiedene vielversprechende Hinweise, denen wir nachgehen werden, und genau das ist auch der Grund dafür, dass ich hier bin. Aber die Zeit drängt.«

»Dann kommen Sie mal rein. Sie können genauso gut wissen, dass die Dinge hier ein wenig aus dem Ruder gelaufen sind.«

»Es ist eine schreckliche Zeit für die Familie, das verstehe ich«, sagte Shanti.

»Es ist mehr als das«, erwiderte Queenie, als Shanti an den Marmorsäulen vorbeiging und den Flur betrat, der von einer riesigen Vase voller Pfauenfedern dominiert wurde. »Ich bin im Wintergarten gewesen, als Sie kamen«, sagte Queenie. »Ich ziehe mich gern dorthin zurück, um an Ethan zu denken.«

Sie gingen zusammen durch die verschachtelten Gänge und durch den Raum mit der Glaskuppel, wo Shanti stehen blieb, um den alten Zigeunerwagen auf dem Sockel zu betrachten. Aus einem entfernten Teil der riesigen Villa waren erhobene Stimmen zu vernehmen.

Die Glastüren des Wintergartens standen offen, eines der Mannsbilder aus dem Flynn-Clan reinigte mit einem langstieligen Kescher den Pool.

Queenie setzte sich aufrecht auf das weiße Ledersofa und deutete auf einen Sessel, auf den Shanti ihre Tasche stellte. Sie nahm einen Notizblock heraus.

»Sie haben ja gar nicht Ihren netten Kollegen mitgebracht«, stellte Queenie bedauernd fest.

»DI Caine ist anderweitig mit Befragungen beschäftigt.«

»Ein ausgesprochen höflicher junger Mann und zudem ein guter Zuhörer, was selten ist. Ich werde einen Kaffee bestellen, wenn Sie möchten, auch wenn ich hoffe, dass das hier nicht allzu lange dauert …«

»Kommen wir gleich zur Sache«, schlug Shanti vor. »Sie mögen es vielleicht für eine seltsame Frage halten, aber könnten Sie mir bitte den Vornamen Ihrer Mutter nennen, Queenie? Ethans Großmutter.«

»Sie haben recht, das ist in der Tat eine merkwürdige Frage. Ich kann zwar nicht nachvollziehen, was das mit den Ermittlungen zu tun hat, aber meine Mutter hieß ebenfalls Queenie. Wie alle ältesten Mädchen in unserer Familie. So war es schon immer.«

»Oh.«

»Sie wirken überrascht.«

»Und Ethan hatte nicht zufällig einen Kosenamen für sie?«

»Er hat sie Nana genannt.«

»Nicht Eve?«

»Warum sollte er sie denn Eve nennen?«

»Ich dachte nur. Hat der Name irgendeine Bedeutung für Sie?«

»Ja, Eve – Eva – war die erste Frau. Sie hat gern mal einen Apfel gegessen oder zwei … Ah! Ich glaube, ich weiß, worauf das hinauslaufen soll. Sie meinen den Song, nicht wahr? Das wunderschöne Lied, das ich zufällig gehört habe. Es ging darin um jemanden namens Eve … *don't you grieve, darling Eve …* – trauere nicht, geliebte Eve … so was in der Art.«

»Das ist richtig.«

»Aber wie können Sie das wissen? Haben Sie den Song gehört?«

»Es tut mir leid, das darf ich Ihnen zum gegenwärtigen Zeitpunkt der Ermittlungen nicht mitteilen.«

»Dürfen Sie mir zum gegenwärtigen Zeitpunkt der Ermittlungen denn mitteilen, ob er zu Ihnen gekommen ist?«

»Ob wer zu mir gekommen ist?«

»Ethan. Ich habe gespürt, dass er in der vergangenen Nacht umtriebig war.«

»Sie wissen doch, dass ich an so etwas nicht glaube, Mrs. Flynn. Allerdings muss ich zugeben, dass Ethan in meinen Gedanken äußerst präsent war. Außerdem spüre ich, dass die Aufklärung dieses Falles zahlreichen Personen Frieden und einen Abschluss bringen wird. Auch Ethan, falls Ihnen das hilft.«

»Ich möchte Ihnen etwas sagen, das ich vermutlich besser für mich behalten sollte. Tyrone hat das Haus auf den Kopf gestellt, so verzweifelt hat er das Blatt mit den Noten und dem Text für diesen Song gesucht. Diese Information ist übrigens absolut vertraulich.«

»Selbstverständlich.«

»Ich habe ihm gesagt, dass es ihm nicht zusteht, sich den Song unter den Nagel zu reißen, aber Sie wissen ja, wie Brüder sind. Sie kämpfen noch im Grab.«

»Mrs. Flynn, darf ich Sie ganz direkt fragen: Halten Sie es für möglich, dass Tyrone etwas mit dem Tod seines Bruders zu tun hat?«

Es entstand eine lange Pause. Der Mann am Pool beendete seine Arbeit, legte den Kescher zur Seite, nickte Queenie zu und verschwand.

Als sich die kleinen Wellen auf dem Wasser wieder geglättet hatten, vergewisserte sich Queenie, dass sie allein waren, dann antwortete sie leise: »Ich sollte wütend sein über diese Frage, aber ich müsste lügen, wenn ich behaupten würde, ich hätte sie mir nicht selbst gestellt. Tyrone ist so verbittert. Und er hat in der Vergangenheit ein, zwei Menschen auch körperlich verletzt.«

»Das weiß ich.«

»Ich muss zugeben, dass er mir manchmal Angst macht. Aber nein, ich denke nicht, dass er so weit gehen würde. Es würde mich umbringen, wenn er Ethan auf dem Gewissen hätte, und das weiß er.«

»Vielleicht ergibt sich die Gelegenheit, dass ich mich später einmal mit Tyrone unterhalte.«

»Oh, das glaube ich nicht. Tyrone hat im Augenblick eine Menge um die Ohren.«

»Das verstehe ich, allerdings …«

»Schwören Sie, dass Sie mit keinem Wort erwähnen, was ich gesagt habe? Ich bin mir sicher, da ist nichts dran.«

»Ich werde nichts sagen, Mrs. Flynn. Aber Sie sehen sicherlich ein, dass wir ihn befragen müssen. Womit ist er denn gerade so sehr beschäftigt, wenn ich fragen darf?«

»Das ist eine persönliche Angelegenheit. Eine Familiensache, die nichts mit Ethan zu tun hat.«

Noch während sie sprach, wurde die friedliche Stille wieder einmal von markerschütternden Schreien zerrissen, und die beiden Pfauen kamen panisch zum Pool gerannt, die Schnäbel weit aufgerissen, die Federn zu einem prächtigen Fächer ausgebreitet. Einen Moment später flog ein halb geöffneter Koffer durch die Luft und landete mitten im Wasser, sodass der Inhalt in alle Richtungen davontrieb. Shanti sah gekenterte Stilettos, schwimmende Klamotten, dümpelnde Bücher und mehrere Schmuckstücke, die langsam in Richtung Grund sanken.

»Du Hure! Du verfluchte Hure!«, brüllte Tyrone.

»Herrjemine, jetzt geht das schon wieder los!« Queenie seufzte.

Vor den Augen der entsetzten Shanti spielte sich eine Szene ab, die an die Vertreibung aus dem Paradies erinnerte. Zuerst erschien Tyrone, Koffer, Mäntel und Karton schleppend, die er Richtung Außentür im hinteren Poolbereich schleuderte. Dann tauchte Ophelia auf, so feingliedrig und gleichzeitig so hochschwanger, dass sie kaum laufen konnte. Wie beim letzten Mal war ihr Gesicht tränenüberströmt, doch diesmal bot sie ihm die Stirn.

»Jetzt weißt du es, du grauenhafter Giftzwerg!«

»Ich wusste es schon die ganze Zeit, Schlampe. Ich habe schließlich mitangesehen, wie du dich immer tiefer in deine Lügen verstrickt hast.«

»Seit wann weißt du es?«

»Seit drei Wochen, wenn nicht schon länger. Ich bin ja nicht blind.«

Er machte kehrt, um weitere Habseligkeiten von Ophelia zu holen, die er zu den anderen warf. Nun allerdings nahm Shanti ihre Tasche und hielt auf den Pool zu, wo die Auseinandersetzung stattfand.

»Ich warne Sie, Tyrone Flynn …«

»Heilige Scheiße, die schon wieder! Miss Ich-stecke-meine-Nase-ständig-in-anderer-Leute-Angelegenheiten.«

»Tyrone!«, rief Queenie und rannte auf die kleine Gruppe zu. »So wird in diesem Haus nicht geredet! Die Dinge, die du Ophelia an den Kopf wirfst, sind absolut inakzeptabel.«

»Aber Mammy, sie ist eine Hure, eine gottverdammte Hure! Dafür gibt es kein anderes Wort.«

»Noch *ein* Mal, Tyrone, und ihr fliegt beide raus. Vielleicht finde ich dann ein wenig Ruhe, um zu trauern.«

»Sag's ihr. Sag's ihr, du Schlampe.«

Ophelia richtete sich zu ihrer majestätischen Balletttänzerinnengröße auf, sodass sie alle anderen Anwesenden überragte.

»Ich schäme mich für gar nichts. Was immer ich getan habe – du hast mich dazu getrieben, du Unmensch!«

»Genau! Du bettelst doch förmlich darum …«

»Tyrone Flynn, das ist eine offizielle Warnung«, erklärte Shanti mit Nachdruck. »Sollte ich irgendeine Form von Aggression oder Gewalt feststellen, werde ich …«

»Meinen Sie das mit ›Gewalt‹?«

Er packte Ophelia mit der rechten Hand bei den Haaren und hob die linke Faust.

»Nein. Mit ›Gewalt‹ meine ich das hier …«

Mit einer geschmeidigen Bewegung führte Shanti einen Ashiguruma aus, einen traditionellen Judo-Wurf. Bei diesem »Beinrad« fasste sie Tyrone am Kragen seines superengen T-Shirts, stellte ihr rechtes Bein hinter sein Schienbein und schleuderte ihn mit einem kreisenden Schwung in den Pool, wo er mit einem gewaltigen Platscher landete und prompt unterging wie ein Stein.

»Jesses!«, kreischte Ophelia.

»O Gott!«, rief Queenie. »Er kann nicht schwimmen. Er wird ertrinken!«

Shanti hatte nicht vor, ihm nachzuspringen, aber sie schnappte sich den Kescher und streckte ihn vage in seine Richtung. In blinder Panik griff er danach und zog sich an die Oberfläche, wobei er voller Entsetzen nach Luft schnappte.

»Keine Panik, Tyrone«, sagte sie mit fester Stimme. »Legen Sie die Hände auf den Beckenrand und beruhigen Sie sich.«

»Ich kann nicht … Ich kann nicht …«

»Jetzt tasten Sie sich am Beckenrand entlang zur Leiter. Und beruhigen Sie sich, um Himmels willen.«

Er zog sich unbeholfen bis zur Aluminiumleiter, wo Shanti die Hand ausstreckte, um ihm zu helfen. Als sein Fuß die unterste Sprosse gefunden und er die Hand um das Geländer gelegt hatte, bückte sie sich und ließ die eine Seite ihrer Handschellen um sein Gelenk schnappen, die andere befestigte sie am Geländer.

»Was? Was zur Hölle …«

»Sie sind dort ganz gut aufgehoben, Tyrone. Und jetzt geben Sie mal einen Moment Ruhe. Es geht nicht ständig um Sie.«

Ophelia grinste breit. »Jesses, das war verdammt beeindruckend. Wo haben Sie das gelernt?«

»Alles okay, Ophelia? Wie geht es dem Baby?«

»Gut. Mir geht es gut … uns beiden, danke.«

»Das freut mich.«

»Mammy«, jammerte Tyrone. »Das Baby, es ist …«

»Ja«, sagte Ophelia. »Ethan ist der Vater meines Kindes. Er und ich waren seit Jahren ein Liebespaar. Schon viel länger, als du dachtest«, fügte sie mit einem giftigen Blick auf ihren Mann hinzu.

Queenie vergrub das Gesicht in den Händen. »Nein!«, wimmerte sie. »Das darf nicht wahr sein.«

»Das versuche ich dir doch die ganze Zeit zu erklären, Mam. Sie ist eine Hure! Ethan, dieser Bastard, hatte es verdient.«

»Ich möchte nicht, dass du so über deinen toten …«

»Kaum zu glauben, dass dieser göttliche Mann mit einem Neandertaler wie dir verwandt war«, schluchzte Ophelia. »Er war … er war alles, was du niemals sein wirst: kultiviert, fürsorglich, talentiert …«

»Werden Sie mir jetzt wohl endlich diese verfluchten Dinger wieder abnehmen?«, brüllte Tyrone.

»Mache ich, sobald ich hier fertig bin«, versicherte Shanti und tippte auf ihre Smartphone-Tastatur.

»Benno, ich brauche Verstärkung in der Villa del Flynn … So bald wie möglich. Ich habe den Burschen.«

»Bist du in Gefahr, Chefin?«

»Ich komme klar, aber beeil dich.«

Trotz der Handschellen war es Tyrone gelungen, sich aus dem Pool zu stemmen. Klatschnass, die Muskeln zuckend vor Zorn, lag er zusammengekrümmt in einer Pfütze und brüllte so laut er konnte: »JUNGS! JUNGS! BEWEGT EURE ÄRSCHE HIERHER, SCHNELL!«

Einen Augenblick später hörte Shanti das Geräusch von Schritten, die sich eilig durch die langen Korridore näherten. Kurz darauf wurden drei Türen gleichzeitig aufgestoßen, und die Flynn-Meute stürmte herbei – Onkel, Neffen, Cousins.

»Sie war's«, ächzte Tyrone und deutete anklagend auf Shanti. »Das Miststück hat versucht, mich zu ersäufen.«

»Dann hoffen wir mal, dass sie gut schwimmen kann«, knurrte einer der Schlägertypen und näherte sich Shanti drohend.

Shanti baute sich vor ihm auf. »Ich warne Sie: Ich bin Polizistin, Detective Inspector bei der Mordkommission. Verstärkung ist unterwegs, und sollte es jemand von Ihnen wagen, sich mir oder Ophelia auch nur einen Meter zu nähern, werden Sie für lange Zeit von der Bildfläche verschwunden sein.«

»Denkst du, du kannst uns Angst machen?«, fragte der große Mann. »Wir fressen Cops zum Frühstück.«

Die Bande umzingelte sie. Shanti wich zurück. Tastete nach ihrem Pfefferspray. Vergeblich.

»Jesses!«, jammerte Ophelia.

Shanti spürte, wie sie von kräftigen Armen gepackt wurde, aber obwohl sie schimpfte und kämpfte, wusste sie, dass sie keine Chance hatte. Was würden Mum und Paul sagen, wenn sie ihren geschundenen Körper, übersät mit blauen Flecken, Pflaster und Verbänden, erblickten?

Auf einmal übertönte ein gellendes Kommando die Rufe, Flüche und Drohungen.

»Nathan! Wayne! Daniel! Michael! Damon! Craig! Jetzt hört mir mal gut zu.« Queenie Flynn, zierlich, aber unerschütterlich wie ein Fels, trat den Kerlen entgegen, die Hände in die Hüften gestemmt. »Ihr geht jetzt sofort zurück in eure Wohnungen. Dort setzt ihr euch hin und denkt nach, und zwar über Folgendes: Jeder einzelne Penny, den ihr besitzt, stammt von mir. Ihr lebt in meinem Haus. Ich war diejenige, die die Songs in Gold umgewandelt hat – habt ihr das etwa vergessen?«

»Nein, Queenie.«

»Ohne mich wärt ihr nichts. Nichts, habt ihr das verstanden? Es hat genug Gewalt gegeben, genug Verlust. Die Entscheidung ist einfach: Ihr benehmt euch wie anständige Christen, oder ihr packt eure Sachen und geht, zusammen mit Ophelia. Ist das klar?«

»Ja, Queenie.«

»Tut uns leid, Queenie.«

Sie ließen Shanti los, machten kehrt und schlichen kleinlaut davon.

»Und was dich angeht«, sagte sie und schaute auf ihren tropfnassen Sohn, »wenn das, was du über Ethan und *sie* behauptest, der Wahrheit entspricht, ist es unentschuldbar. Es verstößt gegen Gottes Gebote und gegen die der Natur. Doch vielleicht solltest du überlegen, ob nicht auch dich eine gewisse Schuld trifft. Ich habe gesehen, wie du sie behandelt hast. Die ganzen Aggressionen – woher kommen die, Sohn? Das hast du weder von mir noch von deinem Vater, Gott segne seine unsterbliche Seele. Es ist doch kein Wunder, dass sie sich einem sanfteren Mann zugewandt hat.«

Damit drehte Queenie sich um und ging von dannen.

Gerade als Shanti Ophelias Habseligkeiten aus dem Wasser gefischt und sie zusammen mit deren übrigen Sachen zu dem Wendekreis am Ende der Zufahrt gebracht hatte, trafen Benno und sein Team ein. Zwei Officer in einem Streifenwagen. Zwei in einem Van. Mit Blaulicht und heulenden Sirenen.

»Tut mir leid, Chefin. Es war ziemlich starker Verkehr.«

»Bedauerlicherweise habt ihr den Höhepunkt verpasst, Benno, aber ihr kommt gerade rechtzeitig, um die Lorbeeren einzuheimsen. Ihr findet Tyrone Flynn am Pool, mit Handschellen ans Geländer gekettet. Er beklagt sich, dass ihm langsam kalt wird.«

»Hat er gestanden?«

»So gut wie. Wenn ich mich recht erinnere, lauteten seine genauen Worte: ›Ethan, der Bastard, hatte es verdient.‹«

»Ich bin mir nicht sicher, ob das wirklich ein Geständnis ist«, wandte Benno ein.

»Du hast recht, Benno, das ist natürlich ein bisschen heikel …« Sie warf einen Blick auf Ophelia, die vor dem Eingang stand, und zog ihren stämmigen Kollegen diskret außer Hörweite. »Siehst du die schwangere Dame da drüben? Das ist Tyrones Ehefrau Ophelia. Allerdings trägt sie nicht sein Kind aus, sondern das von Ethan.«

»Autsch.«

»Anscheinend hat Tyrone das vor Kurzem herausgefunden. Wenn wir also nach einem klassischen Motiv suchen – bitte sehr. Hinzu kommt die lebenslange, zermürbende Demütigung durch den supertalentierten Bruder, der ihn in jeder Hinsicht in den Schatten gestellt hat. Da ist es doch keine Überraschung, dass er sich entmannt gefühlt hat.«

»Du sagst es, Chefin.«

»Zum gegenwärtigen Zeitpunkt schlage ich vor, dass wir ihn wegen Körperverletzung festnehmen … oder zumindest weil er einen Officer an der Ausübung seiner Pflicht gehindert hat. Es wäre schön, wenn du ihn ein bisschen grillst – mal sehen, ob er anfängt zu singen. Es liegt auf der Hand, dass er nicht allein gearbeitet hat. Bei dem technischen Kram muss er Hilfe gehabt haben. Sparky Mudget können wir ausschließen, oder?«

»Der könnte keiner Fliege etwas zuleide tun. Außerdem hat er ein wasserdichtes Alibi – er war die ganze fragliche Zeit über mit seinem Team zusammen. Die Techniker von Spark1Up haben mir versichert, dass sie ihre Arbeit stets von einem Kollegen gegenprüfen lassen.«

»Also gut, dann sollten wir herausfinden, ob jemand aus der Familie Flynn über die erforderlichen technischen Kenntnisse verfügt.«

»Ich werde sehen, was ich tun kann.«

»Wir sollten zudem Tyrones Räumlichkeiten gründlich unter die Lupe nehmen.«

»Wird gemacht, Chefin. Übrigens: Wo ist Caine?«

»Ach ja, den hatte ich ganz vergessen. Er wollte ein Gläschen Cider trinken und ein abhandengekommenes Fahrrad zurückbringen. Wie schön, dass es noch die gute, alte Polizeiarbeit gibt. Was würden wir ohne dich nur machen, Benno?«

Als Tyrone wild um sich tretend zum Van eskortiert wurde, brüllte er Shanti und Ophelia mit zornglühenden Augen zu: »Ich mache euch fertig … alle beide! Ich werdet keinen Fuß mehr auf den Boden kriegen, ihr Schlampen!«

»Keine Sorge«, beschwichtigte Shanti. »Es ist normal, dass sich Männer, die Angst vor Frauen haben, so aufführen. Zum Glück gibt es dort, wohin wir ihn jetzt bringen, kaum Frauen.«

Während der Van losfuhr und hinter einer Kurve verschwand, warteten sie gemeinsam auf Ophelias Taxi.

»Ich weiß, was Sie jetzt denken«, schniefte sie. »Sie fragen sich, warum ich ihn überhaupt geheiratet habe.«

»Da haben Sie recht. Das frage ich mich tatsächlich.«

»Es ist schwer zu glauben, aber Tyrone kann ungeheuer charmant sein – wenn er möchte. Als wir uns das erste Mal begegneten, wirkte er so selbstsicher. Er hat mir geschmeichelt, und ja, er war vermögend.«

»Ich war selbst unglücklich verheiratet, Ophelia, deshalb kann ich das gut nachvollziehen – bis auf den Teil mit dem Vermögen.«

»Außerdem liebte ich die Musik von Stigma. Doch jetzt kommt's: Tyrone hat mich getäuscht. Vorsätzlich. Er hat alles genau andersherum dargestellt, hat behauptet, er sei der talentierte Zwilling, nicht Ethan. Ethan habe stets in seinem Schatten gestanden, und er habe ihn großherzig unterstützt. Er hat sogar geprahlt, dass er all die Songs geschrieben und Ethan den Ruhm dafür habe einstreichen lassen, weil er ihm angeblich leidtat. Dabei war genau das Gegenteil der Fall. Tyrone erntete viel Anerkennung für die Songs, aber das war schlichtweg Ethans Verdienst. Als wir verheiratet waren, fing ich an zu begreifen, dass Ethan der Schöpfer von allem war. Er *war* Stigma. Tyrone trug nichts dazu bei.«

»Vielleicht sollten wir ein bisschen großzügiger sein, Ophelia. Ich dachte immer, es sei der Kontrast zwischen den beiden so grundverschiedenen Persönlichkeiten, der die Musik einzigartig machte. Ethans Beseeltheit und Tyrones wummernder Bass. Eine Art Yin und Yang, wenn Sie wissen, was ich meine. Sanfte Liebeslieder – aber mit diesem schweren Bassgroove.«

»Jesses! Sie haben ja wirklich Ahnung.«

»Das gehört zu meinem Job. Hat Tyrone je damit gedroht, dass er Ethan umbringen wolle?«

»Aber ja. Ständig. Aber er wollte im Grunde alle umbringen – auch mich.«

»Und mich zweifelsohne auch. Konkreter ist er nicht geworden? Hat er zum Beispiel jemals erwähnt, dass er die Bühnenelektronik manipulieren wollte?«

Ophelia schüttelte den Kopf. »Ich habe so wenig Zeit wie möglich mit diesem Mann verbracht und stattdessen jede freie Minute Ethan gewidmet. Das Einzige, was ich seit Ethans Tod weiß, ist, dass Tyrone vollkommen besessen davon war, einen ganz bestimmten Song zu finden. Das hat ihn wahnsinnig gemacht. Ich fand es amüsant, dass er deswegen derart außer sich geriet … und ich hoffe, dass er das Lied niemals findet, denn es gehört ihm nicht.«

»Vielleicht mache ich jetzt einen Fehler, Ophelia, aber ich denke, es ist nur fair, wenn Sie wissen, dass ich den Song entdeckt habe. Wenn er irgendwem gehört, dann Ihnen und Ihrem Kind.«

»Jesses, wirklich? Das hört sich jetzt vielleicht schrecklich an, aber ich will ihn gar nicht haben.«

»Er könnte viel Geld wert sein.«

»Geld ist mir egal. Ethan hat gut für unsere Zukunft vorgesorgt. Das war typisch für ihn.«

»Nun, sollten Sie Ihre Meinung ändern …«

»Da kommt mein Taxi. Vielen Dank für alles, Inspector. Wissen Sie, je mehr ich darüber nachdenke, desto überzeugter bin ich, dass das Lied all denen gehört, die Ethan geliebt haben. Ich würde es der Welt gern schenken. Würden Sie das für mich übernehmen? Es wäre das, was er sich gewünscht hätte.«

»Und was wird aus Ihnen?«

»Ich werde versuchen, ein Leben für unser Kind und mich aufzubauen. Ich weiß, dass Ethan sich das ebenfalls gewünscht hätte.«

»Da bin ich mir sicher. Gibt es einen Ort, an dem Sie unterkommen können?«

»Ich habe großes Glück – Mummy hat ein Haus in Hampshire und Daddy ein Anwesen in Notting Hill. Sie werden sich um mich kümmern. Das tun sie immer.«

»Ich bin froh, dass Sie Unterstützung haben. Ich fürchte, ich werde Ihnen noch weitere Fragen stellen müssen, aber die können bis nach der Geburt warten. Wann soll es denn so weit sein?«

»Der eigentliche Geburtstermin ist für Dienstag berechnet, aber ich spüre heute schon ein Ziehen. Haben Sie Kinder, Inspector?«

»Einen Jungen. Paul. Er ist fast neun. Ganz schön anstrengend, aber ich habe ihn furchtbar lieb.«

»Das klingt wundervoll. Wir werden ein kleines Mädchen bekommen.«

»Wie schön. Und haben Sie schon einen Namen ausgesucht?«

»Eve. Wir dachten, wir nennen sie Eve.«

*Kapitel achtundzwanzig*

# EIN HALB FERTIGES HAUS

Es war wirklich viele Jahre her, dass Caine zum letzten Mal Motorrad gefahren war. An die Yamaha WR250R, die Molly ihm geliehen hatte, musste er sich erst gewöhnen.

»Das ist eine Wahnsinnsmaschine«, hatte sie gesagt. »Großartig nicht nur auf der Straße, sondern auch offroad. Der Motor hält echt was aus.«

Caine schlängelte sich vorsichtig durch die schmale Lücke zwischen den beiden Fahrspuren, doch als der Verkehr nach ein paar Meilen weniger wurde, bekam er den Dreh raus. Er gab Gas, spürte die Wirkung der G-Kräfte auf seinen Körper und den Wind, der sein Baumwollshirt zum Flattern brachte.

Unter seinem Helm lauschte er dem Dröhnen des Motors, doch er hörte noch etwas anderes – einen Song beziehungsweise eine ganz bestimmte Strophe, die ihm in einer Art Endlosschleife durch den Kopf ging:

> Sleepy creature of the sacred dome
> Spread your wings, it's time to fly from home
> Between us lies the ever-breathing sea
> Big waves crying – our love can never be

Nach einer Weile gelangte er in ein Überschwemmungsgebiet. Auf schilfbestandenen Inseln, umgeben von mit Wasser vollgesogenen Deichen, grasten ein paar einsame Kühe. Auf der anderen

Straßenseite fiel ihm etwas Interessantes ins Auge. Er drosselte das Tempo, überquerte die Fahrbahn und lenkte das Motorrad auf den grasbewachsenen Seitenstreifen. Dann stellte er die Füße auf den Boden, schaltete den Motor ab und nahm den Helm vom Kopf.

An der Böschung oberhalb eines schlammigen Entwässerungskanals stand ein Schild mit der Aufschrift: *Kilton heißt vorsichtige Autofahrer willkommen.* Das Ungewöhnliche daran war ein riesiger Strauß übergroßer Metallrosen, die kunstvoll um die Stange geschlungen waren. Jeder überdimensionale Dorn und jedes überdimensionale Blütenblatt war mit roten Solarlichtern bestückt, die aussahen wie blutige Tränen. Ein verzweifeltes Gedenken an das Opfer eines Autounfalls.

Caine wollte die Fahrt gerade fortsetzen, als das Telefon in seiner Schultertasche zu klingeln begann. Als er es endlich herausgezogen hatte, hatte es schon wieder aufgehört. Und als er Shanti endlich erreichte, klang diese mehr als nur ein wenig selbstzufrieden.

»Tut mir leid, Caine, habe ich Sie beim Schweben gestört?«

»Ich stehe mit beiden Füßen fest auf dem Boden, Shanti. Ist alles okay?«

»Alles in Butter. Ich habe einen ereignisreichen Vormittag hinter mir, und Tyrone ist in U-Haft, und ich habe die mysteriöse Eve identifiziert. Es war nicht Ethans Oma, wie Sie törichterweise vermuteten.«

»Eve ist Ophelias Baby, stimmt's?«

»Herrgott, Caine. Woher wissen Sie das denn schon wieder? Sie werden allerdings nie darauf kommen, wer der Vater ist …«

»Ich nehme an, es war Ethan.«

»Herrgott hoch zwei, Caine. Nun, wie dem auch sei: Ich habe mir diesen prätentiösen Songtext noch einmal vorgenommen, und ich muss zugeben, dass er jetzt etwas mehr Sinn ergibt. Die heilige Kuppel und das Ganze.«

»Ja, es ist schon ein wenig unheimlich, wenn man genauer darüber nachdenkt – ein Liebeslied von einem toten Vater an seine ungeborene Tochter ... *Between us lies the ever-breathing sea ...*«

»Was meint er damit?«

»Das Leben, nehme ich an.«

»Richtig.«

»Ich hatte die Melodie die ganze Zeit über im Kopf. Sie ist betörend schön.«

»Sie müssen mir versprechen, dass Sie sie mir nicht vorsingen. Weder jetzt noch sonst irgendwann.«

»Pfadfinderehrenwort.«

»So oder so, der Fall nimmt Stück für Stück Gestalt an. Ich bin jetzt fertig in der Villa del Flynn und mache mich gleich auf den Weg zur Unworthy Farm, um meinen Sonntagsbraten zu genießen. Den habe ich mir verdient. Primrose reicht dazu gebratene Pastinaken, eines meiner Lieblingsgerichte. Wo sind Sie eigentlich?«

»Oh, ich bin unterwegs, um ein paar lose Fäden in Kilton zu verknüpfen. Es sollte nicht lange dauern.«

»Hm. Ach, Caine? Ich habe den Eindruck, dass ich diese Woche ein bisschen gemein zu Ihnen war, deshalb habe ich mir für heute Abend einen besonderen Leckerbissen ausgedacht ... Nichts zu danken, gern geschehen. Bis später!«

»Shanti? Shanti ...?«

Caine setzte seinen Helm wieder auf und trat die Maschine an. Nach ein paar Meilen gelangte er an eine gut versteckte Abzweigung auf der rechten Seite und lenkte das Motorrad auf eine mit tiefen Schlaglöchern übersäte einspurige Zufahrt – genau wie Molly es beschrieben hatte.

»Der Ort, nach dem Sie suchen, liegt am Ende der Strecke zwischen den Bäumen«, hatte sie gesagt. »Es ist ein magischer Ort.

Ich kenne ihn ziemlich gut, weil dort in der Nähe eine Motocross-Strecke entlangführt.«

»Das ist ausgesprochen hilfreich, Molly.«

»Gern. Ich kann nicht garantieren, dass er heute da ist, aber dort hängt er immer ab, wenn er einen freien Moment hat. Nicht dass er irgendwelche Fortschritte machen würde.«

Caine holperte etwa eine halbe Meile die ausgefahrene Zufahrt entlang, wobei ihm nicht entging, wie mühelos das Motorrad mit dem unebenen Boden klarkam. Endlich erreichte er die grasbewachsene, von Birken umstandene Lichtung – wieder genau so, wie von Molly beschrieben. Und da war er plötzlich, der unfertige Rohbau eines Hauses auf einer kleinen Anhöhe.

Es war klar, dass hier schon lange nicht mehr gearbeitet wurde. Der spitzgiebelige Dachstuhl auf den rechteckig angeordneten Holzwänden war voller Moos und Flechten. Caine sah die leeren Fensterrahmen. Einen verrosteten Zementmischer. Eine einsame Schubkarre.

Er stellte den Motor ab und parkte die Yamaha neben einem roten Quad.

In der Mitte des skelettartigen Hauses stand ein Stapel Betonblöcke. Und auf diesem Stapel saß eine einsame Gestalt mit einem Wust blonder Locken.

»Molly?«, fragte die Gestalt.

Als Caines Kopf unter dem Helm zum Vorschein kam, zuckte Blackmore überrascht zusammen.

»Keine Sorge, Gavin, es ist alles okay. Molly hat mir das Motorrad geliehen. Sie hat mir gesagt, dass ich Sie hier finde.«

Caine hängte den Helm an den Lenker und ging die Anhöhe hinauf. Jetzt, da er nicht länger das Dröhnen der Maschine in den Ohren hatte, senkte sich die wohltuende Stille auf ihn herab wie eine weiche Decke. Auch die Vögel in den Bäumen fingen einer nach dem anderen wieder an zu zwitschern.

Auf der obersten der halb fertigen Stufen blieb er stehen, die Hände gegen den leeren Türrahmen gestützt.

»Darf ich reinkommen?«

»Lassen Sie sich nicht aufhalten. Jeder kommt hier rein. Die Kids aus dem Dorf und alle möglichen Wildtiere.«

»Das ist Ihr Haus, Gavin. Ich würde es nicht ungebeten betreten.«

»Sie sind von der Polizei, oder?«, fragte Blackmore.

Caine ging über den Zementboden, auf dem große Pfützen standen. In ihnen spiegelten sich die am Himmel ziehenden Wolken.

»Sonntag ist normalerweise mein freier Tag«, sagte er und setzte sich neben den trauernden Mann. »Ich verrate Ihnen ein Geheimnis – ich bin sowieso nur ein halber Polizist.«

»Was soll das heißen?«

»Das soll heißen, dass ich mir manchmal wünschte, ich könnte etwas anderes mit meiner Zeit anfangen. Vielleicht etwas Praktisches tun, so wie Sie hier.«

»Ich habe seit Jahren keinen Stein mehr in die Hand genommen.«

Caine öffnete seinen Leinenbeutel und zog eine Thermoskanne und zwei Becher heraus, die er auf die Betonblöcke zwischen sie beide stellte.

»Möchten Sie einen Tee?«

»Nein, danke. Sie sind wirklich in Ordnung.«

»Ich schenke Ihnen auch eine Tasse ein, nur für den Fall, dass Sie es sich anders überlegen. Das hier ist ein nettes Fleckchen, Gavin.«

»Hierher komme ich, um nachzudenken.«

»Das kann ich verstehen. Es tut mir leid, dass ich Sie störe.«

»Was tun Sie dann hier?«

»Ich glaube, wir haben etwas gefunden, das Ihnen gehört, und ich möchte es Ihnen gern zurückgeben.«

Gavin lehnte sich ein kleines Stück nach hinten. »Was haben Sie denn gefunden?«

»Das sage ich Ihnen gleich. Kein Grund zur Eile. Zunächst möchte ich Sie etwas fragen. Auf dem Weg hierher ist mir etwas aufgefallen … etwas Schönes und gleichzeitig Trauriges. Ist das Caroles Gedenkstätte, diese Metallrosen am Straßenrand? Es tut mir leid – ich möchte Sie nicht aufregen.«

»Woher wissen Sie das alles?«, fragte er. In seine Augen traten Tränen.

»Primrose und Vowles haben mir davon erzählt. Sie haben mir ein Foto von Ihnen allen zusammen gezeigt. Carole war eine Schönheit, Gavin.«

Eine dicke Träne rollte über Blackmores Wange. »Das hier sollte unser Zuhause werden.«

»Ich weiß«, sagte Caine leise und reichte ihm einen Becher Tee.

Auf Caines Becher stand: *Buddhist des Jahres.*

Der Spruch auf Gavins Becher lautete: *Drei Dinge bleiben nicht lange verborgen – die Sonne, der Mond und die Wahrheit.*

Caine trank bedächtig seinen Tee und erinnerte sich an einen anderen Wald, vor langer Zeit und weit, weit entfernt. Der alte Tu hatte über die unterschiedliche Art und Weise gesprochen, auf die die Menschen die Stille wahrnahmen. »Für den einen mag die Stille wie die Gesellschaft eines alten Freundes erscheinen. Für den anderen bedeutet sie eine quälende Ewigkeit. Manch einer fühlt sich vielleicht einsam. Nervös. Verängstigt. Doch es ist derselbe Wald. Dieselbe Stille. Nur der Geist unterscheidet sich. Nur das Bewusstsein.«

Und so kam es, dass Caine friedlich dasaß und wartete, während Blackmore unruhig hin und her rutschte und litt.

Endlich sagte er: »Warum sitzen wir hier eigentlich? Sie sagen ja gar nichts. Das macht mich verrückt.«

»Ich genieße den Augenblick. War das ein Specht? Ein kurzes Aufleuchten von Rot und Grün. Ich nehme an, das hier ist ein idealer Lebensraum.«

»Was wollen Sie von mir?«

»Vowles hat mir erzählt, dass er Ihr Vormund war. Er habe sich um Sie gekümmert, als Sie jung waren.«

»Gekümmert?«, fragte Blackmore gereizt. »Er hat mich kontrolliert!«

»Inwiefern, Gavin?«

»Nein, das möchte ich nicht sagen. Ich habe schon zu viel gesagt.«

Wieder senkte sich Stille auf die beiden herab. Wieder rutschte Blackmore unruhig hin und her. Nervös. Aufgewühlt. Gepeinigt. Und wieder wartete Caine.

»Ich habe meine gesamte Kindheit unter seinem Dach verbracht. Auf seinem Hof. Musste mich seinen Regeln beugen.«

»Aber Sie sind zum Studieren fortgegangen.«

»Das ist richtig. Als ich achtzehn war, habe ich einen Studienplatz am Exeter College bekommen. Das war eine neue Welt. Ich habe gesehen, was andere Leute in meinem Alter machten. Ich habe einen Beruf erlernt. Und das Beste von allem: Ich bin Carole begegnet. Wir sind zusammen gereist, quer durch die Welt; ich habe Orte gesehen, von denen ich nicht mal geträumt hatte.«

Bei diesen Worten brachen sich die Tränen Bahn. Caine legte sanft eine Hand auf seinen Arm.

»Wohin sind Sie gereist?«

»Neuseeland, Australien, Indonesien – an alle möglichen Orte …«

»Thailand?«

»Ja, auch dorthin. Als wir zurückkamen, hatten sich mir die Augen geöffnet. Wir fingen an zu sparen und kauften schließlich dieses Grundstück. Wir wollten eine Familie gründen …« Er fing an zu schluchzen.

»Vowles hat mir erzählt, was Carole zugestoßen ist. Es tut mir aufrichtig leid.«

»Das hat er getan? Das hat er wirklich getan? Was hat er gesagt?«

»Er hat über die Nacht gesprochen, in der Sie sich verlobt haben. Er sagte, Carole sei in ihren Wagen gestiegen, obwohl sie zu viel getrunken hatte. Und dann sei sie in den Entwässerungskanal gefahren. Er habe noch versucht, sie zu retten, doch es war zu spät.«

Gavin sprang auf. »Er kann doch nicht Carole die Schuld dafür zuschieben!«

»Dann erzählen Sie mir, was wirklich passiert ist.«

Gavin ging mit großen Schritten in dem Haus ohne Dach auf und ab.

»Das geht nicht.«

»Warum nicht?«

»Weil Sie von der Polizei sind.«

»Aber ich bin auch ein Mensch. Ich möchte Ihnen helfen.«

»Dann versprechen Sie mir, es niemandem weiterzusagen.«

»Das Versprechen kann ich Ihnen nicht geben, Gavin. Aber ein weiserer Mann als ich hat einst gesagt: ›Die Wahrheit befreit.‹«

»Vielleicht. Und vielleicht bringt sie mich auch ins Gefängnis. Obwohl mir das auch schon egal ist. Ich halte es einfach nicht mehr aus. Ich werde noch wahnsinnig! Ich … *ich* habe am Steuer gesessen. Wir hatten beide zu viel getrunken, aber ich dachte, ich hätte noch alles unter Kontrolle. Ich habe mich nie so selbstsicher gefühlt wie in jener Nacht, nachdem sie mir gesagt hatte, sie würde mich heiraten. Ich wollte sie zu ihren Eltern bringen. Ich war ein guter Fahrer. Ich war überzeugt, dass ich fahren konnte, und es war ja nicht weit. Ich habe die Kontrolle über das Auto verloren, ich bin in den vollen Kanal gerast …«

Als der stille Mann einmal zu reden begonnen hatte, konnte er nicht wieder aufhören.

»Ich nehme an, ich war bewusstlos … ich kann mich nicht erinnern. Das Wasser hat mich geweckt. Es war eiskalt. Meine Beine waren taub. Ich habe zum Beifahrersitz geschaut, aber alles, was ich sehen konnte, war ihr Scheitel. Ihre Haare, die im Wasser trieben. Es war zu spät. Sie war vom Sitz gerutscht, unter die Wasseroberfläche geraten und ertrunken. Ich habe sie umgebracht.«

»Dann war Vowles gar nicht dort?«

»O doch, das war er. Er war draußen mit dem Hund unterwegs. Er hat mich aus dem Wrack gezogen. Ich war am Boden zerstört. Habe auf der Straße getobt und geschrien, ich wolle die Polizei holen, aber Vowles hat mich davon abgehalten und behauptet, ich sei ein gottverdammter Narr. Das Erste, was die Polizei tun würde, wäre einen Alkoholtest vornehmen, und dann würde ich jahrelang im Gefängnis vor mich hin modern. Er hat mich überzeugt, dass es eine andere Möglichkeit geben würde: Wir sollten sie einfach auf den Fahrersitz ziehen, damit es so aussah, als sei sie gefahren – allein. Nie wieder im Leben ist mir irgendetwas so schwergefallen. Wir haben ihren toten Körper auf die andere Seite gezogen und sogar ihre Hände ans Lenkrad gelegt. Ich hätte dem niemals zustimmen dürfen. Seitdem habe ich meine Entscheidung bereut, und zwar jede einzelne Minute. Deshalb komme ich hierher. Um hier zu sitzen und mir auszumalen, was gewesen wäre, wenn.«

»Sie haben mein volles Mitgefühl, Gavin«, sagte Caine, schraubte den Deckel auf die Thermoskanne und verstaute sie zusammen mit den Bechern in seinem Beutel.

»Anschließend hatte mich Vowles noch mehr in der Hand. Er hat mir Arbeit gegeben, aber ich stand auf ewig in seiner Schuld. Ich musste ihm Miete bezahlen, und er hat mich nie vergessen lassen, was ich getan hatte. Wenn ich wagte, mich gegen ihn aufzulehnen, hat er gedroht, die Polizei zu rufen und Caroles Familie alles zu verraten.«

»Ist Ihnen denn nie der Gedanke gekommen, dass sich auch Vowles strafbar gemacht hat?«

»Wie meinen Sie das?«

»Er hat die Polizei belogen. Auch er hat gegen das Gesetz verstoßen. Er hat einen Todesfall verschleiert.«

Gavin starrte durch den offenen Dachstuhl in die Bäume. Und dann schien es klick zu machen.

»All die Jahre!«, tobte er. »All die beschissenen Jahre!«

»Sie waren jung. Er war ihr Vormund. Seien Sie nicht zu hart sich selbst gegenüber. Er hat Sie ausgenutzt.«

»Ich dachte, Carole zu verlieren, sei das Schlimmste gewesen, was mir jemals passieren konnte. Wer hätte gedacht, dass die Hölle so viele Facetten hat?«

Er ging noch immer auf und ab und raufte sich die blonden Locken. Dann blieb er plötzlich stehen und starrte Caine mit weit aufgerissenen Augen an.

»Sie sagten, Sie hätten etwas von mir gefunden, das Sie mir zurückgeben wollten.«

»Wir haben Ihr Fahrrad entdeckt. Das schwarze mit der Gepäcktasche.«

Sein Gesicht verzog sich und spiegelte in einer Art Schnelldurchlauf eine Vielzahl von Emotionen wider. Verwirrung. Begreifen. Ungläubigkeit. Angst. Und dann … Zorn.

»Den … schnappe … ich … mir …«, murmelte er mit zusammengebissenen Zähnen.

Noch bevor Caine von den Betonblöcken springen konnte, war Blackmore schon durch die nicht existente Wand gestürmt und rannte die Anhöhe hinunter. Er schwang sich auf sein Quad und ließ den Motor an. Binnen Sekunden donnerte das rote Gefährt davon.

Caine setzte ihm nach, stürzte zu der Yamaha und trat die Maschine an. Er gab so viel Gas, dass das Vorderrad vom Boden abhob, dann nahm er die Verfolgung auf, einen hohen Bogen aus aufspritzendem Schlamm hinter sich herziehend.

Gavin preschte wie ein Irrer über die ausgefahrene, unbefestigte Zufahrt mit ihren zahlreichen Kurven und Buckeln und den dicken Schlammpfützen, den aus dem Boden ragenden Wurzeln und herabgefallenen Ästen, dann ließ er den Wald hinter sich und donnerte durch ein offen stehendes Tor und weiter über die Felder.

Das Quad war wie geschaffen für dieses Gelände, und Blackmore war ein geübter Fahrer. Caine schlitterte auf Mollys Motorrad unsicher hinter ihm her und wäre in einer der engen Kurven beinahe gestürzt. Als er auf das Feld gelangte, spürte er, wie unter ihm die Reifen durchdrehten, und konzentrierte sich allein darauf, die Maschine aufrecht zu halten.

Blackmore, der vornübergebeugt auf dem Quad stand, war ihm inzwischen eine gute Viertelmeile voraus. Ohne Helm fühlte sich Caine gefährlich verletzlich, aber ihm blieb keine Zeit, darüber nachzudenken. Keine Zeit, anzuhalten. Alles, was er tun konnte, war, dem aggressiven roten Punkt in der Ferne zu folgen, der über ein ansteigendes Feld auf ein weiteres Tor zuraste.

Dieses Tor war geschlossen, doch es dauerte nur ein paar Sekunden, bis Gavin abgesprungen war und es aufgeschoben hatte. Dann preschte er auch schon weiter auf das nächste Feld, wo er eine Schafherde aufschreckte und in sämtliche Richtungen versprengte.

Mit wehenden Haaren setzte Caine die Jagd fort, so schnell es das Motorrad erlaubte – eine Geschwindigkeit, die weit höher war, als seine Nerven ertragen konnten. Er warf einen Blick auf den Tachometer und sah die Nadel, die auf vierzig … fünfundvierzig … und schließlich auf über fünfzig Meilen pro Stunde hochschnellte. Am Ende des Felds angekommen, richtete er sich zu voller Größe auf, sodass er das Quad sehen konnte, das auf eine Ansammlung von Gebäuden in der Ferne zuschoss.

»Die Unworthy Farm«, murmelte er.

Er bremste kurz ab, gerade lange genug, um sich die Schlammspritzer aus den Augen zu wischen, dann gab er wieder Gas. Doch als er auf das angrenzende Feld raste, rannten die entsetzten Schafe in blinder Panik auf ihn zu. Plötzlich war er von der kopflos umherspringenden Herde umgeben. Caine versuchte auszuweichen, zog die Bremse und berührte mit dem Oberkörper den Sitz, bevor er in die Höhe schnellte und majestätisch über den Lenker flog. Das fahrerlose Motorrad schlingerte in einen Graben, während sich Vincent Caine crowdsurfend auf den wolligen Rücken der blökenden Schafe wiederfand.

## *Kapitel neunundzwanzig*

# DIE GNADENLOSE SCHLINGE

Im Esszimmer der Unworthy Farm atmete Shanti genussvoll den Duft nach Roastbeef und Bratensoße ein. Der riesige Tisch war lediglich zu einem Viertel besetzt, da viele der Stars ihren Auftritt bereits hinter sich hatten und abgereist waren.

»Sie haben vielleicht Nerven, sich hierherzutrauen«, sagte Sista Tremble neben ihr.

»Sind das da drüben Bratkartoffeln?«, fragte Shanti.

»Haben Sie nicht gehört, was ich gesagt habe?«

»Doch, das habe ich. Und ich habe gleich drei gute Nachrichten für Sie, Sista.«

»Ach ja?«

»Wenn Sie mir die Kartoffeln reichen, erzähle ich sie Ihnen. Und bitte auch die Pastinaken. Also, das Wichtigste zuerst: Ich kann bestätigen, dass die Pyramid Stage freigegeben wurde. In diesem Augenblick bereiten Sparky Mudget und das Festivalteam alles für Ihren Auftritt heute Abend vor.«

»Das sind tatsächlich zwei gute Nachrichten, deshalb bekommen Sie die Bratkartoffeln.«

»Danke. Und die Pastinaken?«

»Sie sprachen von drei guten Nachrichten.«

»Richtig. Obwohl Sie sich mir gegenüber ausgesprochen grob verhielten, als ich meinen Pflichten nachkam, halte ich Sie für eine wahrhaft großartige Künstlerin.«

»Das weiß ich zu schätzen, und ich entschuldige mich für

das, was ich gesagt habe. Ich hatte furchtbare Kopfschmerzen an dem Tag. Keine Ahnung, was sie einem hier in den Wein panschen.«

»Entschuldigung angenommen. Ich hatte ebenfalls Kopfschmerzen. Aber was halten Sie hiervon?« Shanti reichte ihr ein Blatt Papier.

Die anderen Berühmtheiten am Tisch waren sichtlich interessiert an dem, worauf Sista mit großen Augen starrte.

»Ach du heiliger Strohsack! Ist es wirklich das, wofür ich es halte?«

»Es ist Ethans letztes Werk – ›Song For Eve‹. Eve ist seine kleine Tochter, die jeden Moment zur Welt kommen müsste.«

»Wow, das ist mehr als außergewöhnlich. Das ist der absolute Hammer! Entschuldigung, wie war noch gleich Ihr Name?«

»Shanti Joyce. DI Shanti Joyce.«

»Nun, DI Shanti Joyce, diesen Augenblick werde ich niemals vergessen. *Spread your wings, it's time to fly from home …* Das ist wirklich schön.«

»Wenn Sie etwas damit machen könnten, Sista, würde Ethan wohl sehr glücklich sein. Der Song ist sein Abschiedsgeschenk an die Welt.«

Shanti richtete ihre volle Aufmerksamkeit auf den dampfenden Teller vor ihr auf dem Tisch, doch gerade als sie die erste Gabel voll knuspriger Bratkartoffeln und saftig zartem Fleisch zum Mund führen wollte, zerriss ein Dröhnen wie von einem Düsenjet die Stille.

»Was zum Teufel …?«, rief Sista erschrocken.

»Mein Herz!«, stöhnte Marcel Snapper.

Shanti eilte zum Fenster, gerade rechtzeitig, um zu sehen, wie ein Quad schlingernd zum Stehen kam und Gavin Blackmore gleich darauf auf die Küchentür zurannte, wobei er ein Stück Stromkabel aus der Tasche zog. Seine Kleidung war schlammbespritzt, sein Gesicht zu einer mordlüsternen Grimasse verzerrt.

»Um Gottes willen!«, stieß sie hervor, warf ihre Serviette auf den Tisch und stürmte aus dem Raum.

Während sie über die großen Steinplatten im Gang rannte, hallte bereits Boners Geheul von den Wänden wider. Shanti trat mit dem Fuß die Tür auf und platzte in die Küche, wo Gavin Vowles wirkungsvoll mit dem Kabel die Luft abschnürte, während Primrose an seinem Arm zerrte und Boner die Zähne in sein Bein schlug.

»Ich … bringe … dich … um«, stieß der Landarbeiter mit vor Zorn abgehackter Stimme hervor.

»Nach all dem, was er für dich getan hat, Gavin Blackmore!«, kreischte Primrose.

»Dein Mann hat mein Leben ruiniert!«, schrie der und zog die Schlinge noch fester zu.

Abgesehen von den schneeweißen Augenbrauen hatte Vowles den Farbton einer Krampfader angenommen. Sein Mund war verzerrt zu einer unmenschlichen Fratze des Entsetzens und der Furcht. Seine winzigen Augen traten aus den Höhlen.

Shanti rannte um den Küchentisch herum, wo Unmengen Schalen und Becher mit Eiscreme von Unworthy Ices auf den Transport ins Esszimmer warteten. Sie packte Gavins sehnige Arme, und nach einem ordentlichen Kampf gelang es ihr, ihn rückwärts gegen den gusseisernen Herd zu schleudern. Der Hund war nach wie vor fest in sein Bein verbissen.

»Gavin Blackmore«, keuchte sie. »Ich verhafte Sie wegen Körperverletzung und … und anderen Dingen. Sie haben das Recht zu schweigen, aber alles, was Sie sagen, kann …«

Vowles war hustend und würgend auf den Küchentisch gesackt, wo Primrose hektisch das Kabel von seinem Hals entfernte. Als er wieder Luft bekam, fiel er rückwärts auf seinen Stuhl und japste: »W-w-wasser!«

Shanti dachte an die Handschellen, die in ihrer Tasche im Esszimmer steckten, doch sie kam zu dem Schluss, dass sie sie vermutlich nicht brauchen würde. Blackmore, der den Hund endlich von seinem Bein entfernt hatte, sah absolut fertig aus.

»Er hat mich dazu gebracht, es zu tun«, schluchzte er.

»Was zu tun, Gavin?«, fragte Shanti.

»Alles. So viele schlimme Dinge. Ich habe alles Ihrem Partner erzählt.«

»Sie haben mit Caine gesprochen?«

»Gavin ist nicht ganz bei sich«, schaltete sich Primrose ein. »Seit der Tragödie ist er nicht mehr er selbst, stimmt's, Vowles? Und das nach allem, was wir für ihn getan haben. Es ist eine Schande.« Sie reichte ihrem Mann ein Glas Wasser. »Nichts zu danken, gern geschehen.«

»So, jetzt beruhigen sich alle erst einmal«, befahl Shanti mit strenger Stimme. »Ich werde einen Krankenwagen und Verstärkung anfordern.«

»Das ist nicht nötig«, krächzte Vowles wie ein Verdurstender in der Wüste. »Es geht mir schon wieder gut. Sie können einen Psychiater rufen – so einen würden wir hier brauchen. Er soll am besten eine Zwangsjacke mitbringen.«

Während Shanti Gavin zu einem Stuhl in sicherem Abstand zu Vowles begleitete, hörte sie auf dem Hof das Dröhnen eines eintreffenden Motorrads. Kurz darauf flog die Tür auf, und Caine platzte ins Zimmer.

»Herrgott, Caine. Können Sie nicht mal für einen Tag die Füße still halten?«

»Alles okay, Shanti?«

»Mir geht's gut. Ich bin bloß ein bisschen verwirrt.«

Während sich Boner voller Freude in Caines Arme stürzte, wies Shanti Vowles und Blackmore auf ihre Rechte hin, um sie offiziell vernehmen zu können.

Im selben Moment kam Seth Vowles in einem ausgewaschenen Arctic-Monkeys-T-Shirt und einem ausgebeulten Trainingsanzug in die Küche geschlurft und rieb sich den Schlaf aus den Augen.

»Was gibt's zum Frühstück?«, fragte er.

Primrose explodierte. »Frühstück? Wir sind bald mit dem Mittagessen fertig, und dein Vater wäre beinahe ermordet worden, während du noch geschlafen hast. Siehst du den Servierwagen? Den schiebst du jetzt nach hinten ins Esszimmer und prüfst, ob unsere Gäste schon fertig sind. Wenn ja, räumst du ab und machst dich nützlich. Es wird Zeit, dass sich hier einiges ändert.«

Schockiert über die Reaktion seiner Mutter kam der dünne Junge mit dem zerzausten roten Irokesen deren Anweisungen nach.

»Vielleicht sollten Sie sich lieber setzen, Primrose«, schlug Caine vor. »Ich werde uns allen einen Tee machen, wenn Sie nichts dagegen haben. Und Gavin – wären Sie wohl so freundlich, meiner Kollegin mitzuteilen, was Sie mir erzählt haben?«

»Ich … ich weiß nicht, wo ich anfangen soll …«

»Warum beginnen Sie nicht mit Caroles und Ihrer Verlobung? Ich meinte, Sie erwähnten, es sei ein dunkler, stürmischer Abend gewesen.«

# Kapitel dreißig

## EIN KÜCHENGESTÄNDNIS

Alles, was er sagt, ist gelogen«, behauptete Vowles. »Ich habe nie mehr getan, als ihm zu helfen, und zwar sein Leben lang.«

»Dann waren Sie also nicht anwesend, als Carole gestorben ist?«, fragte Caine.

»O doch, das war ich. Ich habe Gavin aus dem Wagen gezogen, sonst hätte es in jener Nacht zwei Tote gegeben.«

»Sie sind sich darüber im Klaren, dass dies dem widerspricht, was Sie uns heute Morgen erzählt haben? Da haben Sie klipp und klar gesagt, Sie hätten nur Carole in dem Wagen entdeckt.«

»Da trügt Sie Ihre Erinnerung vermutlich.«

»Dann war es also nicht Ihre Idee, Carole auf den Fahrersitz zu zerren?«

»Selbstverständlich nicht.«

»Du Lügner«, knurrte Gavin. »*Du* hast dir das Ganze ausgedacht – auch wenn du mich dazu gebracht hast, es umzusetzen. Und seitdem hast du mich damit unter Druck gesetzt.«

»Ach, Gavin«, jammerte Primrose. »Wie kannst du nur so etwas behaupten? Vowles ist wie ein Vater zu dir gewesen.«

Blackmore starrte sie ungläubig an.

»Hören Sie, das ist eine furchtbare Sache«, sagte Shanti. »Wenngleich vermutlich verjährt. Ich werde meine hiesigen Kollegen bitten, sich den Fall noch einmal vorzunehmen, doch meine Aufgabe ist es, Informationen zum Tod von Ethan Flynn zu sammeln.«

»Ich denke, Sie werden feststellen, dass die beiden Fälle in Zusammenhang stehen«, sagte Caine. »Sie waren Student am Exeter College, ist das korrekt? Wenn ich mich nicht irre, absolvierten Sie dort eine Ausbildung, bei der Studium und Praxis kombiniert sind.«

»Caine«, stöhnte Shanti. »Inwiefern ist das jetzt von Bedeutung?«

»Was für ein Fach haben Sie studiert, Gavin?«, fuhr Caine fort.

Ausgedehntes Schweigen.

»Nun, vielleicht sollte ich die Frage für Sie beantworten. Sie haben Elektrotechnik studiert, ist das richtig? Es kostete mich nur einen Anruf, um das herauszufinden.«

Blackmore ließ den Kopf hängen.

»Mein Gott!« Shanti schnappte nach Luft. »Wollen Sie damit andeuten …?«

»Ich denke, das erzählt Gavin uns besser selbst«, sagte Caine.

»Ich habe keine Ahnung, wohin das führt«, schimpfte Vowles, »aber noch vor fünf Minuten hat dieser Kerl hier versucht, mich mit einem Stromkabel zu erdrosseln. Sie haben es mit eigenen Augen gesehen. Warum tun Sie nicht endlich, wofür Sie bezahlt werden, führen ihn ab und lassen Primrose und mich in Frieden?«

»Weil ich glaube, dass Sie da mit drinstecken, Mr. Vowles«, sagte Caine.

»Unsinn. Sie sind ja alle verrückt.«

»Wenn ich mich nicht irre, ist heute der zehnte Todestag Ihrer Mutter.«

»Na und? Halten Sie meine Mutter da raus.«

»Es tut mir leid, Caine«, warf Shanti ein. »Ich habe echt Probleme zu verstehen …«

»Die Sache ist die, Shanti«, sagte Caine. »Vor zehn Jahren waren Stigma der Hauptact auf der Pyramid Stage. Die Flynn-Zwillinge waren erst neunzehn – ist das korrekt, Mr. Vowles?«

»Woher soll ich das wissen?«

»Erzählen Sie mir von jenem Abend.«

»Meine betagte Mutter hatte einen Herzinfarkt. Mehr gibt es dazu nicht zu sagen.«

Gavin Blackmores Gesicht war leichenblass. »Er weiß es, Vowles. Kapierst du das nicht? Er ist schlauer als wir alle drei zusammen.«

»Wir *drei* zusammen?«, quäkte Primrose. »Mich trifft keinerlei Schuld. Ich koche hier nur und mache sauber, und ich habe weiß Gott genug für dich getan, junger Mann.«

»Nur damit eines klar ist«, sagte Vowles. »Wenn Sie versuchen, mir den Mord an Ethan Flynn in die Schuhe zu schieben, dann sind Sie genauso verrückt wie Blackmore. Sie sitzen in meiner Küche … in der Küche der Familie Vowles, die seit Jahrzehnten auf diesem Hof lebt, und Sie beschuldigen mich einer derart hinterhältigen Tat. Sie wollen Informationen – nun, hier haben Sie Informationen. Nur damit Sie's wissen: Ich habe das Festivalgelände noch nie im Leben betreten und ich habe auch nicht vor, das jemals zu tun. Wagen Sie es also ja nicht, mir das anzuhängen, was diesem Burschen zugestoßen ist. Ich war im Five Heads, als es passiert ist, und das können mehr als zwanzig Leute bezeugen …«

»Jetzt macht er es schon wieder!«, rief Blackmore. »Er macht mich für seine Verbrechen verantwortlich.«

»Hüte deine Zunge, junger Mann. Schließlich warst du es, der Carole umgebracht hat. Ich habe lediglich versucht, dir den Hals zu retten. Ich habe dein Geheimnis all die Jahre gehütet, aber jetzt, da die Wahrheit ans Licht gekommen ist, kann ich dich nicht länger schützen.«

»Also gut, Mr. Vowles«, sagte Caine. »Es sieht nicht so aus, als würden Sie mit uns kooperieren, deshalb werde ich nun mit Gavin allein weiterreden. Gavin, ich denke, Ihnen ist klar, dass ich weiß, was passiert ist. Es ist vorbei, mein Freund. Doch wenn Sie sich dafür entscheiden, mit uns zusammenzuarbeiten, werde ich dafür sorgen, dass in den Akten steht, dass Sie ein ehrenhafter Mann sind, der unter Druck gesetzt wurde, an bestimmten Vorgängen teilzuhaben …«

»Wag es ja nicht, Blackmore.«

»Es reicht, Onkel«, sagte Blackmore, legte beide Hände flach auf den Tisch und sah Vowles direkt an. »Dieser Mann hier, Vincent Caine, hat mir vorhin etwas gesagt. Er sagte: ›Die Wahrheit befreit.‹ Und weißt du was? Ich kann es bereits spüren. Endlich kann ich wieder andere Stimmen hören als eure. Ich kann Carole hören, die mich anfleht, den richtigen Weg einzuschlagen. Du hast mich tyrannisiert, und ich hatte das Gefühl, mir bliebe keine Wahl. Aber jetzt habe ich eine. Selbst wenn ich den Rest meines Lebens hinter Gittern verbringe, so bin ich doch endlich frei von dir.«

»Könnte mir das bitte mal jemand erklären?«, sagte Shanti.

»Angefangen hat alles mit dem Hof«, begann Caine. »Wie Vowles immer wieder betont, befindet er sich seit Generationen im Besitz seiner Familie. Die sehr erfolgreich war, bis Sie das Ruder übernahmen, Vowles.«

»Ach, hören Sie auf. Das ist doch nicht meine Schuld! Ich habe mein Bestes gegeben. Sie können die Supermärkte dafür verantwortlich machen. Das sind wahre Ausbeuter, glauben Sie mir. Und dann kam auch noch das verdammte Festival. Bis dahin war alles gut.«

»Du redest zu viel, Vowles«, jammerte Primrose.

»Ihre Mutter hatte in Kilton eine gewisse Stellung inne«, fuhr Caine fort.

»O ja. Sie wurde von den Leuten respektiert.«

»Das glaube ich gern. Gleichzeitig war sie die Gründerin von KGDF.«

»KGDF?«, fragte Shanti ratlos.

»Kilton Gegen Das Festival«, erklärte Caine.

»Meine Mutter war eine aufrechte Bürgerin. Das Festival ist eine Schlangengrube – ein Sündenpfuhl. Es zerstört Leben.«

»Ich verstehe. Es ist immer schwer, wenn sich etwas verändert.« Caine nickte verständnisvoll. »Wie dem auch sei – das Festival hat vielen Millionen Menschen Freude geschenkt, und vielleicht war es gar nicht so schlecht für das Dorf. Immerhin hat es Ihnen ein Haus voller zahlungskräftiger Gäste beschert.«

»Dekadentes Pack! Jeder Einzelne von denen.«

»Vowles! Das reicht jetzt!«, zischte Primrose.

»Sie haben Ihre Mutter geliebt«, sprach Caine weiter. »Es ist daher verständlich, dass Sie meinen, das Festival hätte zur Verschlechterung ihrer Gesundheit beigetragen.«

»Beigetragen? Es hat sie verdammt noch mal umgebracht!«

»Inwiefern?«

»An dem Abend, an dem sie krank wurde …«

»Vor zehn Jahren.«

»… spielte diese Band, Stigma. Mutter wurde immer aufgebrachter. Der ganze Lärm! Das infernalische Getöse. Ich habe sie angefleht: ›Mutter, das ist es nicht wert.‹«

»Ich habe ihr Watte gebracht«, flüsterte Primrose. »Die konnte sie sich in die Ohren stecken.«

»Aber es hat nichts genutzt. Als sie zusammenbrach, haben wir den Rettungswagen gerufen und … und …«

»Du darfst dich jetzt nicht aufregen, Liebling.«

»Er ist in dem verfluchten Verkehr stecken geblieben. Die Sanitäter hatten keine Chance, durchzukommen. Ich habe Mutter in meinen Armen gehalten, bis –«

»Deine Mutter war alt«, fiel ihm Gavin ins Wort. »Meine Carole war in der Blüte ihres Lebens.«

»Das hat Sie verändert, nicht wahr, Vowles?«, fragte Caine.

»Ich sage jetzt nichts mehr.«

»Dann erzähle ich die Geschichte für dich zu Ende«, sagte Gavin. »Mein Onkel hegte einen Groll so groß wie der Tor gegen das Festival und ganz besonders gegen Stigma. An jenem Abend haben sie den Song ›While My Guitar Gently Kills‹ gespielt. Man hat ihn damals überall gehört.«

»Und er wurde zum Soundtrack Ihres Verlusts?«, vermutete Caine.

»Kein Kommentar.«

»Eines Abends zur Festivalzeit«, fuhr Gavin fort, »saßen wir hier – Vowles, Primrose und ich …«

»Halt mich da raus«, sagte Primrose eisig.

»Mittlerweile hatte man den Eindruck, dass dich jedes Geräusch vom Festival und aus den Schlafzimmern verrückt machte, Onkel.«

»Lügen, alles Lügen.«

»*Bumm! Bumm! Bumm!* Die ganze Zeit über. Erinnerst du dich? *Bumm! Bumm! Bumm!* In jener Nacht hast du geschworen, dem Glastonbury Festival ein Ende zu bereiten. Daran hast du dich festgebissen, hast dieses Ziel immer weiter verfolgt bis zur Besessenheit … Bis es zu einer Manie wurde. Irgendwann hast du erfahren, dass Stigma erneut auftreten werden, ausgerechnet am zehnten Todestag deiner Mutter. Und da ist dir der Gedanke gekommen, sie umzubringen.«

»Du bist ja verrückt. Noch verrückter, als ich dachte.«

»Ich habe ein ausgezeichnetes Gedächtnis, Onkel Vowles. Ich erinnere mich an jedes einzelne Wort. Du hast gesagt: ›Gavin, du bist doch ein schlauer junger Bursche. Rein hypothetisch gesprochen: Wäre es möglich, einen Musiker auf der Bühne mit einem Stromschlag zu töten?‹«

»Das habe ich nie gesagt.«

»O doch, das hast du. Und ich weiß auch noch genau, was ich

geantwortet habe. Ich habe gesagt: ›Theoretisch, ja.‹ Danach habe ich dir erklärt, wie oft bei solchen Events die Technik überprüft wird, um so etwas auszuschließen. Und was hast du erwidert, Onkel?«

»Da ich niemals so etwas gesagt habe, konnte ich wohl kaum etwas darauf erwidern.«

»Du hast gesagt: ›Aha. Doch rein hypothetisch würde ein schlauer junger Bursche mit einem Abschluss in Elektrotechnik einen Weg finden, diese Checks auszuhebeln, oder?‹ Ich hielt das Ganze für ein Spiel, deshalb antwortete ich: ›Rein hypothetisch, ja, Onkel. Allerdings müsste man sicherstellen, dass der Stromkreis nicht unterbrochen wird.‹ ›Oh‹, hast du gesagt. ›Und wie soll das gehen?‹ Erinnerst du dich an das Spiel, Onkel?«

»Nein. An kein einziges Wort davon.«

»Ich sagte daraufhin: ›Nun, rein hypothetisch leitet zum Beispiel Wasser Strom.‹ Und dann hast du begonnen, einen Plan auszubrüten. Mehrere Monate vergingen, und mir wurde langsam, aber sicher klar, dass die Sache für dich kein Spiel war. Ich teilte dir mit, dass ich so etwas niemals tun könnte. Und was hast du gesagt?«

Vowles starrte auf die verschlungene Holzmaserung der Tischplatte.

»Zuerst hast du die sprichwörtliche Peitsche rausgeholt und gesagt, was du immer sagst«, fuhr Gavin fort. »Wenn ich nicht mitmache, würdest du jedem erzählen, dass ich Carole auf eine grauenhafte Art und Weise getötet habe. ›Dann tu's doch!‹, habe ich geschrien. ›Ich habe ohnehin nichts mehr zu verlieren.‹ Und dann kam das Zuckerbrot: Du hast mich gefragt, wann in meinem Leben ich am glücklichsten war. ›Das weißt du‹, habe ich geantwortet. ›Als ich mit Carole auf Reisen war.‹ Und dann hast du mir versprochen, mir meinen Pass wiederzugeben und mir Flugtickets zu besorgen, wenn ich diese eine Sache für dich übernehme.«

»Ist das wahr?«, fragte Shanti erschüttert. »Das klingt ja nach …«

»Sklaverei?«, schlug Blackmore vor. »Genau das war es. Ich konnte es drehen und wenden, wie ich wollte – ich war gefangen in diesem grauenhaften Plan. Und er hat funktioniert, nicht wahr, Onkel? An den Abenden im Pub, wenn Medusa Cole von den Kostümen erzählt hat …«

»Sie sind in ihren Laden eingebrochen?«, fragte Shanti ungläubig.

»Onkel Vowles konnte das wegen seines kaputten Beins nicht machen. Deshalb hat er mich dazu angestiftet.«

»Unsinn. Ich kenne den Laden gar nicht.«

»Ich habe mir fast in die Hose gemacht vor Angst«, gab Blackmore zu. »Aber ich dachte die ganze Zeit, das sei für mich der einzige Ausweg. Ich habe meine Hausaufgaben gemacht – habe mir unendlich viele YouTube-Videos von Bandauftritten angesehen, habe ausgetüftelt, wie ich einen Stromschlag zustande bringe, der stark genug ist, um einen der Jungs von Stigma auf die Bretter zu schicken. Ich wollte ihn nicht umbringen, das schwöre ich. Ich wollte bloß Vowles loswerden, damit ich endlich für immer abhauen kann …«

»Und letzten Mittwoch?«

»Da habe ich das Kostüm in meine Gepäcktasche gesteckt und bin zu den Drehkreuzen geradelt, genau wie wir es geplant hatten. Ich wusste, dass ich mit dem Fahrrad nicht aufs Festivalgelände komme, also hab ich das Kostüm in einer weißen Tüte mit reingenommen, außerdem ein paar Werkzeuge und Kabel.«

»Als Dorfbewohner hatten Sie freien Zutritt zum Festivalgelände«, sagte Shanti. »Aber wie ist es Ihnen gelungen, in den Backstage-Bereich vorzudringen? Die VIP-Area wird rund um die Uhr überwacht.«

»Sag du's ihr, Onkel.«

»Was soll ich ihr sagen? Da gibt's nichts zu erzählen. Das hast du dir doch alles bloß ausgedacht.«

»Seth hat einen Backstage-Pass«, sagte Gavin. »Jeder vom Fußballverein hat einen bekommen – für die Aufbauarbeiten, die die Jungs übernommen haben. Vowles hat den Pass genommen und am nächsten Tag wieder zurückgelegt. Seth, diese benebelte Dumpfbacke, hat es nicht einmal bemerkt.«

»Dann sind Sie also backstage gegangen?«, hakte Caine nach.

»Ich hab mich an der Technik zu schaffen gemacht. Doch zuerst habe ich auf einer der Toiletten das Kostüm angezogen – überzeugt davon, dass ich erwischt werde. Um ehrlich zu sein, habe ich es beinahe gehofft. Doch als ich als Tod verkleidet den VIP-Bereich durchquerte, muss mich das Security-Team für einen der Tänzer gehalten haben, denn man hat mich einfach durchgewinkt. Ich wusste, dass die Pyramid Stage für zehn Minuten leer sein würde – wie gesagt, ich hatte meine Hausaufgaben gemacht –, und das war mein Zeitfenster. Jetzt oder nie. Ich habe die Bühne betreten, vor Tausenden von Zuschauern. Es hat sich irreal angefühlt, wie in einem Traum oder Albtraum. An der Rückseite der Bühne war es dunkel. Ich habe mich an dem Verstärker zu schaffen gemacht, der mit Excalibur verbunden war, und habe ihn so manipuliert, dass er zweihundertvierzig Volt direkt in die Gitarre leiten würde. Ich hatte sogar eine Flasche Wasser dabei, die ich auf den Bühnenbrettern ausgeleert habe. Mit einem kleinen Schuss Spülmittel wird Wasser noch leitfähiger. Die Flasche mit dem Spülmittel steht übrigens da drüben …« Er nickte in Richtung Fensterbank hinter der Spüle.

»Sie haben wirklich an alles gedacht, Gavin«, stellte Shanti fest.

»Das musste ich. Ich dachte, ich würde sonst nie mehr frei sein.«

»Was ist anschließend passiert?«, fragte Caine leise.

Gavins Gesicht war so blass, dass es beinahe durchscheinend wirkte. »Ich hab's nicht schnell genug die Stufen hinuntergeschafft.«

»Das war der Moment, in dem Misty ihn entdeckt hat«, flüsterte Shanti Caine zu.

»Ich bin schnurstracks zu der Toilette zurückgekehrt, habe mir die Maske und das Kostüm vom Leib gerissen und beides in die Tüte gestopft, zusammen mit dem Werkzeug. Ich hatte überlegt, die Tüte in einen der Mülleimer auf dem Festivalgelände zu werfen – da stehen ja jede Menge –, doch ich fürchtete, man würde nach dem Kostüm suchen und meine DNA nachweisen können, ich habe ziemlich geschwitzt, müssen Sie wissen. Also beschloss ich, das verdammte Ding mitzunehmen und zu verbrennen. Das Festivalgelände zu verlassen war kein Problem. Ich habe mein Fahrrad geholt, die Tüte in die Gepäcktasche gesteckt und bin zur Straße geradelt. Doch plötzlich waren da überall Polizeiwagen. Ich habe Panik bekommen und das Rad in die Büsche geschoben. Eigentlich hatte ich vor, es so bald wie möglich wieder zu holen, aber in der ganzen Gegend wimmelte es nur so von Polizisten.«

»Du bist ein gottverdammter Idiot«, blaffte Vowles.

»Ich schwöre Ihnen, dass ich niemals vorhatte, Ethan zu töten. Ich hatte alles so gründlich vorbereitet! Ein Elektroschock wie dieser hätte ihn ausgeknockt, das ja. Er wäre zu Boden gegangen, aber … aber …« Tränen strömten jetzt über sein gut aussehendes Gesicht. »Es war Vowles, der mir die Nachricht von seinem Tod überbracht hat. Er hatte es im Pub im Fernsehen gesehen. Er drehte fast durch vor Freude.«

»Jetzt bist du zu weit gegangen, junger Mann …«

»Ich war entsetzt über das, was ich getan hatte. Ich habe ihn angefleht, mir meinen Pass und die Tickets zu geben, aber er behauptete, es wäre zu offensichtlich, wenn ich plötzlich einfach so abhauen würde. Da hast du mich schon wieder belogen«, fauchte Gavin und beugte sich blitzschnell über den Tisch. Vowles wich vergeblich nach hinten. Der Hund fletschte die Zähne.

Während Caine die beiden trennte, rief Shanti Benno an.

# Kapitel einunddreißig

## UNWORTHY ICE

Zwei Stunden später schwirrte Dawn Knightlys Team, in weiße Einweganzüge gehüllt, über die Unworthy Farm wie Bienen um einen Bienenkorb. Shanti und Caine traten aus dem reizlosen Bungalow der Vowles in den Sonnenschein hinaus.

Eine erste grobe Durchsuchung hatte bis auf Blackmores Pass ganz hinten in einer der Schubladen und Seths rotem Irokesen, der unter der Bettdecke hervorragte – unter der er nach seinem vergeblichen Frühstücksversuch wieder einmal Zuflucht gesucht hatte –, nur wenig Interessantes zutage gefördert.

Erstaunt verfolgte Caine, wie Shanti das Ruder in die Hand nahm. Wie ein erfahrener Regisseur koordinierte sie seelenruhig Dutzende von verschiedenen Abläufen.

Mehrere Kollegen wurden losgeschickt, um das Landarbeiter-Cottage am Rand des Hofes zu durchsuchen, das Gavin von seinem Onkel gemietet hatte.

Ein Team von Hundeführern fing an, die Scheunen und Außengebäude zu überprüfen. Einer von ihnen hatte die knifflige Aufgabe unterschätzt, Boner ins örtliche Tierheim zu bringen.

Shanti selbst holte ihre Sachen aus der Flieder-Suite, verstaute sie in ihrem Saab und wies anschließend zwei Uniformierte an, sämtliche Fahrzeuge zu entfernen, die nicht direkt mit den Ermittlungen in Zusammenhang standen – was auch ihren eigenen Wagen betraf, den die beiden Kollegen auf dem Areal für Einsatzfahrzeuge beim Festivalgelände abstellten.

Lautes Geschrei am Haupthaus lenkte ihre Aufmerksamkeit auf Primrose Vowles, die vor der Haustür stand und in einer Art hypertonischer Manie den letzten ihrer illustren Gäste verabschiedete. Nach und nach waren deren Fahrer, Agenten und Bodyguards eingetroffen, um sie abzuholen wie wohlhabende Eltern ihre Sprösslinge vom Internat.

»Den Teufel werde ich tun und den zusätzlich verbrauchten Strom bezahlen!«, dröhnte Sista Tremble. »Wäre dieses Haus nicht so gottverdammt kalt, würde ich auch keine zusätzlichen Heizgeräte benötigen. Wissen Sie eigentlich, wer ich bin?«

»O ja, jeder weiß, wer Sie sind«, antwortete Primrose kühl. »Sista Großkotz Fettarsch Tremble. Aber ich zittere nicht länger, Schwester. Nein. Und ich werde auch niemals mehr Ihre riesige Unterwäsche waschen.«

Es schien, als wären die neuesten Enthüllungen bereits an die gespitzten Ohren der Presse gedrungen. Neben dem hinteren Tor setzten sich Dunster und Spalding – beide wieder in Uniform – mit den nach Schlagzeilen jagenden Bluthunden von der Presse auseinander, die sich unter dem Absperrband am Fuße des Totterdown Hill hindurchgeduckt hatten.

Als sich nun die Stalltür zur Küche öffnete, schwenkte ein Dutzend Kameras gleichzeitig auf Gavin Blackmore, der in Handschellen zu einem wartenden Van gebracht wurde. Sein Gesichtsausdruck unter den engelsgleichen Locken war völlig gelassen.

Im Vorbeigehen nickte er Caine respektvoll zu.

In weitaus aufgewühlterem Zustand wurde Vowles abgeführt. Die beiden Officer, die ihn zum Streifenwagen begleiteten, überragten den erzürnten Mann um einiges.

»Hört ihr das nicht?«, tobte er. »Diese infernalische Musik! *Bumm! Bumm! Bumm!* Das bringt doch jeden um den Verstand!«

Er hatte recht. Der Aufruhr im Hof wurde übertönt vom permanenten Wummern des Festivals. Zum ersten Mal diese Woche stellte Shanti fest, dass sie sich an den Lärm gewöhnt hatte und dass er sie jetzt nicht mehr störte.

»Wohin sollen wir ihn bringen, Chefin?«, fragte Benno.

»Setz ihn hinten in den Streifenwagen, damit er sich beruhigen kann, aber nicht allein. Ich möchte, dass sowohl Vowles als auch Primrose auf dem Gelände bleiben, bis die Durchsuchung abgeschlossen ist.«

Caine reichte Shanti einen Becher Kaffee, den er aus der Küche mitgebracht hatte, und sie lehnten sich mit dem Rücken gegen die weiß verputzte Wand des Bungalows, über die die Blaulichter der Einsatzwagen zuckten.

Ich sollte glücklich sein, dachte Shanti. Die Karten hatten es gut mit ihr gemeint. Das Rätsel um Ethans Tod war gelöst. Seine Mörder waren verhaftet. Und dennoch fühlte sich Shanti Joyce frustriert.

»Ich denke, Sie können sich jetzt langsam entspannen«, sagte Caine. »Sie haben den Täter zur Strecke gebracht. Vom ersten Moment an haben Sie geschworen, den Fall vor Ende des Festivals zu lösen, und es sieht so aus, als wären Sie erfolgreich.«

»Genau das ist es, Caine. Die Leute gratulieren *mir,* dabei war ich auf dem falschen Dampfer. *Sie* waren es, der den Fall gelöst hat.«

»Wir sind ein Team, Shanti. Wir arbeiten zusammen wie …«

»Wie die Flynn-Zwillinge?«

»Apropos Flynn-Zwillinge: Vielleicht ist es an der Zeit, Tyrone gehen zu lassen. Ich weiß, was Sie von ihm halten, aber er ist kein Mörder.«

»Das habe ich bereits veranlasst. Er wurde unter Vorbehalt entlassen, allerdings habe ich deutlich gemacht, dass er sich von Ophelia fernzuhalten hat.«

»Es gibt doch noch etwas anderes, was Ihnen zu schaffen macht …«

»Da haben Sie recht. Ich mache mir Sorgen. Ich bin mir nicht sicher, ob wir genug in der Hand haben, um Vowles festzunageln. Gavins Geständnis klingt überzeugend, aber es steht immer noch sein Wort gegen das seines Onkels.«

»Gavin hätte das auf keinen Fall allein durchziehen können. Und was noch wichtiger ist: Vowles hat ein Motiv, Gavin nicht.«

»Das weiß ich ja alles, dennoch frage ich mich, ob das den Staatsanwalt zufriedenstellen wird. Realistisch betrachtet, haben wir keinerlei handfeste Beweise gegen ihn in der Hand.«

Auf dem Rücksitz des Streifenwagens fuhr Vowles damit fort, die unglückseligen Officer zu beschimpfen, denen nichts anderes übrig blieb, als seine Verwünschungen über sich ergehen zu lassen.

»Es ist die Arroganz, die Selbstgerechtigkeit, die mir unter die Haut geht. Er ist allen Ernstes von seiner Unschuld überzeugt. Das Problem ist, dass Leute wie er vor Gericht ziemlich überzeugend sein können.«

»Und natürlich wird Primrose ihm bis zum bitteren Ende den Rücken stärken. Die beiden sind wie siamesische Zwillinge.«

»Er wird davonkommen, nicht wahr, Caine? Ich habe so etwas schon öfter erlebt.«

»Womit Gavin noch mehr Unrecht zugefügt würde.«

»Moment mal – ich pflichte Ihnen bei, dass Vowles der Drahtzieher war, aber Blackmore ist ein berechnender Mörder. Wie können Sie da von Unrecht sprechen?«

»Das war Nötigung, Shanti. Gavin war verletzlich, und Vowles hat ihm zugesetzt, Tag für Tag, Jahr für Jahr.«

»Wenn Sie meinen … aber mal ehrlich – niemand könnte mich dazu bringen, einen Superstar vor hundertfünfzigtausend Fans umzubringen, Nötigung hin oder her.«

Benno kam über den Hof auf sie zu. Sein für gewöhnlich so gleichmütiges Gesicht war aschfahl.

»Was ist los, Benno?«

»Mein Gott, Chefin! Es … Es … Du solltest besser mitkommen und es dir ansehen. Ich habe so etwas noch nie erlebt …«

Sie folgten dem stämmigen Sergeant zu dem baufälligen Melkschuppen am gegenüberliegenden Ende des Hofes. Der große Riegel war mitsamt Vorhängeschloss aus dem Türrahmen gebrochen. Dawn Knightly und zwei der Kriminaltechniker aus ihrem Team warteten im kühlen Inneren, die Gesichter hinter den Masken ausdruckslos im Neonlicht.

Auf der mit Edelstahl versehenen Oberfläche der beiden großen Tische war eine Reihe von Küchenutensilien ausgebreitet, daneben standen Eimer mit Nüssen, Schokosplittern und unzählige leere Tupperware-Behälter. Undichte Zuckersäcke stapelten sich auf Paletten auf dem Fußboden, an den Wänden stand diverses Industrieküchenzubehör, unter anderem Mixer und mehrere leicht angerostete Kühltruhen.

»Unworthy Ices«, sagte Shanti. »Ich muss sagen, das Eis schmeckt ausgesprochen lecker. Ich würde Crème Pfirsich und Heidelbeere empfehlen.«

Dawn antwortete nicht. Stattdessen führte sie die DIs über den unebenen Fußboden und blieb vor einer großen Gefriertruhe stehen. Sie sagte noch immer kein Wort, aber ihre Augen sprachen Bände. Mit einer blau behandschuhten Hand hob sie den Truhendeckel.

Shanti und Caine spähten in das hell erleuchtete Innere.

»Verdammt, Dawn!«, stieß Shanti entsetzt hervor. »Das ist nicht lustig.«

Das Innere der Gefriertruhe bot einen makabren Anblick. Eingeklemmt zwischen Tüten mit gefrorenen Früchten lagen zwei oder mehr zu Eisklötzen erstarrte menschliche Gestalten. Eine davon war ein New Romantic, die dauergewellten Haare, das weiß gepuderte Gesicht und die getuschten Wimpern starr vor Frost.

Neben ihm lag eine tiefgefrorene Rockerin in Minirock und Lederjacke.

»Ich … ich habe das Eis gegessen«, stammelte Shanti.

»Mögen sie von ihrem Leid erlöst sein«, flüsterte Caine.

»Das ist noch nicht alles«, sagte Dawn mit tonloser Stimme. »Seht mal hier … und hier …« Sie ging durch den alten Melkschuppen und öffnete einen Truhendeckel nach dem anderen. Jede einzelne war randvoll mit Eiscreme, Früchten und tiefgefrorenen Leichen, jede in einem anderen Stil gekleidet – hier ein Punk, dort ein Metalfan.

Als sie einen Rapper entdeckten, eine umgedrehte Baseballkappe auf dem eisgekühlten Kopf, ein Mikro in der froststarren Hand, dämmerte es Shanti, dass dieser Ort ein Lager für tiefgefrorene Glastonbury-Musiker war.

»Sergeant Bennett.«

»Ja, Chefin.«

»Wärst du so freundlich, Primrose und Mr. Vowles hierherzuschaffen? Ich denke, sie sollten uns ein paar Fragen beantworten.«

Stocksteif stand sie da in ihrer Kittelschürze – mit ihren unbändigen Haaren und ebenso unbändigen Zähnen unter den flackernden Neonröhren in ihrem Melkschuppen.

»Primrose Vowles, ich verhafte Sie wegen des Verdachts auf Mord an diesen … diesen bedauernswerten Personen …«

»Machen Sie lieber die Deckel zu«, fiel Primrose Shanti ins Wort. »Die Kälte dringt einem ja bis in die Knochen.«

»Sie haben das Recht zu schweigen, aber alles, was Sie sagen, kann gegen Sie …«

»Ich habe keine Ahnung, warum Sie einen solchen Wirbel veranstalten. Das sind nur B-Promis.«

»Entschuldigung?«

»Ich sagte, das sind nur B-Promis. Vollkommen unwichtig. Aus der ersten Liga ist keiner dabei, also verschwenden Sie nicht länger Ihre Zeit.«

»Sie … Sie haben diese Menschen ermordet?«

»Das ist ein starkes Wort.«

»Nun, wie würden Sie es denn nennen?«

»›Auf Eis gelegt‹ trifft es eigentlich ganz gut.«

»Aber … Ich meine, wann haben Sie das getan?«

»Natürlich habe ich sie nicht alle auf einmal hierhergebracht. Einen nach dem anderen, und das über viele Jahre. Und seit einiger Zeit frieren wir niemanden mehr ein, stimmt's, Vowles?«

Der winzige Mann erschien auf der Schwelle, eingerahmt von den beiden hoch aufragenden Polizisten. Er hatte seine Mütze bis zu den schneeweißen Augenbrauen herabgezogen; ein Tropfen hing an seiner burgunderroten Nase.

»Die behandeln mich wie einen gewöhnlichen Kriminellen, Primrose. Erzähl ihnen nichts. Sag einfach ›Kein Kommentar‹, wie die im Fernsehen.«

»Ich glaube, dafür ist es zu spät, Mr. Vowles«, sagte Caine.

»Ich nehme an, diese Leute waren Gäste auf der Unworthy Farm?«, schlussfolgerte Shanti. »Ich verstehe allerdings nicht, *warum*. Warum haben Sie das getan, Primrose?«

»Es waren Kleinigkeiten«, erklärte sie. »Überfällige Zahlungen. Angeschlagene Waschbecken. Verstopfte Toiletten. Das Einschmuggeln von Gästen in die Schlafzimmer … solche Dinge.«

»Oder diese verfluchte Musik«, murmelte Vowles.

»War Gavin Blackmore in irgendeiner Weise in diese Morde involviert?«, fragte Shanti.

»Oh, ich hätte Gav niemals hier reingelassen«, erwiderte Primrose. »Genauso wenig wie Seth. Davon wusste niemand außer Vowles und mir. Es war unser kleines Projekt. So haben wir es genannt, nicht wahr, Liebling?«

»Kein Kommentar.«

»Ich denke oft, das ist der Grund dafür, dass wir es schon so lange miteinander aushalten«, sagte Primrose voller Sentimentalität. »Gemeinsame Interessen, verstehen Sie? Wenn man so lange verheiratet ist, verschmilzt man …«

»… zu einer Einheit«, ergänzte Vowles.

»Wir finden stets …«

»… ein gemeinsames Maß.«

»Wenn es nach mir ginge, würde der Richter ein sehr langes gemeinsames Strafmaß für Sie beide finden«, murmelte Shanti.

»Aber Primrose«, ließ sich Caine vernehmen, »hatten Sie denn nie Sorge, dass Sie etwas Falsches tun?«

»Etwas Falsches? Nein«, antwortete Primrose. »Wir haben uns Sorgen gemacht, dass der Strom ausfallen könnte, das ja. Aber Vowles war so umsichtig, einen Generator anzuschaffen, nicht wahr, Liebling? Anfangs hatten wir Furcht, dass uns jemand auf die Schliche kommen könnte, aber Sie wären überrascht, wenn Sie wüssten, wie achtlos man mit B-Promis umgeht. Sie verschwinden einfach von der Bildfläche, diese Möchtegern-Stars. Drogen oder Alkohol, oder sie brennen einfach aus. Es ist fast so, als wollten die Leute, dass sie nicht mehr da sind. Dann werden sie zu Legenden, und die Familien und Plattenlabels streichen die Tantiemen ein, und am Ende haben alle etwas davon. Wenn Sie jetzt bitte die Deckel schließen würden? Sie möchten doch bestimmt nicht, dass sie auftauen.«

»Dawn, könntest du wohl die Truhen zumachen?«, bat Shanti.

»Bei Ethan Flynn sind wir einen Schritt zu weit gegangen«, sagte Primrose. »Ich hatte Vowles gewarnt, nicht wahr, Liebling? Aber er war ja immer schon sehr ambitioniert.«

Shanti wandte sich an Vowles. »Dann geben Sie also zu, dass Sie Ethan Flynn mit Gavin Blackmore zusammen ermordet haben?«

Es war, als hätte man ihm die sympathische, an Mr. Punch erinnernde Maske vom Gesicht gerissen und nun käme die teuflische Fratze dahinter zum Vorschein.

»Ja, verdammt noch mal, das habe ich! Und ich bereue es keine verfluchte Sekunde.«

»Mr. Vowles, bitte hören Sie aufmerksam zu: Ich verhafte Sie wegen der Verabredung zum Mord an Ethan Flynn auf der Pyramid Stage am Abend des sechsundzwanzigsten Juni. Außerdem werden Sie und Primrose sich wegen des mehrfachen Mordes an weiteren, namentlich unbekannten Personen auf oder in der Nähe der Unworthy Farm in Kilton, Somerset, verantworten müssen. Alles, was Sie sagen …«

»Und ich werde Ihnen trotzdem etwas sagen«, unterbrach Vowles sie. »Sehen Sie diese Nase? Behaupten Sie nicht, Sie hätten sie nicht bemerkt, junge Dame. Ich habe gesehen, wie Sie sie angestarrt haben. Ja, an der Spitze hängt immer ein Tropfen. Das ist ein typisches Vowles-Ding. Mein Vater hatte eine tropfende Nase und mein Großvater ebenfalls. Das kommt vom Arbeiten in den Levels, müssen Sie wissen.«

»Ich verstehe nicht, was das Tiefland von Somerset …«

»Ich habe in die Eiscreme getropft. Ha, ha! Jawohl, das habe ich. Ich hab's dir nicht erzählt, Primrose, weil du immer so ein Brimborium um die Hygienevorschriften gemacht hast. Aber das war mein kleines Vergnügen. Ich bin mit Boner hierhergekommen, und wir haben zusammen in die Eiscreme getropft.«

»Oh, Vowles!«

»Sie hatten es verdient, Primrose. Diese degenerierten Lackaffen, jeder einzelne von ihnen. Wenn ich könnte, würde ich auch noch den letzten dieser Mistkerle einfrieren.«

Der kleine Mann wurde abgeführt, tobend, das steife Bein hinter sich herziehen.

»Ich bin schon lange bei der Polizei«, sagte Shanti, als sie die Handschellen um Primrose' Handgelenke legte. »Ich habe alle möglichen schockierenden Dinge gesehen, doch ich muss sagen, das übertrifft alles. Nichtsdestotrotz ist es nicht mein Job, ein Urteil zu fällen. Zumindest haben Sie aufgrund Ihrer Aussage mit uns kooperiert …«

»Nichts zu danken, gern geschehen«, sagte Primrose frostig.

## *Kapitel zweiunddreißig*

# DIE SEHNSUCHT DES LEBENS

Und das, DI Caine, ist die Personifikation eines kaltherzigen Killers.«

Sie gingen den Totterdown Hill hinunter. Caine schob das schlammverkrustete Motorrad neben ihnen her.

»Ich muss Ihnen etwas mitteilen«, sagte er.

»Schießen Sie los.«

»Ich glaube, das ist mein letzter Fall.«

»Machen Sie Witze? Sie haben den Fall gelöst, Caine, *Sie.* Mir sind die Gefühle durchgegangen, was ein fataler Fehler war.«

»Gefühle?«

»Sie wissen, was ich meine. Ich rede von Tyrone. Ich konnte ihn von Anfang an nicht leiden.«

»Genau wie der Rest der Welt. Alle haben ihn für schuldig gehalten.«

»Sie nicht. Das Problem ist, dass ich die Sache persönlich genommen habe, denn er hat mich an meinen …«

»… Ex-Mann erinnert. Ich weiß. Tut mir leid, Shanti.«

»Wie auch immer. Fakt ist, ich habe die Spur aus den Augen verloren, während Sie drangeblieben sind. Langsam und stetig, wie ein eingeborener Fährtenleser.«

»Es ist sehr nett, dass Sie das sagen, aber ich versichere Ihnen, dass ich hundertmal emotionaler bin als Sie. Vielleicht ist es an der Zeit, dass ich Ihnen endlich mein Herz ausschütte, Shanti …«

Ein Schwarm Journalisten kam geschäftig auf sie zu.

»DI Joyce? DI Caine? Wie viele Verhaftungen haben Sie vorgenommen?«

»Können Sie ein Statement abgeben?«

»Meine Damen und Herren«, Shanti hob abwehrend die Hände, »zum gegenwärtigen Zeitpunkt ist es uns leider nicht möglich, detailliertere Angaben zu machen, aber ich kann Ihnen mitteilen, dass sich drei Personen in Untersuchungshaft befinden.«

»Dieser Farmer – Vowles, ist das korrekt?«

»Und seine Frau?«

»Wer ist der Dritte?«

»Wie ich schon sagte: Es ist noch etwas zu früh für Details. Sie können allerdings festhalten, dass wir ohne meinen Kollegen hier noch immer im Dunkeln tappen würden, was die tragischen Umstände von Ethan Flynns Tod anbetrifft.«

»Stimmt es, dass Sie in eine wilde Jagd durchs Gelände verwickelt waren, Inspector Caine?«

»Ja, ich bin über eine Schafweide gefahren …«

»Das ist richtig«, bestätigte Shanti. »DI Caine hat bei der Verfolgung sein Leben aufs Spiel gesetzt.«

»Dennoch ist mir der Flüchtige entkommen«, ergänzte Caine. »Daher war es in Wirklichkeit DI Joyce, die die drei Tatverdächtigen verhaftet hat.«

»Was können Sie uns zu Tyrone Flynn sagen?«

»Wussten Sie, dass er wegen der Verhaftung Schadensersatz fordern will?«

»Wissen Sie, wie er sich den Medien gegenüber geäußert hat, DI Joyce?«

»Wir hatten heute Nachmittag ziemlich viel zu tun und keine Zeit zum Fernsehen.«

»Hier, ich zeige es Ihnen auf dem iPad. Ich gehe davon aus, dass unsere Zuschauer wissen möchten, was Sie dazu zu sagen haben.«

Nach einem kurzen Moment der Bestürzung blickte Shanti auf ein Display und sah Tyrone neben seinem Anwalt stehen, während mehrere Flynn-Schwergewichtler auf den Stufen einer Polizeistation warteten.

»Als Erstes möchte ich klarstellen, dass ich fälschlicherweise von den Scheiß- … von der Polizei verhaftet wurde. Meine Anwälte werden Schadensersatz von diesen Scheiß- … von der Polizei fordern. Jeder, der mich kennt, weiß, dass ich meinen Bruder geliebt habe, verflucht noch mal … Entschuldigung. Ja, der Schmerz geht tief. Doch anstatt meine Familie in Ruhe trauern zu lassen, haben mich die Cops schikaniert und wollten uns von Anfang an die Schuld in die Schuhe schieben. Aber wisst ihr, was? Ich bin an diese Scheiße gewöhnt, Mann. Mich überrascht gar nichts mehr. Wisst ihr, woher der Name ›Stigma‹ kommt?«

Während Tyrone seine Hetzrede fortsetzte, verspürte Shanti einen neuerlichen Anflug von Hass.

»Was haben Sie dazu zu sagen, DI Joyce?«

»Möchten Sie Tyrones Worte kommentieren?«

Auf dem Display war zu sehen, wie Tyrone der Welt sein *ETHAN*-Tattoo präsentierte.

»Gern«, erwiderte Shanti. »Am Mittwochabend wurde ich zur Leiterin dieser Ermittlungen berufen. Jetzt ist Sonntagnachmittag. In dieser kurzen Zeit haben mein Team und ich drei potenziell gefährliche Tatverdächtige ermittelt und verhaftet, und zwar unter den denkbar schwierigsten Umständen. Um das zu erreichen, mussten wir in sämtliche Richtungen ermitteln, was wir stets so gründlich und unparteiisch tun wie möglich. Sollten wir im Zuge dessen für Unannehmlichkeiten gesorgt haben, möchte ich mich dafür entschuldigen, doch für mich ist immer die oberste Priorität, den Mörder zu finden, bevor er weiteren Schaden anrichten kann. Wir werden später ein umfassendes Statement abgeben.«

»Was ist mit Ihnen, DI Caine?«

»Welches Fazit ziehen Sie aus diesem Fall?«

Die dicht gedrängten Medienvertreter waren mittlerweile am Fuß des Totterdown Hill angekommen, ganz in der Nähe des Hintereingangs vom Five Heads. Caine klappte den Ständer aus und stellte das Motorrad ab.

»Ich denke, in diesem Fall ging es um Liebe«, antwortete er.

»Um Liebe? Wie konnte es da um Liebe gehen?«

»Könnten Sie diese Pose bitte für ein paar Fotos beibehalten, DI Caine?«

Plötzlich trat Molly Appleyard aus der Hintertür des Five Heads. »Verpisst euch«, sagte sie zu den Journalisten. »Ich sage euch doch schon die ganze Woche, dass ihr hier nichts zu suchen habt.«

Die Pressemeute zerstreute sich zögernd.

»Was haben Sie mit meinem Motorrad angestellt?«, fragte sie entrüstet. »Ich habe Ihnen erlaubt, eine kleine Spritztour damit zu machen, aber das habe ich doch nicht wörtlich gemeint. Sehen Sie sich das mal an! Sehen Sie *sich* mal an!«

»Molly, es tut mir leid. Ich bin da in etwas … hineingeraten.«

»Klar. Und jetzt geraten Sie schon wieder in etwas hinein. Hier ist ein Eimer, und da ist ein Lappen. Und eine Bürste. Da drüben finden Sie den Schlauch. Und jetzt legen Sie los und sagen kein Wort, bis meine Yammy wieder glänzt. Das ist ja wohl nur fair.«

Damit marschierte sie durch die Hintertür und knallte sie hinter sich zu.

»Mist, Caine. Vergessen Sie nicht, wir haben heute Abend etwas vor.«

»Sie haben mir noch nicht verraten, was eigentlich.«

»Können Sie sich das nicht denken? Ich will mir mit Ihnen den Auftritt meiner besten Freundin Sista auf der Pyramid Stage ansehen.«

»Okay. Und danach?«

»Danach werden wir zwei uns voneinander verabschieden. Sie kehren in Ihre einsame Männerhütte zurück und ich nach Hause in mein gemütliches, kleines Bett in Yeovil, wo ich einen ganzen Monat lang schlafen werde.«

»Das wird kaum gehen, Shanti.«

»Aber sicher doch. Benno und das Team bringen die Sache hier zu Ende.«

»Das meine ich nicht. Ich meine, dass Sie heute Abend nach Hause zurückkehren können. Ich war schon unzählige Male bei Festivals wie diesem, und glauben Sie mir, wenn der Hauptact am Sonntag vorbei ist, machen sich hundertfünfzigtausend Menschen gleichzeitig auf den Weg zu ihren Fahrzeugen. Sie werden die halbe Nacht im Wagen festsitzen.«

»Ich werde Blaulicht und Sirene einschalten.«

»Eher nicht.«

»Doch.«

»Es wird sowieso nicht funktionieren. Denken Sie daran, was Vowles erzählt hat. Er hat für seine Mutter den Rettungswagen gerufen, aber der ist im Verkehrschaos stecken geblieben. Nein. Wenn Sie wirklich nach Hause möchten, müssen Sie jetzt aufbrechen.«

»Und Sista Tremble verpassen? Soll das ein Scherz sein? Meine beste Freundin?«

»Dann werden Sie wohl bis morgen früh bleiben müssen.«

»Bleiben? Wo soll ich bleiben? Falls es Ihnen entgangen sein sollte: Die Unworthy Farm ist ein Tatort. Außerdem verabscheue ich das Haus. Man fühlt sich dort, als wäre man in der Antarktis. Und es spukt im Bett.«

»Hm. Darf ich Ihnen einen Vorschlag machen?«

»Vielleicht.«

»Ich habe Misty versprochen, ihr heute etwas zum Abendessen zu kochen. Etwas Besonderes, um den Erfolg ihres Auftritts zu feiern. Allerdings ist es nur fair, wenn ich vorher Mollys Motorrad sauber mache. Warum gehen Sie nicht schon mal vor zu meinem Zelt? Sie finden es doch wieder, oder nicht?«

»Vielleicht.«

»Bitte sagen Sie Misty, dass ich unterwegs bin. Es ist mir eine Freude, für Sie beide zu kochen. Das gefällt Ihnen doch, oder?«

»Vielleicht.«

»Anschließend sehen wir uns alle zusammen den Auftritt von Sista Tremble an. Und danach ...«

»Danach, Caine?«

»Danach überlasse ich Ihnen mein Zelt.«

»Und wo wollen Sie schlafen, Sie Quälgeist?«

»Unter dem Sternenhimmel. Es wird eine wunderschöne Nacht – ein perfekter Ausklang für das Festival. Sagen Sie Ja, Shanti.«

»Vielleicht.«

Das schöne Mädchen lag im Schein der Spätnachmittagssonne draußen vor Caines Zelt, den Kopf mit den flammend roten Haaren gegen einen Rucksack gelehnt, die Gitarre an ihrer Seite. Shanti betrachtete sie eine Weile lang. Obwohl Misty einen helleren Teint hatte, war die Ähnlichkeit mit ihrem Halbbruder unübersehbar.

»Hallo«, sagte sie und öffnete lächelnd ein Auge. »Ist Vince bei dir?«

»Er bittet dich, auf ihn zu warten. Er kommt bald.«

Misty schien über dieselbe Fähigkeit zu verfügen wie Caine, wenn es darum ging, ohne Stütze mit übereinandergeschlagenen Beinen dazusitzen und dabei auch noch elegant auszusehen. Shanti brauchte zum Sitzen eigentlich einen Stuhl, weshalb sie sich unbeholfen ins Gras fläzte.

»Was für Heldentaten habt ihr zwei vollbracht?«, erkundigte sich Misty. »Das ganze Festival ist außer Rand und Band. Stimmt es, dass ihr jemanden verhaftet habt?«

Shanti fühlte sich plötzlich zutiefst erschöpft.

»Ja. Sogar mehrere Personen. Du wirst die Details noch früh genug erfahren. Die Heldentaten gehen allerdings weniger auf meine Kappe. Nur für den Fall, dass du es noch nicht bemerkt hast: Dein Bruder ist ein erstklassiger Detective. Der beste, mit dem ich je zusammengearbeitet habe. Das sage ich ihm allerdings nicht, weil ich nicht möchte, dass er noch eingebildeter wird, als er es schon ist.«

»Oh. Ich glaube nicht, dass Vince der Erfolg jemals zu Kopf steigen würde.«

»Ich habe einen Scherz gemacht, Misty. Du kennst so was, oder? Wie sagt man noch unter Kollegen? Eine kleine Neckerei.«

»O ja, ich erinnere mich: Das machen Leute, wenn sie zu verlegen sind, um auszusprechen, was sie wirklich empfinden.«

»Herrgott, es besteht wirklich kein Zweifel: Du bist definitiv seine Schwester.«

»Um ehrlich zu sein, Shanti, mache ich mir Sorgen um Vince. Er ist zu sensibel für seinen Job. Vielleicht hätte er Künstler werden sollen wie Mum.«

»Eure Mutter war eine Künstlerin?«

»Hat Vince dir das nicht erzählt? Soweit ich weiß, wurde er nach van Gogh benannt.«

»Caine erzählt mir nie etwas. Nur um das klarzustellen: Ihr habt dieselbe Mutter, aber verschiedene Väter?«

»Ja. Mehrere Jahre bevor ich auf die Welt kam, hat sich Mum von Vince' Dad scheiden lassen und wieder geheiratet. Mein Vater ist ein wundervoller Mann.«

»Sag mir ruhig, wenn mich das nichts angeht, aber ich hatte den Eindruck, es gebe da eine Geschichte zwischen Caine – ich meine Vincent – und seinem Dad.«

»Ja, das denke ich auch.«

»Er scheint so, als wolle er nicht mit mir darüber reden.«

»Mit mir spricht er auch nicht darüber. Ich habe Mum öfter danach gefragt, aber sie weigert sich, das Thema anzuschneiden.«

»Bist du seinem Vater jemals begegnet?«

»Nur ein paarmal. Er ist ein außergewöhnlicher Mann. Sieht wahnsinnig gut aus. Olivfarbene Haut, zurückgestrichene silberne Haare. Und dieselben sanften, dunklen Augen wie Vince.«

»Ja, ich habe ein Foto von ihm gesehen.«

»Ich glaube, er ist persischer Abstammung, aber er hat definitiv etwas Verschlossenes an sich. Er ist wie eine verschlossene Tür. Und dann ist da natürlich noch Caines Bruder.«

»Was? Caine hat einen Bruder?«

»Oje. Schwörst du mir, dass du ihm nicht sagst, dass es mir rausgerutscht ist?«

»Ich würde wirklich gern mehr darüber erfahren, Misty.«

»Ich möchte dich nicht vor den Kopf stoßen, Shanti, aber ich muss jetzt gehen.« Sie sprang auf und hievte ihren Rucksack auf den Rücken.

»Oh. Okay. Aber warum bleibst du nicht noch ein bisschen? Ich glaube, Caine will für dich kochen.«

»Ich weiß. Allerdings freut er sich bestimmt genauso, wenn er mit dir zusammen essen kann. Wie dem auch sei – jemand hat mir angeboten, mich mitzunehmen, weshalb ich mich beeilen muss. Bitte richte Vince aus, dass ich ihn lieb habe, und gib ihm einen Kuss von mir. Einen dicken. Versprochen?«

»Klar. Und, Misty? Ich bin nicht gut darin, Komplimente zu machen, aber dein Gesang ist fantastisch. Ich war wirklich gerührt, und glaub mir, das bin ich nicht oft. Du trägst etwas ganz Besonderes in dir, aber ich bin mir sicher, du weißt das.«

»Das bedeutet mir viel, Shanti. Und ich hoffe, du nimmst es mir nicht übel, wenn ich dir sage, dass du und Caine füreinander geschaffen seid.«

»Ähm, Augenblick mal. Wir sind Kollegen. Anders würde das gar nicht funktionieren. Außerdem sind wir grundverschieden. Wie Tag und Nacht.«

»Aber du weißt, dass er in dich verliebt ist?«

»Er ist *was?* Was sagst du da?«

»Bye, Shanti, lass dich umarmen. Danke, dass du Ethan Gerechtigkeit verschafft hast.«

Dann war das Mädchen mit der Gitarre fort.

Es war der Duft, der sie aufweckte – das köstliche Aroma von sautiertem Gemüse und Kräutern. Shanti schlug die Zeltbahnen zurück und krabbelte nach draußen, wo Caine das Feuer hütete und in verschiedenen Pfannen rührte.

»Oh, tut mir leid, Caine. Ich war so müde.«

»Warum entschuldigen Sie sich? Ich habe es Ihnen doch gesagt – das Zelt gehört Ihnen.«

»Es ist sehr gemütlich. Ich hoffe, es macht Ihnen nichts aus, dass ich mir das T-Shirt geborgt habe.«

»Es steht Ihnen. Nehmen Sie sich ruhig, was Sie brauchen. Haben Sie Misty gesehen?«

»Sie sagte, sie müsse los. Ich soll Ihnen einen dicken Kuss geben.«

»Dann tun Sie das.«

»Hm. Was machen Sie da, Caine?«

»Ich nenne es ›frittierten Festivalausklang‹.«

»Klingt wundervoll. Solange es keine Eiscreme gibt … Tragischerweise werde ich jetzt nie wieder Eis essen können.«

»Schade, dass Misty nicht hier ist, um mitzuessen.«

»Hatten Sie mir nicht erzählt, wie sie zu ihrem Namen gekommen ist? Dass sie dazu neigt, sich wie der Nebel in Luft aufzulösen?«

»Ich weiß, ich bin zu beschützerisch. Ich sehe sie immer noch als kleines Kind. Haben Sie jemals das Buch *Der Prophet* gelesen?«

»Worum geht es? Um Wahrsagerei?«

»Es ist von Khalil Gibran, und es ist wunderschön, Shanti. Es steht ein Satz darin, der bestens auf achtjährige Jungen und kleine Schwestern zutrifft: *Eure Kinder sind nicht eure Kinder. Sie sind die Söhne und die Töchter der Sehnsucht des Lebens nach sich selbst.*«

»Apropos Unsinn – was haben Sie noch gleich zu den Reportern gesagt? Bei diesem Fall gehe es um Liebe?«

»Ja, Medusa hatte recht, nicht wahr? Die ganze Sache dreht sich um Liebe.«

»Das würde ich so nicht sagen. Nein.«

»Sehen Sie sich doch nur all die Liebe an, die Ethan entgegengebracht wird. Ich habe noch nie einen derartigen Ausbruch an Zuneigung erlebt.«

»Ja, schon, aber ...«

»Und dann ist da Ethans Liebe zu Eve, die über das Leben an sich hinausgeht.«

»Und was ist mit Tropfnase Vowles? Er hat niemanden geliebt.«

»Er hat seine Mutter geliebt. Er hat Primrose geliebt. Und er hat die Unworthy Farm geliebt.«

»Ich bin gerührt über Ihre Naivität, aber ich bleibe dabei, dass Primrose anstelle eines Herzens ein Stück Eiscreme in der Brust hat.«

»Was mich daran erinnert, dass Benno eine E-Mail von der Ärztin in der Harley Street bekommen hat. Es hat sich herausgestellt, dass Ethan an etwas litt, das man als ›dilatative Kardiomyopathie‹ bezeichnet.«

»Und was ist das?«

»Sein Herz hat Schwierigkeiten, Blut durch den Körper zu pumpen. Vielleicht war er deshalb ständig müde. Die Fachärztin sagt, dass viele Menschen gut damit leben, wenn sie die richtige Behandlung bekommen, doch es gibt eine kleine Gruppe, die zu

Herzrhythmusstörungen neigt, was zu einem plötzlichen Herzstillstand führen kann. Ethan zählte auch dazu.«

»Behaupten Sie gerade, dass die Krankheit Ursache für seinen Tod war, nicht der Elektroschock? Wir wollen schließlich nicht, dass uns irgendein klugscheißender Rechtsanwalt den Fall auseinandernimmt, oder?«

»Der Stromschlag hätte jeden umgebracht, doch sein körperlicher Zustand war natürlich nicht gerade von Vorteil.«

Caine verteilte das Essen auf den Tellern.

»O mein Gott, ich bekomme einen Geschmacksorgasmus. Wo haben Sie das gelernt?«

»Jahreslanges Single-Leben.«

»Dafür hätte ich eine Lösung …«

»O Shanti, das wäre …«

»Boner, Caine. Sie könnten auf ihn aufpassen. Ihr beide seid wie füreinander geschaffen. In der Hütte ist jede Menge Platz, und der Hund liebt Sie.«

»Ähm … nein, danke. Ich bin mir sicher, Seth kümmert sich um ihn.«

»Ja, klar, Seth. Glauben Sie, er wusste etwas von den Vorgängen auf der Unworthy Farm?«

Caine schüttelte den Kopf. »Ich denke, er hat alles verschlafen. Vermutlich wird er den Hof eines Tages erben. Hoffen wir mal, dass er einen besseren Job macht als seine Eltern.«

»Es gibt immer noch eine unbeantwortete Frage. Eine tiefgründige, mysteriöse Frage … ein echtes Rätsel.«

»Und die lautet?«

»Wer ist der Wichser von der Unworthy Farm?«

»Vielleicht gibt es im Leben nicht auf alles eine Antwort, Shanti.«

Sie blickte übers Tal, wo eine bunt zusammengewürfelte Armee von Festivalbesuchern ihre Zelte und Habseligkeiten zusammenpackte, und spürte, wie die Last der Verantwortung von ihren Schultern fiel. Alles war in Ordnung. Genau genommen war das Leben sogar unglaublich schön, auch wenn man das mitunter vergaß.

Wie Medusa gesagt hatte: Man musste nur aufhören, dagegen anzukämpfen.

Als der glühende Sonnenball hinter dem Glastonbury Tor unterging, suchten sie sich einen Platz auf der überfüllten Anhöhe, der einen perfekten Blick auf die Pyramid Stage bot. Sie erhob sich wie ein intergalaktischer Triumphwagen in den Himmel.

Caine breitete Decken aus und zog die Thermoskanne aus seinem Leinenbeutel. »Ich dachte, Sie könnten etwas Stärkeres gebrauchen«, sagte er.

»Ha, sehen Sie nur, Caine!« Shanti lachte. »Diese Backen würde ich überall wiedererkennen.«

Sparky Mudget kniete vor einem Verstärker, als würde er beten, den weißen Hintern der spöttischen Menge entgegengestreckt.

Als das Spark1UP-Team, allesamt in schwarzen Jeans und T-Shirts, die Bühne verlassen hatte, herrschte dort für zehn Minuten pechschwarze Dunkelheit. Shanti spürte, wie die Aufregung wuchs und sich in der immer größer werdenden Menge verbreitete.

Endlich glitt ein einzelner Scheinwerfer über die Bretter; dröhnender Jubel brandete auf, als die elegante Gestalt von Vula Plenty auf den gewaltigen Bildschirmen zu beiden Seiten der Bühne erschien. Es war seltsam, sie gleichzeitig so gigantisch groß und so winzig zu sehen. Ihre Kleidung bestand aus einer aufwendigen Haremshose, einer silber bestickten Weste und einem kunstvoll gemusterten Schal, den sie um den Kopf geschlungen hatte. Dazu trug sie riesige Kreolen.

Noch bevor sie ein Wort mit ihrer so vertrauten, nach Bourbon und Honig klingenden Stimme hervorgebracht hatte, fing sie vor lauter Gefühlsüberschwang an zu weinen.

»Was für eine Woche, meine Freunde! Was für ein Festival. Aber ich weiß, dass ihr nicht gekommen seid, um mich zu sehen … Danke, danke, ihr seid zu freundlich. Alles, was ich sagen möchte, ist, dass die Liebe alles besiegt. In wenigen Sekunden darf ich euch die unangefochtene Königin des Soul ankündigen, doch zuvor die kurze Erinnerung, dass dieses Konzert live auf BBC übertragen wird, außerdem bei einer Sonderausgabe meiner eigenen Radiosendung *Vula has Plenty For You.* Danke. Vielen Dank … Meine Damen und Herren, bitte schenken Sie all die Liebe in Ihren Herzen der wundervollen, erstaunlichen, der unglaublichen … SISTA TREMBLE!«

Shanti spürte, wie ein Beben der Aufregung durch ihren Körper ging, um ein Hunderttausendfaches vervielfacht durch die Zuschauer in dieser endlosen Arena, deren Himmel die grenzenlose, funkelnde Galaxie bildete.

Als Caine sich einen weiteren Becher von dem köstlich starken Gebräu einschenkte, das er mit sich herumschleppte, schrieb sie eine Textnachricht an Paul und Amma, die in diesem Moment zu Hause vor dem Fernseher sitzen würden.

Liebe euch zwei so sehr. Morgen bin ich wieder zu Hause. Xxx

Dann wurde sie auf die Füße gerissen von der Flut der Begeisterung um sie herum, und dort, mitten auf der Pyramid Stage, stand ihre Tischnachbarin Sista Tremble. Jetzt verstand Shanti, warum Sista in jederlei Hinsicht so ausladend war – sie war für diese Bühne gemacht. Hier wirkte sie perfekt proportioniert und einfach nur großartig in ihrem fließenden roten Ballkleid. Es war so tief ausgeschnitten, dass ihre Brüste darin aussahen wie Zwillingsplaneten.

Shanti und Caine stießen mit ihren Bechern auf alles an, was schön war auf der Welt. Und dann wandte sich Sista an die Menge.

»Unser aller Herzen schmerzen, meine Schwestern und Brüder. Doch die Qual, die wir empfinden, erinnert uns daran, dass wir überhaupt ein Herz besitzen. Wie meine Freundin Vula Plenty gesagt hat: Die Liebe besiegt alles. Alles *ist* Liebe. Und wenn wir gerade über Liebe sprechen: Etwas Magisches ist in meinen Besitz gelangt … Ich habe so etwas noch nie zuvor getan – etwas aufgeführt, das ich zuvor nicht geprobt habe. Aber ich denke, dieser Song ist das Risiko wert. Das, was ich gleich singen werde, zum ersten Mal in der Öffentlichkeit, ist Ethan Flynns letzter Song. Das ist meine Hommage an ihn, meine Freunde. *Yeah!* Ich danke euch. Bevor ich beginne, möchte ich mich persönlich bei meiner lieben Freundin bedanken, die dieses wundervolle Geschenk mit mir geteilt und diesen Auftritt erst ermöglicht hat. Ist sie hier? Ist sie unter euch? Meine Damen und Herren, lasst uns meine Schwester Shanti Joyce begrüßen …«

Shanti sprang im Gras auf und ab und wedelte mit den Armen, während die Leute um sie herum Fotos und Selfies machten.

»Das bin ich, Caine! Ich glaub es nicht! Sie hat meinen Namen genannt!«

Während Sista zum Publikum sprach, nahmen ihre Band und ein ganzes Orchester hinter ihr die Plätze ein. Dann erschien eine Truppe von Tänzern und Background-Sängerinnen aus den Kulissen links und rechts der Bühne – darunter auch die Tarottänzer einschließlich des strahlenden Fabrizio. Für diesen Auftritt waren sie traditioneller gekleidet, in hautenge, glänzende Leotards, die jeden Muskel, jede Körperkontur zur Geltung brachten.

Sista Tremble walzte auf einen riesigen goldenen Flügel zu, wo sie Platz nahm, das Mikrofon ausrichtete und die ergreifend schöne Melodie des rätselhaften Genies Ethan Flynn anschlug.

Als die Geigen mit einfielen, beugte Sista sich vor und flüsterte ins Mikro: »Brüder und Schwestern, ich schenke euch den ›Song For Eve‹ …«

Sleepy creature of the sacred dome
Spread your wings, it's time to fly from home …

Shanti und Caine wiegten sich tanzend inmitten der verzückten Menge, davongetragen von Sistas mächtiger Stimme, die sich über die Täler der Worthy Farm erhob.

Und weit entfernt, in einer Privatklinik in Hampshire, schrie eine Frau namens Ophelia »Jesses!« und krümmte sich vor Schmerzen, bis eine letzte Wehe ihren Ballerinakörper zerriss und sie von einem Kind entbunden wurde. Von einem Kind namens Eve, das mit grenzenloser Intelligenz und Mitgefühl in den smaragdfarbenen Augen in das lächelnde Gesicht seiner Mutter blickte.

Später, in Caines von Kerzen erleuchtetem Zelt, zog Shanti, ein bisschen betrunken, ein bisschen albern, ihre Klamotten aus und kuschelte sich in das warme Bett, das köstlich nach Mann duftete. Das nach Caine duftete.

»Was machen Sie da draußen?«, rief sie.

»Ich bereite mir ein Lager, Shanti. Es ist eine wundervolle Nacht. Legen Sie sich ruhig schlafen.«

»Herrgott, Caine! Na schön, ich kann das nicht …«

»Was können Sie nicht?«

»Ich kann nicht Ihr Bett nehmen, während Sie draußen schlafen.«

»Ehrlich, das ist in Ordnung. Die Sterne sind wunderbar. Ich denke, das dahinten ist die Venus.«

»Realistisch betrachtet, bietet das Zelt genügend Platz für uns beide. Kommen Sie, probieren wir's aus, Caine. Ich rücke ein Stück zur Seite. Lässt sich das Ding hier auseinanderklappen?«

Der Schlafsack ließ sich mühelos in eine große Decke verwandeln.

»Ähm, Shanti, ich möchte nicht …«, sagte Caine und krabbelte ins Zeltinnere.

»Das ist Ihr Zelt, Caine. Ich mag zwar grausam sein, aber so grausam bin ich dann doch wieder nicht.«

»Und was ist mit der Linie?«

»Mit welcher Linie, seltsamer Mann?«

»Mit der Trennlinie zwischen Pflicht und Vergnügen. Der dünnen roten Linie zwischen uns.«

Sie boxte ihn fest auf den muskulösen Arm und versuchte nicht hinzusehen, als er seine Sachen auszog, sie ordentlich zusammenfaltete und auf einen Stapel legte, bis er anschließend, nur mit einem perfekt sitzenden Slip bekleidet, zu ihr unter die Decke schlüpfte.

Shanti lag im flackernden Kerzenschein auf dem Rücken. Ihre Füße pochten von den vielen Meilen, die sie zu Fuß zurückgelegt hatte. Jetzt spürte sie, wie sich eine angenehme Wärme in dem behelfsmäßigen Bett ausbreitete, und war sich der Nähe ihrer Körper nur allzu bewusst.

»Warum ist es so warm, Caine? Ich meine, eigentlich sind wir doch draußen, im Zelt auf einem Feld, und trotzdem kommt es mir hier vor wie in einem Backofen, verglichen mit der Unworthy Farm.«

»Körperwärme, Shanti.«

Sie blieben lange Zeit so liegen. Beide fragten sich, ob der andere eingeschlafen war.

»Wann hört die Musik auf?«, durchbrach Shanti schließlich die Stille.

»Oh, die Bands haben längst aufgehört zu spielen, aber ich fürchte, die Trommeln und Gitarren werden noch eine Weile weitermachen.«

»Dann gehen Sie hin und verhaften sie, Caine.«

»Das sind doch bloß Menschen. Bloß Töne. Soll ich etwas Musik auf meinem Handy abspielen?«

»Was für Musik?«, fragte sie misstrauisch.

»Das ist eine Überraschung. Ich glaube, sie wird Ihnen gefallen.«

Er drehte die Lautstärke auf, und augenblicklich war das Zelt erfüllt von unerträglichen Missklängen.

»Herrgott, Caine! Was ist das? Das klingt einfach grauenhaft. Wie musikalisches Waterboarding.«

»Half Man Half Bull. Ich gebe zu, das hört sich nicht gut an – vermutlich liegt es an der alten Aufnahme.«

»Passen Sie auf, Caine, das ist jetzt nicht persönlich gemeint, aber es ist an der Zeit, dass Ihnen mal jemand reinen Wein einschenkt. Ich fürchte, dass Sie keine musikalischen Gene geerbt haben, so wie Ihre Schwester. Vielleicht sollten Sie beim Kochen bleiben … oder bei der Polizeiarbeit. Sie sind echt gut darin.«

»Okay, ich suche uns etwas anderes aus … Ah! Das ist schön. Vulas Radiosendung. Ich denke, wir können … ja … wir hören es noch einmal an. Los geht's – Sista Trembles Auftritt von heute Abend.«

»Das ist doch ein Wort!«

Caine stellte das iPhone neben den Schrein. Gleich darauf kündigte Vulas sinnliche Stimme einen ganz besonderen Liveact vom Glastonbury Festival in der unberührten Natur von Somerset an.

Weil Caines Zelt, wie alles andere in Glastonbury, auf einem Hügel aufgebaut war, rutschte Shanti immer wieder in seine Richtung, ganz gleich, wie sehr sie versuchte, eben das zu vermeiden.

»Was denken Sie, Caine?«, flüsterte sie.

»Sie haben meine Frage nicht beantwortet.«

»Ich habe keine Frage gehört.«

»Ich habe gefragt, ob Sie jemals an jene Nacht zurückgedacht haben. Die Nacht auf der Undercliff bei meiner Hütte.«

»Ich denke die ganze Zeit daran«, sagte sie und seufzte.

»Es fängt an, Shanti, der ›Song For Eve‹. Gefällt es Ihnen?«

»Ich zeige Ihnen, was mir gefällt … Küssen Sie mich, Caine. Küssen Sie mich einfach.«

# EPILOG

## *Song For Eve*

Sleepy creature of the sacred dome
Spread your wings, it's time to fly from home

*Chor:* Look down

Between us lies the ever-breathing sea
Big waves crying – our love can never be

*Chor:* Look down

So c-cold, my chamber underground
I am lost. But darling you are found

*Chor:* Look down

Forever strangers, like daytime is to night
Yet I love you, like the darkness loves the light

*Chor:* Look down

They say ›We're north and south. Our lives are poles apart‹
I say ›We turn together on the compass of my heart‹

*Chor:* Look down

So whenever you need me, sleepy little bud
You'll find me spinning, singing … I'm swimming in your blood, girl

*Chor:* It's time to leave, darling Eve
Don't you grieve, darling Eve
Stay naïve, darling Eve
Just believe, darling Eve

## *Song für Eve*

Schlafendes Geschöpf der heiligen Kuppel
Breite deine Flügel aus, es ist Zeit, dem Heim zu entfliegen

*Chor:* Blicke herab

Zwischen uns liegt die ewig atmende See
Hohe Wellen bewein'n, dass unsere Liebe niemals darf sein

*Chor:* Blicke herab

So k-kalt ist meine Kammer, tief dort unten
Verloren bin ich. Doch dich, mein Lieb, habe ich gefunden

*Chor:* Blicke herab

Für immer Fremde, wie die Nacht für den Tag
Und doch lieb ich dich, wie Dunkelheit das Licht mag

*Chor:* Blicke herab

Sie sagen: unser Leben – himmelweit verschieden. Wir beide – Norden und Süden
Ich sage: Wir zwei – im Kompass meines Herzens – werden uns lieben

*Chor:* Blicke herab

Wann immer du brauchst mich, süßes, schlafendes Gut
Findest du mich, mein Mädchen
ich schwimme, mich drehend und singend, in deinem Blut

*Chor:* Es ist Zeit zu gehen, geliebte Eve
Trauere nicht, geliebte Eve
Bleib naiv, geliebte Eve
Vertrau mir, geliebte Eve

*(Wiederholen, bis die Musik verklingt)*

*Meditation und Mord*

LAURENCE ANHOLT

# DER ACHTSAME MR. CAINE und die Tote im Tank

KRIMINALROMAN

Die berühmt-berüchtigte Künstlerin Kristal Havfruen wird tot aufgefunden – in einem Tank mit Formaldehyd treibend. DI Shanti Joyce erkennt schnell, dass der Fall eine kreative Herangehensweise erfordert. Also schlägt sie sich zur Hütte von Vincent Caine durch, Buddhist und brillanter Detective.
Gemeinsam, doch selten einer Meinung, tauchen die beiden in Kristals Bohème-Freundeskreis ein und decken ein Geflecht aus Eifersucht und Hass auf, das bis in ihre Zeit an der Kunsthochschule zurückreicht. Kann das Zusammenspiel von Shantis toughem Pragmatismus und Caines ruhiger Intuition die beiden zum Mörder führen?
Der Auftakt zur charmanten Krimi-Reihe um den achtsamen Detective Vincent Caine.